四部要籍選刊·經部
蔣鵬翔 主編

阮刻毛詩注疏（典藏版）二

〔清〕阮元 校刻

浙江大學出版社

本册目録

卷四之三

卷四之四

卷五之一

齊風

附釋音毛詩注疏卷第三 三之三

毛詩國風　鄭氏箋　孔穎達疏

氓刺時也宣公之時禮義消亡淫風大行男女無別遂相奔誘華落色衰復相棄背或乃困而自悔喪其妃耦故序其事以風焉美反正刺淫泆也。氓莫耕反民也韓詩云美貌別彼列反華戶花反或音花復扶又反背音佩喪息浪反妃音配風福鳳反泆音逸

【疏】氓六章章十句至淫佚。正義曰言男女無別者若外言不入於閫內言不出於閫是有別也今交見往來是無別也奔誘者謂男子誘之婦人奔之也華落色衰一也言顏色之衰如華之落也或乃困而自悔者言當時皆相誘色衰乃相棄其中或有困而自悔喪其妃耦者故敘此自悔之事以風刺其時焉美者美此婦人反正自悔所以刺當時之淫泆也復相棄背以上摠言當時一國之事或乃困而自悔以下敘此經所陳者是困而自悔之辭也上二

章說女初奔男之事下四章言困而自悔也言既遂矣至於棄矣是其困也躬自悼矣盡亦已焉哉是自悔也

氓之蚩蚩抱布貿絲氓民也蚩蚩者敦厚之貌布幣也箋云幣者所以貿買物也季春始蠶孟夏賣絲○蚩尺之反貿莫豆反

匪來貿絲來即我謀箋云匪非即就也此民非來買絲但來就我欲與我謀爲室家也○

送子涉淇至于頓丘丘一成爲頓丘箋云子者男子之通稱言民誘己己乃送之涉淇水至此頓丘定室家之謀且爲會期○頓都寸反稱尺證反

匪我愆期子無良媒愆過也箋云良善也非我以欲過子之期子無善媒來告期時○愆起虔反字又作諐○

將子無怒秋以爲期將願也箋云將請也民欲爲近期故語之曰請子無怒秋以與子爲期○將七羊反語魚據反

【疏】氓之至爲期○毛以爲此婦人言己本見誘之時有一民之善蚩蚩然顔色敦厚抱布而來云當買絲此民於時本心非爲來買絲但來就我欲謀爲室家之道以買絲爲辭以來誘己我時爲男子所誘即送此子涉淇水至於頓丘之地與之定謀且爲會期男子欲即於夏中以爲期已即謂之非我欲得過子之期

但子無善媒來告其期時近恐難可會故願子無怒於我與子秋以爲期。鄭唯以將爲請爲異其以時對而與之言宜爲請。傳氓民至布幣。正義曰氓民之一名對文則異故遂人注云變民言也異内外也甿猶懵懵無知貌是其別也其實通故下箋云言民誘己是也論語及靈臺註皆云民者冥也此婦人見棄乃追本男子誘己之時己所未識故以悠悠天下之民言之不取於冥與無知既求謀己與之相識故以男子之道稱言之送子涉淇將子無怒是也既因有廉恥之心以君子所近而託號之以望復關是也以婦人號夫爲君子是其常稱故傳曰復關君子之所近又因男子告己云爾卜爾筮已亦荅之云以爾車來也三章言士女者時賢者所言非男女相謂也士者亦男子之大號因賢者所言故四章言士貳其行也以蚩蚩言民之狀故云敦厚貌謂顏色敦厚己所以悅之外府注云布泉也其藏曰泉其行曰布取名於水泉其流行無不徧檀弓註云古者謂錢爲泉布所以通布貨財泉亦爲布也知此布非泉而言幣者以言抱之則宜爲幣泉則不宜抱之也載師鄭司農云里布者布參印書廣二寸長二尺以爲幣貿易物引詩云抱布貿絲抱此布也司農之言事無所出故鄭易之云罰以一里二十五家之泉也此布幣謂絲麻布帛之布幣者布帛之名故鹿鳴云實幣帛筐篚是也。箋季春至貢絲。正義曰月令季春云后妃齊戒以勸蠶事是季春始蠶孟夏云蠶事既畢分繭稱絲是孟夏有絲賣之也欲明此婦人見誘之時節故言貢絲之早晚以男子既欲爲近期女子請之至秋明近期不過夏末則貢絲是孟夏也。傳丘一成爲頓丘。正義曰釋丘云丘一成爲敦丘再成爲陶丘三成爲崑崙丘孫炎曰形如覆敦敦器似盂郭璞曰成猶重也周禮曰爲壇三成又云如覆敦者敦丘孫炎曰丘一成之形象也郭璞曰敦盂也音頓與此字異音同。箋子者至會期。正義曰子者有德之名此男子非能有德直以子者男子之通稱故謂之爲子也上云來卽我謀男就女來與之謀也今此送之故知至此頓丘定室家之謀又下云匪我愆期則男子於此與之設期也故知且爲會期言且者兼二事也

乘彼垝垣以望復關

垝毀也復關君子所近也箋云前既與民以秋爲期期至故登毀垣鄉其所近而望之猶有廉恥之心故因復關以託號民云此時始秋也。垝俱毀反垣音袁所近附近之近鄉許亮反本又作嚮。【疏】傳復關君子所近。正義曰復關者非人之名號而婦人望之故知君子所近之地箋又申之猶有廉恥之心故因其近復關以託號此民故下云不見復關既見復關皆號此民爲復關又知此

時始秋者上云秋以爲期下四章桑之落矣爲季秋三章桑之未落爲仲秋故知此此時始秋也不見復關泣涕漣漣言其有一心乎君子故能自悔箋云用心專者怨必深○漣音連泣貌○既見復關載笑載言箋云則笑則言喜之甚○爾卜爾筮體無咎言龜曰卜蓍曰筮體兆卦之體箋云爾女也復關既見此婦人告之曰我卜女筮女宜爲室家矣兆卦之繇無凶咎之辭言其皆吉又誘定之○筮市制反體如字卦兆之體也韓詩作履履幸也咎其九反蓍音尸繇直又反卦兆之辭也○【疏】傳體兆卦之體箋兆卦至定之○正義曰傳以經卜筮並言故兼云兆卦之體謂龜兆筮卦也左傳云其繇曰一薰一蕕十年尚猶有臭是龜之繇易曰困于石據于蒺藜是卦之繇也二者皆有繇辭此男子實不卜筮而言皆吉無凶咎者又誘以定之前因貿絲以誘之今復言卜筮以誘之故言又也○以爾車來以我賄遷賄財遷徙也箋云女女復關也信其卜筮皆吉故答之曰徑以女車來迎我我以所有財遷徙就女也○賄呼罪反徑經定反桑之未落其葉沃若于嗟鳩兮無食

桑葚于嗟女兮無與士耽桑女功之所起沃若猶沃沃然鳩鶻鳩也食桑葚過則醉而傷其性耽樂也女與士耽則傷禮義箋云桑之未落謂其時仲秋也於是時國之賢者刺此婦人見誘故于嗟而戒之鳩以非時食葚猶女子嫁不以禮耽非禮之樂○沃如字徐於縛反葚本又作椹音甚桑實也耽都南反鶻音骨樂音洛下同士之耽兮猶可說也女之耽兮不可說也箋云說解也士有百行可以功過相除至於婦人無外事維以貞信爲節○行下孟反○【疏】桑之至不可說○毛以爲桑之未落之時其葉則沃沃然盛以興己色未衰之時其貌亦灼灼然美君子則好樂於己己與之耽樂時賢者見己爲夫所寵非禮耽樂故吁嗟而戒己言吁嗟鳩兮無食桑椹猶吁嗟女兮無與士耽然鳩食桑椹過時則醉而傷其性女與士耽過度則淫而傷禮義然耽雖士女所同而女思於男故言士之耽兮尚可解說女之耽兮則不可解說己時爲夫所寵不聽其言今見棄背乃思而自悔○鄭以爲男子既秋來見己己使之取東男子既去當桑之未落其葉沃若仲秋之時國之賢者刺己見誘故言吁嗟鳩兮無得非時食椹吁嗟女兮無得非禮與士耽士之耽兮尚可解說女之耽兮

則不可解說已時不用其言至季秋乘車而從之故今思而自悔○傳桑女至禮義○正義曰言桑者女功之所起故此女取桑落與未落以興己色之盛衰毛氏之說詩未有爲記時者明此以爲興也言鳩鶻鳩者釋鳥云鶌鳩鶻鵃某氏曰春秋云鶻鳩氏司事春來冬去孫炎曰一名鳴鳩月令云鳴鳩拂其羽郭璞曰似山鵲而小短尾靑黑色多聲宛彼鳴鳩亦此鳩也陸機云班鳩也爾雅鳩類非一知此是鶻鳩者以鶻鳩冬始去今秋見之以爲喻故知非餘鳩也鳩食椹過時者謂食之過多故醉而傷其性經直言無食桑椹而云過時者以與士耽相對耽者過禮之樂則如食桑椹過時矣女與士耽以過禮故爲傷禮義則時賢者戒女之過禮謂己爲君子所寵過度不謂非禮之嫁爲耽也○箋桑之至之樂○正義曰以上章初秋云以爾車來始令男子取車下章季秋云漸車帷裳謂始適夫家則桑之未落爲仲秋明矣言士女則非自相謂之辭故知國之賢者刺其見誘而戒之其時仲秋則無椹賢者禁鳩食之由當時無也假有而食之爲非時以非時之食椹以興非禮之行嫁故云耽非禮之樂鄭志張逸問箋云耽非禮之樂小雅云和樂且耽何謂也荅曰禮樂者五聲八音之謂也小雅亦言過禮之盛和樂過禮之言也燕樂嘉賓過厚賢也不以禮耽者非禮之名故此禁女爲之小

雅論燕樂言作樂過禮以見厚意故亦言耽而文連和樂也○箋士有至爲節○正義曰士有大功則掩小過故云可以功過相除齊桓晉文皆殺親戚篡國而立終能建立高勳於周世是以功除過也○

桑之落矣其黃而隕自我徂爾三歲食貧淇水湯湯漸車帷裳隕惰也湯湯水盛貌帷裳婦人之車也箋云桑之落矣謂其時季秋也復關以此時車來迎己徂往也我自是往之女家女家乏穀食已三歲貧矣言此者明己之悔不以女今貧故也帷裳童容也我乃渡深水至漸車童容猶冒此難而往又明己專心於女○隕韻謹反湯音傷漸子廉反註同漬也濕也帷位悲反惰字又作墮唐果反冒音墨難乃旦反○女也不爽士貳其行爽差也箋云我心於女故無差貳而復關之行有二意○行下孟反註同士也罔極二三其德極中也○

疏○桑之至其德○毛以爲桑之落矣之時其葉黃而隕墜以興婦人年之老矣之時其色衰而彫落時君子則棄己使無自以託故追說見薄之漸言自我往爾男子之家三歲之後貧於衣食而見困苦已不得其志悔己本爲所誘涉湯湯之淇水而漸車之帷裳而往今

乃見棄所以自悔也既追悔本之見誘而又怨之言我心於汝男子也不爲差貳而士何謂二三其行於已也士也行無中正故二三其德及年老而棄已所以怨也○鄭以爲婦人言已本桑之落矣其黃而隕之時當季秋之月我往之爾家自我往汝家時已聞汝家三歲以來乏於穀食已貧矣我不以汝貧之故猶涉此湯湯之淇水漸車之帷裳冒難而來言已專心於汝如是今而見棄所以悔也餘同○傳帷裳婦人之車○正義曰傳以大夫之車立乘有蓋無幃裳此言帷裳者婦人之車故也傳於上章以桑爲女功所起爲興此桑落黃隕亦興也其黃而隕既興顔色之衰則食貧在已衰之後言自我徂爾三歲食貧謂至夫家三歲之後始貧乏於衣食漸不得志乃追悔本冒漸車之難而來也故王肅曰言其色黃而隕墜也婦人不慎其行至於色衰無以自託我往之汝家從華落色衰以來三歲食貧矣貧者乏食飢而不充喻不得志也○箋桑之至於女○正義曰月令季秋草木黃落故知桑之落矣其黃而隕其時季秋也上使以爾車來不見其迎之事此言漸車涉水是始往夫家故知復關以此時車來迎已也此始嚮夫家已言自我徂爾三歲食貧故以爲自我往之汝家之時汝家乏穀食已三歲貧矣我猶渡水而來此婦人但當悔其來耳而言穀食先貧者於時君子家貧恩意

之情遇已漸薄已遭困苦所以悔言已先知此貧而來明已之悔不以汝今貧之故直以二三其德恩意疏薄故耳幃裳一名童容故巾車云重翟厭翟安車皆有容蓋鄭司農云容謂襜車山東謂之裳幃或曰童容以幃障車之傍如裳以爲容飾故或謂之幃裳或謂之童容其上有蓋四傍垂而下謂之襜故雜記曰其輤有裧注云裧謂鼈甲邊緣是也然則童容與襜别司農云謂襜車者以有童容上必有襜故謂之爲襜車也此唯婦人之車飾爲然故士昏禮云婦車亦如之有襜是也幃裳在傍渡水則濕言已雖知汝貧猶尚冒此深水漸車之難而來明已專心於汝故責復關有二意也。

三歲爲婦靡室勞矣箋云靡無也無居室之勞言不以婦事見困苦有舅姑曰婦。夙興夜寐靡有朝矣箋云無有朝者常早起夜卧非一朝然言已亦不解惰。解音懈。言既遂矣至于暴矣箋云言我也遂猶久也我既久矣謂三歲之後見遇浸薄乃至見酷暴。浸子鴆反兄弟不知咥其笑矣咥咥然笑箋云兄弟在家不知我之見酷暴若其知之則咥咥然笑我。咥許意反又音熙笑也又一音許四反說文云大笑也虛記反又大結反靜言

思之躬自悼矣悼傷也箋云靜安躬身也我安思君子之遇已無終則身自哀傷○

【疏】三歲至悼矣○正義曰婦人追說已初至夫家三歲爲婦之時顔色未衰爲夫所愛無室家之勞謂夫不以室家婦事以勞於已時夫雖如此已猶不恃寵自安常自早起夜臥無有一朝一夕而自解惰我已三歲之後在夫家久矣漸見疏薄乃至於酷暴矣我兄弟不知我之見遇如此若其知之則咥咥然其笑我矣我既本爲夫所誘遇已不終安靜而思之身自哀傷矣○箋有舅姑曰婦○正義曰公羊傳曰稱婦有姑之辭傳以國君無父故云有姑其實婦亦對舅故士昏禮云贊見婦於舅姑是也

及爾偕老老使我怨箋云及與也我欲與女俱至於老老乎汝反薄我使我怨也○

淇則有岸隰則有泮泮坡也箋云泮讀爲畔畔涯也言淇與隰皆有厓岸以自拱持今君子放恣心意曾無所拘制○泮音判坡本亦作陂北皮反澤陂詩傳云障也呂忱北髮反云陂阪也亦所以爲隰之限域也本或作破字未詳觀王述意似作破拱俱勇反本又作共音同○

總角之宴言笑晏晏信誓旦旦總角結髮也晏晏和柔也信誓旦旦然箋云我爲童女未笄結

髮宴然之時女與我言笑晏晏然而和柔我其以信相誓旦旦耳言其懇惻款誠○宴如字本或作丱者非旦說文作悬悬懇起很反惻本亦作惻楚力反○

不思其反箋云反復也今老而使我怨曾不念復其前言

反是不思亦已焉哉箋云已焉哉謂此不可奈何死生自決之辭○

〔疏〕及爾至已焉哉○正義曰言男子本謂已云與汝爲夫婦俱至於老不相棄背何謂今我既老反薄我使我怨何不念其前言也然淇則有岸隰則有泮以自拱持今君子反薄而棄已放恣心意曾無所拘制言淇隰之不如本我總角之宴然幼穉之時君子與已言笑晏晏然和柔而相親與已爲信誓許偕至於老者旦旦然懇惻款誠如是及今老而使我怨是曾不思念復其前言而棄薄我我反復是君子不思前言之事則我而○已焉哉無可奈何○箋我欲至我怨○正義曰以下云不思其反責其不念前言則男子之初與婦人有期約矣則此及爾偕老男子之辭故箋述之云我欲與汝俱至於老老乎汝反薄我使我怨也言反薄我明及爾偕老男子之言也老者以華落色衰爲老未必大老也○傳泮坡箋泮讀至拘制○正義曰以隰者下濕猶如澤故以泮爲陂澤陂傳云陂澤障是也箋以泮不訓爲陂故讀爲畔以申傳也但毛氏於詩無

易字者故箋易之其義猶不異於傳也畔者水厓之名以經云有岸有泮明君子之無也故云今君子放恣心意曾無所拘制則非君子○傳總角至旦旦然○正義曰甫田云總角丱兮未幾見兮突而弁兮是男子總角未冠則婦人總角未笄也故箋云我爲童女未笄内則亦云男女未冠笄者總角衿纓以無笄直結其髮聚之爲兩角故内則注云故髮結之甫田傳云總角聚兩髦也釋訓云晏晏柔也故此云晏晏和柔又曰晏晏旦旦悔爽忒也謂此婦人恨夫差貳其心變本言○信故言此晏晏旦旦而自悔解言此之意非訓此字也定本云旦旦猶怛怛○箋我爲至款誠○正義曰箋言結髮宴然之時解經總角之宴經有作丱者因甫田總角丱兮而誤也定本作宴傳直云信誓旦旦然不解旦旦之義故箋申之言旦旦者言懇惻爲信誓以盡己款誠也○箋曾不復念其前言○正義曰今定本云曾不念復其前言俗本多誤復其前言者謂前要誓之言守而不忘使可反復今乃違棄是不思念復其前言也

氓六章章十句

竹竿衛女思歸也適異國而不見荅思而能以

禮者也。籊籊竹竿以釣于淇興也籊籊長而殺也釣以得魚如婦人待禮以成爲室家。籊他歷反釣音弔殺色界反豈不爾思遠莫致之箋云我豈不思與君子爲室家乎君子疏遠已已無由致此道。遠如字又于萬反注同【疏】籊籊至致之。正義曰籊籊然長而殺之竹竿以釣於淇必得魚乃成爲善釣以與婦人嫁於夫必得禮乃成爲室家今君子不以禮荅已已豈不思與爾君子爲室家乎但君子疏遠於已已無由致此室家之道耳泉源在左淇水在右泉源小水之源淇水大水也箋云小水有流入大水之道猶婦人有嫁於君子之禮今水相與爲左右而已亦以喻已不見荅【疏】傳泉源至大水。正義曰泉源者泉水初出故云小水之源淇則衛地之川故知大水箋申說之言小水有流入大水合爲二之道猶婦人於君子有相親幸之禮今淇水與泉源左右而已不相入猶君子與已異處不相親故以喻已之不見荅。女子有行遠兄弟父母箋云行道也女子有道當嫁耳不以不荅而達婦禮。遠于萬反淇水在右泉源在左巧笑之瑳佩玉

之儺瑳巧笑貌儺行有節度箋云已雖不見荅猶不惡君子美其容貌與禮儀也○瑳七可反沈又七何反儺乃可反說文云行有節也惡烏路反

淇水滺滺檜楫松舟滺滺流貌檜柏葉松身楫所以櫂舟也舟楫相配得水而行男女相配得禮而備箋云此傷己今不得夫婦之禮○滺本亦作滺音由檜古活反又古會反木名楫本又作檝子葉反徐音集方言云楫謂之橈或謂之櫂釋名云楫捷也撥水舟行捷疾也橈音饒櫂直教反○〔疏〕傳檜柏葉至而備○正義曰釋木云檜柏葉松身書作栝字禹貢云杶榦栝柏注云柏葉松身曰栝與此一也言楫所以櫂舟以喻女所以配男此不荅之詩以舟楫喻男女故反而爲興言舟楫相配得水而行男女相配得禮而備

駕言出遊以寫我憂出遊思鄉衛之道箋云適異國而不見荅其除此憂維有歸耳○鄉本又作嚮同許亮反〔疏〕傳出遊思鄉衛之道○正義曰今定本思作斯或誤

竹竿四章章四句

芄蘭刺惠公也驕而無禮大夫刺之惠公以幼童即位自謂有

才能而驕慢於大臣但習威儀不知爲政以禮○芄音丸本亦作丸芄蘭草名

【疏】芄蘭二章章六句至刺之○正義曰毛以爲君子當柔潤溫良自謂無知今而不然是爲驕慢故二章章首一句及第四句是也下二句言有威儀是無禮也次二句言佩觿佩韘明雖幼而行成人之事不當驕慢鄭以爲幼而行成人之事當任用大臣不當驕慢上四句是也無○之亦下二句是也○箋惠公至以禮○正義曰經言童子則惠公時仍幼童童者未成人之稱年十九以下皆是也閔二年左傳曰初惠公之卽位也少杜預云蓋年十五六杜氏以傳言初衛宣公烝於夷姜生伋子爲之娶於齊而美公娶之生壽及朔言爲之娶於齊則宣公已卽位也宣公以隱四年冬立假令五年卽娶齊女至桓十二年見經凡十九年而朔尚有兄壽則宣公卽位三四年始生惠公也故疑爲十五六也且此自謂有才能則非身幼也經云能不我知是自謂有才能刺之而言容遂之美故知但習威儀不知爲政以禮

芄蘭之支

興也芄蘭草也君子之德當柔潤溫良箋云芄蘭柔弱恒蔓延○於地有所依緣則起興者喻幼稺之君任用大臣乃能成其政○恒蔓於地蔓音萬本或作蔓延於地者後人輒加耳○

童子佩觿

觿所以解結成人之佩也人君治成人之事雖童子

猶佩觿早成其德。佩蒲對反依字從人或玉傍作者非觿許規反解結之器**雖則佩觿能不我知**不自謂無知以驕慢人也箋云此幼稚之君雖佩觿與其才能實不如我衆臣之所知爲也惠公自謂有才能而驕慢所以見刺。與音餘下佩韘與同**容兮遂兮垂帶悸兮**容儀可觀佩玉遂遂然垂其紳帶悸悸然有節度箋云容容刀也遂瑞也言惠公佩容刀與瑞及垂紳帶三尺則悸悸然行止有節度然其德不稱服。悸其季反韓詩作萃垂貌紳音身稱尺證反。

【疏】芄蘭至悸兮。毛以爲言芄蘭之支性柔弱阿儺以與君子之德當柔潤溫良今君之德何以不溫柔而爲驕慢以君今雖童子而佩成人之觿則當治成人之事當須溫柔何爲今雖則佩觿而才能不自謂我無知以驕慢人也君非直驕慢又不知爲政當以禮而徒善其外飾使容儀可觀兮佩玉璲璲兮垂其紳帶悸悸兮而內德不稱無禮以行之。鄭以爲言芄蘭之支以柔弱恒延蔓於地有所依緣則起以興幼稚之君以幼時恒闇昧於政有所任用乃能成其德教君今幼弱何以不任用大臣君雖童子佩成人之觿則當治成人之事君雖則佩觿欲治成人之事其才能實不如我衆臣之所知何故不任大臣而爲驕慢矣不知爲政以禮徒善其威儀佩容刀與瑞玉及垂紳帶使行止有節度悸悸兮而內無德以稱之○傳芄蘭至溫良○正義曰釋草云雚芄蘭郭璞曰蔓生斷之有白汁可啖陸機疏云一名蘿摩幽州人謂之雀瓢以此草支葉柔弱序刺君驕慢故以喻君子之德當柔潤溫良○箋芄蘭至其政○正義曰以此大夫刺之之而下云能不我知則刺其驕慢自專故易傳取其有所依緣以興幼稚當須任用大臣也○傳觿所以至其德○正義曰內則云子事父母左佩小觿右佩大觿下別云男女未冠笄者故知成人之佩內則注云觿貌如錐以象骨爲之是可以解結也又解童子而得佩佩成人之佩者由人君治成人之事故使得佩以早成其德故也尚書注云人君十二而冠佩爲成人則似十二以上要人君雖未十二亦治成人之事不佩必至冠也此解觿以成人自當佩之不必國君爲父母在乃服也下章韘亦解佩時有之舉以言焉不必國君常佩○傳不自謂無知○正義曰傳以此直責君驕慢言君於才能不肯自謂我無知○箋此幼至見刺○正義曰箋以此大夫刺之云能不我知則大夫自我也以君才能不如我所知因解其見刺之意由自謂有才能而驕慢大臣故刺之○傳容儀至節度○正義曰傳以此三者皆言兮故各爲其狀孝經曰容止可觀大東云鞙鞙佩璲璲本所佩之物因爲其貌故言佩

玉璲璲然帶之垂者唯有紳耳故知垂其紳帶也悸悸然有節度揔三者之辭。箋容刀至不稱服。正義曰箋以容及璲與帶相類則皆指體言也故爲容刀與瑞知紳帶垂三尺者禮記玉藻云紳長制三尺是也行止有節度亦揔三者之辭也定本云然其德不稱服。

芄蘭之葉箋云葉猶支也**童子佩韘**韘玦也能射御則佩韘箋云韘之言沓所以彄沓手指。韘夫涉反玦本又作決音同沓徒荅反彄苦侯反。

【疏】傳韘玦箋韘之言沓。正義曰傳云玦者以禮及詩言決拾車攻傳曰決鉤弦也繕人注云玦挾矢時所以持弦飾也著右手巨指引士喪禮曰玦用正玉棘若擇棘則天子用象骨爲之著右臂大指以鉤弦闓體大射士喪注皆然以士用棘故推以上用骨大射注諸侯亦用象骨以大夫用骨不必用象彼注云鉤弦與車攻傳同則一也拾一名遂以韋爲之著於左臂所以遂弦與玦別鄭以禮無以韘爲玦者故易之爲沓士喪禮曰纊極二注云極猶放弦也以沓指放弦令不挈也生者以朱韋爲之而三死用纊又二明不用也知生用朱韋而三者大射云朱極三注云以朱韋爲之食指將指無名指小指短不用此是彄沓手指也車攻云決拾既佽箋云手指相比次亦謂巨指既著玦左臂加拾右手指又著沓而相比次也。

雖則佩韘，能不我甲。甲，狎也。箋云：此君雖佩韘與其才能，實不如我衆臣之所狎習。○甲，如字，《爾雅》同。徐胡甲反。《韓詩》作狎，狎，戶甲反。容兮遂兮，垂帶悸兮。

芄蘭二章，章六句。

河廣，宋襄公母歸于衛，思而不止，故作是詩也。宋桓公夫人，衛文公之妹，生襄公而出。襄公卽位，夫人思宋，義不可往，故作詩以自止。○

【疏】「河廣」二章，章四句至是詩。○正義曰：作《河廣》詩者，宋襄公母本爲夫所出而歸於衛，及襄公卽位，思欲嚮宋而不能止，以義不可往，故作《河廣》之詩以自止也。序言所思之意，經二章皆言義不得往之事。○箋「宋桓」至「自止」。○正義曰：《左傳》云公子頑烝於宣姜，生文公及宋桓夫人，故知文公之妹。襄公，桓公之子，故知襄公之母。今定本無「襄公之母」四字。然子無出母之道，故知當桓公之時，生襄公而出。今繫之襄公言母歸者，明思而不止當襄公時，故云襄公卽位，夫人思宋也。所以義不得往者，以夫人爲先君所出，其子承父之重，與祖爲一體，母出與廟絕，不可以私反，故義不得也。《大戴禮》及《家語》皆云婦有七出：不順父母出爲逆無子出爲絶人世淫泆出爲其亂族疾妬出爲其亂家有惡疾出爲其不可供粢盛多口出爲其離親盜竊出爲其反義有三不去有所取無所歸不去與更三年喪不去前貧。後富貴不去於今令犯七出雖在三不去之中若不順父母與淫無子亦出雖古亦應然以其終不可絶嗣與勃德故也諸侯之夫人雖無子不出以嬪妾既多不爲絶嗣故易同人注云天子諸侯后夫人不出是也知者以春秋魯夫人無子多矣皆不出若犯餘六出則去故雜記有出夫人禮又春秋杞伯姬來歸及此宋桓夫人皆是也王后犯出則廢之而已皆不出非徒無子故易鼎卦注云嫁於天子雖失禮無出道遠之而已以天子天下爲家其后無所出故也○**誰謂河廣一葦杭之**杭渡也箋云誰謂河水廣與一葦加之則可以渡之喻狹也今我之不渡直自不往耳非爲其廣○葦韋鬼反杭戶郎反與音餘下遠與同狹音洽爲于僞反【疏】箋一葦至喻狹○正義曰言一葦者謂一束也可以浮之水上而渡若桴栰然非一根葦也此假有渡者之辭非喻夫人之嚮宋渡河也何者此文公之時衛已在河南自衛適宋不渡河○**誰謂宋遠跂予望之**箋云予我也誰謂宋國遠與我跂足則可以望見之亦喻近也今我之不往直以義不往耳非爲其遠○跂丘豉反【疏】箋誰謂至亦喻近○正義曰宋去衛甚遠故杜預云宋今梁國睢陽縣也言跂足可見是喻近也言亦者以喻宋近猶喻河狹故俱言亦定本無亦字義亦通

誰謂河廣曾不容刀

箋云不容刀亦喻狹小船曰刀○刀如字字書作舠說文作䑠並音刀○【疏】箋小船曰刀○正義曰上言一葦桴栰之小此刀宜爲舟船之小故云小船曰刀說文作䑠䑠小船也字異音同劉熙釋名云二百斛以上曰艇三百斛曰刀江南所謂短而廣安不傾危者也○

誰謂宋遠曾不崇朝

箋云崇終也行不終朝亦喻近

河廣二章章四句

伯兮刺時也言君子行役爲王前驅過時而不反焉

衛宣公之時蔡人衛人陳人從王伐鄭伯也爲王前驅久故家人思之○爲于僞反又如字注下爲王並同從王伐鄭讀者或連下伯也爲句者非【疏】伯兮四章章四句至不反○正義曰此言過時者謂三月一時穀梁

傳伐不踰時故何草不黃箋云古者師出不踰時所以厚民之性是也此敘婦人所思之由經陳所思之辭皆由行役過時之所致敘言爲王前驅雖辭出於經總敘四章非指一句也○箋衛宣至思之○正義曰蔡人衛人陳人從王伐鄭春秋桓五年經也時當宣公故云衛宣公之時服虔云言人者時陳亂無君則三國皆大夫也故稱人公羊傳曰其言從王伐鄭何從王正也鄭荅臨碩引公羊之文言諸侯不得專征伐有從天子及伯者之禮然則宣公從王爲得其正以兵屬王節度不由於衛君而以過時刺宣公者諸侯從王雖正其時天子微弱不能使衛侯從已而宣公自使從之據其君子過時不反責宣公之由故主責之宣公而云刺時者也○

伯兮朅兮邦之桀兮

伯州伯也朅武貌桀特立也箋云伯君子字也桀英桀言賢也○朅丘列反桀其列反○

疏

傳伯州伯至特立○正義曰言爲王前驅則非賤者今言伯兮故知爲州伯謂州里之伯若牧下州伯則諸侯也非衛人所得爲諸侯之州長也謂之伯者伯長也內則云州史獻諸州伯州伯命藏諸州府彼州伯對閭史閭府亦謂州里之伯桀者俊秀之名人莫能及故云特立○箋伯君子字○正義曰伯仲叔季長幼之字而婦人所稱云伯也宜呼其字不當言其官也此在前驅而執

兵則有勇力爲車右當亦有官但不必州長爲之揭爲武貌則傑爲有德故云英傑傑亦特立與傳一也**伯也執殳爲王前驅**殳長丈二而無刃箋云兵車六等軫也戈也人也殳也車戟也酋矛也皆以四尺爲差○殳市朱反長如字又直亮反軫本亦作輣之忍反酋在由反發聲矛音謀【疏】傳殳長丈二而無刃○正義曰考工記云殳長尋有四尺尋八尺又加四尺是丈二也冶氏爲戈戟之刃不言殳刃是無刃也○箋兵車至爲差○正義曰因殳是兵車之所有故歷言六等之差考工記曰兵車六等之數車軫四尺謂之一等戈秘六尺有六寸既建而迆崇於軫四尺謂之二等人長八尺崇於戈四尺謂之三等殳長尋有四尺崇於人四尺謂之四等車戟常崇於殳四尺謂之五等酋矛常有四尺崇於戟四尺謂之六等是也彼注云戈殳戟矛皆插車輢此云執之者在車當插用則執之此據用以言也又廬人先言戈殳車戟酋矛夷矛之長短乃云攻國之兵又云六建既備車不反覆注云六建五兵與人也則六建於六等不數軫而數夷矛不引之者因六等自軫歷數人殳以上爲差之備故引之六等者自地以上數之其等差有六故注云法易之三才六畫非六建也建者建於車上非車上所建也凡兵車皆有六建故廬人先言戈殳車戟酋

矛夷矛矛乃云攻國之兵又云六建既備六建在車明矣但記者因酋矛夷矛同爲矛稱故自軫至矛爲六等象三材之六畫故不數夷矛其實六建與六等一也若自戈以上數爲六等則人於六建不處其中故鄭云車有天地之象人在其中焉明爲由此故自軫數之以戈軫爲地材人殳爲人材矛戟爲天材人處地上故在殳下如此則得其象矣或以爲凡兵車則六建前驅則六等知不然者以考工記兵車六等之數鄭云此所謂兵車也明兵車皆然非獨前驅也前驅在車之右其當有勇力以用五兵不得無夷矛也司兵云掌五兵鄭司農云五兵者戈殳戟酋矛夷矛又曰軍事建車之五兵註云車之五兵司農所云者是也步卒之五兵則無夷矛而有弓矢則前驅非步卒必有夷矛明矣知步卒五兵與在車不同者司右云凡國之勇力之士能用五兵者屬焉注云勇力之士屬焉者選右當於中司馬法云弓矢殳矛戈戟相助凡五兵長以衛短短以救長以司兵云建車之五兵則步卒五兵與車兵異矣夷矛長非步卒所宜用故以司馬法五兵弓矢殳矛戈戟當之車之五兵云建與六建文同故以司農所云戈殳戟酋矛夷矛當之勇力之士屬司右選右當於中則仍是步卒未爲右也故以步卒五兵解之步卒無夷矛數弓矢爲五兵在車則六建除人卽五兵以弓矢不在建中故不

數也其實兵車皆有弓矢故司弓矢云唐大利車戰野戰枉矢絜矢用諸守城車戰又檀弓注云射者在左又左傳曰前驅歂犬射而殺之是皆有弓矢也。**自伯之東**【疏】自伯之東。正義曰此時從王伐鄭鄭在衛之西南而言東者時蔡衛陳三國從王伐鄭則兵至京師乃東行伐鄭也上云爲王前驅即云自伯之東明從王爲前驅而東行故據以言之非謂鄭在衛東。**首如飛蓬**婦人夫不在無容飾**豈無膏沐誰適爲容**適主也。適都歷反註同爲于僞反或如字。**其雨其雨杲杲出日**杲杲然日復出矣箋云人言其雨其雨而杲杲然日復出猶我言伯且來伯且來則復不來。杲古老反出如字沈推類反復扶又反下同。**願言思伯甘心首疾**甘厭也箋云願念也我念思伯心不能已如人心嗜欲所貪口味不能絕也我憂思以生首疾。厭於豔反下同嗜市志反憂思息嗣反【疏】願言思伯甘心首疾。毛於二子乘舟傳曰願每也則此願亦爲每言我每有所言則思念於伯思之厭足於心由此故生首疾。傳甘厭。正義曰謂思之不已乃厭足於心用是生首疾也凡人欲食口甘遂至於厭足故云甘厭也。箋如人至不能絕。正義曰箋以甘心者思之不能已如口味之甘故左傳云請受而甘心焉始欲取以甘心則甘心未得爲厭故云我念思伯心不能已如人心嗜欲甘口不能絕甘與子同夢義亦然。**焉得諼草言樹之背**諼草令人忘憂背北堂也箋云憂以生疾恐將危身欲忘之。焉於虔反諼本又作萱況爰反說文作藼云令人忘憂也或作蕿背音佩沈又如字令力呈反忘亡向反又如字。又**願言思伯使我心痗**痗病也。痗音每又音悔

疏焉得至心痗。毛以爲君子既過時不反已思之至甚既生首疾恐以危身故言我憂如此何處得一忘憂之草我樹之於北堂之上冀觀之以忘憂伯也既久而不來每有所言思此伯也使我心病。鄭以願爲念爲異。傳諼草至北堂。正義曰諼訓爲忘非草名故傳本其意言焉得諼草謂欲得令人善忘憂之草不謂諼爲草名故釋訓云諼忘也孫氏引詩云焉得諼草是諼非草名也背者鄉北之義故知在北婦人欲樹草於堂上冀數見之明非遠地也婦人所常處者堂也故知北堂士昏禮云婦洗在北堂有司徹云致爵于主婦主婦北堂注皆云北堂房半以北爲北堂堂者房室所居之地摠謂之堂房半以北爲北堂房半以南爲南堂也昏禮注云洗南北直

室東西。東西有房戶與閾間謂在房室之內也此欲
樹草蓋在房室之北堂者總名房外內背。名爲堂也

伯兮四章章四句

有狐刺時也衞之男女失時喪其妃耦焉古者國有凶荒則殺禮而多昏會男女之無夫家者所以育人民也。育生長也。狐音胡喪息浪反下注同妃音配下注同殺所戒反又所例反所以育人民也本或作蕃育者非長張丈反

疏有狐三章章四句至人民。正義曰作有狐詩者刺時也以時君不教民隨時殺禮爲昏至使衞之男女失年盛之時爲昏而喪失其妃耦不得早爲室家故刺之以古者國有凶荒則減殺其禮隨時而多昏會男女之無夫家者使爲夫婦所以蕃育人民刺今不然男女失時謂失男女年盛之時不得早爲室家至今久而無匹是喪其妃耦非先爲妃而相棄也與氓序文同而義異大司徒曰以荒政十有二聚萬民十曰多昏注云荒凶年也多昏不備禮而娶昏者多也是凶荒多昏之禮也序意言古者有此禮故刺衞不爲之而使男女失時非謂

以此詩爲陳古也故經皆陳喪其妃耦不得匹行思爲夫婦之辭。有狐綏綏在彼淇梁興也綏綏匹行貌石絶水曰梁。綏音雖心之憂矣之子無裳之子無室家者在下曰裳所以配衣也箋云之子是子也時婦人喪其妃耦寡而憂是子無裳無爲作裳者欲與爲室家。無爲于僞反

〔疏〕有狐至無裳。正義曰有狐綏綏然匹行在彼淇水之梁而得其所以興今衛之男女皆喪妃耦不得匹行乃狐之不如故婦人言心之憂矣是子無室家已思欲與之爲室家裳裳之配衣猶女之配男故假言之子無裳已欲與爲作裳以喻已欲與之爲室家。傳綏綏匹行貌。正義曰序云喪其妃耦而言故知綏綏是匹行之貌。傳之子至配衣。正義曰以此稱婦人之辭言之子無裳則謂男子爲之子也故言之子無室家者直指言無裳則因事見義以喻已當配夫故云裳所以配衣二章傳曰帶所以申束衣則傳皆以衣喻夫以裳帶喻妻宜配之也故箋云是子無裳欲與爲室家之道申說傳裳所以配衣之義有狐綏綏在彼淇厲厲深可厲之者。厲力滯反。心之憂矣之子無帶帶所以申束衣有狐綏綏在彼

淇側心之憂矣之子無服言無室家若人無衣服。

有狐三章章四句

木瓜美齊桓公也衞國有狄人之敗出處于漕齊桓公救而封之遺之車馬器服焉衞人思之欲厚報之而作是詩也。瓜古花反遺唯季反下注同

【疏】木瓜三章章四句至是詩○正義曰有狄之敗懿公時也至戴公爲宋桓公迎而立之出處於漕後卽爲齊公子無虧所救戴公卒文公立齊桓公又城楚丘以封之則戴也文也皆爲齊所救而封之也下揔言遺之車馬器服則二公皆爲齊所遺左傳齊侯使公子無虧帥車三百乘以戍漕歸公乘馬祭服五稱牛羊豕雞狗皆三百與門材歸夫人魚軒重錦三十兩是遺戴公也外傳齊語曰衞人出廬於漕桓公城楚丘以封之其畜散而死三月齊桓公與之繫馬三百是遺文公也繫馬繫於廄之馬言遺其善者也器服謂門材與祭服傳不言車文不備此不言羊豕雞狗舉其重者言欲厚報之則時實不能報也

心所欲耳經三章皆欲報之辭

投我以木瓜報之以瓊琚木瓜楙木也可食之木瓊玉之美者琚佩玉名。瓊求營反說文云赤玉也琚音居徐又音渠楙音茂字亦作茂爾雅云楙木瓜也**匪報也永以爲好也**箋云匪非也我非敢以瓊琚爲報木瓜之惠欲令齊長以爲玩好結已國之恩也。爲好呼報反篇内同

〔疏〕投我至爲好。正義曰以衛人得齊桓之大功思厚報之而不能乃假小事以言設使齊投我以木瓜我則報之而不能乃假以瓊琚我猶非敢以此瓊琚報齊之木瓜欲令齊長以爲玩好結我以恩情而已令國家敗滅出處於漕齊桓救而封我如此大功知何以報之。傳木瓜至玉名。正義曰釋木云楙木瓜以下木桃木李皆可食之木則此木瓜亦美木可食故郭璞云實如小瓜酸可食是也以言瓊琚是玉名則瓊非玉名故云瓊玉之美者言瓊是玉之美名非玉名也聘義注云瑜玉之美者亦謂玉中有美處謂之瑜瑜非玉名也有女同車云佩玉瓊琚故知琚佩玉名此言琚佩玉名下傳云瓊瑤美石瓊玖玉名三者互也琚言佩玉名瑤玖亦佩玉名瑤言美石玖言玉名明此三者皆玉石雜也故上中有麻傳云玖石次玉是玖非全玉也。

投我以木桃

報之以瓊瑤瓊瑤美玉。○瑤音遙說文云美石。○匪報也永以爲好也投我以木李報之以瓊玖瓊玖玉名。○玖音久書云玉黑色。○匪報也永以爲好也孔子曰吾於木瓜見苞苴之禮行箋云以果實相遺者必苞苴之尚書曰厥苞橘柚。○苴子餘反橘均栗反柚餘救反。○

［疏］傳孔子至禮行。○正義曰孔叢云孔子讀詩自二南至於小雅喟然嘆曰吾於二南見周道之所成於柏舟見匹夫執志之不易於淇奧見學之可以爲君子於考槃見遯世之士而无悶於世於木瓜見苞苴之禮行於緇衣見好賢之至是也傳於篇末乃言之者以孔叢所言揔論一篇之事故篇終言之小弁之引孟子亦然。○箋以果至橘柚。○正義曰箋解於木瓜所以得見苞苴之禮者凡以果實相遺者必苞苴之此投人以木瓜木李必苞苴而往故見苞苴之禮行知果實必苞之者尚書曰厥苞橘柚橘柚在苞明果實皆苞之曲禮注云苞苴裹魚肉不言苞果實者注舉重而略之此苞之所通曲禮註云或以葦或以茅故既夕禮云葦苞二野有死麕白茅苞之是或葦或茅也

木瓜三章章四句

衛國十篇三十四章二百四句。

附釋音毛詩注疏卷第三（三之三）

黄中栻栞

毛詩注疏挍勘記

阮元撰盧宣旬摘錄

○氓

氓刺時也　小字本相臺本同閩本明監本毛本亦同唐石經氓作甿案釋文云氓莫耕反民也正義云氓六章唐石經作甿者避民字諱而改之耳猶避世字諱改泄作洩也傳氓民也說文氓下同是毛詩此經作氓之證甿字取諸周禮遂人耳周禮釋文致甿亡耕反又五經文字田部甿莫鄧反又音盲者亦周禮字○按周禮亦本作氓唐人改甿

刺淫泆也　唐石經小字本相臺本同閩本明監本毛本亦同案釋文佚音逸正義標起止云至淫泆是釋文本正義本皆作佚唐石經改作泆者非也閩本以下正義中亦皆誤泆泆餘同此

蚩蚩者敦厚之貌　閩本明監本毛本同小字本相臺本無者字案有者衍也

非我以欲過子之期　閩本明監本毛本同小字本相臺本以作心案以字誤也考文古本以心複出亦誤

變民言也　閩本明監本毛本同案也當作吪載芟正義引作吪可證

吪猶懵　閩本明監本毛本吪誤坻案正義引羣籍可依字異音義同或不言者省耳皆不可據經注及正義上下文改之○按白帖引周禮作坻凡詩禮作吪者唐時冣俗本耳孔沖遠所據周禮故作坻也

郭璞云敦盂也音頓　閩本明監本毛本同案音頓二字當旁行細字正義於自作音者例如此○按音頓二字亦景純語今俗本爾雅刪之

我以所有財遷徙就女也　閩本明監本毛本同小字本相臺本遷作賄案賄字是也

無食桑葚　唐石經小字本相臺本同案此釋文本也釋文云葚本又作椹音甚考正義本是椹字見下五經文字云椹詩或體以爲桑葚字亦其證泮水經作黮卽用字不盡一之例

言吁嗟鳩兮無食桑椹　明監本毛本椹誤葚案正義椹字凡八見十行本皆從木閩本

亦然是正義本作椹也此借椹爲葚而正義不易爲葚而說之者卽以椹爲正字不以椹葚爲古今字也考文及補遺皆不載亦如郭忠恕佩觿謂桑葚字不當用鈇椹字耳凡山井鼎物觀以爲誤者則不載其例如是

而女思於男 閩本明監本毛本同案浦鏜云思當異字誤是也

隕惰也 小字本相臺本惰作隋閩本明監本毛本亦同案惰是誤字考文古本隋作墜采正義其葉黃而隕墜而誤也黃而隕墜正義取王肅述毛語爲說耳非傳作墜

幃裳童容也 小字本同閩本明監本毛本同相臺本幃作帷考文古本同案帷字是也經傳皆是帷字箋當同小字本傳亦是幃皆誤正義於箋引周禮注而說之則用幃字順彼文耳不當據改其說經傳自作帷標起止云傳帷裳

泮坡也 相臺本同閩本明監本毛本同小字本坡作陂案釋文云坡本亦作陂考正義云故以泮爲陂澤陂傳云陂澤障是也箋以泮不訓爲陂是其本作陂標起止云傳泮陂當誤也

總角之宴唐石經小字本相臺本同案釋文云之宴如字本或作丱者非正義云經有作丱者因甫田總角丱兮而誤也定本作宴考羔裘傳宴鮮盛貌此義當與彼同釋文正義皆不從或本是也○按鄭羔裘作晏鮮盛貌非宴字也宴不得訓鮮盛

信誓旦旦然小字本相臺本同案正義標起止云至旦旦然又云定本云旦旦猶怛怛考釋文云旦旦說文作悬悬說文心部怛下重文云悬或从心在旦下詩曰信誓悬悬是許本毛詩經字作悬也鄭箋之本字與許異經字作旦傳同而旦即悬之假借故箋云言其懇惻款誠字為旦義仍為悬實與許未嘗不合也定本改悬用怛又以為傳始有此字乃去傳然字而以猶怛怛附益之皆誤之甚者也考文古本作信誓旦旦然猶怛怛也一本作旦旦猶怛怛然無信誓二字皆采正義而又皆誤

我其以信相誓旦旦耳小字本相臺本同案段玉裁云耳當作爾其說是也傳云旦旦然箋云旦旦爾然爾一也考文古本作爾因二字不別而偶合

曾不念復其前言　相臺本同小字本念復作復念案正義標起止箋曾不復念其前言云今定本曾不念復其前言俗本多誤

則我而已焉哉　閩本明監本毛本而作亦案所改是也

注云故髮結之也　閩本明監本同毛本故作收案收字是

變本言信　閩本明監本毛本同案言當作忘形近之譌

○竹竿

遠兄弟父母　唐石經小字本同閩本明監本同相臺本作遠父母兄弟毛本初刻遠兄弟父母後改從相臺本案相臺本誤也釋文以遠兄二字作音可證段玉裁云從唐石經今本誤則非韻見六書音均表

○芄蘭

合爲二之道　補　毛本二作一案一字是也

無之亦下二句是也　閩本明監本毛本同案浦鏜云之當禮誤非也此無字是刺之誤

刺之而言容璲之美　閩本明監本毛本同案經作遂傳箋同正義作璲遂璲古今字易而說之也例見前

君子之德　閩本明監本毛本同小字本相臺本之作以案以字非也正義云以興君子之德當柔潤溫良今君之德何以不溫柔又云故以喻君子之德當柔潤溫良皆其證

芄蘭柔弱恒蔓延於地　小字本相臺本同案此延字衍也釋文云恒延蔓於地本或作恒蔓莚於地者後人輒加耳考正義云恒延蔓於地乃自爲文以延蔓說蔓非其本箋有延字也延在蔓上亦其證矣各本皆誤當正之

然其德不稱服　小字本相臺本同案此定本也正義云定本云然其德不稱服正義說傳云而內德不稱說箋云而內無德以稱之是與定本不同也但未有明文今無可考意必求之或當是而內德不稱考文古本

服作副下有也字未見所出

玦用正玉棘若擇棘 闽本明監本毛本同案浦鏜云王誤玉檡誤擇以儀禮考之浦挍是也

○河廣

前貧後富貴 闽本明監本毛本同案貧下浦鏜云脫賤字以大戴禮及家語考之浦校是也

杞伯姬來婦 鏜婦當作歸

亦喻近也 小字本相臺本同案此正義本也正義云定本亦喻近乃無亦字義亦通考下箋云行不終朝亦喻近亦此箋非此箋亦上喻狹當以定本爲長

○伯兮

至不反 闽本明監本毛本同案反下當有焉字唐石經以下各本皆有此字也

則傑爲有德故云英傑閩本明監本毛本同案經作桀注同正義作傑桀傑古今字易而說之也例見前

戈祕六尺有六寸閩本明監本毛本同案浦鏜云秘誤祕是也

諼草令人忘憂小字本相臺本同案此當作諼草令人善忘故箋云憂以生疾恐將危身欲忘之傳不言憂箋以憂申之也若傳已云忘憂則生疾危身人所共曉何煩更箋乎釋文云令人力呈反善忘亡向反又如字爾雅釋文引詩云焉得蕿草毛傳云蕿草令人善忘是釋文本不誤也正義說傳云諼訓爲忘非草名故傳本其意言焉得諼草謂欲得令人善忘憂之草此正義本忘上有善字之證其仍云忘憂者以鄭說爲毛說凡正義以爲毛鄭不異者其自爲文每如此非傳有憂字也正義本當亦不誤釋文諼下云說文作藼云令人忘憂也皆所以著其異耳不知者反據之并取正義自爲文者以改此傳失之甚矣各本皆誤當正之考文古本作善忘憂采釋文正義仍誤存憂字

洗南北直室東西　閩本明監本毛本同案浦鏜云隅誤西以士昏禮記注考之是也

背名爲堂也　閩本明監本毛本背作皆案所改是也

○有狐

所以育人民也　唐石經小字本相臺本同案正義標起止云所以育人民文云所以蕃育人民釋文云所以育民人也本或作蕃育者非正義云所以蕃育人民其本當有蕃字但未有明文耳人民以作民人爲是出其東門序云民人思保其室家焉蓼莪序云民人勞苦標有梅傳亦作民人此序當同釋文有誤作人民者今正詳後考證考文古本作民人采標有梅傳

厲深可厲之者　小字本相臺本者作旁閩本明監本毛本亦同案旁字是也者是誤字考文一本作傍此誤采他正義所易之今字耳

○木瓜

其畜散而死三月閩本明監本毛本死作無案今齊語作其畜散而無育浦鏜云育誤分爲三月二字是也

瓊玉之美者琚佩玉名小字本相臺本同案釋文琚下云佩玉名正義云琚是玉名又云有女同車云佩玉瓊琚故知琚佩玉名段玉裁云此傳石誤爲名久矣佩玉石者佩玉納閒之石也雜佩謂之佩玉有琚瑀以納閒琚瑀皆美石也鄭風正義釋文皆引說文琚佩玉名名亦石之誤瓊爲玉之美者故引伸凡石之美者皆謂之瓊

結己國之恩也小字本相臺本同案釋文云結己國以爲恩也一本作結己國之恩也正義本無可考考文古本作以爲采釋文

酸可食是也閩本明監本毛本酸誤酢案此依今爾雅注改耳

下傳云瓊瑤美石瓊玖玉名三者互也閩本明監本毛本同案名當作

石考正義下文云琚言佩玉名瑤玖亦佩玉名瑤言美石玖言玉石明此三者皆玉石雜也故王中有麻傳云玖石次玉則玖非全玉也據此則正義本唯琚佩玉名作名其瓊瑤美石瓊玖玉石皆作石故云三者互也互謂玉名美石玉石相互也若是瓊玖玉名則與瓊琚佩玉名同與瓊瑤美石別而三者不復互矣亦不當引傳玖石次玉而說之也今正義瓊瑤美石不誤而瓊玖玉石及玖言玉石二石字皆誤爲名所當正也

瓊瑤美玉　小字本相臺本同案釋文瑤下云美玉也說文云美石正義作美石見上段玉裁云正義是也說文琨珉瑤皆石之美者玉爵瑤爵爲等差在周禮禮記

瓊玖玉名　小字本相臺本同案釋文玖下云玉名字書云玉黑色段玉裁云此玉石之誤王風傳玖石次玉者說文玖石次玉黑色者玉石見楊雄蜀都賦漢書西域傳師古曰玉石石之似玉者也今考正義本作玉石見上

二百四句　小字本同閩本明監本毛本同唐石經相臺本四作三案四字誤

附釋音毛詩注疏卷第四　四之一　十二

王黍離詁訓傳第六。陸曰王國者周室東都王城畿內之地在豫州今之洛陽是也幽王滅平王東遷政遂微弱詩不能復雅下列稱風以王當國猶春秋稱王人

毛詩國風　鄭氏箋　孔穎達疏

王城譜王城者周東都王城畿內方六百里之地○正義曰車攻序云復會諸侯於東都謂王城也周以鎬京爲西都故謂王城爲東都王城即洛邑漢書地理志云初洛邑與宗周通封畿東西長南北短短長相覆千里韋昭云通在二封之地共千里也臣瓚按西周方八百里八八六十四爲方百里者六十四東周方六百里六六三十六爲方百里者三十六二都方百里者百方千里也秦譜云橫有西周畿內八百里之地是鄭以西都爲八百東都爲六百其言與瓚同也鄭志趙商問定四年左傳曰曹爲伯甸言爵爲伯服在甸案曹國寳今定陶去王城六七百里甸服在二服去王城一千五百里亦復不合敢問其故答曰東都之畿方六百里半之三百里定陶去王城八百里有餘豈六七百也除畿

內三百里又侯五百里定陶在外何謂之不合以子魚言爲伯甸本其始封而在甸服明東都六百初則然矣西都初則亦八百相通可知周禮每言王畿千里者制禮設法據方圓而言其實地形不可如圖也蓋以西都先王所居東都貢賦所均不可並爲二畿故通數之共爲千里○其封域在禹貢豫州太華外方之閒○正義曰禹貢云荆河惟豫州注云州界自荆山而至于河而王城在河南洛北是屬豫州也太華卽華山也外方卽嵩高也地理志華山在京兆華陰縣南外方在潁川嵩高縣則東都之域西距太華東至於外方故云之閒○北得河陽漸冀州之南○正義曰僖二十五年左傳稱襄王賜晉文公陽樊溫原之田晉於是始啓南陽杜預云在晉山南河北故曰南陽是未賜晉時爲周之畿內故知北得河陽夏官職方氏云河內曰冀州知河北之地漸冀南境也○始武王作邑於鎬京謂之宗周是爲西都○正義曰文王有聲云宅是鎬京武王成之是武王作邑於鎬京也正月云赫赫宗周謂鎬京也後平王居洛邑亦謂洛邑爲宗周祭統云卽宮于宗周謂洛邑也以洛邑爲東都故謂鎬京爲西都○周公攝政五年成王在豐欲宅洛邑使召公先相宅既成謂之王城是爲東都今河南是也○正義曰洛誥云周公曰予惟乙卯朝至于洛師我乃卜澗水東瀍水西惟洛食我

又卜瀍水東亦惟洛食注云我以乙卯日至於洛邑之衆觀名公所卜之處皆可長久居民使服田相食瀍水東旣成名曰成周今洛陽縣是也召公所卜處名曰王城今河南縣是也則成周洛邑同年營矣書傳云周公攝政五年營成周則知此二邑皆五年營之也成王在豐欲宅洛邑使召公先相宅書序文彼注云欲擇土中建王國使召公在前視所居者王與周公將自後往也武王巳都鎬京成王尚云在豐者豐有文王廟將行就告之故召誥云王朝步自周則至于豐注云於此從鎬京行至於豐就告文王廟是也此王城於漢時爲河南縣也○召公旣相宅周公往營成周今洛陽是也○正義曰召公旣相宅周公往營成周亦書序文也地理志河南郡有洛陽縣周公遷殷頑民是爲成周是也○成王居洛邑遷殷頑民於成周復還歸處西都○正義曰洛誥云戊辰王在新邑烝是成王居洛邑也書序云成周旣成遷殷頑民注云此皆士也周謂之頑民民無知之稱是殷頑民於成周也周本紀云太史公曰學者皆稱周伐紂居洛邑其實不然武王營之成王使召公卜居之遷九鼎焉而周復都豐鎬是成王復還歸西都○至於夷厲政教尤衰十一世幽王嬖褒姒生伯服廢申后太子宜咎奔申○正義曰周本紀云懿王立王室遂衰郊特牲曰覲禮不下堂而見諸侯下堂而見諸侯

自夷王始昭二十六年左傳曰至於厲王王心戾虐萬民弗忍居王於彘是王室之衰始於懿王至於夷厲政教尤衰也十一世者以言武王作邑因據武王數之周本紀云武王崩子成王誦立崩子康王釗立崩子昭王瑕立崩子穆王滿立崩子共王繄扈立崩子懿王囏立崩共王弟孝王辟方立崩子夷王燮立崩子厲王胡立崩子宣王靜立崩子幽王宮皇立自武王至幽王凡十二王除孝王辟方是十一世也本紀又云幽王三年嬖褒姒生伯服幽王欲廢太子太子母申侯女而爲后幽王得褒姒愛之欲廢申后并去太子用褒姒爲后以其子伯服爲太子鄭語云王嬖褒姒使至於爲后而生伯服王欲殺太子以成伯服必求之申是申后見廢太子奔申申王欲於申求之故韋昭云太子時奔申也○申侯與犬戎攻宗周殺幽王於戲○正義曰周本紀云幽王之廢后去太子也申侯怒乃與繒西夷犬戎共攻幽王幽王舉烽火徵兵兵莫至遂殺幽王驪山下虜褒姒盡取周賂而去魯語里革對成公云幽王滅於戲孔晁曰戲西周地名史記云驪山國語言於戲則是驪山之下有地名戲皇甫謐云今京兆新豐東二十里戲亭是也潘岳西征賦述幽王之亂滅云軍敗戲水之上身死驪山之北則戲亦水名韋昭云戲山名非也○晉文侯鄭武公迎宜咎于申而立之是爲平王以亂故徙居

東都王城。正義曰鄭語云晉文侯於是乎定天子隱六年左傳稱周桓公言於王曰我周之東遷晉鄭焉依地理志幽王敗桓公死其子武公與平王東遷周本紀云於是諸侯乃即申侯而共立故幽王太子宜咎是爲平王地理志云幽王淫褒姒滅宗周子平王東居洛邑鄭所據之文也。於是王室之尊與諸侯無異其詩不能復雅故貶之謂之王國之變風。正義曰於時王室雖衰天命未改春秋王人之微猶尊矣言與諸侯無異者以其王爵雖在政教纔行於畿內化之所及與諸侯相似故言無異也詩者緣政而作風雅繫政廣狹故王爵雖尊猶以政狹入風此風雅之作本自有體猶而云貶之謂之風者言作爲雅頌。貶之而作風非謂采得其詩，乃貶之也鄭志張逸問平王微弱其詩不能復雅厲王流於彘幽王滅於戲在雅何答曰幽厲無道酷虐於民以强暴至於流滅豈如平王微弱政在諸侯威令不加於百姓乎其意言幽厲以酷虐之政被於諸侯故爲雅平桓則政教不及畿外故爲風也言王國變風者謂以王當國故服虔云尊之猶稱王猶春秋之王人稱王而列於諸侯之上在風則卑矣已此列國當言周而言王則尊之故題王以當國而敘以實應故每言閔周也周本紀云平王卽位五十一年崩太子泄父早死立其子林是爲桓王二十三年崩子莊王他立十五年崩維此三王有詩耳黍離序云閔周室之顛覆言鎬京毀滅則平王時也君子行役及揚之水葛藟皆序云平王是平王詩矣君子陽陽中谷有蓷居中從可知兔爰序云桓王則本在葛藟之下但簡札換處失其次耳兔爰既言桓王舉上以明下明采葛大車從可知矣采葛箋云桓王之時政事不明明大車亦桓王詩也丘中有麻序云莊王不明即莊王詩明矣故鄭於左方中以此而知皇甫謐云平王時王室微弱詩人怨而爲刺今王風自黍離至中谷有蓷五篇是也桓王失信禮義陵遲男女淫奔讒僞並作九族不親故詩人刺之今王風自兔爰至大車四篇是也如謐此言以葛藟爲桓王之詩今葛藟序云平王則謐言非也定本葛藟序云刺桓王誤也王詩次在鄭上譜退豳下者欲近雅頌與王世相次故也

黍離閔宗周也周大夫行役至于宗周過故宗廟宮室盡爲禾黍閔周室之顛覆彷徨不忍去而作是詩也宗周鎬京也謂之西周周王城也謂之東周幽王之亂而宗周滅平王東遷政遂微弱下列於諸侯其詩不能復雅而同於國風焉○離如字說文作穧過古臥反又古禾反覆芳服反彷蒲皇反徨音皇鎬胡老

反復扶又反而同於國風焉崔集注本此下更有猶尊之故稱王也今詩本皆無

【疏】黍離三章章十句至是詩

正義曰作黍離詩者言閔宗周也周之大夫行從征役至於宗周鎬京過歷故時宗廟宫室其地民皆墾耕盡爲禾黍以先王宫室忽爲平田於是大夫閔傷周室之顛墜覆敗彷徨省視不忍速去而作黍離之詩以閔之也言過故宗廟則是有所適因過舊墟非故詣宗周也周室顛覆正謂幽王之亂王室覆滅致使東遷洛邑喪其舊都雖作在平王之時而志恨幽王之敗但主傷宫室生黍稷非是追刺幽王故爲平王詩耳又宗周喪滅非平王之咎故不刺平王也彷徨不忍去敘其作詩之意未必即在宗周而作也言宗周宫室盡爲禾黍章首上二句是也閔周顛覆彷徨不忍去三章下八句是也言周大夫行役至於宗周敘其所傷之由於經無所當也

○箋宗周至風焉○正義曰鄭先爲箋而復作譜故此箋與譜大同周語云幽王二年西周三川皆震是鎬京謂之西周也即知王城謂之東周也論語孔子曰如有用我者吾其爲東周乎注云據時東周則謂成周爲東周者以敬王去王城而遷於成周自是以後謂王城爲西周成周爲東周故昭二十二年王子猛入于王城公羊傳曰王城者何西周也二十六年天王入于成周公羊傳曰成周者何東周也孔子設言

之時在敬王居成周之後且意取周公之教頑民故知其爲東周據時成周也此在敬王之前王城與鎬京相對故言王城謂之東周也周本紀云平王東徙洛邑避戎寇平王之時周室微弱諸侯以强并弱齊楚秦晉始大政由方伯是平王東遷政遂微弱論語註云平王東遷政始微弱者始者從下本上之辭遂者從上嚮下之稱彼言十世希不失矣據末而本初故言始也此言天子當爲雅從是作風據盛以及衰故言遂也下列於諸侯謂化之所及纔行境內政教不加於諸侯與諸侯齊其列位故其詩不能復更作大雅小雅而與諸侯同爲國風焉○**彼黍離離彼稷之苗**彼彼宗廟宮室箋云宗廟宮室毀壞而其地盡爲禾黍我以黍離離時至稷則尚苗**行邁靡靡中心搖搖**邁行也靡靡猶遲遲也搖搖憂無所愬箋云行道也道行猶行道也○搖音遥愬蘇路反**知我者謂我心憂**箋云知我者知我之情○**不知我者謂我何求**箋云謂我何求怪我久畱不去**悠悠蒼天此何人哉**悠悠遠意蒼天以體言之尊而君之則稱皇天元氣廣大則稱昊天仁覆閔下則稱旻天自上降鑒則稱上天據遠視之蒼蒼然則稱蒼天箋云遠

乎蒼天仰愬欲其察己言也此亡國之君何等人哉疾之甚○蒼天本亦作倉采郎反爾雅云春爲蒼天莊子云天之蒼蒼其正色邪昊胡老反夏爲昊天旻密巾反閔也秋爲旻天○

疏「彼黍」至「人哉」○正義曰鎬京宮室毀壞其地盡爲禾黍大夫行役見而傷之言彼宗廟宮室之地有黍離離而秀彼宗廟宮室之地又有稷之苗矣大夫見之在道而行不忍速去遲遲然而安舒中心憂思搖搖然而無所告訴大夫乃言人有知我之情者則謂我爲心憂不知我之情者乃謂我之何求乎見我久留不去謂我有何所求索知我者希無所告語乃訴之於天悠悠而遠者彼蒼蒼之上天此亡國之君是何等人哉而使宗廟丘墟至此也疾之太甚故云此何人哉○傳「彼彼宗廟宮室」○正義曰序云宗廟宮室盡爲禾黍故知彼黍彼稷是宗廟宮室之地黍與稷也作者言彼黍彼稷正謂黍稷爲彼耳傳言彼宗廟宮室者言彼宗廟宮室之地有此黍稷也○箋「宗廟」至「尚苗」○正義曰言毀壞者以傳文質畧嫌宗廟尚存階庭生禾黍故辨之湛露傳曰離離垂然則黍離離亦謂秀而垂也黍言離離稷言苗則是黍秀稷未秀故云我以黍離離時至稷則尚苗苗謂禾未秀出車云黍稷方華則二物大時相類但以稷比黍黍差爲稙故黍秀而稷苗也詩人以黍秀時至稷則尚苗六月時也未得

還歸遂至於稷之穗七月時也又至於稷之實八月時也是故三章歷道其所更見稷則穗實改易黍則常云離離欲記其初至故不變黍文大夫役當有期而反但事尚未周了故也。傳邁行至所愬。正義曰邁行釋言文靡靡行舒之意故言猶遲遲也釋訓云遲遲徐也戰國策云楚威王謂蘇秦曰寡人心搖搖然如懸旌而無所薄然則搖搖是心憂無所附著之意故爲憂思無所愬也。箋行道也道行猶行道。正義曰今定本文當如此傳訓經之邁以爲行箋又訓經之行以爲道嫌相涉故又釋之云道行猶行道也。傳悠悠至蒼天。正義曰釋詁云悠遠也故知悠悠遠意釋天云穹蒼蒼天李巡曰古詩人質仰視天形穹隆而高其色蒼蒼故曰穹蒼是蒼天以體言之也皇君也故尊而君之則稱皇天昊大貌故言其混元之氣昊昊廣大則稱昊天旻閔也言其以仁慈之恩覆閔在下則稱旻天從上而下視萬物則稱上天據人遠而視之其色蒼蒼然則稱蒼天然以經傳言天其號不一故因蒼天而揔釋之當有成文不知出何書釋天云春爲蒼天夏爲昊天秋爲旻天冬爲上天李巡曰春萬物始生其色蒼蒼故曰蒼天夏萬物盛壯其氣昊大故曰昊天秋萬物成熟皆有文章故曰旻天冬陰氣在上萬物伏藏故曰上天郭璞曰旻猶愍也愍萬物凋落冬時無事在上臨下而已如爾雅釋天以四時異名此傳言天各用所宜爲稱鄭君和合二說故異義天號今尚書歐陽說春曰昊天夏曰蒼天秋曰旻天冬曰上天爾雅亦云古尚書說與毛同謹案尚書堯典羲和以昊天總勑以四時故知昊天不獨春也左傳夏四月孔丘卒稱曰旻天不弔非秋也玄之聞也爾雅者孔子門人所作以釋六藝之言蓋不誤也春氣博施故以廣大言之夏氣高明故以遠人言之秋氣或生或殺故以閔下言之冬氣閉藏而清察故以監下言之皇天者至尊之號也六藝之中諸稱天者以情所求之耳非必於其時稱之浩浩昊天求天之博施蒼天蒼天求天之高明旻天不弔求天之生殺當得其宜上天同雲求天之所爲當順其時也此之求天猶人之說事各從其主耳若察於是則堯命羲和欽若昊天孔丘卒旻天不弔無可怪耳是鄭君和合二說之事也爾雅春爲蒼天夏爲昊天歐陽說春爲昊天夏爲蒼天鄭既言爾雅不誤當從爾雅而又從歐陽之說以春昊夏蒼者鄭爾雅與孫郭本異故許慎既載今尚書說即言爾雅亦云明見爾雅與歐陽說同雖蒼昊有春夏之殊則未知孰是要二物理相符合故鄭和而釋之。箋此亡國至之甚。正義曰正月云赫赫宗周褒姒滅之亡國之君者幽王也史記宋世家云箕子朝周過殷故墟壞生禾黍箕子傷之乃作麥秀之詩以歌之其詩曰麥秀漸漸兮禾黍油油兮彼狡童兮不我好兮所謂狡童者紂也過殷墟而傷紂明此亦傷幽王但不是主刺幽王故不爲雅耳何等人猶言何物人大夫非爲不知而言何物人疾之甚也。彼黍離離彼稷之穗穗秀也詩人自黍離離見稷之穗故歷道其所更見。穗音遂更音庚。行邁靡靡中心如醉醉於憂也知我者謂我心憂不知我者謂我何求悠悠蒼天此何人哉彼黍離離彼稷之實自黍離離見稷之實行邁靡靡中心如噎噎憂不能息也知我者謂我心憂不知我者謂我何求悠悠蒼天此何人哉疏傳噎憂不能息。正義曰噎者咽喉蔽塞之名而言中心如噎故知憂深不能喘息如噎之然

黍離三章章十句

君子于役刺平王也君子行役無期度大夫思

其危難以風焉。難乃旦反下注同風福鳳反【疏】君子于役二章章八句至風焉○正義曰大夫思其危難謂在家之大夫思君子僚友在外之危難君子行役無期度二章上六句是也思其危難下二句是也君子于役不知其期曷至哉箋云曷何也君子于往行役我不知其反期何時當來至哉思之甚○曷音寒末反雞棲于塒日之夕矣羊牛下來鑿牆而棲曰塒箋云雞之將棲日則夕矣羊牛從下牧地而來言畜產出入尚使有期節至於行役者乃反不也○棲音西時如字本亦作塒音同爾雅同玉篇時理反鑿牆以棲雞鑿在各反畜許又反君子于役如之何勿思箋云行役多危難我誠思之○【疏】傳鑿牆而棲曰塒○正義曰釋宮文也又云雞棲於杙為桀李巡曰別雞所棲之名寒鄉鑿牆為雞作棲曰塒君子于役不日不月曷其有佸佸會也箋云行役反無日月何時而有來會期○佸戶括反說文口活反韓詩至也雞棲于桀日之夕矣羊牛下括○雞棲于杙為桀括至也○括古活反弋本亦作

杙羊職反或音羊特反○**君子于役苟無飢渴**箋云苟且也且得無飢渴憂其飢渴也○

君子于役二章章八句

君子陽陽閔周也君子遭亂相招爲祿仕全身遠害而已祿仕者苟得祿而已不求道行○遠于萬反

疏君子陽陽二章章四句至而已○正義曰作君子陽陽之詩者閔周也君子之人遭此亂世皆畏懼罪辜招呼爲祿仕冀安全己身遠離禍害已不復更求道行故作詩以閔傷之此敘其招呼之由二章皆言其相呼之事○箋祿仕至道行○正義曰君子仕於朝廷欲求行己之道非爲祿食而仕今言祿仕則是止爲求祿故知是苟得祿而已不求道行也

君子陽陽左執簧右招我由房陽陽無所用其心也簧笙也由用也國君有房中之樂箋云由從也君子祿仕在樂官左手持笙右手招我欲使我從之於房中俱在樂官也我者君子之友自謂也時在位有官職也○簧音皇**其樂只且**箋云君子遭亂道不行其且樂此而已○樂音洛注且樂和樂及下章同且子徐反又作且七也反

〔疏〕君子至只且。毛以爲君子祿仕賤職招呼其友此君子之友陳其呼已之事言有君子之人陽陽然無所用心在於樂官之位左手執其笙簧右手招我用此房中樂官之位言時世衰亂道教不行其且相與樂此而已。鄭唯以由爲從爲異餘同。傳陽陽至之樂。正義曰言無所用心者史記稱晏子御擁大蓋策四馬意氣陽陽甚自得則陽陽是得志之貌賢者在賤職而亦意氣陽陽是其無所用心故不憂下傳云陶陶和樂亦是無所用心故和樂也簧者笙管之中金薄鍱也春官笙師注鄭司農云笙十三簧竽必有簧故以簧表笙傳以笙簧一器故云簧笙也月令仲夏調竽笙篪簧則簧似别器者彼於竽笙篪三器之下而别言簧者欲見三器皆有簧簧非别器也若然三器皆有簧何知此非竽篪而必以爲笙者以笙師備言樂器有笙簧鹿鳴云吹笙鼓簧言吹笙則鼓簧是簧之所用本施於笙言笙可以見簧言簧可以見笙故知簧即笙非竽篪也此執笙招友欲令在房則其人作樂在房内矣故知國君有房中之樂此實天子而言國君者以諸侯亦有此樂舉國君以明天子譜云路寢之常樂風之正經天子以周南諸侯以召南是天子諸侯皆有房中之樂也。箋由從至官職。正義曰釋詁云由從自也俱訓爲自是由得爲從以招人必欲其從己故易傳也此君子之友說君子招己故言我君子之友自謂也此人於時在位有官職故君子得招之鄭志張逸問何知在位有官職又男子焉得在房荅曰房中而招人豈遠乎故知可招者當在位也招之者樂官有祿而無言責苟免時耳路寢房中可用男子是說男子得在房招友之事也斯干箋云宗廟及路寢制如明堂則天子路寢有五室無左右房矣言路寢房中可用男子者此路寢之樂謂路寢之下小寢之內作之非於正寢作樂也何則玉藻云君日出而視朝退適路寢聽政使人視大夫大夫退然後適小寢釋服是路寢以聽政小寢以燕息路寢非燕息之所也下箋云欲使從之於燕舞之位以燕言之明不在路寢也樂實不在路寢而謂云路寢之樂者云路寢房中者以小寢是路寢之下室繫路寢言之天官宮人掌六寢之脩注云六寢者路寢一小寢五是小寢繫於路路寢之事也天子小寢如諸侯之路寢故得有左右房

君子陶陶左執翿右招我由敖 陶陶和樂貌翿纛也翳也箋云陶陶猶陽陽也翳舞者所持謂羽舞也君子左手持羽右手招我欲使我從之於燕舞之位亦俱在樂官也○陶音遙翿徒刀反敖五刀反遊也纛徒報反沈徒老反俗作纛翳於計反燕本又作宴於見反

其樂只且

〔疏〕傳翿

纛也翳也○正義曰釋言云翿纛也李巡曰翿舞者所持纛也孫炎曰纛舞者所持羽也又云纛翳也郭璞云所持以自蔽翳也然則翿訓爲纛纛也纛所以爲翳故傳幷引之

君子陽陽二章章四句

揚之水刺平王也不撫其民而遠屯戍于母家周人怨思焉怨平王恩澤不行於民而久令屯戍不得歸思其鄉里之處者言周人者時諸侯亦有使人戍焉平王母家申國在陳鄭之南迫近彊楚王室微弱而數見侵伐王是以戍之○揚如字或作楊木之字非屯徒門反戍束遇反守也韓詩云舍思如字沈息嗣反令力呈反近附近之近或如字數音朔○【疏】揚之水三章章六句至思焉○正義曰不撫其民三章章首二句是也屯戍母家次二句是也思者下二句是也此三者皆是所怨之思俱出民心故以怨配思而摠之○箋怨平王至戍之○正義曰此刺平王不嫌非是周人而特言周人者時諸侯亦有使人戍焉故言周人以別之諸侯之戍亦由於王諸侯之人所以不怨者時王政不加於諸侯諸侯自使成耳假有所怨自

怨其君故周人獨怨王也東萊白華之序亦云周人但其詩在雅夭下爲一此則下同列國故須辨之杜預云申今南陽宛縣是也在陳鄭之南後竟爲楚所滅故知迫近彊楚數見侵伐是以戍之○

揚之水不流束薪 興也揚激揚也箋云激揚之水至湍迅而不能流移束薪興者喻平王政教煩急而恩澤之令不行于下民○薪音新激經歷反湍吐端反迅音信又蘇俊反 **彼其之子不與我戍申** 戍守也申姜姓之國平王之舅箋云之子是子也彼其是子獨處鄉里不與我來守申是思之之言也其或作記或作已讀聲相似○其音記詩內皆放此或作巳亦同○ **懷哉懷哉曷月予還歸哉** 箋云懷安也思鄉里處者故曰今亦安不哉安不哉何月我得歸還見之哉思之甚

【疏】揚之水至歸哉○毛以爲激揚之水豈不能流移一束之薪乎言能流移之以興王者之尊豈不能施行恩澤於下民乎言其能施行之今平王不撫下民自不爲耳非不能也王既不撫下民又復政教煩僻彼其之子在家不與我共戍申國使我獨行偏當勞苦自我之來日月已久此在家者今日安否哉安否哉何月得還歸見之哉羨其得在家思願早歸見之久不得歸所以爲怨鄭唯上二句

爲異餘同。傳興也揚激揚。正義曰激揚謂水急激而飛揚波流疾之意也此傳不言興意而鄭風亦云揚之水不流束楚文與此同傳曰激揚之水可謂不能流漂束楚乎則此亦不與鄭同明別爲與。箋懷安至之甚。正義曰釋詁云懷安止也俱訓爲止是懷得爲安此承不與我戍申之下故知思鄉里處者之安否也役人所思當思其家但既怨王政不均羨其在家處者雖託辭於處者願早歸而見之其實所思之甚在於父母妻子耳

揚之水不流束楚楚木也。彼其之子不與我戍甫甫諸姜也懷哉懷哉曷月予還歸哉

疏傳甫諸姜。正義曰尚書有呂刑之篇禮記引之皆作甫刑孔安國云呂侯後爲甫侯周語云祚四岳爲侯伯賜姓曰姜氏曰有呂又曰申呂雖衰齊許猶在是申與甫許同爲姜姓故傳言甫諸姜許諸姜皆爲姓與申同也平王母家申國所戍唯應戍申不戍甫許也言甫許者以其同出四岳俱爲姜姓既重章以變文因借甫許以言申其實不戍甫許也六國時秦趙皆伯益之後同爲嬴姓史記漢書多謂秦爲趙亦此類也。

揚之水不流束蒲蒲草也箋云蒲蒲柳。蒲如字孫毓云蒲草之聲不與戍

許相協箋義爲長今則二蒲之音未詳其異耳

彼其之子不與我戍許許諸姜也

懷哉懷哉曷月予還歸哉（疏）箋蒲蒲柳○正義曰以首章言薪下言蒲楚則蒲楚是薪之木名不宜爲草故易傳以蒲爲柳陸機疏云蒲柳有兩種皮正青者曰小楊其一種皮紅者曰大楊其葉皆長廣於柳葉皆可以爲箭幹故春秋傳曰董澤之蒲可勝既乎今又以爲箕鑵之楊也

揚之水三章章六句

中谷有蓷閔周也夫婦日以衰薄凶年饑饉室家相棄爾○蓷吐雷反韓詩云茺蔚也廣雅又名益母飢本或作饑居疑反穀不熟饉音覲蔬不熟

（疏）中谷有蓷三章章六句至棄爾○正義曰作中谷有蓷詩者言閔周也平王之時民人夫婦之恩日日益以衰薄雖薄未至棄絕遭遇凶年饑饉遂室家相離棄耳夫婦之重逢遇凶年薄而相棄是其風俗衰敗故作此詩以閔之夫婦日以衰薄三章章首二句是也凶年饑饉室家相棄下四句是也夫婦衰薄以凶年相棄假陸草遇水而傷以喻夫恩

薄厚蓷之傷於水始則濕中則脩久而乾猶夫之於婦初已衰稍而薄久而甚甚乃至於相棄婦既見棄先舉其重然後倒本其初故章首二句先言乾次言脩後言濕見夫之遇已用凶年深淺爲薄厚也下四句言婦既被棄怨恨以漸而甚初而嘆次而歗後而泣既嘆而後乃歗艱難亦輕於不淑何嗟及矣是決絕之語故以爲篇終雖或逆或順各有次也○

中谷有蓷暵其乾矣興也蓷鵻也暵菸貌陸草生於谷中傷於水箋云興者喻人居平安之世猶鵻之生於陸自然也遇衰亂凶年猶鵻之生谷中得水則病將死○暵呼但反徐音漢說文云水濡而乾也字作𤅩又作灘皆他安反鵻音隹爾雅又作萑音同菸於據反何音於說文云鬱也廣雅云臰也**有女仳離嘅其嘆矣**仳别也箋云有女遇凶年而見棄與其君子别離嘅然而嘆傷己見棄其恩薄○仳匹指反徐符鄙反又敷姊反字林父几扶罪二反嘅口愛反嘆本亦作歎吐丹反協韻也**嘅其嘆矣遇人之艱難矣**艱亦難也箋云所以嘅然而嘆者自傷遇君子之窮厄○【疏】中谷至難矣○正義曰言谷中之有蓷草爲水浸之暵然其乾燥矣以喻凶年之有婦人其夫遇之恩情甚衰薄矣蓷草宜生高陸

之地今乃生於谷中爲谷水浸之故乾燥而將死喻婦人宜居平安之世今乃居於凶年爲其夫薄之故情疎而將絶恩旣踈薄果至分離矣有女與夫别離旣然其長嘆矣所以長嘆者自傷逢遇人之艱難於已矣人者斥其夫艱難謂無恩情而困苦之。傳蓷鵻至於水。正義曰釋草云萑蓷李巡曰臭穢草也郭璞曰今茺蔚也葉似萑方莖白華華生節間又名益母陸機疏云舊說及魏博士濟陰周元明皆云菴䕡是也韓詩及三蒼說悉云益母故曾子見益母而感案本草云益母茺蔚也一名益母故劉歆曰蓷臭穢臭穢卽茺蔚也說文云暵燥也易曰燥萬物者莫熯乎火說文云菸矮也然則由菸死而至於乾燥以暵爲菸也釋水云水注川曰谿注谿曰谷谷是水之所注蓷處其中而乾故知以陸草傷水爲喻。傳仳别。正義曰以仳與離共文故知當爲别義也

中谷有蓷暵其脩矣且脩乾也。脩如字本或作蓨音同**有女仳離條其歗矣**條條然歗也。歗籀文嘯字本又作嘯**條其歗矣遇人之不淑矣**箋云淑善也君子於已不善也

中谷有蓷暵其濕矣鵻遇水則濕箋云鵻之傷於水始則濕中而脩久而乾有似君子於

已之恩徒用凶年深淺爲厚薄。○徒如字徒空也沈云當作從**有女仳離啜其泣矣**啜泣貌。○啜張劣反**啜其泣矣何嗟及矣**箋云及與也泣者傷其君子棄已嗟乎將復何與爲室家乎此其有餘厚於君子也。○復扶又反

〔疏〕箋離之。薄厚。○正義曰以水之浸草當先濕後乾今詩立文先乾後濕故知喻君子於已有薄厚從其甚而本之也但君子於已自薄因遭凶年益甚故云徒用凶年深淺爲薄厚徒空也言其意自薄已空假凶年爲辭也。○箋及與至君子。○正義曰及與釋詁文嗟乎復何與爲室家乎其意言舍此君子則無所與此其有餘厚於君子定本作餘俗本作殊非也

中谷有蓷三章章六句

兔爰閔周也桓王失信諸侯背叛構怨連禍王師傷敗君子不樂其生焉不樂其生者寐不欲覺之謂也。○背音佩樂沈音岳又音洛注同覺古孝反又如字下同

〔疏〕兔爰三章章七句至生焉。○正義曰作兔爰詩者閔周也桓王失信於諸

侯諸侯背叛之王與諸侯交構怨惡連結兵禍乃興師出伐諸侯諸侯禦之與之交戰於是王師傷敗國危役賦不息使君子之人皆不樂其生焉故作此詩以閔傷之也隱三年左傳曰鄭武公莊公爲平王卿士王貳於虢鄭伯怨王王曰無之故周鄭交質王子狐爲質於鄭鄭公子忽爲質於周及平王崩周人將畀虢公政四月鄭祭足帥師取温之麥秋又取成周之粟周鄭交惡君子曰信不由中質無益也是桓王失信之事也桓五年左傳曰王奪鄭伯政鄭伯不朝是諸侯背也傳又曰秋王以諸侯伐鄭王爲中軍虢公林父將右軍蔡人衛人屬焉周公黑肩將左軍陳人屬焉鄭伯禦之曼伯爲右拒祭仲足爲左拒原繁高渠彌以中軍奉公爲魚麗之陳戰於繻葛蔡衛陳皆奔王卒亂鄭師合以攻之王卒大敗祝聃射王中肩是王師傷敗之事也傳稱射王中肩自是矢傷王身此言師敗正謂軍敗耳據邶谷風序云國俗傷敗止言俗敗則知此云傷敗亦止言師敗非謂王身傷也序云君子不樂其生之由二章下五句皆言不樂其生之事章首二句言王政有緩有急君子亦爲此而不樂序不言畧之也

有兔爰爰雉離于羅

興也爰爰緩意鳥網爲羅言爲政有緩有急用心之不均箋云有緩者有所聽縱也有急者有所躁蹙也○躁七刀反本亦作

懆沈七感反今作躁與定本異與箋義合㦸子六反本亦作戚七歷反

我生之初尚無爲

尚無成人爲也箋云尚庶幾也言我幼稚之時庶幾於無所爲謂軍役之事也

我生之後逢此百罹尚寐無吪

罹憂吪動也箋云我長大之後乃遇此軍役之多憂今但庶幾於寐不欲見動無所樂生之甚○罹本又作離力知反吪本亦作訛五戈反長張丈反大音代賀反

疏 有兔至無吪○正義曰言有兔無所拘制爰爰然而緩有雉離於羅網之中而急此二者緩急之不均以喻王之爲政有所聽縱者則緩有所躁蹙者則急此言王爲政用心之不均也故君子本而傷之言我生初幼稚之時庶幾無此成人之所爲言其冀無征役之事也今我生之後年已長大乃逢此軍役之百憂既不能殺身庶幾服寐而無動耳言不樂其生也○傳爰爰至不均○正義曰釋訓云爰爰緩也釋器云鳥罟謂之羅李巡曰鳥飛張網以羅之此經兔言緩則雉爲急矣雉言在羅則兔無拘制矣舉一緩一急之物故知喻政有緩急用心之不均也箋有所躁蹙者定本作操義竝得通○箋尚庶幾至之事○正義曰釋言云庶幾尚也是尚得爲庶幾也易云庶幸也幾覬也是庶幾者幸覬之意也以傳云尚無成人者爲成人之所爲正

謂軍役之事申述傳意○傳罹憂吪動○正義曰皆釋詁文有兔爰爰雉離于罦罦覆車也○罦音孚郭云今之翻車大網也覆芳服反車赤奢反我生之初尚無造造僞也我生之後逢此百憂尚寐無覺疏傳罦覆車正義曰下傳罦與此一也釋器云繴謂之罿罿罬也罬謂之罦罦覆車也孫炎曰覆車網可以掩兔者也一物五名方言異也郭璞曰今之翻車也有兩轅中施罥以捕鳥展轉相解廣異語也有兔爰爰雉離于罿罿罬也○罿昌鍾反韓詩云施羅於車上曰罿字林上凶反罬張劣反郭徐姜雪姜穴反爾雅云罬謂之罦罦覆車也○我生之初尚無庸庸用也箋云庸勞也我生之後逢此百凶尚寐無聰聰聞也箋云百凶者王構怨連禍之凶

兔爰三章章七句

葛藟王族刺平王也周室道衰棄其九族焉九族

者據己上至高祖下及玄孫之親○藟力軌反藟似葛廣雅云藟藤也刺桓王本亦作刺平王按詩譜是平王詩皇甫士安以爲桓王之詩崔集注本亦作桓王○【疏】葛藟三章章六句至族焉○正義曰棄其九族者不復以族食族燕之禮敘而親睦之故王之族人作此詩以刺王也此敘其刺王之由經皆陳族人怨王之辭定本云刺桓王義雖通不合鄭譜○箋九族至之親○正義曰此古尚書說鄭取用之異義九族今戴禮尚書歐陽說云九族乃異姓有親屬者父族四五屬之内爲一族父女昆弟適人者與其子爲一族己女昆弟適人者與其子爲一族己之子適人者與其子爲一族母族三母之父姓爲一族母之母姓爲一族母女昆弟適人者爲一族妻族二妻之父姓爲一族妻之母姓爲一族古尚書說九族者上從高祖下至玄孫凡九皆爲同姓謹案禮緦麻三月以上恩之所及禮爲妻父母有服明在九族不得但施於同姓玄之聞也婦人歸宗女子雖適人字猶繫姓明不與父兄爲異族其子則然昏禮請期辭曰惟是三族之不虞欲及今三族未有不億度之事而迎婦也如此所云則三族當有異姓異姓其服皆緦麻緦麻之服不禁嫁女娶妻是爲異姓不在族中明矣周禮小宗伯掌三族之别喪服小記說族之義曰親親以三爲五以五爲九以此言之知高祖至玄

孫昭然察矣是鄭以古說長宜從之事也古尚書說直云高祖至玄孫凡九不言之親此言之親欲見同出高祖者當皆親之此言棄其九族正謂棄其同出高祖者非棄高祖之身

緜緜葛藟在河之滸 興也緜緜長不絕之貌水厓曰滸箋云葛也藟也生於河之厓得其潤澤以長大而不絕興者喻王之同姓得王之恩施以生長其子孫○滸呼五反長不張丈反下同涯本亦作厓魚佳反施始豉反下同

終遠兄弟謂他人父 兄弟之道已相遠矣箋云兄弟猶言族親也王寡於恩施今已遠棄族親矣是我謂他人爲己父族人尚親親之辭○遠于萬反又如字注下皆同

謂他人父亦莫我顧 箋云謂他人爲己父無恩於我亦無顧眷我之意○

疏 緜緜至我顧○正義曰緜緜然枝葉長而不絕者乃是葛藟之草所以得然者由其在河之滸得河之潤故也以興子孫長而昌盛者乃是王族之人所以得然者由其與王同姓得王之恩故也王族宜得王之恩施猶葛藟宜得河之潤澤王何故棄遺我宗族之人乎王終是遠於兄弟無復恩施於我是我謂他人爲己父也謂他人爲己父則無恩於我亦無肯於我有顧戀之意言王無恩於己與他人爲父同責王無父之恩也○傳

水厓曰滸。○正義曰：釋水云「滸，水厓」。李巡曰「滸，水邊地，名厓也」。涘，厓也。○涘音俟，涯也。○**緜緜葛藟，在河之涘。終遠兄弟，謂他人母。**王又無母恩。○**謂他人母，亦莫我有。**箋云：有，識有也。

【疏】傳「涘，厓」。○正義曰：釋丘云「涘爲厓」。李巡曰「涘一名厓」。郭璞曰「謂水邊也」。○箋「王又無母恩」。○正義曰：又者，亞前之辭。上言謂他人父，責王無父恩也。此言謂他人母，責王又無母恩也。然則下章謂他人昆，責王無兄恩也。定本及諸本又作后，義亦通。

緜緜葛藟，在河之漘。漘，水溓也。○漘，順春反。爾雅云「夷上洒下，水漘」，旁從水。郭云「涯上平坦而下水深爲漘」，不發聲也。溓，魚檢反，何音檢。爾雅云「重甗，隒」。郭云「形似累兩重甑，上大下小」。李巡云「隒，阪也」。詩本又作水旁兼者，字書音呂恬、理染二反。廣雅云「溓，清也」。與此義乖。○**終遠兄弟，謂他人昆。**昆，兄也。**謂他人昆，亦莫我聞。**箋云：不與我相聞命也。

【疏】傳「漘，水隒」。○正義曰：釋丘云「夷上洒下不漘」。李巡曰「夷上平上，洒下陗下，故名漘」。孫炎曰「平上陗下，故名曰漘」。不行者，蓋衍字。郭璞曰「厓上平坦而下水深者爲漘，不發聲也」。

此在河之漘即彼漘也釋山云重甗隒孫炎曰山基有重岸也隒是山岸漘是水岸故云水隒。傳昆兄。正義曰釋親文。

葛藟三章章六句

采葛懼讒也 桓王之時政事不明臣無大小使出者則為讒人所毀故懼之。○使所吏反下並同

疏 采葛三章章三句至讒也。○正義曰三章如此次者既以葛蕭艾為喻因以月秋歲為韻積日成月積月成時積時成歲欲先少而後多故以月秋歲為次也臣之懼讒於小事大事其憂等耳未必小事之憂則如月急事之憂則如歲設文各從其韻不由事大憂深也年有四時時皆三月三秋謂九月也設言三春三夏其義亦同作者取其韻耳

彼采葛兮一日不見如三月兮 興也葛所以為絺綌也事雖小一日不見於君憂懼於讒矣箋云興者以采葛喻臣以小事使出。○

疏 彼采至月兮。○正義曰彼采葛草以為絺綌兮以興臣有使出而為小事兮其事雖小憂懼於讒一日不得見君如三月不見君兮日久情疏為懼益甚故以多時況少時也。傳葛所至讒矣。○正義曰言所以為絺綌者以其所采疑作當暑之服比於祭祀療疾乃緩而且小故以喻小事使出也大

事容或多過小事當無愆咎但桓王信讒之故其事唯小一日不見於君已憂懼於讒矣彼采蕭兮蕭所以共祭祀箋云彼采蕭者喻臣以大事使出。共音恭。一日不見如三秋兮

疏傳蕭所以共祭祀。正義曰釋草云蕭萩李巡曰萩一名蕭陸機云今人所謂萩蒿者是也或云牛尾蒿似白蒿白葉莖麤科生多者數十莖可作燭有香氣故祭祀以脂爇之爲香許愼以爲艾蒿非也郊特牲云既奠然後爇蕭合馨香王氏云取蕭祭脂是蕭所以供祭祀也成十三年左傳曰國之大事在祀與戎故以祭祀所須者喻大事使出

彼采艾兮一日不見如三歲兮艾所以療疾箋云彼采艾者喻臣以急事使出。艾五蓋反

采葛三章章三句

大車刺周大夫也禮義陵遲男女淫奔故陳古以刺今大夫不能聽男女之訟焉疏大車三章章四句至

訟焉。正義曰經三章皆陳古者大夫善於聽訟之事也陵遲猶陂阤言禮義廢壞之意也男女淫奔謂男淫而女奔之也檀弓曰合葬非古也自周公以來未之有改然則周法始合葬也經稱死則同穴則所陳古者陳周公以來賢大夫。

大車檻檻毳衣如菼大車大夫之車檻檻車行聲也毳衣大夫之服菼鵻也蘆之初生者也天子大夫四命其出封五命如子男之服乘其大車檻檻然服毳冕以決訟箋云菼薍也古者天子大夫服毳冕以巡行邦國而決男女之訟則是子男入爲大夫者毳衣之屬衣繢而裳繡皆有五色焉其青者如鵻。檻胡覽反毳尺銳反冕名菼吐敢反鵻本亦作萑音隹蘆力吳反薍五患反行下孟反繢胡妹反。**豈不爾思畏子不敢**畏子大夫之政終不敢箋云此二句者古之欲淫奔者之辭我豈不思與女以爲無禮與畏子大夫來聽訟將罪我故不敢也子者稱所尊敬之辭。禮與音餘。

疏大車至不敢。正義曰言古者大夫乘大車而行其聲檻檻然身服毳冕之衣其有青色者如菼草之色。然乘大車服毳冕巡行邦國決男女之訟於時男女莫不畏之有女欲奔者謂男子云我豈不於汝思爲無禮之交與畏子大夫之政必將罪我故不敢也古之大夫使民畏之若此今之大夫不能然故陳古以刺之也。傳大車至決訟。正義曰以序云陳古大夫故知大車是大夫之車春官巾車職云革路以封四衛四衛四方諸侯守衛者謂蠻服以內又云大夫乘墨車然則王朝大夫於禮當乘墨車以大夫出封如子男之服則車亦得乘諸侯之車此大車蓋革路也檻檻聲之狀故爲車行聲陳古大夫而云毳衣故知毳衣大夫之服也菼鵻釋言文郭璞曰菼草色如鵻在青白之間傳以經云如菼以衣冠比菼色故先解菼色又解草言菼是蘆之初生釋草云葭蘆菼薍孫炎郭璞皆以蘆薍爲二草李巡舍人樊光以蘆薍爲一草此傳菼爲蘆之初生則意同李巡之輩以蘆菼爲一也春官司服曰子男之服自毳冕而下卿大夫之服自玄冕而下則大夫不服毳冕傳又解其得服之意天子大夫四命其出封五命如子男之服故得服毳冕也春官典命職曰王之三公八命其卿六命其大夫四命及其出封皆加一等鄭解周禮出封謂出於畿內封爲諸侯加一等褒有德也謂大夫爲子男卿爲侯伯其命加於王朝一等耳非謂使出封畿外卽加命也今傳言大夫四命出封五命則毛意以周禮出封謂出於封畿非封爲諸侯也尊王命而重其使出於封畿卽得加命反於朝廷還服其本此陳古者大夫出封聽訟故得如子男之衣服乘其大車檻檻然服毳冕以決訟也此時王政纔行境內而已周人刺其大夫不能聽境內之訟無復出封之事但作者陳出封之事以刺之耳。箋菼薍至如騅。正義曰菼薍釋草文以傳解菼色未辨草名故取爾雅以定之鄭以周禮出封謂爲諸侯乃加一等出封行使則不得然此詩陳古天子大夫服毳冕以決訟則是其人於禮自得服之緣此服之貴賤準其官之尊卑解得服之所由故云則是子男入爲大夫者也王朝之卿大夫出封於畿外襃有德加一等使卿爲侯伯大夫爲子男其諸侯入於王朝爲卿大夫者以其本爵仍存直以入仕爲榮耳不復更加其命數故侯伯入爲卿子男入爲大夫諸侯之數衆王朝之官少或亦侯伯爲大夫非唯子男耳隱十一年左傳曰滕侯曰我周之卜正顧命孔安國注云齊侯呂伋爲天子虎賁氏是侯伯入爲大夫者也以其本爵先尊服其於國之服故鄭志荅趙商云諸侯入爲卿大夫與在朝仕者異各依本國如其命數是由尊諸侯使之以其命此陳子男爲大夫仍得服毳冕也又解毳衣之色所以得如菼者以毳衣之屬衣則畫繪爲之裳則刺繡爲文由皆有五色其靑色者則如騅故得如菼色言毳衣之屬者自毳以上當有袞冕鷩冕與毳冕之服其衣皆用繢也若絺冕則衣刺粉米唯用繡玄冕則衣無文不復用繡明毳衣之屬正謂袞鷩耳知衣繢裳繡者考工記言畫繢之事則繢謂畫之也皐陶謨云予欲觀古人之象日月星辰山龍華蟲作會宗彝藻火粉米黼黻絺繡於華蟲以上言作繢明畫爲繢文宗彝以下言絺繡明是絺爲繡文但王者相變禮制不同周法火與宗彝亦畫而爲衣不復在裳故鄭於司服引尚書以校之周禮考之而立說云古者天子冕服十二章至周而以日月星辰畫於旌旗而冕服九章登龍於山登火於宗彝九章初一曰龍次二曰山次三曰華蟲次四曰火次五曰宗彝皆畫以爲繢次六曰藻次七曰粉米次八曰黼次九曰黻皆絺以爲繡則衮之衣五章裳四章凡九也鷩畫以雉謂華蟲也其衣三章裳四章凡七也毳畫虎雉謂宗彝也其衣三章裳二章凡五也絺刺粉米無畫也其衣一章裳二章凡三也玄者衣無文裳刺黻而已是以謂之玄焉如鄭此言是毳以上則衣用繢絺冕則衣亦繡也知繡皆有五色者考工記曰畫繢之事雜五色又曰五色備謂之繡是繢繡皆五色其青者如騅其赤者如頳故二章各舉其一耳傳以菼爲騅箋以菼爲薍似如易傳又言其青者如騅復似從傳張逸疑而問之鄭荅云騅鳥青非草名薍亦青故其青者如騅。

大車啍啍毳衣如璊啍啍重遲之貌璊頳也。啍他敦反徐又徒孫反璊音門說文作璊云以毳爲罽也解此璊云玉赬色也木之赤苗謂之璊玉色如之頳䞓貞反赤也。**豈不爾思畏子不奔**（疏）傳哼哼至璊頳。正義曰哼哼行之貌故爲重遲上言行之聲此言行之貌互相見也釋器云一染謂之縓再染謂之頳郭璞云淺赤也說文云璊玉赤色故以璊爲頳**穀則異室死則同穴謂予不信有如皦日**穀生皦白也生在於室則外內異死則神合同爲一也箋云穴謂塚壙中也此章言古之大夫聽訟之政非但不敢淫奔乃使夫婦之禮有別今之大夫不能然反謂我言不信我言之信如白日也刺其闇於古禮。皦本又作皎古了反壙苦晃反別彼列反（疏）穀則至皦日。正義曰言古之大夫聽政也非徒不敢淫奔又合室家有禮使夫之與婦生則異室而居死則同穴而葬男女之別如此汝今時大夫若謂我此言爲不信乎我言之信有如皦然之白日言其明而可信也刺今大夫闇於古禮而不信此言也。傳穀生至爲一。正義曰穀生釋言文皦者明白之貌故爲白也內則曰禮始於謹夫婦宮室辨外內男不入女不出是禮也生在於室則內外異死所以得同穴者死則神合同而爲一故得同穴也祭統曰鋪筵設同几春官司几筵注云周禮雖今葬及同時在殯皆異几體實不同祭於廟

中同几精氣合也是既葬之後神合爲一神合故可以同穴也

大車三章章四句

丘中有麻思賢也莊王不明賢人放逐國人思之而作是詩也思之者思其來已得見之〔疏〕丘中有麻三章章四句至是詩。○正義曰毛以爲放逐者本在位有功今去而思之鄭以爲去治賤事所在有功故思之之意雖小異三章俱是思賢之事。○箋思之至見之。○正義曰箋以爲施施爲見已之貌來食謂已得食之故以思之之爲思其來已得見之毛以來食爲子國復來我乃得食則思其更來在朝非徒思見而已其意與鄭小異子國是子嗟之父俱是賢人不應同時見逐若同時見逐當先思子國不應先思其子今首章先言子嗟二章乃言子國然則賢人放逐止謂子嗟耳但作者既思子嗟又美其弈世有德遂言及子國耳故首章傳曰麻麥草木乃彼子嗟之所治是言麥亦子嗟所治非子國之功也二章箋言子國使丘中有麥著其世賢言著其世賢則是引父以顯子其意非思子國也卒章言彼留之子亦謂子嗟耳。丘中有麻彼留子嗟留大夫氏子嗟字也丘中墝埆之處盡有麻麥草木乃彼子嗟之所治箋云子嗟放逐於朝去治卑賤之職而有功所在則治理所以爲賢○墝本亦作墽苦交反埆苦角反又音學本或作遠此從孫義而誤耳

彼留子嗟將其來施施施施難進之意箋云施施舒行伺閒獨來見已之貌○將王申毛如字鄭七良反下同施如字伺音司閒音閑又如字○

【疏】丘中至來施施○毛以爲子嗟在朝有功今而放逐在外國人覩其業而思之言丘中墝埆之處所以得有麻者乃留氏子嗟之所治也由子嗟教民農業使得有之今放逐於外國人思之乃遙述其行彼留氏之子嗟其將來之時施施然甚難進而易退其肯來乎言不肯復來所以思之特甚○鄭以爲子嗟放逐於朝去治卑賤之職言丘中墝埆之處今日所以有麻者彼留氏之子嗟往治之耳故云所在則治理信是賢人國人之意願得彼留氏之子嗟其將欲來舒行施施然伺候閒暇獨來見已閔其放逐愛其德義冀來見已與之盡懽○傳留大至所治○正義曰賢人放逐明爲大夫而去下云彼留之子與易稱顏氏之子其文相類故知劉氏大夫氏也子者有德之稱古人以子爲字與嗟連文故知字也釋丘云非人力爲之丘丘是地之高者在

丘之中故云墝埆之處墝埆謂地之瘠薄者也傳探下章而
解之故言麻麥草木也木即下章李也兼言草以足句乃彼
子嗟之所治謂子嗟未去之日教民治之也定本云丘中墝
埆遠盡有麻麥草木與俗本不同也○箋子嗟至爲賢○正
義曰箋以有麻之下即云彼留子嗟則是子嗟今日所居有
麻麥也且丘中是隱遁之處故易傳以爲去治卑賤之職而
有功孝經云居家理故治可移於官子嗟在朝則能助教行
政隱遁則能使墝埆生物所在則治理是其所以爲賢也○
傳施施難進之意○正義曰傳亦以施施爲舒行由賢者難
進故來則舒行言其本性爲然恐將不復更來故思之也○
箋施施至之貌○正義曰箋以思之欲使更來不宜言其難
進且言其將者是冀其復來故易傳以爲伺候閒暇獨來見
已之貌此章欲其獨來見已下章
冀得設食以待之亦事之次也○**丘中有麥彼留子**
國子國子嗟父箋云言子國使丘中有麥著其世賢○**彼留子國將其來食**子國
復來我乃得食箋云言其將來食庶其親已已得厚待之○食如字一云鄭音嗣復扶又反○
〔疏〕傳子國子嗟父
正義曰毛時書籍猶多或有所據未詳毛氏何以知之○箋
言子至世賢○正義曰箋以丘中有麻是子嗟去往治之而

此章言子國亦能使丘中有麥是顯著其世賢言其父亦是治理之人耳非子國實使丘中有麥也。傳子國至得食。正義曰傳言以子國教民稼穡能使年歲豐穰及其放逐下民思之乏於飲食故言子國其將來我乃得有食耳。箋言其至待之。正義曰準上章思者欲令子國見已言其獨來就我飲食庶其親已來至已家已得厚禮以待之思賢之至欲飲食之也。

丘中有李彼畱之子箋云丘中而有李又畱氏之子所治彼畱之子貽我佩玖玖石次玉者言能遺我美寶箋云畱氏之子於思者則朋友之子庶其敬己而遺己也。貽音怡玖音久說文紀又反云石之次玉黑色者遺唯季反下同。

【疏】傳玖石至美寶。正義曰玖是佩玉之名故以美寶言之美寶猶美道傳言以爲作者思而不能見庶冀其昔日之功言彼畱氏之子有能遺我以美道謂在朝所施之政教。箋畱氏至遺己。正義曰箋亦以佩玖喻美道所異者正謂今日冀望其來敬已而遺已耳非是昔日所遺上章欲其見已已得食之言已之待畱氏此章畱氏之子遺我以美道欲畱氏之子教已是思者與畱氏情親故云畱氏之子於思者則朋友之子正謂朋友之身非與其父爲朋友孔子謂子路賊夫人之子亦此類也

丘中有麻三章章四句

王國十篇二十八章百六十二句

附釋音毛詩注疏卷第四（四之一）

嘉慶二十年重栞
用文選樓藏本校定

翰林院編脩南昌黃中模栞

毛詩注疏挍勘記（四之一）

阮元撰盧宣旬摘錄

王城譜

是殷頑民於成周也　明監本毛本是下有遷字閩本剜入案所補是也

至於夷厲　補　至上當有圖

遂殺幽王驪山下　閩本明監本毛本同案此不誤浦鏜云驪誤麗非也考漢書匈奴傳攻殺幽王于麗山之下亦作麗正義所引周本紀當如此大小雅譜正義引同采菽正義引作驪當是後改

而其立故幽王太子宜咎　補　毛本其作共

此風雅之作本自有體猶　閩本明監本毛本同案體字上卽由字也浦鏜挍移猶字入而云句絕猶字當在貶之而作風又山井鼎考文云宋板此作也屬上其實不然當是剜也凡十行本脩改非一考文所載不誤者俱從之唯誤者出焉

言作爲雅頌貶之而作風閩本明監本毛本同案此當作言當爲作雅猶貶之而作風譜所謂其詩不能復雅也黍離箋同又正義云此言天子當爲雅從是作風云云亦其證與須全不相涉衍也猶字錯在上皆當正之

○黍離

而同於國風焉名本此下更無注案釋文云崔集注此下更有猶尊之故稱王也今詩本皆無正義標起止云至風焉是正義本亦無詩譜謂之王城譜則王字謂東周之國崔集注妄謂九字非鄭意

故爲憂思無所愬也閩本明監本毛本同案愬當作訴正義作訴上文可證傳作愬標起止可證愬訴古今字正義所易也此一字不知者改耳餘同此

古詩人質閩本明監本毛本同案詩當作時桑柔正義引作時可證今爾雅疏亦誤爲詩

○君子于役

君子于往行役　閩本明監本毛本同小字本相臺本無于字考文古本同案有者衍

羊牛從下牧地而來　閩本相臺本同明監本毛本同小字本羊牛倒案倒者誤也二章經文別本亦或倒但唐石經以下至毛本皆不誤故不更出凡各本皆不誤唯別本乃誤者如何彼穠矣不可畏也求爾新特家伯維宰如彼泉流爰其適歸以篤于周祜降予卿士及此羊牛下括并胡然厲矣假樂君子天降滔德彼徂矣既右饗之等皆不更出因經注本及注疏本固未嘗誤不煩正也

〇君子陽陽

翿纛也翳也　小字本相臺本同閩本明監本毛本亦同案正義標起止如此考文古本翳上有纛字考正義引爾雅翿纛也又引纛翳也然後說之云故傳并引之正說傳用爾雅而去其一纛字之意考文古本反用添傳失之甚矣〇按纛从每正字也纛从毒俗字也說見五經文字爾雅釋文

〇中谷有蓷

葉似萑閩本明監本毛本同案浦鏜云茬誤萑考爾雅注是也

華注節間補注當作生

皆云菴蕳是也明監本毛本蕳誤閭案菴蕳見司馬相如賦漢書作菴閭史記作菴蕳

說文云菸矮也閩本明監本同毛本矮作萎案皆誤也浦鏜云痿是也

徒用凶年深淺爲厚薄小字本同閩本明監本毛本同相臺本厚薄作薄厚案薄厚是也正義中薄厚字凡四見又標起止云至薄厚皆其證閩本以下并標起止亦改而倒之誤甚

箋雖之薄厚補雖之下當有至字

○兔爰

國危役賦不息閩本明監本毛本同案危當作內以六字爲一句

秋又取成周之粟閩本明監本毛本同粟傳作禾

是諸侯背也　明監本毛本同背下有叛字閩本剜入案所補是也

序云君子不樂其生之由　閩本明監本毛本同案云當作言形近之譌

有急者有所躁蹙也　小字本相臺本同案此正義本也正義云箋有所躁蹙者定本作操義並得通釋文云操七刀反本亦作懆沈七感反蹙子六反本亦作戚七歷反此箋取莊三十年公羊傳文今彼文作操蹙鄭考工記注云齊人有名疾爲戚者春秋傳曰蓋操之爲已戚矣此箋當亦本是操戚其或作躁蹙者即操戚之別體皆上讀七刀反下讀子六反正義所謂義並得通也若本又作懆讀爲七感反下讀爲七歷反則誤作慘慽二字之音失之矣沈重非也又見江漢箋

庶幾服寐而無動耳　補毛本服作於

易云庶幸也幾覬也　閩本明監本毛本同案云當作注形近之譌

造僞也　閩本明監本毛本同小字本相臺本僞作爲考文古本同案爲字是也○按古爲僞通用如人之爲

言亦作人之僞言左傳爲多訓僞

○葛藟

王族刺平王也　唐石經小字本相臺本同案正義云定本云刺桓王義雖通不合鄭譜釋文云刺桓王本亦作刺平王案詩譜是平王詩皇甫士安以爲桓王之詩崔集注本亦作桓王譜下正義云今葛藟序云平王則謚言非也定本葛藟序云刺桓王誤也考此是集注定本釋文本皆誤以皇甫謚所改入毛鄭詩

亦無顧眷我之意　相臺本同閩本明監本毛本同小字本顧眷作眷顧案眷顧是也又見碩鼠箋

王又無母恩　小字本相臺本同案釋文云王又無母恩也一本作王后正義云定本及諸本又作后義亦通考此文當屬箋今脫去句首箋云二字遂屬之傳非也正義標起止云箋王又無母恩是其證且又者繫前之辭所以又上箋無恩於我也傳未有無恩之文安得云又哉各本皆誤當依正義正之定本及諸本作王后者尤誤此但刺王不刺后若分首章父爲王二章母爲后則三章昆之所指不應不見於傳箋也正義云義亦通非是

湑水溓也　小字本相臺本溓作隒閩本明監本毛本亦同案此非釋文所云詩本又作水旁兼者也乃釋文溓清也誤涉耳正義標起止以下及各本皆作隒可證

不行者蓋衍字　閩本明監本毛本同案浦鏜云行衍字是也爾雅疏即取此正無行字

○采葛

釋草云蕭荻　閩本明監本毛本同案浦鏜云萩誤荻下同考爾雅釋文浦挍是也餘同此

王氏云取蕭祭脂　閩本明監本毛本同案王氏當作生民形近之譌蓼蕭正義可證

○大車

菼鵻也蘆之初生者也　小字本相臺本同案釋文蘆力吳反正義云此傳菼爲蘆之初生則意同李巡之輩以蘆亂爲一也戴震云蘆字譌當爲萑菼蘆乃萑葦二物未秀之名溷爲一者非說文菼萑之初生可證毛傳轉寫之失見毛鄭詩考正

如菼草之色○然　閩本明監本毛本同案○當衍

毳畫虎雉　閩本明監本毛本同案浦鏜云蜼誤雉是也

周禮蜼今葬　補　毛本今作合案合字是也

○丘中有麻

丘中墝埆之處盡有麻麥草木　小字本相臺本同案此正義本也正義云定本云丘中墝埆遠盡有麻麥草木與俗本不同也釋文云埆本或作遠此從孫義而誤耳是定本遠字亦從孫義但又埆遠複出無之處爲異

將其來施施　唐石經小字本相臺本同案釋文云施施如字正義標起止云丘中至施施考顏氏家訓引傳及箋云韓詩亦重爲施施河北毛詩皆云施施江南舊本悉單爲施俗遂是之恐有少誤然則今毛詩釋文正義及各本皆作施施者或由顏說定之也經義雜記以爲經文一字傳箋重文引邶谷風有光有潰傳洸洸武也潰潰怒也箋君子

洸洸然潰潰然無温潤之色等證之其説是也

附釋音毛詩注疏卷第四 四之二

鄭緇衣詁訓傳第七

○陸曰鄭者國名周宣王母弟桓公友所封也其地詩譜云宗周圻內咸林之地今京兆鄭縣是其都也漢書地理志云京兆鄭縣周宣王弟鄭桓公邑是也至桓公之子武公滑突隨平王東遷遂滅虢鄶而居之郎史伯所云十邑之地右洛左濟前華後河食溱洧焉今河南新鄭是也在滎陽宛陵縣西南○

毛詩國風　鄭氏箋　孔穎達疏

鄭譜

初宣王封母弟友於宗周畿內咸林之地是爲鄭桓公今京兆鄭縣是其都也○正義曰漢書地理志云本周宣王母弟友爲周司徒食采於宗周畿內是爲鄭桓公鄭據此爲說也春秋之例母弟稱弟繫兄爲尊以異於其餘公子僖二十四年左傳曰鄭有厲宣之親以厲王之子而兼云宣王明是其母弟也服虔杜預皆云母弟鄭世家云宣王庶弟皇甫謐亦云庶弟又史記年表云鄭桓公友宣王母弟世家年表同出馬遷而自乖異是無明文可據也地理志云京兆鄭縣周宣王母弟鄭桓公邑是桓公封京兆鄭縣故云京兆鄭縣是其都也其地一曰咸林故曰咸林之地不先言

鄭國所在而本宣王封母弟者以鄭因虢鄶之地而國之而鄶亦有詩既譜鄶事然後譜鄭故先言有鄭之由而後說得鄶之事。又云爲幽王大司徒甚得周衆與東土之人問於史伯曰王室多故余懼及焉其何所可以逃死○正義曰自此以下盡可以少固皆鄭語文謂得西周之衆與東土河洛之人心也多故謂多難懼禍難及已。也史伯曰其濟洛河潁之閒乎是其子男之國虢鄶爲大虢叔恃勢鄶仲恃險皆有驕侈怠慢之心加之以貪冒君若以周難之故寄帑與賄不敢不許是驕而貪必將背君君以成周之衆奉辭罰罪無不克矣○正義曰謂濟西洛東河南潁北是四水之閒其子男之國有十惟虢鄶爲大叔仲皆當時二國之君字也勢謂地勢阻固險謂境多阨塞。若克二邑鄢蔽補丹依疇歷華君之土也脩典刑以守之惟是可以少固○正義曰八國皆在四水之閒與虢鄶爲鄰若克虢鄶二邑則其餘八邑自然可滅爲君之土也脩典法以守之惟有是處可以少固餘方不可入也虢鄶實國而言邑者以國邑相對爲異散則國亦爲邑殷武云商邑翼翼左傳每言弊邑者皆公侯之國而稱邑也○桓公從之言然之後三年幽王爲犬戎所殺桓公死之其子武公與晉文侯定平王於東都王城○正義曰鄭語又云公悅乃東寄帑與賄虢鄶受之是桓公從之也鄭語云幽王八年桓公爲司徒鄭世家云桓公爲司徒一歲問太史伯曰王室多故余安逃死是爲司徒一年乃問也問史伯在九年至十一年而幽王被殺是言然之後三年也世家又云犬戎殺幽王并殺桓公鄭人立其子掘突是爲武公地理志云幽王敗桓公死其子武公與平王東遷是其事也。卒取史伯所云十邑之地右洛左濟前華後河食溱洧焉今河南新鄭是也正義曰此謂武公卒取之知者以史伯之言皆信而有徵隱元年左傳曰制巖邑也虢叔死焉桓十一年公羊傳曰先鄭伯有善於鄶公者通乎夫人以取其國鄭見處虢鄶之地明是武公滅虢鄶則其餘八邑亦武公取之可知故云卒取十邑之地案鄭世家史伯云虢鄶之君貪而好利百姓不附今公爲司徒民皆愛公公誠請居之虢鄶之君見公方用事輕分公地公誠居虢鄶民皆公之民也桓公臣。善於是卒言於王東其民於洛東而虢鄶果獻十邑竟國之如世家則桓公皆自取十邑而云死後武公取者馬遷見國語有史伯爲桓公謀取十邑之文不知桓身未得故傳會爲此說耳外傳云皆子男之國虢鄶爲大則八邑各爲其國非并虢鄶之地無由得獻之桓公也明馬遷之說謬耳桓公雖未得虢鄶既寄帑賄臣民亦從而寄焉故昭十六年左傳子產曰昔我先君桓公與商人皆出自周庸次比耦以艾殺此地斬之蓬蒿藜藋。

而其處之是桓公寄帑之時商人亦從而寄至武公遂取而與居之也史伯言子男之國虢鄶爲大設令十邑皆方百里開方除之尚三百有餘鄭當侯爵而爲伯者周禮五等封疆言大法耳其土地不可一如其制度春秋之敘鄭伯在邢侯之上曹伯在許男之下是不可以爵之尊卑計其地之大小也右洛左濟前華後河食溱洧焉亦鄭語文也韋昭云華華國也食謂居其土而食其水也鄶譜云居溱洧之地此云食溱洧焉則鄭都在鄶地故服虔云鄭東鄭古鄶國之地是鄭雖處其地不居其都僖三十三年左傳稱文夫人葬公子瑕於鄶城之下服虔云鄶城故鄶國之墟杜預云鄶國在滎陽密縣東北新鄭在滎陽宛陵縣西南是鄭非鄶都故別有鄶城也若然昭十七年左傳曰鄭祝融之墟鄶譜亦云則鄶鄭同地而云鄭非鄶都者正以鄭國別有鄶城決知鄭國之都非鄶也但二城不甚相遠故於鄶言祝融之墟見鄭因國其地言其境界所及非謂鄭居鄶都也鄶在東周畿外之國隱元年穀梁傳曰寰內諸侯不正其外交然則畿內之國非正南面之君政教稟於天子善惡歸於其上無假風諫不當有詩鄶國見有變風不在畿內明矣鄭因虢鄶之國自然亦爲畿外鄭發墨守云桓公國在宗周畿內武公遷居東周畿內者以鄭於西周本在畿內西都之地盡以賜秦明武公初遷亦

在東周畿内，故歷言之也。及并十邑，鬱成大國，盟會列於諸侯，灼然在畿外，故緇衣傳曰「諸侯入爲天子卿士」，是畿外之君稱入也。鄭雖非畿内，不過侯服。昭十三年左傳曰「鄭伯男也」，賈逵以爲鄭伯爵在男畿，鄭距王城三百餘里而得在男畿者，鄭志荅趙商云：「此鄭伯男者，非男畿，乃謂子男也。先鄭之於王城爲在畿内之諸侯，雖爵爲侯伯，周之舊俗皆食子男之地。」故云鄭伯男也，是鄭意與賈說異。武公又作卿士，國人宜之，鄭之變風又作○正義曰：緇衣序云「父子並爲周司徒」，則桓公之死，武公即代爲司徒，故得輔平王以東遷，是先爲卿士，後并十邑。但鄭先說得國之由，故云又作卿士，其實作卿士在并十邑之前也。序又云「善於其職，國人宜之」，故美其德，是國人宜之而作變風也。對上鄶風已作，故云又作。案左傳及鄭世家，武公生莊公，莊公娶鄧曼，生太子忽，是爲昭公；又娶宋雍氏女，生公子突，是爲厲公；又生公子亹、公子儀。春秋桓十一年夏五月，莊公卒而昭公立，其年九月，昭公奔衛而厲公立。桓十五年夏，厲公奔蔡，六月，昭公入。桓十七年，高渠彌弑昭公而立子亹。十八年，齊人殺子亹，鄭人立公子儀。莊十四年傳，瑕殺子儀而納厲公。厲公前立四年而出奔，至此而復入，至莊二十一年卒，前後再在位凡十一年。厲公卒，子文公踕立，四十五年卒。此其君世之次也。詩緇衣序云美武公則武公詩也將仲子叔于田大叔于田序皆云刺莊公而清人之下有羔裘遵大路女曰雞鳴遵大路序云莊失道則此三篇通上將仲子等六篇皆莊公詩也有女同車山有扶蘇蘀兮狡童及揚之水皆云刺忽則褰裳丰東門之墠風雨子衿在其間皆爲昭公詩也忽於桓十一年以太子而承正統雖未踰年要君於其國有女同車序云至於見逐則爲被逐而作是忽前立時事也山有扶蘇蘀兮狡童刺忽所美非賢權臣擅命忽之前立時月既淺則此三篇蓋後立時事也褰裳思見正正言突篡國之事是突前篡之箋。國人欲以鄭國正之春秋之義君雖篡弑而立已列於會則成爲君案突以桓十一年篡十二年公會鄭伯盟於武父自是以後頻列於會則成爲鄭君國人不應思大國之見正褰裳宜是初田。事也丰東門之墠風雨子衿直云刺亂世耳不指君事或當突篡之時或當忽入之後其時難知要是忽爲其主雖當突前篡時亦宜繫忽故序於揚之水又言忽以明之揚之水言無忠臣良士終以死亡經云終鮮兄弟則兄弟已爭是後立之事出其東門序云公子五爭野有蔓草序云民窮於兵革溱洧序云兵革不息三篇相類皆三公子既爭之後事也公子五爭突最在後得之則此三篇厲公詩也清人刺文公文公詩也鄭於左方中皆以此而知文公厲公之子清人當處卷末由爛脫失次厠於莊公詩內所以得錯亂者鄭荅趙商云詩本無文字後人不能盡得其弟録者直録其義而已如志之言則作序乃始雜亂故羔裘之序從上大叔于田爲莊公之詩也

緇衣美武公也父子並爲周司徒善於其職國人宜之故美其德以明有國善善之功焉父謂武公父桓公也司徒之職掌十二敎善善者治之有功也鄭國之人皆謂緇桓公武公居司徒之官正得其宜。緇側基反

疏緇衣三章章四句至功焉。正義曰作緇衣詩者美武公也武公之與桓公父子皆爲周司徒之卿而善於其卿之職鄭國之人咸宜之謂武公爲卿正得其宜諸侯有德乃能入仕王朝武公既爲鄭國之君又復入作司徒已是其善又能善其職此乃有國者善中之善故作此詩美其武公之德以明有邦國者善善之功焉經三章皆是國人宜之美其德之辭也以明有國善善之功焉敘其作詩之意於經無所當也。箋父謂至其宜。正義曰以桓公已作司徒武公又復爲之子能繼父是其美德故兼言父子所以盛美武公周禮大司徒職曰因民常而施十有二敎焉一曰以祀禮敎敬則民不

苟二曰以陽禮教讓則民不爭三曰以陰禮教親則民不怨四曰以樂教和則民不乖五曰以儀辨等則民不越六曰以俗教安則民不偷七曰以刑教中則民不暴八曰以誓教恤則民不怠九曰以度教節則民知足十曰以世事教能則民不失職十有一曰以賢制爵則民愼德十有二曰以庸制祿則民興功是司徒職掌十二教也祀禮謂祭祀之禮教之恭敬則民不苟且陽禮謂鄉射飲酒之禮教之謙讓則民不爭鬬陰禮謂男女昏姻之禮教之相親則民不怨曠樂謂五聲八音之樂教之和睦則民不乖戾儀謂君南面臣北面父坐子伏之屬辨其等級則民不踰越俗謂土地所生習教之安存則民不偷惰刑謂刑罰教之中正則民不殘暴誓謂戒勑教之相憂則民不懈怠度謂宮室衣服之制教之節制則民知止足世事謂士農工商之事教之各能其事則民不失業以賢之大小制其爵之尊卑則民皆謹愼其德相勸爲善以功之多少制其祿之數量則民皆興立功效自求多福司徒之職所掌多矣此十二事是教民之大者故舉以言焉此與淇隩國人美君有德能仕王朝是其一國之事故爲風蘇公之刺暴公吉甫之美申伯同寮之相刺美乃所以刺美時王故爲雅作者主意有異故所繫不同

緇衣之宜兮敝予又改爲兮緇黑

色卿士聽朝之正服也改更也有德君子宜世居卿士之位焉箋云緇衣者居私朝之服也天子之朝服皮弁服也○敝本又作弊符世反朝直遙反下同○**適子之館兮還予授子之粲兮**適之館舍粲餐也諸侯入為天子卿士受采祿箋云卿士所之之館在天子。宮如今之諸廬也自館還在采地之都我則設餐以授之愛之欲飲食之○館古亂反粲七旦反飧也飧蘇尊反廬力於反飲於鴆反食音嗣○〔疏〕緇衣至粲兮○毛以為武公作卿士服緇衣國人美之言武公於此緇衣之宜服之兮言其德稱其服也此衣若敝我願王家又復改而為之兮願其常居其位常服此服也卿士於王宮有館舍於畿內有采祿言武公去鄭國入王朝之適子卿士之館舍兮自朝而還我願王家授子武公以采祿兮欲使常朝於王常食采祿也采祿王之所授衣服王之所賜而言予為予。授者其意願王為然非民所能改受。之也○鄭以為國人愛美武公緇衣若弊我願為君改作兮自館而還我願授君以飲食兮愛之願得作衣服與之飲食也鄭以授之以食為民授之則改作衣服亦民為之也○傳緇黑至之位○正義曰考工記言染法三入為纁五入為緅七入為緇注云染纁者三入而成又再染以黑。乃成緇是緇為黑色此緇衣卿。士冠禮所云主人立冠朝服緇帶素韠是也諸侯與其臣服之以日視朝故禮通謂此服爲朝服美武公善爲司徒而經云緇衣周緇衣卿士所服也而天子與其臣皮弁以日視朝則卿士旦朝於王服皮弁不服緇衣故知是卿士聽朝之正服謂既朝於王退適治事之館釋皮弁而服以聽其所朝之政也言緇衣之宜謂德稱其服宜衣此衣敝則更願王爲之今常衣此服以武公緇世爲卿並皆宜之故言有德君子宜世居卿士之位焉○箋緇衣至弁服○正義曰退適治事之處爲私也對在天子之庭爲公此私朝在天子宮内即下句適子之館兮是也舜典云闢四門者注云卿士之職使爲已出政教於天下言四門者亦因卿士之私朝在國門魯有東門襄仲宋有桐門右師是後之取法於前也彼言私朝者在國門謂卿大夫久治家事私家之朝耳與此不同何則玉藻說視朝之禮曰君既視朝退適路寢使人視大夫大夫退然後適小寢釋服君使人視其事盡然後休息則知國之政教事在君所斷之不得歸適國門私朝明國門私朝非君朝矣論語冉子退朝注云朝於季氏之私朝亦謂私家之朝與此異也玉藻云天子皮弁以日視朝是天子之朝服皮弁故退適諸曹服緇衣也定本云天子之朝朝服皮弁服○傳適之至釆禄○正義曰釋詁云之適往也故適得爲之館者人所止舍故爲

舍也粲餐𩛥釋言文郭璞曰今河北人呼食爲粲謂餐食也諸侯入爲天子卿士受采祿解其授粲之意采謂田邑采取賦稅祿謂賜之以穀二者皆天子與之以供飲食故謂之授子粲也○箋卿士至飲食○正義曰考工記說王宫之制内有九室九嬪居之外有九室九卿朝焉注云内路寢之裏外路寢之表九室如今朝堂諸曹治事之處也六卿三孤爲九卿彼言諸曹治事處此言諸盧正謂天子宫内卿士各立曹司有廬舍以治事也言適子之館則有所從而適也言還授子粲則還有所至也既爲天子卿士不可還歸鄭國明是從采邑而適公館從公館而反采邑故云還在采地之都我則設餐以授之傳言受采祿者以采祿解粲義也箋言還在采地之都者自謂迴還所至國人授粲之處其意與傳不同雖在采地之都願授之食其授之者謂鄭國之人非采地之人何則此詩是鄭人美君非采地之人美之且食采之主非邑民常君善惡繫於天子不得曲美鄭國君也鄭國之人所以能遠就采地授之食者言愛之願飲食之耳非即實與之食也易傳者以言予者鄭人自授之食非言天子與之祿也飲食雖云小事聖人以之爲禮伐柯言王迎周公言我覯之子籩豆有踐奉迎聖人猶願以飲食故小民愛君願飲食之○緇衣之好兮敝予又改

造兮好猶宜也箋云造爲也○疏箋造爲○正義曰釋言文適子之館兮還予授子之粲兮緇衣之蓆兮敝予又改作兮蓆大也箋云作爲也○蓆音席韓詩云儲也說文云廣多疏傳蓆大○正義曰釋詁文言服緇衣大得其宜也○適子之館兮還予授子之粲兮

緇衣三章章四句

將仲子刺莊公也不勝其母以害其弟弟叔失道而公弗制祭仲諫而公弗聽小不忍以致大亂焉莊公之母謂武姜生莊公及弟叔段段好勇而無禮公不早爲之所而使驕慢○將七羊反下及注皆同勝音升祭側界反徐放此聽吐丁反好呼報反疏將仲三章章八句至大亂焉○正義曰作將仲子詩者刺莊公也公有弟名段字叔其母愛之令莊公處之大都莊公不能勝止其母遂處段於大都至使驕而作亂終以害其親弟是

公之過也此叔於未亂之前失爲弟之道而公不禁制令之奢僭有臣祭仲者諫公令早爲之所而公不聽用於事之小不忍治之以致大亂國爲故刺之經三章皆陳拒諫之辭豈敢愛之畏我父母是小不忍也後乃興師伐之是致大亂大也○箋莊公至驕慢○正義曰此事見於左傳隱元年傳曰鄭武公娶於申曰武姜生莊公及共叔段莊公寤生驚姜氏故名曰寤生遂惡之愛共叔段欲立之亟請於武公公不許及莊公即位爲之請制公曰制巖邑也虢叔死焉他邑唯命請京使居之謂之京城大叔祭仲曰都城過百雉國之害也今京不度非制也君將不堪公曰姜氏欲之焉辟害對曰姜氏何厭之有不如早爲之所無使滋蔓蔓難圖也蔓草猶不可除況君之寵弟乎公曰多行不義必自斃子姑待之既而大叔命西鄙北鄙貳於己公子呂曰國不堪貳君將若之何欲與大叔臣請事之若不與則請除之公曰無庸將自及大叔又收貳以爲己邑至於廩延子封曰可矣厚將得衆公曰不義不暱厚將崩大叔完聚繕甲兵具卒乘將襲鄭夫人將啟之公聞其期曰可矣命子封帥車二百乘以伐京京叛大叔段段入於鄢公伐諸鄢大叔出奔共是謂共城大叔是段驕慢作亂之事也大叔于田序曰叔多才而好勇是段勇而無禮也

將仲子兮無踰我

里無折我樹杞將請也仲子祭仲也踰越里居也二十五家爲里杞木名也折言傷害也箋云
祭仲驟諫莊公不能用其言故言請固距之無踰我里喻言
無干我親戚也無折我樹杞喻言無傷害我兄弟也仲初諫
曰君將與之臣請事之君若不與臣請除之。折之舌反下
同杞音起驟仕救反服虔曰數也君若與之一本若作將。

豈敢愛之畏我父母箋云段將爲害我豈敢愛之而不誅與以父母之故故不爲也。段

將此一將字如字與音餘**仲可懷也父母之言亦可畏也**箋云懷私曰懷

言仲子之言可私懷也我迫於父母有言不得從也【疏】將仲子至可畏。正義曰祭仲數諫莊公莊公不能用之
反請於仲子兮汝當無踰越我居之里垣無損折我所樹之
杞木以喻無干犯我之親戚無傷害我之兄弟段將爲害我
豈敢愛之而不誅與但畏我父母也以父母愛之若誅之恐
傷父母之心故不忍也仲子之言可私懷也雖然父母之言
亦可畏也言莊公以小不忍至於大亂故陳其拒諫之辭以
刺之傳里居至木名。正義曰里者民之所居故爲居也地
官遂人云五家爲鄰五鄰爲里是二十五家爲里也無踰我
里謂無踰越我里居之垣牆但里者人所居之名故以所居

表牆耳四牡傳云杞枸繼此直云木名則與彼別也陸機疏云杞柳屬也生水傍樹如柳葉麤而白色理微赤故今人以爲車轂今共北淇水傍魯國泰山汶水邊純杞也○箋祭仲至除之○正義曰哀二十年左傳云吳公子慶忌驟諫吳王服虔云驟數也箋言驟諫出於彼文序不言驟而箋言驟者若非數諫不應固請故知驟諫也以里垣之內始有樹木故以里踰親戚樹踰兄弟既言驟諫以爲其諫非一故言初諫曰以爲數諫之意案左傳此言乃是公子吕辭今箋以爲祭仲諫者詩陳請祭仲不請公子吕矣則祭仲之諫多於公子吕矣而公子吕請除大叔爲諫之切莫切於此祭仲正可數諫耳其辭亦不是過仲當亦有此言故引之以爲祭仲諫○箋懷私至得從○正義曰晉語稱公子重耳安於齊姜氏勸之行云懷與安實敗名病大事鄭詩云仲可懷也引此爲懷私之義故以懷爲私以父母愛段不用害之故畏迫父母有言不得從也於時其父雖亡遺言尚存與母連言之也

將仲子兮無踰我牆無折我樹桑牆垣也桑木之衆也○垣音袁豈敢愛之畏我諸兄諸兄公族仲可懷也諸兄之言亦可畏也將仲子兮

無踰我園無折我樹檀園所以樹木也檀彊韌○之木○檀徒丹反木名彊其良反一音居良反忍本亦作刃同而慎反依字木○旁作刃今此假借也沈云系旁作刃爲是案系旁刃音女巾反離騷云紉秋蘭以爲佩是也【疏】傳園所至之木○正義曰大宰職云園圃毓草本園者圃之蕃故其內可以種木也檀材可以爲車故云彊韌之木陸機疏云檀木皮正青滑澤與繫迷相似又似駁馬駁馬梓榆○故里語曰斫檀不諦得繫迷繫迷尚可得駁馬繫迷一名挈榼故齊人諺曰上山斫檀挈榼先殫○豈敢愛之畏人之多言仲可懷也人之多言亦可畏也

將仲子三章章八句

叔于田刺莊公也叔處于京繕甲治兵以出于田國人說而歸之繕之言善也甲鎧也○繕市戰反善也說音悅鎧苦愛反【疏】叔于田二章章五句至歸之○箋繕之至甲鎧○正義曰丗本云杼作甲宋仲子云少康子名杼也經典皆謂之甲後丗乃名

爲鎧箋以今曉古。**叔于田巷無居人**叔大叔段也田取禽也巷里塗也箋云叔往田國人注心于叔似如無人處。巷學絳反大音泰後大叔皆放此。**豈無居人不如叔也洵美且仁**箋云洵信也言叔信美好而又仁。洵蘇遵反〔疏〕叔于至且仁。正義曰此皆悅叔之辭時人言叔之往田獵也里巷之內全似無復居人豈可實無居人乎有居人矣但不如叔也信美好而且有仁德國人注心於叔悅之若此而公不知禁故刺之。傳叔大至里塗。正義曰左傳及下篇皆謂之大叔故傳辨之以明叔與大叔一人其字曰叔以寵私過度時呼爲大叔左傳謂之京城大叔是由寵而異其號也此言叔于田下言大叔于田作者意殊無他義也田者獵之別名以取禽於田因名曰田故云田取禽也丰曰俟我乎巷謂待我於門外知巷是里內之途道也。箋洵信至又仁。正義曰洵信釋詁文仁是行之美名叔乃作亂之賊謂之信美好而又仁者言國人悅之辭非實仁也。**叔于狩巷無飲酒**冬獵曰狩箋云飲酒謂燕飲也。狩手又反獵力輒反。**豈無飲酒不如叔也洵美且好**〔疏〕傳冬獵曰狩。正義曰釋天文李巡曰囿守取之無所擇也。**叔適野巷無服馬**箋云適之也郊外曰野服馬猶乘馬也。**豈無服馬不如叔也洵美且武**箋云武有武節〔疏〕箋郊外至乘馬。正義曰釋地云郊外謂之牧牧外謂之野是野在郊外也易稱服牛乘馬俱是駕用之義故云服馬猶乘馬者以夾轅兩馬謂之服馬何知此非夾轅之馬而云猶乘馬者以上章言無居人無飲酒皆是人事而言此不宜獨言無馬知正謂叔既往田巷無乘馬之人耳。箋武有武節。正義曰交武者人之伎能今言美且武悅其爲武則合武之要故云有武節言其不妄爲武。

叔于田三章章五句

大叔于田刺莊公也叔多才而好勇不義而得衆也。而勇本或作而好勇好衍字〔疏〕大叔于田三章章十句至得衆。正義曰叔負才恃衆必爲亂階而公不知禁故刺之經陳其善射御之等是多才也襢裼暴虎是好勇也火烈具舉是得衆也**大叔于田**

乘乘馬叔之從公田也○叔于田本或作大叔于田者誤乘乘上如字下繩證反後句例爾執轡如組兩驂如舞驂之與服和諧中節箋云如組者如織組之爲也在旁曰驂○組音祖中竹仲反叔在藪火烈具舉藪澤禽之府也烈列具俱也箋云列人持火俱舉言眾同心○藪素口反韓詩云禽獸居之曰藪○襢裼暴虎獻于公所襢裼肉袒也暴虎空手以搏之箋云獻于公所進於君也○襢本又作袒音但裼素歷反搏音博○將叔無狃戒其傷女狃習也箋云狃復也請叔無復者愛也○將七羊反請也毋音無本亦作無狃女九反復符又反下同○

疏大叔至傷女○毛以爲大叔往田獵之時乘駕一乘之馬叔馬既良叔之御人又善執持馬轡如織組織組者摠紕於此成文於彼御者執轡於手馬驂於道如織組之爲其兩驂之馬與兩服馬和諧如人舞者之中於樂節也大叔乘馬從公田獵叔之在於藪澤也火有行列俱時舉之言得眾之心故同時舉火叔於是襢去裼衣空手搏虎執之而獻於公之處所公見其如是恐其更然謂之曰請叔無習此事戒愼之若復爲之其必傷汝矣言大叔得眾之心好勇如此必將爲亂而公

不禁故刺之。鄭唯以狃爲復餘同。傳叔之從公田。正義曰下云禮裼暴虎獻于公所明公亦與之俱田故知從公田也。傳驂之至中節。正義曰此經止云兩驂不言兩服知驂與服和諧中節者以下二章於此二句皆說兩服兩驂則知此經所云亦揔驂服但馬之中節亦由御善以其篇之首先云御者之良既言執轡如組不可更言兩服理則有之故知如舞之言兼言服亦中節也此二句言叔之所乘馬良御善耳非大叔親自御之下言又良御忌乃云叔身善御。傳藪澤至具俱。正義曰地官序澤虞云每大澤大藪小澤小藪注云澤水所鍾水希曰藪然則藪非一而此云藪澤者以藪澤俱是曠野之地但有水無水異其名耳地官藪澤共立澤虞掌之夏官職方氏每州云其澤藪曰某明其是一也釋地說十藪云鄭有圃田此言在藪蓋在圃田也此言府者貨之所藏謂之府藪澤亦禽獸之所藏故云禽之府爛熟謂之烈火烈嫌爲火猛此無取爛義故轉烈爲列言火有行列也火有行列由布列人使持之故箋申之云列人持火此爲宵田故持火炤之具備即偕俱之義故爲俱也。傳禮裼至搏之。正義曰禮裼肉袒釋訓文李巡曰禮裼脫衣見體曰肉袒孫炎曰袒去裼衣釋訓又云暴虎徒搏也舍人曰無兵空手搏之。傳狃習。正義曰釋言云狃復也孫炎曰狃伏前事復爲也復亦貫習之意故傳以狃爲習也箋以爾雅正訓故以爲復**叔于田乘乘黃**四馬皆黃**兩服上襄兩驂鴈行**箋云兩服中央夾轅者襄駕也上駕者言爲衆馬之最良也鴈行者言與中服相次序。上襄並如字行戸郎反夾古洽反。**叔在藪火烈具揚**揚揚光也**叔善射忌又良御忌**忌辭也箋云良亦善也忌讀如彼已之子之已。忌注作已同音記下皆同。**抑磬控忌抑縱送忌**騁馬曰磬止馬曰控發矢曰縱從禽曰送。磬苦定反控口貢反騁敕領反。

【疏】叔于至送忌。正義曰言叔之往田也乘一乘之黃馬在內兩服者馬之上駕也在外兩驂與服馬如鴈之行相次序也叔乘此四馬從公田獵叔之在於藪澤也火有行列俱時揚之叔有多才既善射矣又善御矣。抑者此叔能磬騁馬矣又能控止馬矣言欲疾則走欲止則往。抑者此叔能縱矢以射禽矣又能縱送以逐禽矣言發則能中逐則能及是叔之善御善射也叔既得衆多才如是必將爲亂而公不禁故刺之。箋兩服至次序。正義曰小戎云騏駵是中騧驪是驂中對文則驂在外外者爲驂則知內者爲服故言兩服中央夾轅者也襄駕驂釋言文馬之上者謂之上駕故知上駕者言衆馬之最上也曲禮注云鴈行者與之並差退此四馬同駕其兩服則齊首兩驂與服馬鴈行其首不齊故左傳云如驂之有靳○傳揚揚光○正義曰言舉火而揚其光耳非訓揚爲光也○傳騁馬至曰送○正義曰此無正文以文承射御之下申説射御之事馬之進退唯騁止而已故知騁馬曰磬止馬曰控今止馬猶謂之控是古遺語也縱謂放縱故知發矢送謂逐後故知從禽○

叔于田乘乘鴇 驪白雜毛曰鴇○鴇音保依字作鴇驪力馳反 兩服齊首 馬首齊也 兩驂如手 進止如御者之手箋云如人左右手之相佐助也○ 叔在藪火烈具阜 阜盛也 叔馬慢忌叔發罕忌 慢遲罕希也箋云田事且畢則其馬行遲發矢希○嫚本又作慢莫晏反 抑釋掤忌抑鬯弓忌 掤所以覆矢鬯弓弢弓箋云射者蓋矢弢弓言田事畢○掤音冰所以覆矢也馬云櫝丸蓋也杜預云櫝丸箭筩也鬯敕亮反弢吐刀反

疏 叔于至弓忌○毛以爲叔往田獵之時乘一乘之鴇馬其內兩服則齊其頭首其外兩驂進止如御者之手乘此車馬從公田獵叔之在於藪也火有行列其

光俱盛及田之將罷叔之馬旣遲矣叔發矢又希矣及其田畢抑者叔釋掤以覆矢矣抑者叔韔鬯以弢弓矣旣美叔之多才遂終說其田之事○鄭唯如手如人手相助爲異餘同以如者比諸外物故易傳○傳驪白雜毛曰鴇○正義曰釋畜文郭璞曰今呼之爲烏驄○傳慢遲罕希○正義曰以惰慢者必遲緩故慢爲遲也釋詁云希罕也是罕爲希也○傳掤所至弢弓○正義曰昭二十五年左傳云公徒執冰而踞字雖異音義同服虔云冰櫝丸蓋杜預云或說櫝丸是箭箙其蓋可以取飲先儒相傳掤爲覆矢之物且下句言鬯弓明上句言覆矢可知矣故云掤所以覆矢鬯者盛弓之器鬯弓謂弢弓而納之鬯中故云鬯弓弢弓謂藏之也

大叔于田三章章十句

清人刺文公也高克好利而不顧其君文公惡而欲遠之不能使高克將兵而禦狄于竟陳其師旅翱翔河上久而不召衆散而歸高克奔陳

公子素惡高克進之不以禮文公退之不以道危國亡師之本故作是詩也好利不顧其君注心於利也禦狄于竟時狄侵衛。克一本作剋好呼報反注同惡烏路反下同遠于萬反將子匠反御魚呂反注同翺五羔反。

疏清人三章四句至是詩。正義曰作清人詩者刺文公也文公之時臣有高克者志好財利見利則爲而不顧其君文公惡其如是而欲遠離之而君弱臣强又不能以理廢退適値有狄侵衛鄭與衛鄰國恐其來侵文公乃使高克將兵禦狄於竟狄人雖去高克未還乃陳其師旅翺翔於河上日月經久而文公不召軍衆自散而歸高克懼而奔陳文公有臣鄭之公子名素者惡此高克進之事君不以禮也又惡此文公退之逐臣不以道高克若擁兵作亂則是危國若將衆出奔則是亡師公子素謂文公爲此乃是危國亡師之本故作是清人之詩以刺之經三章唯言陳其師旅翺翔河上之事耳序則具說翺翔所由作詩之意二句以外皆於經無所當也。箋好利至侵衛。正義曰春秋閔公二年冬十二月狄入衛鄭棄其師左傳曰鄭人惡高克使帥師次於河上久而不召師潰而歸高克奔陳鄭人爲之賦清人是於時有狄侵衛也衛在河北鄭在河南恐其渡河侵鄭故使高克將兵於河上禦之春秋經書入衞而箋言侵者狄人初實侵衞衞人與戰而敗後遂入之此據其初侵故言侵也案襄十九年晉侯使士匄侵齊聞齊侯卒乃還左傳稱爲禮也公羊傳亦云大夫以君命出進退在大夫然則高克禮當自還不須待名而文公不名久留河上者其戰伐進退自由將帥若罷兵還國必須君命故不名不得歸也傳善士匄不伐喪耳其得反國亦當晉侯有命故善之○

清人在彭駟介旁旁清邑也彭衞之河上鄭之郊也介甲也箋云清者高克所帥衆之邑也駟四馬也○介音界旁補彭反王云彊也駟四馬也一本駟介四馬也**二矛重英河上乎翱翔**重英矛有英飾也箋云二矛酋矛夷矛也各有畫飾○矛莫侯反方言云矛吳揚江淮南楚五湖之間謂之鍦鍦音蛇或謂之鋋鋋音蟬或謂之鏦鏦音錯江反其柄謂之矜矜郭音巨巾反重直龍反注下同英如字沈於耕反酋在由反【疏】清人至翱翔○正義曰言高克所率清邑之人今在於彭地狄人以去無所防禦高克乃使四馬被馳駈敖遊旁旁然不息其車之上建二種之矛重有英飾河水之上於是翱翔言其不復有事可名之使還而文公不名故刺之○傳清邑至介甲○正義曰

序言高克將兵則清人是所將之人故知清是鄭邑言禦狄于竟明在鄭衞境上言翺翔河上是營軍近河而衞境亦至河南故云衞之河上鄭之郊也郊謂二國郊境非近郊遠郊也碩鼠云適彼樂郊亦揔謂境爲郊也下言消軸傳皆以爲河上之地蓋久不得歸師有遷移三地亦應不甚相遠故俱於河上介是甲之別名故云介甲也北山傳云旁旁然不得已則此言旁旁亦爲不得已之義與下麃麃爲武貌陶陶爲驅馳之貌互相見也○傳重英矛有英飾○正義曰重英與二矛共文明是矛飾魯頌說矛之飾謂之朱英則以朱染爲英飾二矛長短不同其飾重累故謂之重英也○箋二矛至畫飾○正義曰考工記云酋矛常有四尺夷矛三尋注云八尺曰尋倍尋曰常酋夷長短名也酋近夷長也是矛有二等也記又云攻國之兵用短守國之兵用長此禦狄于境是守國之兵長宜有夷矛故知二矛爲酋矛夷矛魯頌以矛與重弓共文弓無二等直是一弓而重之則知二矛亦一矛而有二故彼箋云二矛重弓備折壞直是酋矛有二無夷矛也經言重英嫌一矛有重飾故云各有畫飾言其各自有飾並建而重累

清人在消駟介麃麃消河上地也麃麃武貌○麃表驕反二矛重喬河上乎逍遙重喬累荷

也箋云喬矛矜近上及室題所以縣毛羽○喬毛音橋鄭居橋反雉名韓詩作鷮道本又作消遙本又作搖荷舊音何謂刻矛頭爲荷葉相重累也沈胡可反謂兩矛之飾相負荷也矜字又作穃同巨巾反沈又居陵反近附近之近題音啼題頭也室劒削名也方言云劒削自河而北燕趙之間謂之室此言室謂矛頭受刃處也削音笑縣音玄○【疏】傳重喬累荷○正義曰釋詁云喬高也重喬猶如重英以矛建於車上五兵之最高者也而二矛同高其高復有等級故謂之重高傳解稱高之意故言累荷候人傳曰荷揭也謂此二矛刃有高下重累而相負揭○箋喬矛至毛羽○正義曰矜謂矛柄也室謂矛之鋻孔襄十年左傳云舞師題以旌夏杜預云題識也以大旌表識其行列然題者表識之言箋申說累荷之意言喬者矛之柄近於上頭及矛之鋻室之下當有物以題識之其題識者所以懸毛羽也二矛於其上頭皆懸毛羽以題識之似如重累相負荷然故謂之累荷也經傳不言矛有毛羽鄭以時事言之猶今之鵰毛矟也

清人在軸駟介陶陶○軸河上地也陶陶驅馳之貌○軸音逐地名陶徒報反○左旋右抽中軍作好左旋講兵右抽抽矢以射居軍中爲容好箋云左左人謂御者右車右也中軍爲將

也高克之爲將久不得歸日使其御者習旋車車右抽刃自
居中央爲軍之容好而已兵車之法將居鼓下故御者在左
○抽勑由反說文作陷他牢反云抽刃以【疏】左旋右抽中
習擊刺也好呼報反注同將子亮反下同 軍作好○毛
以爲高克閒暇無爲逍遙河上乃左迴旋其師右手抽矢以
射高克居軍之中以爲一軍之容好言可名而不名故刺之
○鄭以高克使御人在車左者習迴旋其車勇士在右者習
抽刃擊刺高克自居中央爲軍之容好指謂一車之上事也
○傳左旋至容好○正義曰毛以爲左右中摠謂一軍之事
左旋以講習兵事在軍之人皆右手抽矢而射高克爲將將
在軍中以此左旋右抽矢爲軍之容好言其無事故逍遙也
必左旋者少儀云軍尚左注云右○陽也陽主生將軍有廟勝
之策左將軍爲上貴不敗績然則此亦以左爲陽故爲左旋
○箋左人至在左○正義曰箋以左右爲相敵之言傳以左
爲軍之左旋右爲人之右手於事不類故易傳以爲一車之
事左謂御者在車左右謂勇力之士在車右中謂將居車中
也車是御之所主也故習旋迴之事右主持兵故抽刃擊刺
之亦是習之也高克自居車中以此一車所爲之事爲軍之
容好成二年左傳說晉之伐齊云郤克將中軍解張御鄭丘
緩爲右郤克傷於矢流血及屨未絶鼓音曰余病矣張侯曰

自始合而矢貫余手及肘余折以御左輪朱殷豈敢言病張侯郤解張也郤克傷矢言未絕鼓音是郤克爲將在鼓下也張侯傷手而血染左輪是御者在左也此謂將之所乘車耳若士卒兵車則闕宮箋所云兵車之法左人持弓右人持矛中人御御車不在左也此二箋皆言兵車之法則不常乘車不然矣曲禮曰乘君之乘車不敢曠左注云君存惡空其位則人君平常皆在車左御者在中央故月令說耕籍之義云天子親載耒耜措之於參保介之御閒保介謂車右也置耒耜於車右御者之閒御者在中與兵車異也將居鼓下雖人君親將其禮亦然夏官大僕職云凡軍旅田役贊王鼓注云王通鼓佐擊其餘面是天子親鼓也成二年左傳云齊侯伐我北鄙圍龍齊侯親鼓之是爲將乃然故云將居鼓下

清人三章章四句

附釋音毛詩注疏卷第四 四之二

嘉慶二十年重栞宋本毛詩注疏附校勘記

南昌府學栞

黃中模栞

毛詩注疏挍勘記（四之二）

阮元撰盧宣旬摘錄

鄭譜

又云爲幽王大司徒　閩本明監本毛本同案此不誤浦鏜云衍云字非也譜以上說京兆鄭縣以下說河南新鄭故以又云爲更端之辭山井鼎考文載永懷堂板又云作桓公出於臆改其板自是俗書無足論者盧文弨亦取改此文失之矣

桓公臣善　閩本明監本毛本同案山井鼎云史記臣作曰是也

斬之蓬蒿藜翟　閩本明監本毛本同案浦鏜云藿誤翟是也

子文公踶立　閩本明監本毛本同案此不誤浦鏜云踶傳作㨖是也此據世家

是究前業之箋　閩本明監本毛本箋作初案皆非也當作事上下文可證

宜是初田事也　閩本明監本同毛本田作年案皆非也田當作日形近之譌

○緇衣

粲餐也 小字本相臺本同案釋文云飱蘇尊反在粲字後諸盧字前是釋文本餐作飱正義云粲餐釋言文考爾雅與此傳意同皆謂粲爲餐假借釋文本誤

在天子宮 小字本相臺本宮上有之字明監本毛本同閩本剜入考文一本同案有者是也

而言予爲子授者 閩本明監本毛本同案浦鏜云予譌子是也

非民所能改受之也 閩本明監本毛本同案浦鏜云授譌受是也

又再染以黑乃成緇 閩本明監本毛本同案乃上浦鏜云脫則爲緅又復再染以黑九字考周禮注是也此以黑複出而脫去

此緇衣卿士冠禮所云 閩本明監本毛本同案浦鏜云卽誤卿是也

周緇衣卿士所服也 閩本明監本毛本周作則案所改非也周當作明形近之譌

○將仲子

是致大亂大也〔補〕毛本下大字作國案國字是也

君將與之小字本相臺本同案釋文云君若與之一本若作將正義本今無可考

四牡傳云杞枸繼閩本明監本毛本同案考彼傳及爾雅皆是檵字此繼字當誤

矣則祭仲之諫閩本明監本毛本同案浦鏜云矣或然字之誤屬下是也

實敗名病大事閩本明監本毛本同案敗名二字當衍此引晉語實病大事或記左傳敗名於傍遂誤入皇皇者華正義引實病大事不誤

園所以樹木也小字本相臺本同閩本明監本同毛本樹誤種案正義云故其內可以種木也是自爲文不當據以改傳

檀彊韌之木閩本明監本毛本同小字本相臺本韌作忍案釋文云忍本亦作刃同而愼反依字韋旁

刃此今假借也考采薇箋堅忍白華邱箋柔忍皇皇者華傳調忍字皆作忍周禮土訓考工記二釋文亦可證是此傳本作忍字因正義自用韌字不知者乃取以改也又考文古本作紉采釋文所載沈重説及采薇改作緫白華采所易今字作韌皆非也舊釋文韋字誤今正見後考證

木旁作刃 補 木當作韋

故云韁韌之木 閩本明監本毛本同案傳作忍正義作韌忍韌古今字易而説之也例見前餘同此

駮馬梓檎 閩本明監本毛本檎作楡案檎字是也晨風正義引作楡

○大叔于田

叔多才而好勇 唐石經小字本相臺本同案此正義本也釋文云本或作而好勇好衍字正義云襢裼暴虎是好勇也下文云好勇如此是與或作本同

大叔于田　唐石經小字本相臺本同案此正義本也釋文云叔于田本或作大叔于田者誤正義標起止云大叔至傷女下文云毛以爲大叔往田獵之時又上篇正義云此言叔于田下言大叔于田作者意殊是與或作本同此詩三章共十言叔不應一句獨言大叔或名篇自異詩文則同如唐風杕杜有杕之杜二篇之比其首句有大字者援序入經耳當以釋文本爲長

將叔無狃　唐石經小字本相臺本同案釋文云毋本亦作無正義本今無可考

然則藪非一　閩本明監本毛本同案則當作澤上下文可證

孫炎曰狃伏前事　閩本明監本毛本同案浦鏜云忕誤伏是也

欲止則往　閩本明監本毛本同案浦鏜云住誤往是也

乘一乘之駂馬　閩本明監本毛本上乘字誤秉駂誤鴇案經傳皆作鴇正義作駂鴇駂古今字易而說之也例見前標起止

○清人

禦狄于竟 閩本明監本毛本竟作境下言禦狄于境同案所改是也序作竟正義作境下文皆可證竟境古今字易而說之也考文古本序亦作境誤采正義所易之今字

駟四馬也 小字本相臺本同案釋文云一本駟介四馬也考文古本有介字采釋文一本此箋但說駟耳其介甲也已在傳矣一本誤○按毛傳文茵虎皮也謂文茵之文乃是虎皮也荷華扶渠也謂荷華之荷乃是扶渠也傳之例本如此後人有刪改遂至不晝一

使四馬被馳駈敖遊 明監本毛本被下有甲字閩本剜入案所補是也

中軍爲將也 閩本明監本毛本同小字本相臺本爲作謂考文古本同案謂字是也釋文以謂將作音可證

注云右陽也 閩本明監本毛本同案浦鏜云左誤右是也 止

附釋音毛詩注疏卷第四 四之三 十四

羔裘刺朝也言古之君子以風其朝焉言猶道也鄭自莊公而賢者陵遲朝無忠正之臣故刺之○裘字或作求朝直遥反下及注同風福鳳反疏羔裘三章章四句至朝焉○正義曰作羔裘詩者刺朝也以莊公之朝無正直之臣故作此詩道古之在朝君子有德有力故以風刺其今朝廷之人焉經之所陳皆古之君子之事也此主刺朝廷之臣朝無賢臣是君之不明亦所以刺君也○箋言猶至刺之○正義曰言謂口道說諸序之言字義多爲道就此一釋餘皆從之下篇之序猶言莊公則此莊公詩也故言莊公以明之以桓武之世朝多賢者陵遲自莊公爲始故言自也

羔裘如濡洵直且侯如濡潤澤也洵均侯君也箋云緇衣羔裘諸侯之朝服也言古朝廷之臣皆忠直且君也君者言正其衣冠尊其瞻視儼然人望而畏之○濡音儒洵徐音荀又音旬侯韓詩云侯美也

彼其之子舍命不渝渝變也箋云舍猶處也之子是子也是子處命不變謂守死善道見危授命之等○舍音赦王云受也沈書者反渝以朱反○疏

羔裘至不渝。正義曰言古之君子在朝廷之上服羔皮爲裘其色潤澤如濡濕之然身服此服德能稱之其性行均直且有人君之度也彼服羔裘之是子其自處性命躬行善道至死不變刺今朝廷無此人。傳如濡至侯君。正義曰如似濡濕故言潤澤謂皮毛光色潤澤也洵均釋言文侯君釋詁文定本濡潤澤也無如字。箋緇衣至畏之。正義曰經云羔裘知緇衣者玉藻云羔裘緇衣以裼之論語云緇衣羔裘是羔裘必緇衣也士冠禮云主人玄冠朝服緇帶素韠注云衣不言色者衣與冠同也是緇衣爲朝服也玉藻云諸侯朝服以日視朝故知緇衣羔裘是諸侯之朝服也以臣在朝廷服此羔裘故舉以言是皆均直且君言其有人君之度孔子稱雍也可使南面亦美其堪爲人君與此同也正其衣冠以下論語文。傳渝變。正義曰釋言文。箋舍猶至之等。正義曰舍息是安處之義故知舍猶處也之子是子也釋訓文

羔裘豹飾孔武有力豹飾緣以豹皮也孔甚也。緣以絹反。**彼其之子邦之司直**司主也。〔疏〕羔裘至司直。正義曰言古之君子服羔皮爲裘以豹皮爲袖飾者其人甚武勇且有力可禦亂也彼服羔裘之是子一邦之人主以爲直刺今無此人。傳豹飾至孔甚。正義

曰唐風云羔裘豹袪羔裘豹褎然則緣以豹皮謂之爲袪袖也禮君用純物臣下之故袖飾異皮孔甚釋言文

羔裘晏兮三英粲兮晏鮮盛貌三英三德也箋云三德剛克柔克正直也粲衆意○晏於諫反粲采諫反

彼其之子邦之彥兮彥士之美稱○稱尺證反

【疏】羔裘至彥兮○正義曰言古之君子服羔皮爲裘其色晏然而鮮盛兮其人有三種英俊之德粲然而衆多兮彼服羔裘之是子一邦之人以爲彥士兮刺今無此人○箋三德至衆意○正義曰英俊秀之名言有三種之英故傳以爲三德洪範云三德一曰正直二曰剛克三曰柔克注云正直中平之人克能也剛能柔能謂寬猛相濟以成治立功剛則彊柔則弱此陷於滅亡之道非能也然則正直者謂不剛不柔每事得中也剛克者雖剛而能以柔濟之柔克者雖柔而能以剛濟之故三者各爲一德洪範先言正直此引之而與彼倒者以經有正直无剛柔故先言剛柔意明剛能柔柔能亦爲德故也洪範之言謂人性不同各有一德此言三英粲兮亦謂朝夕賢臣具此三德非一人而備有三德也地官師氏以三德教國子至德敏德孝德彼乃德之大者敎國子使知之耳非朝廷之人所能有故知此三德是洪範之三德周語稱三女爲粲是粲爲衆

意。傳彥士之美稱。正義曰釋訓云美士爲彥舍人曰國有美士爲人所言道

羔裘三章章四句

遵大路思君子也莊公失道君子去之國人思望焉。遵大路兮摻執子之袪兮遵循路道摻擥袪袂也箋云思望君子於道中見之則欲擥持其袂而留之。摻所覽反徐所斬反袪起居反又起據反袂也擥音覽袂面世反。無我惡兮不寁故也寁速也箋云子無惡我擥持子之袂我乃以莊公不速於先君之道使我然。惡烏路反注同寁市坎反故也一本作故兮後好也亦爾【疏】遵大至故也。正義曰國人思望君子假說得見之狀言己循彼大路之上兮若見此君子之人我則擥執君子之衣袪兮君子若忿我留之我則謂之云無得於我之處怨惡我留兮我乃以莊公不速於先君之道故也言莊公之意不速於先君之道不愛君子令子去之我以此固留子。傳遵循至袪袂。正義曰遵循釋詁文地官遂人云澮上有道川上有路對文則有廣狹之異散則道路通也以摻字

從手又與執共文故爲攬也說文摻字山音反聲訓爲斂也操字桑此遙反聲訓爲奉也二者義皆小異喪服云袂屬幅袪尺二寸則袂是袪之本袪爲袂之末唐羔裘傳云袪袂末則袂袪不同此云袪袂者以袪袂俱是衣袖本末別耳故舉類以曉人唐風取本末爲義故言袂末○傳寁速○正義曰釋詁文舍人曰寁意之速○

遵大路兮摻執子之手兮箋云言執手者思望之甚無我魗兮不寁好也魗棄也箋云魗亦惡也好猶善也子無惡我我乃以莊公不速於善道使我然○魗本亦作㪗又作𣪻市由反或云鄭音爲醜好如字鄭云善也或呼報反○疏傳魗棄○正義曰魗與醜古今字醜惡可棄之物故傳以爲棄言子無得棄遺我箋準上章故云魗亦惡意小異耳

遵大路二章章四句

女曰雞鳴刺不說德也陳古義以刺今不說德而好色也德謂士大夫賓客有德者○說音悅下同好呼報反疏女曰雞鳴三章章六句至好色○正

義曰作女曰雞鳴詩者刺不說德也以莊公之時朝廷之士不悅有德之君子故作此詩陳古之賢士好德不好色之義以刺今之朝廷之人有不悅賓客有德而愛好美色者也經之所陳皆是古士之義好德不好色之事以時人好色不好德故首章先言古人不好美色下章乃言愛好有德但主爲不悅有德而作故序指言刺不悅德也定本云古義無士字理亦通。箋德謂至德也。正義曰經陳愛好賓客思贈問之故知德謂士大夫賓客有德者士大夫君子之㩻辭未必爵爲大夫士也下箋云士大夫以君命出使者義亦然月出指刺好色經無好德之事此則經陳好德文異於彼故於此箋辨其德之所在也

女曰雞鳴士曰昧旦箋云此夫婦相警覺以夙興言不留色也。昧音妹警音景。

子興視夜明星有爛言小星已不見也箋云明星尚爛爛然早於別色時。爛力旦反見賢遍反又如字蚤音早本亦作早別色彼列反

將翺將翔弋鳧與鴈閒於政事則翺翔習射箋云弋繳射也言無事則往弋射鳧鴈以待賓客爲燕具。弋羊職反鳧音符閒音閑繳音灼本亦作繳。

【疏】女曰至與鴈。正義曰言古之賢士不留於色夫妻同寢相戒夙興其女曰雞鳴矣而妻起士曰已昧旦

矣而夫起夫起卽子與也此子於是同與而覗夜之早晚明星尚有爛然早於别色之時早朝於君君事又早終閒暇無事將翺翔以學習射事弋射鳧之與鴈以待賓客爲飲酒之羞古士好德不好色如此此而今人不好有德唯悦美色故刺之。箋此夫至留色。正義曰士女相對與語故以夫妻釋之士者男子之大號下傳言閒於政事習射待賓客則所陳古士是謂古朝廷大夫士也雞鳴女起之常節昧旦士自起之常節皆是自言起節非相告語而云相警覺者見賢思齊君子恒性彼既以時而起此亦不敢淹留卽是相警之義也各以時起是不爲色而留也。箋明星至色時。正義曰玉藻說朝之禮云羣臣别色始入以别色之時當入公門故起又早於别色時。箋弋繳至鳧具。正義曰夏官司弓矢繒矢茀矢用諸弋射注云結繳於矢謂之繒繒高也茀矢象焉茀之言刜也二者皆可以弋飛鳥刜羅之也然則繳射謂以繩繫矢而射也說文云繳謂生絲爲繩也下云宜言飲酒故知以待賓客爲燕飲之具。

弋言加之與子宜之宜肴也箋云言我也子謂賓客也所弋之鳧鴈我以爲加豆之實與君子共肴也。○殽音爻本亦作肴。

宜言飲酒與子偕老箋云宜乎我燕樂賓客而飲酒與之俱至老親愛之言也

○偕音皆樂音洛下同。琴瑟在御，莫不靜好。君子無故不徹琴瑟，賓主和樂無不安好。

疏弋言至靜好。正義曰：此又申上弋射之事。弋取鳧鴈，我欲爲加豆之實，而用之與子賓客作肴羞之饌，共食之宜乎，我以燕樂賓客而飲酒，與子賓客俱至於老，言相親之極，沒身不衰也。於飲酒之時，琴瑟之樂在於侍御，有肴有酒，又以琴瑟樂之，則賓主和樂，又莫不安好者。古之賢士親愛有德之賓客如是，刺今不然。○傳宜肴。○正義曰：釋言文。李巡曰：宜飲酒之肴。○箋言我至共肴也。○正義曰：言我，釋詁文。與之飲酒相親，故知子謂賓客，故以所射之鳧鴈爲加豆之實，與君子共肴之。若然，曲禮云：凡進食之禮，左肴右胾，食居人之左，羹居人之右，膾炙處外，醯醬處內，葱渫處末，酒漿處右。注云：此大夫士與賓客燕食之禮，其禮食則宜倣公食大夫禮云。又案公食大夫禮皆無用鳧鴈之文，此得用鳧鴈者，公食大夫自是食禮，此則飲酒，彼以正禮而食，此以相好私燕，其饌不得同也。曲禮所陳燕食之饌與禮食已自不同，明知燕飲之肴又當異於食法，故用鴈爲加豆也。牲牢之外別有此肴，故謂之加也。箋宜乎者，謂閒暇無事宜與賓客燕，與上宜肴別也。○傳君子至安好。○正義曰：解其在御之意，由無故不徹，故飲則有之。曲禮云：大夫無故不徹懸，士無

故不徵琴瑟注云故謂災患喪病傳意出於彼文此古士兼有大夫當云不徵懸而唯言琴瑟者證經之琴瑟有樂懸者亦有琴瑟故也

知子之來之雜佩以贈之 雜佩者珩璜琚瑀衝牙之類箋云贈送也我若知子之必來我則豫儲雜佩去則以送子也與異國賓客燕時雖無此物猶言之以致其厚意其若有之固將行之士大夫以君命出使主國之臣必以燕禮樂之助君之歡○珩音衡佩上玉也璜音黃半璧曰璜琚音居佩玉名瑀音禹石次玉也衝昌容反狀如牙儲直居反使所吏反○

知子之順之雜佩以問之 問遺也箋云順謂與己和順○遺尹季反

知子之好之雜佩以報之 箋云好謂與己同好○好呼報反注同○

【疏】知子至報之○正義曰古者之賢士與異國賓客燕飲相親設辭以愧謝之我若知子之今日必來之我當豫儲雜佩去則以贈送之若知子之與我和順之當豫儲雜佩去則以問遺之若知子之與我和好之當豫儲雜佩去則以報荅之正爲不知予之來愧無此物親愛有德之甚言此以致厚意刺今不然○傳雜佩至之類○正義曰說文云珩佩上玉也璜半璧也琚佩玉名也瑀玖石次玉也玉藻云佩玉有衡牙注云居中央以前後

觸也則衝牙亦玉爲之其狀如牙以衝突前後也玉藻說佩有黝珩列女傳稱阿谷之女佩璜而瀞下云佩玉瓊琚丘中有麻云貽我佩玖則琚玖與瑀皆是石次玉玖是佩則瑀亦佩也故云雜佩珩璜琚瑀衝牙之類玉藻又云天子佩白玉諸◦侯佩山玄玉大夫佩水蒼玉世子佩瑜玉士佩瓀玟玉則佩玉之名未盡於此故言之類以包之天官玉府云共王之服玉佩玉珠玉注引詩傳曰佩玉上有葱珩下有雙璜衝牙蠙珠以納其間下傳亦云佩有琚玖所以納間謂納衆玉與珩上下之間○箋贈送至之歡○正義曰上章與賓客飲酒箋不言異國於此言異國者上章燕卽是此客俱辭不言來客非異國至此章言來送之與別故以異國稱之燕禮者諸侯燕聘問之賓與己之羣臣其禮同此朝廷之士與賓客燕樂同國異國其義亦同此篇所陳非古士獨說外來賓客但上章不言外來賓客有國內賓客此章非◦是異國耳又稱臣無境外之交所以得與異國賓客燕者士大夫以君命出使他國主國之臣必以燕禮樂之助主君之歡心故得與之燕也聘禮云公於賓一食再饗大夫於賓一饗一食不言燕者以燕非大禮故不言之饗食猶尚有之明當燕樂之矣○傳問遺○正義曰曲禮云凡以苞苴簞笥問人者哀二十六年左傳云衞侯使以弓問子貢皆遺人物謂之問故云問遺也

問之者卽出巳之意施遺前人報之者彼能好我報其恩惠贈之者以物與之送之與別其實一也所從言之異耳

女曰雞鳴三章章六句

有女同車刺忽也鄭人刺忽之不昏于齊太子忽嘗有功于齊齊侯請妻之齊女賢而不取卒以無大國之助至於見逐故國人刺之忽鄭莊公世子祭仲逐之而立突○太子音泰妻七計反以女適人曰妻取如字又促句反下注同【疏】有女同車二章章六句至刺之○正義曰作有女同車詩者刺忽也鄭人刺忽之不婚於齊對齊為文故言鄭人旣摠敘經意又申說之此太子忽嘗有功於齊齊侯喜得其功請以女妻之此齊女賢而忽不娶由其不與齊為婚卒以無大國之助至於見逐棄國出奔故國人刺之忽宜娶齊女與之同車而忽不娶故經二章皆假言鄭忽實娶齊女與之同車之事以刺之桓六年傳曰北戎侵齊齊侯使乞師於鄭鄭太子忽帥師救齊六月大敗戎師獲其二帥大良少良甲首三百以獻於齊是太子忽嘗有功於齊也傳又云公

之未婚於齊也齊侯欲以文姜妻鄭太子忽太子忽辭人問其故太子曰人各有耦齊大非吾耦也詩云自求多福在我而已大國何爲君子曰善自爲謀及其敗戎師也齊侯又請妻之固辭人問其故太子曰無事於齊吾猶不敢今以君命奔齊之急而受室以歸是以師婚也人其謂我何遂辭諸鄭伯如左傳文齊侯前欲以文姜妻忽後復欲以他女妻忽再請之此言齊女賢而忽不娶謂復請妻者非文姜也鄭志張逸問曰此序云齊女賢經云德音不忘文姜內淫適人殺夫幾亡魯國故齊有雄狐之刺魯有敝笱之賦何德音之有乎荅曰當時佳耳後乃有過或者早嫁不至於此作者據時而言故序達經意如鄭此荅則以爲此詩刺忽不娶文姜案此序言忽有功於齊齊侯請妻之則請妻在有功之後齊女賢而忽不娶其文又在其下明是在後妻者也安得以爲文姜乎又桓十一年左傳曰鄭昭公之敗北戎也齊人將妻之昭公辭祭仲曰必娶之君多內寵子無大援將不立弗從夏鄭莊公卒秋昭公出奔衛傳亦以出奔之年追說不婚於齊與詩刺其意同也張逸以文姜爲問鄭隨時荅之此箋不言文姜鄭志未爲定解也若然前欲以文姜妻之後欲以他女妻之他女必幼於文姜而經謂之孟姜者詩人以忽不娶言其身有賢行大國長女刺忽應娶不娶何必實賢實長也

桑中刺奔相竊妻妾言孟姜孟庸孟弋責其大國長女爲此姦淫其行可恥惡耳何必三姓之女皆處長也此忽實不同車假言同車以刺之足明齊女未必實賢實長假言其賢長以美之不可執文以害意也此陳同車之禮欲忽娶爲正妻也箋隱八年左傳云鄭公子忽如陳逆婦嬀則是已娶正妻矣齊侯所以得請妻之者春秋之世不必如禮或者陳嬀已死忽將改娶二者無文以明之此請妻之時在莊公之世不爲莊公詩者不娶齊女出自忽意及其在位無援國人乃追刺之序言嘗有功於齊明是忽爲君後追刺前事非莊公之時故不爲莊公詩也傳稱忽不娶文姜君子謂之善自爲謀則是善忽矣此詩刺之者傳言善自爲謀言其謀不及國故再發傳以言忽之無援非善之也○箋忽鄭至立突○正義曰經書鄭世子忽是爲莊公子也桓十一年左傳曰祭仲有寵於莊公莊公爲公娶鄧曼生昭公故祭仲立之宋雍氏女於鄭莊公曰雍始生厲公雍氏宗有寵於宋莊公故誘祭仲而執之曰不立突將死亦執厲公而求賂焉祭仲與宋人盟以厲公歸而立之九月丁亥昭公奔衛已亥厲公立是祭仲逐之而立突也○

有女同車顔如舜華

親迎同車也舜木槿也箋云鄭人刺忽不取齊女親迎與之同車故稱同車之禮齊女之美○同車讀與何彼

禨矣詩同舜尸順反華讀亦與召南
同下篇旋此迎魚敬反下同槿音謹**將翺將翔佩玉瓊**
琚佩有琚瑀。
所以納閒**彼美孟姜洵美且都**孟姜齊之長女都
閑也箋云洵信也
言孟姜信美好且閑
習婦禮。洵恤旬反〔疏〕有女至且都。正義曰鄭人刺忽
不娶齊女假言忽實娶之與之同
車言有女與鄭忽同車此女之美其顏色如舜木之華然其
將翺將翔之時所佩之玉是瓊琚之玉言其玉聲和諧行步
中節也又歎美之言彼美好之孟姜信美好而又且閑習於
婦禮如此之美而忽不娶使無大國之助故刺之。傳親迎
至木槿。正義曰士昏禮云壻揖婦出門乃云壻御婦車授
綏是親迎之禮與婦同車也釋草云椵木槿櫬木槿樊光曰
別二名也其樹如李其華朝生暮落與草同氣故在草中陸
機疏云舜一名木槿一名櫬一名曰椵齊魯之間謂之王蒸
今朝生暮落者是也五月始華故月令仲夏木槿榮。傳都
閑。正義曰都者美好閑習之言故爲閑也司馬相如上林
賦云妖治閑都
亦以都爲閑也**有女同行顏如舜英**行行道也英猶華
也箋云女始乘車
壻御輪三周御者代壻
。壻音細字書作聟。**將翺將翔佩玉將將**將將鳴
玉而後

行○將將七羊反玉佩聲**彼美孟姜德音不忘**箋云不忘者後世傳其道德也○傳直專反○〔疏〕箋女始至代壻○正義曰昏義文也御者代壻壻先道而行故引之以證同道之義○傳將將鳴玉而後行○正義曰此解鏘鏘之意將動而玉已鳴故於將翺將翔之時已言佩玉鏘鏘也上章言玉名此章言玉聲互相足○

有女同車二章章六句

山有扶蘇刺忽也所美非美然言忽所美之人實非美人○蘇如字徐又音疏〔疏〕山有扶蘇二章章四句至美然○正義曰毛以二章皆言用臣不得其宜鄭以上章言用之失所下章言養之失所箋傳意雖小異皆是所美非美人之事定本云所美非美然與俗本不同

山有扶蘇隰有荷華興也扶蘇扶胥小木也荷華扶渠也其華菡萏言高下大小各得其宜也箋云興者扶胥之木生于山喻忽置不正之人于上位也荷華生于隰喻忽置有美德者于下位此言其用臣顛倒失其所也○胥音蔬又相如反菡本作歒又作莟戶感反萏本又作欿又作萏度感反菡萏荷華也未開曰菡萏已發曰芙蕖顛本亦作顛都田反倒都老反

不見子都乃見狂且子都世之美好者也狂狂人也且辭也箋云人之好美色不往覩子都乃反往覩狂醜之人以興忽好善不任用賢者反任用小人其意同○狂求匡反且子餘反注同好美色呼報反任下同睹都都杜反山有至狂且○毛以爲山上有扶蘇之木隰木亦作覩〔疏〕中有荷華之草木生於山草生於隰高下各得其宜以喻君子在上小人在下亦是其宜今忽置小人於上位置君子於下位是山隰之不如也忽之所愛皆是小人我適忽之朝上觀其君臣不見有美好之子閑習禮法者乃唯見狂醜之昭公耳言臣無賢者君又狂醜故以刺之鄭以高山喻上位下隰喻下位言山上有扶蘇之小木隰中有荷華之茂草小木之處高山茂草之生下隰喻忽置不正之人於上位置美德之人於下位言忽用臣顛倒失其所也忽之所以然者由不識善惡之故有人自言愛好美色不往見子都之美好閑習者乃往見狂醜之人喻忽之好善不任用賢者反任用小人所美非矣○故刺之○傳扶蘇至其宜○正義曰毛以下章山有喬松是木則扶蘇是木可知而釋木無文傳言扶胥小木者毛當有以知之未詳其所出也荷扶蕖其其華菡萏釋草文又云其實蓮其根藕其中的的中薏李巡曰皆分別蓮華實莖葉之名的蓮實薏中心苦者也扶胥山

木宜生於高山荷華水草宜生於下隰言高下大小各得其宜反以喻不宜言忽使小人在上君子在下亦爲不宜也○箋興者至其所○正義曰箋以扶蘇是木之小者荷華是草之茂者今舉山有小木隰有茂草爲喻則以山喻上位隰喻下位小木喻小人茂草喻美德故易傳喻忽置不正之人於上位置美德於下位○傳子都至且辭○正義曰都謂美好而閑習於禮法故云子都世之美好者也狂者狂愚之人下傳以狡童爲昭公則此亦謂昭公也狡童皆以爲義嫌且亦爲義故云且辭○醜人之至意同○正義曰箋以子都謂美麗閑習者也都是美好則狂是醜惡舉其見好醜爲言則是假外事爲喻非朝廷之上有好醜也故知此以人之好美色不往覩美乃往覩惡與忽之好善不任賢者反用小人其意與好色者同○

山有喬松隰有游龍

松木也龍紅草也箋云游龍猶放縱也喬松在山上喻忽無恩澤於大臣也紅草放縱枝葉於隰中喻忽聽恣小臣此又言養臣顛倒失其所也○橋本亦作喬毛作橋其驕反王云高也鄭作橋苦老反枯槁也

不見子充乃見狡童

子充良人也狡童昭公也箋云人之好忠良之人不往覩子充乃反往覩狡童狡童有貌而無實○狡古卯反

〔疏〕山有至狡童○毛以爲山

上有喬高之松木隰中有放縱之龍草木生於山草生於隰高下得其宜以喻君子在上小人在下亦是其宜今忽置小人於上位置君子於下位是山隰之不如也忽之所愛皆是小人我適忽之朝上觀其君臣不見有美好之子充實忠良者乃唯見此壯狡童昏之昭公言臣無忠良君又昏愚故刺之鄭以爲山上有枯槁之松木隰中有放縱之龍草松木雖生高山而柯條枯槁龍草雖生於下隰而枝葉放縱喻忽之養臣君子在於上位則不加恩澤小人在於下位則祿賜豐厚言忽養臣顛倒失其所也忽之所以然者由不識善惡之故有人自言愛好忠良不往見子之充實之善人乃往見狡好之童穉有貌無實者以喻忽之好善不任用賢者反任用小人故刺之○傳松木至紅草○正義曰傳以喬松共文嫌爲一木故云松木以明喬非木也釋草云紅龍古其大者蘬舍人曰紅名龍古其大者名蘬是龍紅一草而列名故云龍紅草也陸機疏云一名馬蓼葉大而赤白色生水澤中高丈餘據上章之傳正取高下得宜爲喻不取喬游爲義○箋游龍至其所○正義曰此章直名龍耳而言游龍知謂枝葉放縱也箋以作者若取山木隰草爲喻則當指言松龍而已不應言橋游也今松言橋而龍云游明取橋游爲義山上之木言枯槁隰中之草言放縱明橋松喻無恩於大臣游龍喻聽

恣於小臣言養臣顛倒失其所也孫毓難鄭云箋言用臣顛倒置不正於上位上位大臣也置有美德於下位下位小臣也則其養之又無恩於所寵而聽恣於所薄乎以箋爲自相違戾斯不然矣忽之羣臣非二人而已用臣則不正者在上有美德者在下養臣則薄於大臣厚於小臣此二者俱爲不可故二章各舉以刺忽○傳子充至昭公○正義曰充者實也言其性行充塞良善之人故爲良人下篇刺昭公而言彼狡童兮是斥昭公故以狡童爲昭公也○箋人之至無實○正義曰充是誠實故以忠良言之充爲性行誠實則知狡童是有貌無實者也狡童謂狡好之童非有指斥定名也下篇刺昭公之身此篇刺昭公之所美非美養臣失宜不以狡童爲昭公故易傳以爲人之好忠良不視子充而視狡童以喻昭公之好善不愛賢人而愛小人也孫毓云此狡狡好之狡謂有貌無實者也云刺昭公而謂狡童爲昭公於義雖通下篇言昭公有壯狡之志未可用也箋義爲長

山有扶蘇二章章四句

蘀兮刺忽也君弱臣強不倡而和也不倡而和君臣各失其禮

不相倡和。蘀他洛反倡昌亮反本又作唱注下同和胡卧反注下同。**蘀兮蘀兮風其吹女**興也蘀槁也人臣待君倡而後和箋云槁謂木葉也木葉槁待風乃落興者風喻號令也喻君有政教臣乃行之言此者刺今不然。槁苦老反。**叔兮伯兮倡予和女**叔伯言羣臣長幼也君倡臣和也箋云叔伯羣臣相謂也羣臣無其君而行自以強弱相服女倡矣我則將和之言此者刺其自專也叔伯兄弟之稱。長張丈反稱尺證反

【疏】蘀兮至和女。毛以爲落葉謂之蘀詩人謂此蘀兮蘀兮汝雖將墜於地必待風其吹女然後乃落以興謂此臣兮臣兮汝雖職當行政必待君言倡發然後乃和汝鄭之諸臣何故不待君倡而後和又以君意責羣臣汝等叔兮伯兮羣臣長幼之等倡者當是我君和者當。汝臣汝何不待我君倡而和乎。鄭下二句與毛異具在箋。○傳蘀槁至後和。○正義曰七月云十月隕蘀傳云蘀落也然則落葉謂之蘀此云蘀槁者謂枯槁乃落故箋云槁謂木葉是也木葉雖槁待風吹而後落故以喻人臣待君倡而後和也。○傳叔伯至臣和。○正義曰士冠禮爲冠者作字云伯某甫仲叔季唯其所當則叔伯是長幼之異字故云叔伯言羣臣長幼也謂揔呼羣臣爲叔伯也言君倡臣和解經倡

予和汝言倡者當是我君和者當是汝臣。箋叔伯至之稱。正義曰箋以叔伯長幼之稱予汝相對之語故以爲叔伯羣臣相謂也桓二年左傳稱宋督有無君之心言有君不以爲君雖有若無忽之諸臣亦然故云無其君而行自以强弱相服故弱者謂强者汝倡矣我則和之刺其專恣而不和君也箋又自明己意以叔伯兄弟相謂之稱則知此經爲羣臣相謂之辭故易傳也

蘀兮蘀兮風其漂女漂猶吹也。漂匹遥反本亦作飄**叔兮伯兮倡予要女**要成也。要於遥反注同

蘀兮二章章四句

狡童刺忽也不能與賢人圖事權臣擅命也權臣擅命祭仲專也。擅善戰反

【疏】狡童二章章四句。箋權臣至仲專。正義曰權者稱也所以銓量輕重大臣專國之政輕重由之是之謂權臣也擅命謂專擅國之教命有所號令自以己意行之不復諮白於君鄭忽之臣有如此者唯祭仲耳桓十一年左傳稱祭仲爲公娶鄧曼生昭公故祭仲立之是忽之前立祭仲專政也其年宋人誘祭仲而執之使立突

祭仲逐忽立突，又專突之政，故十五年傳稱祭仲專，鄭伯患之，使共壻雍糾殺之，祭仲殺雍糾，厲公奔蔡，祭仲又迎昭公而復立。是忽之復立，祭仲又專，此當是忽復立時事也。

彼狡童兮，不與我言兮。昭公有壯狡之志。箋云：不與我言者，賢者欲與忽圖國之政事，而忽不能受之，故云然。

維子之故，使我不能餐兮。憂懼不遑餐也。餐，七丹反。遑音皇，暇也。

【疏】「彼狡」至「餐兮」。正義曰：賢人欲與忽圖事，而忽不能受。忽雖年長，而有壯狡之志，童心未改，故謂之爲狡童。言彼狡好之幼童兮，不與我賢人言說國事兮。維子昭公不與我言之故，至令權臣擅命，國將危亡，使我憂之，不能餐食兮。憂懼不暇餐，言己憂之甚也。○傳「昭公」至「之志」。正義曰：解呼昭公爲狡童之意，以昭公雖則年長，而有幼壯狡好作童子之時之志，故謂之狡童。襄三十一年左傳稱魯昭公年十九矣，猶有童心，亦此類也。

彼狡童兮，不與我食兮。不與賢人共食祿。

維子之故，使我不能息兮。憂不能息也。

狡童二章，章四句。

褰裳思見正也狂童恣行國人思大國之正己也

狂童恣行謂突與忽爭國更出更入而無大國正之○褰起連反本或作騫非說文云褰袴也恣資利反行下孟反注下同更音庚

【疏】褰裳二章章五句至正己○正義曰作褰裳詩者言思見正也所以思見正者見者自彼加己之辭以國內有狂悖幼童之人恣極惡行身是庶子而與正適爭國禍亂不已無可奈何是故鄭國之人思得大國之正己欲大國以兵征鄭正其爭者之是非欲令去突而定忽也經二章皆上四句思大國正己下句言狂童恣行序以由狂童恣行故思大國正己經先述思大國之言乃陳所思之意故復言狂童之狂所以經序倒也○箋狂童至正之○正義曰忽是莊公世子於禮宜立非詩人所當疾故知狂童恣行謂突也忽以桓十一年繼世而立其年九月經書突歸於鄭鄭忽出奔衛是突入而忽出也桓十五年經書鄭伯突出奔蔡鄭世子忽復思於鄭是忽入而突出也故云與忽更出更入於時諸侯信其爭競而無大國之正者故思之也此箋言更出更入而無大國正之則是忽復立之時思大國也忽之復立突已出奔仍思大國正己者突以桓十五年奔蔡其年九月鄭伯突入於櫟櫟是鄭之大都突入據之與忽爭國忽以微

弱不能誅逐去突諸侯又無助忽者故國人思大國之正已也**子惠思我褰裳涉溱**惠愛也溱水名也箋云子者斥大國之正卿子若愛而思我我國有突篡國之事而可征而正之我則揭衣渡溱水往告難也○溱側巾反褰初虔反揭欺例反又起例反姊乃叱反○**子不我思豈無他人**箋云言他人者先鄉齊晉宋衛之荊楚○鄉香亮反本亦作向○**狂童之狂也且**狂行童昏所化也箋云狂童之人日爲狂行故使我言此也○且子餘反下同

［疏］子惠至也且○正義曰鄭人以突篡國無若之何思得大國正之乃設言以語大國正卿曰子大國之卿若愛而思我知我國有突篡國之事有心欲征而正之我則褰衣裳涉溱水往告難於子矣若子大國之卿不於我鄭國有所思念我豈無他國疏遠之人可告之乎又言所以告急之意我國有狂悖幼童之人日日益爲此狂行也是爲狂不止故所思大國正之○傳惠愛至水名○正義曰惠愛釋詁文溱洧鄭國之水自鄭而適他國當涉之也○箋子者至告難○正義曰序言思大國之正己則意欲告者將告大國之正卿謂卿之長者執一國之政出師征伐事必由之故知子者斥大國之正卿也宛丘云子之湯兮山有樞云子有衣裳子

皆斥君可知此子不斥大國之君者鄰國之君爵位尊重鄭人所告不宜徑告於君國之政教正卿所主且云子惠思我平等相告之辭故知子者必是大國正卿又下云子不我思豈無他人則他人與此子者正可有親疏之異而尊卑同也謂他國者爲人爲士非斥國君則知子者亦非國君矣他人他士是他國之卿明知子者亦大國之卿也若然論語及左傳說陳恒弑其君孔子告於哀公請討之公曰告夫三子孔子曰以吾從大夫之後不敢不告公曰告夫三子彼進孔子之意以爲君使之告臣非禮也此所以不告其君而告臣者彼孔子是國內之臣告君行義不可則止哀公不能自專其事反令孔子告臣故孔子以爲不可此則鄭國之人欲告他國不敢徑告其君故當告其大臣使之致達於君與彼不同溱洧大水未必褰裳可渡示以告難之疾意耳○箋言他至荆楚○正義曰言子不我思乃告他人是先告近鄰後告遠國齊晉宋是諸夏大國與鄭境接連楚則遠在荆州是南夷大國故箋舉以爲言見子與他人之異有其實大國非獨齊晉他人非獨荆楚也定本云先嚮齊晉宋衛後之荆楚也義亦通若然案春秋突以桓十五年入于鄭之櫟邑其年冬經書公會宋公衛侯陳侯于袲伐鄭十六年四月公會宋公衛侯陳侯蔡侯伐鄭左傳稱謀納厲公也則是其諸侯皆助突

矣而云告齊晉宋衛者此述鄭人告難之意耳非言諸侯皆
助忽故言子不我思豈無他人是爲諸國不思正已故有違
告他人之志若當時大國皆不助突自然征而正之鄭人無
所可思由宋衛蔡魯助突爲篡故思大國正已耳○傳狂行
童昏所化○正義曰此狂童斥突也狂童謂狂頑之童稚狂
童之狂也且言其日益爲狂故傳解其益狂之意言突以狂
行童昏其所風化於人人又從之徒衆漸多所以益爲狂行
作亂不已故鄭人思欲告急也狂行謂篡其國是疏狂之行
童昏謂年在幼童昏闇無知鄭突時年實長以其志似童幼故以童名之**子惠思我褰裳涉**
洧。洧水名也洧于軌反**子不我思豈無他士**士事也箋云他士猶他人也大國之卿當天子之上士○**狂童之狂也且**【疏】箋他士至上士○正義曰傳言士事也以其堪
任於事謂之爲士故箋之云他士猶他人正謂違國之卿也
所以謂爲士者大國之卿當天子之上士故呼卿爲士也春
官典命云王之三公八命其卿六命其大夫四命以大夫既
四命則上士當三命也故注云王之上士三命中士再命下
士一命又云公之孤四命其卿三命侯伯之卿亦如之是大
國之卿亦三命當天子之上士也曲禮曰列國之大夫入天

子之國曰某士襃二十六年左傳曰晉韓宣子聘于周王使請事對曰晉士起將歸時事於宰旅是由命與王之士同故稱士也

襃裳二章章五句

附釋音毛詩注疏卷第四（四之三）

黃中模栞

毛詩注疏挍勘記（四之三）　阮元撰盧宣旬摘錄

附釋音毛詩注疏卷第四 [補] 下行當題毛詩國風鄭氏箋孔穎達疏此卷誤脫

○羔裘

如濡潤澤也 小字本相臺本同案此正義本也正義云定本濡潤澤也無如字釋文以如濡作音亦有如字此傳潤澤正謂裘之潤澤所以得如濡非訓濡爲潤澤也正義所說是矣定本失之也皇皇者華箋云如濡鮮澤也亦其證○按裘不得云潤乃如潤耳潤澤正是濡訓定本是也

亦謂朝夕賢臣 [補] 夕當作多

○遵大路

不寁故也 唐石經小字本相臺本同案釋文云故也一本作故兮後好也亦爾考正義云我乃以莊公不速於先君之道故也標起止云遵大至故也是正義本作也

寋市坎反[補]案釋文挍勘市當作巿

說文摻字山音反聲閩本明監本毛本字下有參字案所補是也山音反三字當雙行細書郎爲參字作音也閩本明監本毛本山誤此

操字梟此遙反聲閩本明監本毛本同案此遙反三字當雙行細書郎爲梟字作音也此梟聲與上參聲皆二字連文

○女曰雞鳴

陳古意以刺今唐石經小字本相臺本同案正義云陳古之賢士好德不好色之義又云定本云古義無士字是正義本有士字也

箋德謂至德也閩本明監本毛本也作者案所改是也

璜圭璧也[補]說文圭作半案半字是也

佩玉有衡牙　[補]禮記衡作衡

諸侯佩山元玉　明監本毛本同閩本諸作公案此公字用禮記文改也

此章非是異國耳　閩本明監本毛本非作必案所改非也非當作自

○有女同車

而忽不娶　閩本明監本毛本同案序作取正義作娶取娶古今字易而說之也例見前考文古本序作娶誤采此添忽字亦誤采此也下箋鄭人刺忽不取齊女小字本相臺本十行本皆不誤閩本以下亦誤爲娶餘同此

曰雍始是也　閩本明監本毛本同案浦鏜云姑誤始考左傳

佩有琚瑀所以納閒　小字本相臺本同案女曰雞鳴正義引此傳瑀作玖見上考女曰雞鳴傳云雜佩珩璜琚瑀衡牙之類正義說之於字皆引說文而證其爲佩則衡牙及珩引玉藻璜引列女傳琚引此經唯

瑀獨無所證故先引說文瑀玖石次玉後引丘中有麻云貽我佩玖而云然則琚玖與瑀皆是石次玉玖是佩則琚亦佩也若此傳作瑀則傳自有明證不當舍之而借玖爲譬況矣作玖者是也

字書作𡋯 補釋文挍勘𡋯作𡋯𡋯是𡋯之別體小字本作𡋯乃字有壞而改之

後世傳其道德也 小字本相臺本其道作道其考文古本同案道字在其上者是也釋文以傳道作音可證閩本明監本毛本亦誤在下又脱也字

此解鏘鏘之意 閩本明監本毛本同案傳及經皆作將將正義作鏘鏘易古字爲今字而說之也例見前庭燎正義作將將當是不知者依經注改之耳

○山有扶蘇

所美非美然 唐石經小字本相臺本同案正義云皆是所美非美人之事定本所美非美然與俗本不同是正義然字當是人字標起止云至美然後改也

扶蘇扶胥小木也 小字本相臺本同案釋文山有扶蘇下云扶蘇扶胥木也今考正義本亦然無小字也正義云毛以爲山上有扶蘇之木又云毛以下章云山有喬松是木則扶蘇是木可知又云扶胥山木宜生於高山皆不言小木至説鄭乃始云小木又云箋以扶蘇是木之小者較然有别可證唯云傳言扶胥小木者毛當有以知之有一小字乃後人用經注本之有小字者誤添之耳段玉裁云毛云高下大小各得其宜高下謂山隰大謂扶蘇松小謂荷龍正言以刺忽與鄭異鄭乃互易其大小耳呂覽及漢書司馬相如劉向揚雄傳枚乘七發許氏説文皆謂扶疏爲大木許氏扶作枎古疏胥蘇通用

荷華扶渠也其華菡萏 小字本相臺本同案荷下華字衍也傳分説經荷華二字用爾雅文不應華字又錯見荷字解中正義云荷扶渠其華菡萏釋草文正無荷下華字是其本不誤○按非誤衍也説見鄭風清人

萏本又作欿又作萏 補 釋文挍勘云盧本欿作歛下萏字作萏云歛舊作欿據澤陂音義改萏

舊作萏據爾雅音義改案所改是也集韻四十八感載萏窞歁四形可證

所美非矣 閩本明監本毛本矣作美案所改是也下文云此篇刺昭公之所美非美養臣失宜是其證

扶蕖其其華菡萏 補 衍一其字

醜人之至意同 補 毛本醜作箋案箋字是也

山有喬松 唐石經小字本相臺本喬作橋閩本明監本毛本亦同案橋字是也釋文橋本亦作喬毛作橋其驕反王云高也鄭作槁苦老反枯槁也考正義本是橋字此經毛作橋以爲喬之假借鄭亦作槁與毛字同但以爲槁之假借是其異耳釋文云毛作某鄭作某所謂某者指傳箋之義不以指經字之形經字之形毛鄭不容有異也箋云槁松在山上以爲假借不云讀爲直於訓釋中改其字也箋例每如此其釋文本亦作喬者乃依毛義改爲正字耳非毛鄭詩舊文也考文古本作喬采釋文亦作本

傳以喬松共文閩本明監本毛本喬作橋下以明喬非木也不取喬游爲義同案喬字是也凡正義說傳者例用喬十行本皆未誤此用毛義易字非正義本經作喬也

此章直名龍耳閩本明監本毛本同案浦鏜云草誤章是也

不應言橋游也今松言槁閩本明監本同毛本槁作橋下明槁松喻無恩於大臣明監本毛本皆作橋案槁字是也凡正義說箋者例用槁十行本多未誤唯不應言槁游也一字誤作橋耳

下篇言昭公有狂狡之志閩本明監本毛本同案狂當作壯形近之譌

○擇兮

和者當汝臣閩本明監本毛本當下有是字案所補是也

○褰裳

復思於鄭補思當作歸

先鄭齊晉宋衛後之荆楚小字本相臺本同案此定本也正義云齊晉本是諸夏大國與鄭境接連楚則遠在荆州是南夷大國下文云其實大國非獨齊晉他人非獨荆楚也定本云先鄭齊晉宋衛後之荆楚也義亦通是正義本當無宋衛二字今正義作齊晉宋衛諸夏大國者誤下文又云而云告齊晉宋衛者此承定本之下因引春秋經有宋公衛侯遂并説義亦通耳與上文不同

可知此子不斥大國之君閩本明監本毛本同案浦鏜云可當何字誤是也

齊晉宋是諸夏大國也閩本明監本毛本是作衛案此非宋當作本詳見上

見子與他人之異有補毛本有作耳

附釋音毛詩注疏卷第四（四之四）

（十五）

毛詩國風　鄭氏箋　孔穎達疏

丰刺亂也婚姻之道缺陽倡而陰不和男行而女不隨婚姻之道謂嫁取之禮○丰芳凶反面貌豐滿也方言作妦欽上悅反倡昌亮反和胡卧反○【疏】丰四章二章章三句二章章四句至不隨○正義曰陽倡陰和男行女隨一事耳以夫婦之道是陰陽之義故相配言之經陳女悔之辭上二章悔已前不送男下二章欲其更來迎已皆是男行女不隨之事也○箋婚姻至之禮○正義曰男以昏時迎女女因男而來嫁謂女適夫家娶謂男往娶女論其男女之身謂之嫁娶指其好合之際謂之婚姻嫁娶婚姻其事是一故云婚姻之道謂嫁娶之禮也若指男女之身則男以昏時取婦婦因男而來婚姻之名本生於此若以婦黨壻黨相對爲稱則釋親所云壻之父爲姻婦之父爲婚婦之黨爲婚兄弟°之黨爲姻兄弟是婦黨稱婚壻黨稱姻也對文則有異散則可以通我行其野箋云新特謂外婚謂婦爲婚也隱元年左傳說葬之月數云士踰月外姻至非獨謂壻家

詩疏四之四　二一

也○子之丰兮，俟我乎巷兮。丰，豐滿也。巷，門外也。箋云：子謂親迎者。我，我將嫁者。有親迎我者，面貌丰丰然豐滿，善人也。出門而待我於巷中。○迎，魚敬反，下「親迎」同。悔予不送兮。時有違而不至者。箋云：悔乎我不送是子而去也。時不送，則爲異人之色，後不得耦而思之。○爲，于僞反。

〔疏〕「子之」至「送兮」。○正義曰：鄭國衰亂，婚姻礼廢，有男親迎而女不從，後乃追悔。此陳其辭也。言往日有男子之顏色丰然豐滿，是善人兮，來迎我，出門而待我於巷中兮。予當時別爲他人，不肯共去，今日悔恨我本不送是子兮。所爲留者亦不得爲耦，由此故悔也。○傳「丰豐」至「門外」。○正義曰：丰者，面色丰然，故爲豐滿也。叔于田傳云「巷，里塗」。此言門外者，以迎婦自門而出，故繫門言之。其實巷是門外之道，與里塗一也。○

子之昌兮，俟我乎堂兮。昌，盛壯貌。箋云：堂當爲棖。棖，門梱上木近邊者。○堂，並如字，門堂也。鄭改作棖，直庚反。梱，本作閫，苦本反。近，附如之近。○悔予不將兮。將，行也。箋云：將亦送也。○

〔疏〕「子之」至「將兮」。○毛以爲女悔前事，言有男子之容貌昌然盛壯兮，來就迎我，待我於堂上兮。我別爲他人，不肯共去，今日悔我本不共是子行去兮。○鄭以堂爲棖，將爲送，爲異。餘同。傳昌盛壯貌。正義曰此傳不解堂之義王肅云升于堂以俟孫毓云礼門側之堂謂之塾謂出俟於塾前詩人此句故言堂耳毛無易字之理必知其不與鄭同案此篇所陳庶人之事人君之礼尊故於門設塾庶人不必有塾不得待之於門堂也著云俟我於堂文與著庭爲類是待之堂室非門之堂也士昏禮主人揖賓入于廟主人升堂西面賓升堂北面奠鴈再拜稽首降出婦從降自西階是則士礼受女於廟堂庶人雖無廟亦當受女於寢堂故以王爲毛說。箋堂當至邊者。正義曰箋以著篇言堂文在著庭之下可得爲廟之堂此篇上言於巷此言於堂巷之與堂相去懸遠非爲文次故轉堂爲棖棖是門梱上豎木近門之兩邊者也釋宫云株謂之閾棖謂之楔孫炎曰株門限也李廵曰棖謂梱上兩傍木上言待於門外此言待之於門事之次故易爲棖也。

衣錦褧衣裳錦褧裳

衣錦褧裳嫁者之服箋云褧禪也盖以禪縠爲之中衣裳用錦而上加禪縠焉爲其文之大著也庶人之妻嫁服也士妻紂衣纁袡。衣錦如字或一音於記反下章放此褧衣苦迥反下如字禪音丹縠戶木反爲其于僞反大音泰舊勑賀反紂側基反本或作純又作緇並同纁許云反袡如鹽反。

叔兮伯兮駕予與行

叔伯迎已

者箋云言此者以前之悔今則叔也伯也衣錦至與行來迎已者從之志又易也○易以豉反○疏○正義曰此女失其配耦悔前不行自說衣服之備望夫更來迎已言已衣則用錦爲之其上復有襌衣矣裳亦用錦爲之其上復有襌裳矣言已衣裳備足可以行嫁乃呼彼迎者之字云叔兮伯兮若復駕車而來我則與之行矣悔前不送故來則從之○傳衣錦至之服○正義曰知者以此詩是婦人追悔願得從男陳行嫁之事云已有此服故知是嫁者之服也而人之服不殊裳而經衣裳異文者以其衣裳別名詩須韻句故別言之耳其實婦人之服衣裳連俱用錦皆有褧下章倒其文故傳衣錦褧裳互言之○箋褧襌至纁袡○正義曰玉藻云襌爲絅絅與褧音義同是褧爲襌衣裳所用書傳無文而婦人之服尚輕細且欲露錦文必不用厚繒矣故云蓋以襌縠爲之襌衣在外而錦衣在中故言中衣裳用錦而上加襌縠焉中庸引此詩乃云爲其文之大著也故箋依用之傳直言嫁者之服故又申之云庶人之妻嫁服若士妻則紂衣纁袡士昏禮云女次紂衣纁袡立於房中南面注云次首飾也紂衣絲衣女從者畢袗玄則此亦玄矣袡亦緣也袡之言任也以纁緣其衣象陰氣上任也凡婦人之服不常施袡之衣盛昏禮爲此服耳是士妻嫁時服紂衣纁袡也○傳叔伯迎已

者。正義曰欲其駕車而來故斥迎已者也迎已者一人而已叔伯並言之者此作者設爲女悔之辭非知此女之夫實字叔伯託而言之耳箋言志又易者以不得配耦志又變易於前故叔伯來則從之也。**裳錦褧裳衣錦褧衣叔兮伯兮駕予與歸**

丰四章二章章三句二章章四句

東門之墠刺亂也男女有不待禮而相奔者也。墠音善依字當作墠此序舊無注而崔集注本有鄭注云時亂故不得待禮而行〔疏〕東門之墠二章章四句至奔者也。正義曰經二章皆女奔男之事也上篇以禮親迎女尚違而不至此復得有不待禮而相奔者私自姦通則越禮相就志留他色則依禮不行二者俱是淫風故各曰爲刺也**東門之墠茹藘在阪**東門城東門也墠除地町町者茹藘茅蒐也男女之際近而易則如東門之墠遠而難則茹藘在阪。箋云城東門之外有墠墠邊有阪茅蒐生焉茅蒐之爲難淺矣易越而出此女欲奔男之辭。○茹音如後篇同藘力於反茹藘茅蒐蒨草也後篇阪音反反又符板反町吐鼎反又徒沿反茅貌交反○**其室則邇其人甚遠**邇近也得禮則近不得禮則遠箋云其室則近謂所欲奔男之家望其來迎已而不來則爲遠【疏】東門至甚遠○毛以爲東門之壇除地町町其踐履則易茹藘在阪則爲礙阻其登陟則難言人之行者踐東門之壇則易登茹藘在阪則難越以與爲婚姻者得禮則易不得禮則難婚姻之際非禮不可若得禮其室則近人得相從易可爲婚姻若不得禮則室雖相近其人甚遠不可爲婚矣是男女之交不可無禮今鄭國之女有不待禮而奔男者故舉之以刺當時之淫亂也○鄭以爲女欲奔男之辭東門之外有壇壇之邊有阪茹藘之草生於阪上女言東門之外有壇茹藘在於阪上其爲禁難淺矣言其易越而出與己是未嫁之女父兄之禁難亦淺矣言其易可以奔男止白男不來迎己耳又言己所欲奔之男其室去此則近爲不來迎己雖近難見其人甚遠不可得從也欲使此男迎己己則從之是不待禮而相奔故刺之○傳東門至在阪○正義曰出其東門有女如雲是國門之外見女也東門之池可以漚麻是國門之外有池也則知諸言東門皆爲城門故云東門城東門也襄二十八年左傳云子產相鄭伯以如楚舍不爲壇外僕言曰昔先大夫相先君適四國未嘗不爲壇

今子草舍無乃不可乎上言舍不爲墠下言今子草舍明知墠者除地去草矣故云墠除地町町者也徧檢諸本字皆作墠左傳亦作墠其禮記尚書言墠墠者皆封土者謂之壇除地者謂之墠壇墠字異而作此壇字讀音曰墠蓋古字得通用也今定本作墠茹藘茅蒐釋草文李巡曰茅蒐一名茜可以染絳陸機疏云一名地血齊人謂之茜徐州人謂之牛蔓然則今之蒨草是也男女之際者謂婚姻之禮是男女交際之事禮記大傳云異姓主名治際會亦謂婚禮交際之會也以墠阪者各自爲喻墠是平地又除治阪是高阜又草生焉人欲踐之則有難易以喻婚姻之道有禮無礼之難易故云男女之際近而易則如東門之墠遠而難則如茹藘在阪也阪云遠而難則墠當云近而易不言而易可知而省文也墠阪可以喻難耳無遠近之象而云近遠者以墠繫東門言之則在東門外阪不言所在則遠於東門矣且下句言則邇甚遠故傳顧下經以遠近解之下傳云得禮則近不得禮則遠還與此傳文相成爲始終之說○箋城東至之辭○正義曰箋以下章栗與有踐家室連文以此草墠與茹藘在阪連文則是同在一處不宜分之爲二故易傳以爲墠邊有阪栗在室內得作一興共爲女辭阪是難登之物茅蒐延蔓之草生於阪上行者之所以小難但爲難淺矣易越而出以自喻已

家禁難亦淺矣易以奔男是女欲奔男令迎己之辭也若然阪有茹藘可爲小難墠乃除地非爲阻難而亦言之者物以高下相形欲見阪之難登故先言墠之易踐以形見阪爲難耳不取易爲義也○傳邇近至則遠○正義曰邇近釋詁文室與人相對則宅謂宅人居室內而云室邇人遠此刺女不待禮故知以禮爲遠近

東門之栗有踐家室栗行上栗也踐淺也箋云栗而在淺家室之內言易竊取栗人所啗食而甘耆故女以自喻也○行上並如字行道也左傳云斬行栗啗徒覽反本又作啖亦作噉並同耆常志反

豈不爾思子不我即即就也箋云我豈不思望女乎女不就迎我而俱去耳○

疏東門至我即○毛以爲東門之外有栗樹生於路上無人守護其欲取之則爲易有物在淺室家之內雖在淺室有主守之其欲取之則難以興爲婚者得礼則易不得禮則難婚姻之際不可無禮故貞女謂男子云我豈不於汝思爲室家乎但子不以禮就我我無由從子貞女之行非禮不動今鄭國之女何以不待禮而奔乎故刺之○鄭以爲女乎男迎己之辭言東門之外栗樹有淺陋家室之內生之栗在淺家易可竊取喻己在父母之家亦易竊取正以栗爲興者栗有美味人所啗食而甘之言已有美色亦男

所親愛而悅之故女以自喻女又謂男曰我豈可不於汝思望之乎誠思汝矣但子不於我來就迎之故我無由得往耳女當待禮從男今欲男就迎卽去故刺之○傳栗行至踐淺○正義曰傳以栗在東門之外不處園圃之間則是表道樹也故云栗行上栗行謂道也襄九年左傳云趙武魏絳斬行栗杜預云行栗表道樹踐淺釋言文此經傳無明解準上章亦宜以難易爲喻故同上爲說也○

東門之墠二章章四句

風雨思君子也亂世則思君子不改其度焉○風雨淒淒雞鳴喈喈興也風且雨淒淒然雞猶守時而鳴喈喈然箋云興者喻君子雖居亂世不變改其節度○淒七西反喈音皆既見君子云胡不夷云胡何夷說也箋云思而見之云何而心不說○說音悅下同○【疏】風雨至不夷○正義曰言風雨且雨寒涼淒淒然雞以守時而鳴音聲喈喈然此雞雖逢風雨不變其鳴喻君子雖居亂世不改其節今日時世無復有此人若既得見此不改其度之君子云何而得

不悅言其必大悅也○傳風且至喈喈然○正義曰四月云秋日淒淒寒涼之意言雨氣寒也二章瀟瀟謂雨下急疾瀟瀟然與淒淒意異故下傳云瀟瀟暴疾喈喈膠膠則俱是鳴辭故云猶喈喈也○傳胡何夷說○正義曰胡之爲何書傳通訓夷悅釋言文定本無胡何二字

風雨瀟瀟雞鳴膠膠瀟瀟暴疾也膠膠猶喈喈也○瀟音蕭膠音交既見君子云胡不瘳瘳愈也○瘳勑留反

風雨如晦雞鳴不已晦昏也箋云已止也雞不爲如晦而止不鳴○不爲于僞反○既見君子云胡不喜

風雨三章章四句

子衿刺學校廢也亂世則學校不脩焉鄭國謂學爲校言可以校。正道藝○衿音金本亦作襟徐音琴世亂本或以世字在下者誤校力孝反注及下注同注傳云鄭人遊於鄉校是也公孫弘云夏曰校洗音教○

〔疏〕子衿三章章四句至不脩焉○正義曰鄭國衰亂不脩。校學者分散或去或留故陳其留者恨責去者之辭以刺學校之廢也經三章皆陳留者責去者之辭也定本云刺學廢也無校字。箋鄭國至道藝。正義曰襄三十一年左傳云鄭人游於鄉校然明謂子産毁鄉校是鄭國謂學爲校校是學之别名故序連言之又稱其名校之意言於其中可以校正道藝故曰校也此序非鄭人言之箋見左傳有鄭人稱校之言故引以爲證耳非謂鄭國獨稱校也漢書公孫弘奏云三代之道鄉里有教夏曰校殷曰庠周曰序是古亦名學爲校也禮人君立大學小學言學校廢者謂鄭國之人廢於學問耳非謂廢毁學宮也。

青青子衿悠悠我心

青衿青領也學子之所服箋云學子而俱在學校之中已留彼去故隨而思之耳禮父母在衣純以青。青如字學子以青爲衣領緣衿也或作菁音非純章允反又之閏反

縱我不往子寧不嗣音

嗣習也古者教以詩樂誦之歌之絃之舞之箋云嗣續也女曾不傳聲問我以恩責其忘已。嗣如字韓詩作詒詒寄也曾不寄問也傳聲宜專反

【疏】青青至嗣音。毛以爲鄭國學校不脩學人散去其留者思之言青青之色者是彼學子之衣衿也此青衿之子棄學而去悠悠乎我心思而不見又從而責之縱使我不往彼見子子寧得不來學習音樂乎責

其廢業去學也。鄭唯下句爲異言汝何曾不嗣續音聲傳問於我責其遺忘己也。傳青衿青領。正義曰釋器云衣皆謂之襟李巡曰衣皆衣領之襟孫炎曰襟交領也衿與襟音義同衿是領之別名故云青衿青領也衿領一物色雖一青而重言青青者古人之復言也下言青青子佩正謂青組綬耳都人士狐裘黄黄謂裘色黄耳非有二事而重文也箋云父母在衣純以青是由所思之人父母在故言青衿若無父母則素衿深衣云具父母衣純以青孤子衣純以素是無父母者用素。傳嗣習至舞之。正義曰所以責其不習者古者教學子以詩樂誦之謂背文闇誦之歌之謂引聲長詠之絃之謂以琴瑟播之舞之謂以手足舞之學樂學詩皆是音聲之事故責其不來習音王制云樂正崇四術立四教春秋教以禮樂冬夏教以詩書文王世子云春誦夏絃太師詔之注云誦謂歌樂也絃謂以絲播詩是學詩學樂皆絃誦歌舞之。箋嗣續至忘己。正義曰箋以下章云子寧不來責其不來見己不言來者有所學則此云不嗣音不宜爲習樂故易傳言留者責去者子曾不傳續音聲存問我以恩責其忘己言與彼有恩故責其斷絶。

青青子佩悠悠我思佩佩玉也士佩瓀珉而青組綬。○碝本又作瓀如兗反珉亡巾反組音祖綬音受。

縱我不往子寧不來不來者言不一來也〔疏〕○傳佩佩玉至組綬○正義曰玉藻云古之君子必佩玉君子於玉比德焉故知子佩爲佩玉也禮不佩青玉而云青青子佩者佩玉以組綬帶之上佩瑞珉而青組綬故云青青謂組綬也案玉藻士佩瑞玫而緼組綬此云青組綬者蓋毛讀禮記作青字其本與鄭異也學子非士而傳以士言之以學子得依士禮故也○傳不來者言不一來○正義曰準上傳則毛意以爲責其不一來習業鄭雖無箋當謂不來見己耳挑兮達兮在城闕兮挑達往來相見乘城而見闕箋云國亂人廢學業但好登高見於城闕以候望爲樂○挑他羔反又勑彫反說文作𨑢達他末反說文云達不相遇也好呼報反樂音洛○一日不見如三月兮言禮樂不可一日而廢箋云君子之學以文會友以友輔仁獨學而無友則孤陋而寡聞故思之甚〔疏〕挑兮至月兮○毛以爲學人廢業候望爲樂故留者責之云汝何故棄學而去挑兮達兮乍往乍來在於城之闕兮禮樂之道不學則廢一日不見此禮樂則如三月不見兮何爲廢學而遊觀○鄭以下二句爲異言一日不與汝相見如三月不見兮言己思之甚也○傳挑達至見闕○正義曰城闕雖非居止之處

明其作往作來故知挑達爲往來貌釋宮云觀謂之闕孫炎曰宮門雙闕舊章懸焉使民觀之因謂之觀如爾雅之文則闕是人君宮門非城之所有且宮門觀闕不宜乘之候望此言在城闕兮謂城之上別有高闕非宮闕也乘城見於闕者乘猶登也故箋申之登高見於城闕以候望爲樂。箋君子至之甚。正義曰君子以文會友以友輔仁論語文獨學而無友則孤陋而寡聞學記文由其須友以如此故思之甚

子衿三章章四句

揚之水閔無臣也君子閔忽之無忠臣良士終以死亡而作是詩也〔疏〕揚之水二章章六句至是詩。正義曰經二章皆閔忽無臣之辭忠臣良士一也言其事君則爲忠臣指其德行則爲良士所從言之異耳終以死亡謂忽爲其臣高渠彌所弑也作詩之時忽實未死序以由無忠臣意以此死故閔之有女同車序云卒以無大國之助至於見逐意亦與此同。

揚之水不流束楚揚激揚也激揚之水可謂不能流漂束楚乎箋云激揚之水喻忽政教亂促不

流束楚言其政不行於臣下。漂匹妙反**終鮮兄弟維予與女**箋云鮮寡也忽兄弟爭國親戚相疑後竟寡於兄弟之恩獨我與女有耳作此詩者同姓臣也。鮮息淺反注下同**無信人之言人實迋女**迋誑也。迋求往反徐又居望反誑九況反。〔疏〕揚之水至迋女。毛以爲激揚之水可謂不能流漂一束之楚乎言能流漂之以興忠臣良士豈不能誅除逆亂之臣乎言能誅除之今忽既不能誅除逆亂又復兄弟爭國親戚相疑終竟寡於兄弟之恩唯我與汝二人而已忽既無賢臣多被欺誑故又誡之汝無信他人之言被。他人之言實欺誑於汝臣皆誑之將至亡滅故閔之鄭唯上二句別義具箋。箋激揚至臣下。正義曰箋言激揚之水是水之迅疾言不流束楚實不能流故以喻忽政教亂促不行臣下由政令不行於臣下故無忠臣良士與之同心與下勢相連接同爲閔無臣之事毛興雖不明以王及唐揚之水皆興故爲此解**揚之水不流束薪終鮮兄弟維予二人**二人同心也箋云二人者我身與女忽。**無信人之言人實不信**

揚之水二章章六句

出其東門，閔亂也。公子五爭，兵革不息，男女相棄，民人思保其室家焉。公子五爭者，謂突再也，忽、子亹、子儀各一也。○爭，爭鬭之爭，注同。亹，亡匪反，又音尾，莊公子。

【疏】「出其東門二章章六句」至「室家焉」。○正義曰：作出其東門詩者，閔亂也。以忽立之後，公子五度爭國，兵革不得休息，下民窮困，男女相棄，民人迫於兵革，室家相離，思得保其室家也。兵謂弓矢干戈之屬，革謂甲胄之屬，以皮革爲之。保者，安守之義。男以女爲室，女以男爲家，若散則通。民人分散乖離，故思得保有室家，正謂保有其妻，以妻爲室家。經二章皆陳男思保妻之辭，是思保室家也。其公子五爭，兵革不息，敘其相棄之由，於經無所當也。俗本云「五公子爭」，誤也。○箋「公子」至「各一」。○正義曰：桓十一年左傳云：祭仲爲公娶鄧曼，生昭公，故祭仲立之。宋雍氏女於鄭莊公，生厲公，故宋人誘祭仲而執之，曰：「不立突，將死。」祭仲與宋人盟，以厲公歸而立之。秋九月，昭公奔衛。己亥，厲公立，是一爭也。十五年傳曰：祭仲專，鄭伯患之，使其壻雍糾殺之。雍姬知之，以告祭仲。祭仲殺雍糾，厲公出奔蔡。六月乙亥鄭世子忽復歸于鄭是二爭也十七年傳曰初鄭伯將以高渠彌爲卿昭公惡之固諫不聽昭公立懼其殺己也秋昭公而立公子亹是三爭也十八年傳曰齊侯師于首止子亹會之高渠彌相七月齊人殺子亹而轘高渠彌祭仲逆鄭子于陳而立之服虔云鄭子昭公弟子儀也是四爭也莊十四年傳曰鄭厲公自櫟侵鄭及大陵獲傅瑕傅瑕曰苟舍我吾請納君與之盟而舍之六月傅瑕殺鄭子而納厲公是五爭也忽亦再爲鄭君前以太子嗣立不爲爭篡故唯數後爲五爭也

○**出其東門有女如雲**如雲衆多也箋云有女謂諸見棄者也如雲者如其從風東西南北心無有定**雖則如雲匪我思存**思不存乎相救急箋云匪非也此如雲者皆非我思所存也○思如字注及下皆同沈息嗣反毛音如字鄭息嗣反**縞衣綦巾聊樂我員**縞衣白色男服也綦巾蒼艾色女服也願室家得相樂也箋云縞衣綦巾所爲作者之妻服也時亦棄之迫兵革之難不能相畜心不忍絕故言且留樂我員此思保其室家窮困不得有其妻而以衣巾言之恩不忍斥之綦綦文也○縞古老反又古報反綦巨基反樂音洛注並同一音岳或云箋留樂又音岳員音云本亦作云韓詩作魂魂神也爲于

僞反。難，乃旦反。

【疏】出其至我負。○毛以爲鄭國民人不能保其室家，男女相棄，故詩人閔之。言我出其鄭城東門之外，有女被棄者衆多如雲然。女既被棄，莫不困苦。詩人閔之，無可奈何，言雖則衆多如雲，非我思慮所能存救。以其衆多，不可救拯，唯願使昔日夫妻更自相得，故言彼服縞衣之男子、服綦巾之女人，是舊時夫妻，願其還自配合，則可以樂我心云耳。詩人閔其相棄，故願其相得則樂。云、負，古今字，助句辭也。○鄭以爲國人迫於兵革，男女相棄，心不忍絕，眷戀不已。詩人述其意而陳其辭也。言鄭國之人有棄其妻。自言出其東門之外，見有女被棄者，如雲之從風，東西無定。此女被棄，心亦無定，如雲然。此女雖則如雲，非我思慮之所存在，以其非已之妻，故心不存焉。彼被棄衆女之中，有着縞素之衣、綦色之巾者，是我之妻，今亦絕去，且得少時留住，則以喜樂我云。民人思保室家，情又若此，迫於兵革，不能相畜，故所以閔之。○傳「思不存乎相救急」。○正義曰：言其見棄既多，困急者衆，非已一人所以救恤，故其思不得存乎相救急。○傳「縞衣」至「相樂」。○正義曰：《廣雅》云：「縞，細繒也。」《戰國策》云：「彊弩之餘，不能穿魯縞。」然則縞是薄繒，不染，故色白也。《顧命》云：「四人綦弁。」注云：「青黑曰綦。」《說文》云：「綦，蒼艾色也。」然則綦者青色之小別。《顧命》爲弁色，故以爲青黑；此爲衣巾，故爲蒼艾色。蒼卽青也艾謂青而微白爲艾草之色也知縞衣男服綦巾女服者以作者旣言非我思存故願其自相配合故知一衣一巾有男有女先男後女文之次也傳以聊爲願故云願室家得相樂室家卽縞衣綦巾之男女也○箋縞衣至綦文○正義曰箋以序稱民人思保其室家言夫思保妻也經稱有女如雲是男言有女也經序皆據男爲文則縞衣綦巾是男之所言不得分爲男女二服衣巾旣共爲女服則此章所言皆是夫自言妻非他人言之故首尾皆易傳則詩人爲詩雖舉一國之事但其辭有爲而發故言縞衣綦巾所爲作者之妻服也已謂詩人自已旣相棄又願且留是心不忍絕也訓聊爲且故言且留可以樂我云也箋亦以綦爲青色但綦是文章之色非染繒之色故云綦綦文謂巾上爲此蒼文非全用蒼色爲巾也

出其闉闍有女如荼 闉曲城也闍城臺也荼英荼也言皆喪服也箋云闍讀當如彼都人士之都謂國外曲城之中市里也荼茅秀物之輕者飛行無常○闉音因闍鄭郭音都孫炎云積土如水渚所以望氣祥也徐止奢反又音蛇荼音徒秀本或作莠音同劉昌宗周禮音莠音酉○

雖則如荼匪我思且 箋云匪我思且猶非我思存也○且音徂爾雅云存也舊子徐反○

縞衣茹藘

聊可與娛　茹藘茅蒐之染女服也娛樂也箋云茅蒐染巾也聊可與娛且可留與我爲樂心欲留之言也○娛本亦作虞

【疏】出其至與娛○毛以爲詩人言我出其鄭國曲城門臺之外見有女被棄者衆多皆着喪服色白如荼然雖則衆多如荼非我思所存以其衆多不可救恤惟願昔日夫妻更自相得彼服縞衣之男子服茹藘之女人是其舊夫妻也願其還得配合可令相與娛樂閔其相棄故願其相樂○鄭以爲國人有棄其妻者自言出其曲城都邑市里之外見有女被棄者如荼飛揚無所常定此女被棄心亦無定如荼然此女雖則如荼非是我之所思以非已妻故不思之其中有著縞素之衣茹藘染巾者是我之妻今亦絕去且得少時留住可與之娛樂也情深如此而不能相畜故閔之○傳闉曲至喪服○正義曰上言出其東門此文亦言出其闉闍字皆從門則知亦是人所從出之處釋宮云闍謂之臺是闍爲臺也出謂出城則闍是城上之臺謂當門臺也闍既是城之門臺則知闉是門外之城卽今之門外曲城是也故云闉曲城闍城臺說文云闉闍城曲重門謂闉爲曲城釋草有荼苦菜○又有荼委葉邶風誰謂荼苦卽苦菜也周頌以薅荼蓼卽委葉也鄭於地官掌荼注及既夕注與此箋皆云荼茅秀然則此言如荼乃是茅草秀出之穗非彼

二種荼草也言荼英英荼者六月云白旆英英是白貌茅之秀者其穗色白言女皆喪服色如荼然吳語說吳王夫差於黃池之會陳兵以脅晉萬人爲方陳皆白常白旗素甲白羽之矰望之如荼韋昭云荼茅秀亦以白色爲如荼與此傳意同女見棄所以喪服者王肅云見棄又遭兵革之禍故皆喪服也○箋闍讀至無常○正義曰以爾雅謂臺爲闍不在城門之上此言出其不得爲出臺之中故轉爲彼都人士之都都者人所聚會之處故知謂國外曲城中之市里也以詩說女服言綦巾茹藘則非盡喪服不得爲其色如荼故易傳以荼飛行無常與上章相類爲義也○

出其東門二章章六句

野有蔓草思遇時也君之澤不下流民窮於兵革男女失時思不期而會焉不期而會謂不相與期而自俱會○蔓音萬○【疏】野有蔓草二章章六句至會焉○正義曰作野有蔓草詩者言思得邂逅遇男女合會之時由君之恩德潤澤不流及於下又征伐不休國內之民皆窮困於兵革之事男女失其時節不得早相配耦思得不與期約而相會遇焉是下民窮困之

至故述其事以刺時也男女失時謂失年盛之時非謂婚之時月也毛以爲君之潤澤不下流下章首二句是也思不期而會下四句是也鄭以經皆是思不期而會之辭言君之潤澤不流下敘男女失時之意於經無所當也

野有蔓草零露漙兮興也野四郊之外蔓延也漙漙然盛多也箋云零落也蔓草而有露謂仲春之時草始生霜爲露也周禮仲春之月令會男女之無夫家者○漙本亦作團徒端反有美一人清揚婉兮邂逅相遇適我願兮清揚眉目之間婉然美也邂逅不期而會適其時願○婉於阮反邂戶懈反遘本亦作逅胡豆反○

【疏】野有至願兮○毛以爲郊外野中有蔓延之草草之所以能延蔓者由天有隕落之露漙漙然露潤之兮以興民所以得蕃息者由君有恩澤之化養育之兮今君之恩澤不流於下男女失時不得婚娶故於時之民乃思得有美好之一人其清揚眉目之間婉然而美兮不設期約邂逅得與相遇適我心之所願兮由不得早婚故思相逢遇是君政使然故陳以刺君○鄭以蔓草零露記時爲異餘同○傳野四至盛多○正義曰釋地云郊外謂之牧牧外謂之野是野在四郊之外此唯解文不言興意王肅云草之所以能延蔓被盛露也

民之所以能蕃息當君澤也○箋零落至夫家○正義曰靈作零字故爲落也仲春仲秋俱是晝夜等溫涼中九月霜始降仲秋仍有露則知正月猶有霜二月始有露故云蔓草生而有露謂仲春時也所引周禮地官媒氏有其事取其意不全取文與彼小異鄭以仲春爲媒月故引以證此爲記時言民思此時而會者爲此時是婚月故也野有蔓草零露瀼瀼瀼瀼盛貌○瀼如羊反徐又乃剛反有美一人婉如清揚邂逅相遇與子皆臧臧善也

野有蔓草二章章六句

溱洧刺亂也兵革不息男女相棄淫風大行莫之能救焉救猶止也亂者士與合會溱洧之上○溱洧側巾反下于軌反說文溱作潧云潧水出鄭溱水出桂陽也溱與洧方渙渙兮溱洧鄭兩水名渙渙春水盛也箋云仲春之時冰以釋水則渙渙然○渙呼亂反韓詩作洹洹音九說文作汎汎音父弓反○士與女方秉蕑兮蕑蘭也箋云男

女相棄各無匹偶感春氣並出託采芬香之草而爲淫泆之行。蕑古顏反字從艸韓詩云蕑蓮也若作竹下是簡策之字耳泆音逸行下孟反

女曰觀乎士曰既且箋云女曰觀乎欲與士觀於寬閒之處既已也士曰已觀矣未從之也。且音徂往也徐子胥反下章放此閒音閑處昌慮反

且往觀乎洧之外洵訏且樂訏大也箋云洵信也女情急故勸男使往觀於洧之外言其士地信寬大又樂也於是男則往也。洵息旬反韓詩作恂訏況于反韓詩作盱云恂盱樂貌也樂音洛注下同

維士與女伊其相謔贈之以勺藥勺藥香草箋云伊因也士與女往觀因相與戲謔行夫婦之事其別則送女以勺藥結恩情也

〔疏〕溱與洧至勺藥。正義曰鄭國淫風大行述其爲淫之事言溱水與洧水春冰既泮方欲渙渙然流盛兮於此之時有士與女方適野田執芳香之蘭草兮既感春氣託采香草期於田野共爲淫泆士既與女相見女謂士曰觀於寬閒之處乎意願與男俱行士曰已觀乎。止其欲觀之事未從女言女情急又勸男云且復更往觀乎我聞洧水之外信寬大而且樂可相與觀之士於是從之維士與女因即其相與戲謔行夫婦之事及其別也士愛此女

贈送之以勺藥之草結其恩情以爲信約男女當以禮相配今淫泆如是故陳之以刺亂○傳蕑蘭○正義曰陸機疏云蕑卽蘭香草也春秋傳曰刈蘭而卒楚辭云紉秋蘭孔子曰蘭當爲王者香草皆是也其莖葉似藥草澤蘭廣而長節節中赤高四五尺漢諸池苑及許昌宮中皆種之可著粉中藏衣著書中辟白魚○傳訏大○正義曰釋詁文○箋洵信至則往○正義曰洵信釋詁文以士曰既且是男荅女也且往觀乎與上女曰觀乎文勢相副故以女勸男辭言其寬且樂於是男則往也下句是男往之事○傳勺藥香草○正義曰陸機疏云今藥草勺藥無香氣非是也未審今何草○箋伊因○正義曰因觀寬閒遂爲戲謔故以伊爲因也○**溱與洧瀏其清矣**○瀏深貌○劉音留說文流清也力尤反○**士與女殷其盈矣**殷衆也○**女曰觀乎士曰既且且往觀乎洧之外洵訏且樂維士與女伊其將謔贈之以勺藥**箋云將大也○

溱洧二章章十二句

鄭國二十一篇五十三章二百八十三句

附釋音毛詩注疏卷第四（四之四）

翰林院編修南昌黃中模栞

毛詩注疏挍勘記　四之四

阮元撰盧宣旬摘錄

○丰

謂之婚姻　閩本明監本毛本婚誤昏下同案此正義十行本唯昏時士昏禮昏字不從女是也其序注標起止皆作婚則婚者正義所易字

之黨爲姻兄弟　閩本明監本毛本之上有壻字案所補是也

悔予不將兮　小字本相臺本同案予字唐石經磨改其初刻字不可知矣

士妻紂衣纁袡　小字本相臺本同案此釋文本也釋文云紂側基反本或作純又作緇考士昏禮釋文本誤也唯本或作純不誤經云女次純衣注云純衣絲衣是純如字讀訓爲絲鄭未嘗破爲紂也儀禮緇字甚多皆作緇無作紂者經爲純字更審矣紂字在周禮媒氏注非此經之字也正義引士昏禮幷注是其本當不誤今亦盡作紂用釋文改注又云注改正義也考文古本作緇采釋文又作本

○東門之墠

而相奔者也　各本此序無注釋文云此序舊無注崔集注本有鄭注云時亂故不得待禮而行考正義當亦無此注實非鄭注也集注誤耳

故名曰爲刺也　閩本明監本毛本同案名曰當作各自形近之譌

東門之墠　唐石經小字本相臺本同案此定本也正義云徧檢諸本字皆作壇又云讀音曰墠蓋古字得通用也今定本作墠釋文云壇音善依字當作墠考此是釋文正義經字皆作壇注同唐石經以下依定本作墠

男女之際近而易　小字本相臺本同閩本明監本毛本同案正義云阪云遠而難則壇當云近而易不言而易可知而省文也是傳本無而易二字釋文於下易越始云以豉反下同當是亦無此二字也各本皆衍

則茹藘在阪　閩本明監本毛本同相臺本則下有如字考文古本同小字本作以案有如字者是也

壇坂可以喻難耳　閩本明監本毛本難下有易字案所補是也

故知以禮爲送近〔補〕毛本送作遠案遠字是也

女乎男迎已之辭〔補〕乎當作呼

○風雨

胡何夷說也小字本相臺本同案正義云定本無胡何二字考文古本無采正義

言風雨且雨〔補〕毛本作風而且雨

○子衿

言可以校正道藝小字本相臺本同案釋文上云學校戶孝反下云以校正音敎是學校字當從木挍正字當從才五經文字手部云挍經典及釋文或以爲比挍字案字書無文此挍字即張參所云也各本挍正字從木誤毛本學校字亦從才更誤正義中字同此釋文有誤挍作校者今正詳後考證

鄭國衰亂不脩校閩本明監本毛本校上有學字案所補是也

衣皆謂之襟李巡曰衣皆　閩本明監本毛本同案浦鏜云眥誤皆考爾雅是也段玉裁云作皆不誤皆猶交也衣皆謂衣領衣之交處也此當是李巡本獨得之他本作眥不可解乃字之誤耳

士佩瓀珉　小字本相臺本同案釋文作碝云本又作瓀如兖反考玉藻釋文云瓀而兖反徐又作瑌同說文五經文字碝字皆在石部其作瑌者後變而從玉耳凡耎聲之字多誤從需聲見廣韻廿八獮輭字下故又作本如此

○揚之水

被他人之言　閩本明監本毛本被作彼案所改是也

○出其東門

而轘高渠彌也　閩本明監本毛本同案浦鏜云轘誤轅是也

如其從風　閩本明監本毛本同小字本相臺本其作雲案雲字是也

聊樂我員　唐石經小字本相臺本同案釋文云我員音云本亦作云正義云則可以樂我心云耳下文云云員古今字助句辭也是正義本作員以員爲古字云爲今字故易員爲云而說之自背其例如此也凡易字者依是求之而例可得矣又商頌景員維河箋員古文云亦可證

縞衣綦巾所爲作者之妻服也　小字本相臺本同案此所字上當有已字正義當本云故言縞衣綦巾已所爲作者之妻服也已謂詩人自已今正義脫去所上已字耳不然此箋更無已字其已謂詩人自已者安所指乎考文古本有已字采正義而得之者也

有棄其妻　閩本明監本妻下有者字案所補是也

荼茅秀　小字本同岳本秀作莠釋文云秀或作莠音同劉昌宗周禮音莠音酉考正義本是秀字鴟鴞正義引此箋作秀既夕釋文用荼下云茅莠地官釋文茅莠下云毛詩注作秀是字本不與二禮注同或作本正依二禮改耳考文古本作莠采釋文。按段玉裁云莠者魏晉以下俗字也謂依二禮改是非

說文云闉闍城曲重門閩本明監本毛本同案此不誤浦鏜云曲說文作內非也說文本作曲今說文誤耳九經字樣云闉城曲重門也可證

即委茶也閩本明監本毛本茶作葉案所改是也

出其東門二章小字本相臺本同唐石經初刻無其字後改同今本案初刻誤也序有可證

○野有蔓草

下章首二句是也閩本明監本毛本同案浦鏜云二誤下是也

零露漙兮唐石經小字本相臺本同案正義云零作靈字故爲落也詩經小學云案此則經本作靈露箋作靈落也假靈爲零字依說文則是假靈爲霝考文古本漙作團采釋文也釋文云漙本亦作團徒端反團團然盛多也匡謬正俗所云詩古文有作水旁專者亦有單作專者後人輒改之爲團字讀爲團圓之團者即謂此

清揚眉目之閒婉然美也小字本相臺本同案經義雜記云此傳當云清揚婉兮眉目之

閒婉然美也下八字作一句讀以清爲目之美以揚爲眉上之美以婉兮爲清揚之美婉婉然今傳中無婉兮字是嫌於訓清揚爲眉目之閒矣此以經合傳時所刪

有蔓延之草　閩本明監本毛本同案蔓延當倒下文可證

露潤之兮　〔補〕毛本露作霑

鄭以仲春爲媒月　閩本明監本毛本同案浦鏜云婚誤媒是也

野有蔓草三章　唐石經小字本相臺本三作二案二字是也閩本明監本毛本亦誤作三今正

○溱洧

士與女會溱洧之上　小字本相臺本與下有女字明監本毛本同閩本剜入案此脫也

士曰已觀乎　閩本明監本毛本同案浦鏜云乎當矣字誤是也

鄭國二十一篇　小字本相臺本同唐石經磨改廿一篇其初刻上爲二十其下不能知矣

附釋音毛詩注疏卷第五（五之一）（十六）

齊雞鳴詁訓傳第八

陸曰齊者太師呂望所封之國也其地少昊爽鳩氏之墟在禹貢青州岱嶺之陰濰淄之野都營丘之側禮記云太公封於營丘是也

毛詩國風　鄭氏箋　孔穎達疏

齊譜

齊者古少皞之世爽鳩氏之墟。正義曰昭二十年左傳云齊侯飲酒樂公曰古而無死其樂如何晏子對曰昔爽鳩氏始居此地季萴因之有逢伯陵因之薄姑氏因之而後太公因之古若無死爽鳩氏之樂非君之所願也以爽鳩始居齊地故云爽鳩氏之墟舉其始居者略季萴薄姑之時不言之也又昭十七年左傳郯子曰我高祖少皞摯之立也鳳鳥適至故紀於鳥爲鳥師而鳥名祝鳩氏司徒也爽鳩氏司寇也杜預云爽鳩鷹也鷙故爲司寇主盜賊以此知爽鳩氏當少皞之世少皞以鳥名官其言爽鳩猶周之司寇故爽鳩是其官耳其人之名氏則未聞也。周武王伐紂封太師呂望於齊是謂齊太公地方百里都營丘。正義曰齊世家云太公望呂尚者東海上人也其先祖世爲四岳佐禹平水土甚有功於虞夏之際封於呂或封於申姓姜氏尚其後苗裔也從其封姓故曰呂尚西伯獵遇太公於渭之陽與語大悅曰自吾先君太公曰當有聖人適周周與子真是耶吾太公望子久矣故號之曰太公望載與俱歸而立爲大師文王崩武王伐紂師尚父堪君多難於是武王平商而王天下封師尚父於齊都營丘是武王封太公都營丘之事也太公封地方百里者鄭約而知之以王制云公侯方百里伯七十里子男五十里有五等之爵則非殷制其言千七百七十三國又非夏制是武王時也故注云周武王初定天下更立五等之爵增以子男而猶因殷之地是武王之時大國百里太公以元勳明知太公封齊爲大國百里可知也水所營繞故曰營丘釋丘云水出其左營丘孫炎曰今齊之營丘淄水過其南及東是也以丘臨水謂之臨淄淄與營丘一地也故漢書地理志云齊郡臨淄縣師尚父所封也應劭曰齊獻公自營丘徙此臣瓚按臨淄卽營丘也今齊之城內有丘卽營丘也如瓚之言臨淄營丘卽是一地應劭言獻公自營丘徙臨淄是劭之謬也當云自薄姑徙臨淄耳齊世家云哀公之弟胡公始徙都薄姑而周夷王之時哀公之同母少弟山殺胡公而立是爲獻公因徙薄姑都治臨淄據此則齊唯胡公一世居薄姑耳以後復都臨淄也烝民云仲山甫徂齊傳曰

古者諸侯逼臨則王者遷其邑而定其居蓋去薄姑遷於臨淄以爲宣王之時始遷臨淄與世家異者史記之文事多䟽略夷王之時哀公弟山殺胡公而自立後九年而卒自武公九年厲王之奔止。自胡公之所殺爲十八年而本紀云厲王三十七年出奔計十九年不及夷王之末則遷說自違也如此則所言獻公之遷臨淄未可信也毛公在馬遷之前其言當有準據故不與馬遷同也。周公致太平敷定九畿復夏禹之舊制。正義曰皐陶謨云弼成五服至于五千禹貢五百里甸服百里賦納總二百里納銍三百里納秸服四百里納粟五百里納米五百里侯服百里采二百里男邦三百里諸侯五百里綏服三百里揆文教二百里奮武衛五百里要服三百里夷二百里蔡五百里荒服三百里蠻二百里流分此五服者堯之舊制也五服距面至二千五百里四面相距而其方五千里禹既敷土廣而弼之故爲殘數居其間今以弼成而至於五千里四面相距乃萬里焉大司馬職曰乃以九畿之籍施邦國之政職方千里曰國畿其外方五百里曰侯畿又其外方五百里曰甸畿又其外方五百里曰男畿又其外方五百里曰采畿又其外方五百里曰衛畿又其外方五百里曰蠻畿又其外方五百里曰夷畿又其外方五百里曰鎮畿又其外方五百里曰蕃畿注云畿猶限也自王城以外五千里爲疆有分限者九則四面相距其方萬里此周公致太平制禮所定故云敷土言其復夏禹之舊制弼成五服實是堯時以夏禹所定故云禹制也王者相因禮有損益雖名前後變易而疆域則同故禹貢注云甸服此周爲王畿其弼當侯服在千里之內侯服爲甸服其弼當男服在二千里之內綏服於周爲采服其弼當衛服在三千里之內要服於周爲蠻服其弼當夷服在四千里之內荒服於周爲鎮服其弼當蕃服在五千里之內王者禮法相變周服禹制故鄭解禹事而已周禮擬之成王周公封東至海南至穆陵齊雖侯爵以大功同上公封也且齊武王時地方百里未得薄姑至周公成王時薄姑氏與四國作亂成王滅之以封師尚父是齊於成王之世乃得薄姑之地若然臨淄薄姑非一邑也齊之所封在於臨淄而晏子云薄姑因之者以齊之封疆并得薄姑之地舉其國境所及明共處齊地薄姑者是諸侯之號其人居齊地因號其所居之地爲薄姑氏後與四國作亂謂管蔡商奄則奄外更有薄姑非奄君之名而尚書傳云奄君薄姑故注云或疑爲薄姑齊地非奄君名也○成王用周公之法制廣大邦國之境而齊受上公之地更方五百里其封域東至于海西至于河南至于穆陵北至于无棣○正義曰按大司徒職制諸侯之封疆公五百里齊雖侯爵以大功而

作太師當與上公地等故知取上公地也其東至於海以丁
僖四年左傳管仲之言也在禹貢青州岱山之陰濰淄之野
○正義曰禹貢云海岱惟青州注云州界自海西至岱又曰
濰淄其道注云濰淄兩水名地理志云濰水出今琅耶箕屋
山淄水出泰山萊蕪縣源山然則青州在海岱之間濰淄即
青州之水也又地理志云臨淄海岱之間一都會也桓十六
年公羊傳曰衛朔越在岱陰齊居山之陰也都臨淄禹貢濰
淄共文明其相近故云濰淄之野○其子丁公嗣位於王官
王○正義曰昭十二年左傳楚靈王曰昔我先王熊繹與呂伋
王孫牟燮父禽父並事康王又顧命云命仲桓南宮毛俾爰
齊侯呂汲以二干戈虎賁百人逆子釗于南門之外成王之
崩職掌虎賁又事康王明爲王官也但未知何官耳以太公
爲王官之伯丁公又在王朝故云嗣位謂嗣王官之位耳不
必嗣爲太師也孔安國顧命注云汲爲天子虎賁氏謂當時
爲之耳亦未終於此官也○後五世哀公政衰荒淫怠慢紀
侯譖之於周懿王使烹焉齊人變風始作○正義曰齊世家
云太公卒子丁公汲立卒子乙公得立卒子癸公慈母立卒子
哀公不辰立是爲五世至哀公也莊四年公羊傳齊哀公烹
於周紀侯譖之世家亦云紀侯譖之周烹哀公二文皆言周
烹之耳不言懿王也徐廣以爲周夷王烹之鄭知是懿王者

以世家既言烹哀公乃云而立其弟靜是爲胡公當周夷王時哀公之同母少弟山殺胡公而自立是爲獻公言夷王之時山殺胡公則胡公之立在夷王前矣受譖烹人則是衰闇之主夷王上有孝王書傳之文不言孝王者有大罪去國周本紀云懿王立王室遂衰自懿王爲始明懿王受譖烹矣且本紀稱懿王之時詩人作刺得不以懿王之時雞鳴詩作而言懿王時乎是以知烹之者懿王也然則胡公以懿王時立歷孝王至夷王之時而被殺以王世不長而齊君壽考故得一君當三王也謚法曰保民耆艾曰胡則知胡公爲君歷年久矣以此益明非是夷王烹哀公也世家又云獻公子卒子武公壽立卒子厲公無忌立卒子文公赤立卒子成公說立卒子莊公購立卒子釐公祿父立卒太子諸兒立是爲襄公此其君世之次也詩雞鳴序云刺哀公荒淫怠慢還序云刺哀公好田獵則皆哀公詩也著東方之日東方未明三篇皆云刺而不舉號謚則舉上明下亦爲哀公詩矣南山甫田盧令載驅四篇皆云刺襄公則襄公詩也弊笱刺文姜猗嗟刺魯莊公皆由襄公淫妹而作亦襄公詩也故鄭於左方中皆以此而知也自哀公至於襄公其間有八世皆無詩孫毓以爲哀公荒淫留色怠慢朝政晏起內朝羣臣所患故作雞鳴之歌蟲飛月光之辭安能侵夜失節之漏而當早興乎如此

何怠慢之有也何僧之戒也自哀至襄其間八世未審此詩指刺何公耳斯不然矣子夏親承聖旨齊之君世號謚未亡若有別責餘君作敘無容不悉何得闕其所刺不斥言乎夫人留色雞鳴作歌刺哀公怠慢非性然也人心之動物使之然夫人不能警戒切以月光之歌摯壺氏廢其所掌責以顛倒之詠各隨所失作詩刺之故曰不能晨夜不夙則暮昭韜若此復何所疑且衡門誘僖公愿而無立志則慇愿之人未必耽淫於色而東門之池刺其君之淫昏斯非一人而行反者乎況此前後不同所失各異何獨怪之耳案襄二十九年左傳魯爲季札歌齊曰美哉此詩皆云刺彼云美哉者以雞鳴有思賢妃之事東方未明雞刺無節尚能促遽自警詩人懷其舊俗故有箴規故季札美其聲非謂詩內皆是美事○

雞鳴思賢妃也哀公荒淫怠慢故陳賢妃貞女夙夜警戒相成之道焉○妃芳非反慢武諫反警居領反本又作敬音同○【疏】雞鳴三章章四句至道焉○正義曰作雞鳴詩者思賢妃也所以思之者以哀公荒淫女色怠慢朝政此由內無賢妃以相警戒故也君子見其如此故作此詩陳古之賢妃貞女夙夜警戒於夫以相成益之道焉二章章首上二句陳夫婦可起之

禮下二句述諸侯夫人之言卒章皆陳夫人之辭以哀公荒淫故夫人與戒君子使不留色怠慢故陳人君早朝戒君子使不惰於政事皆陳與夫相警相成之事也云荒淫者謂廢其政事淫於女色由淫而荒故言荒淫也賢妃即貞女也論其配夫則爲賢妃指其行事則爲貞女所從言之異耳相成者以夫妻爲耦義在夫妻其能成夫則妻亦成矣故以相成言之車舝思得賢女乃思得其人以配王此思賢妃直思其相成之道不言思得其人作者之意異也○**雞既鳴矣朝既盈矣**雞鳴而夫人作朝盈而君作箋云雞鳴朝盈夫人也君也可以起之常禮○朝直遙反注下皆同○**匪雞則鳴蒼蠅之聲**蒼蠅之聲有似遠雞之鳴箋云夫人以蠅聲爲雞鳴則起早於常禮敬也○蠅餘仍反○【疏】雞鳴思賢妃也至蒼蠅之聲○正義曰以哀公荒淫怠慢無賢妃之助故陳賢妃貞女警戒其夫之辭言古之夫人與君寢宿至於將旦之時乃言曰雞既爲鳴聲矣朝上既以盈滿矣言雞鳴道已可起之節言朝盈道君可起之節已以雞鳴而起欲令君以朝盈而起也作者又言夫人言雞既鳴矣之時非是雞實則鳴乃是蒼蠅之聲耳夫人以蠅聲爲雞鳴聞其聲而即起是早於常禮恭敬過度而哀公好色淹留夫人

不戒令起故刺之。傳雞鳴至君作。正義曰：解夫人言此二句之意，以雞鳴而夫人可起，朝盈而君可起，二者是夫人與君可以起之常禮，故言之以戒君也。若然，雞鳴而夫人已起，於朝盈之時，夫人不在君所，而得言朝盈以戒君者，以雞鳴之後未幾而朝盈，朝盈與雞鳴時節相將，以雞旣鳴，知朝將盈，故夫人於雞鳴之時并云朝盈耳，非是知朝盈之後復來告君也。朝盈，盈謂羣臣辨色始入，滿於朝上。箋夫人至禮敬。正義曰：常禮以雞實鳴而起，今夫人之在君所，心常驚懼，恒恐傷晩，故以蠅聲爲雞鳴則起，早於常禮，是夫人之敬也。書傳說夫人御於君所之禮云：太師奏雞鳴於階下，夫人鳴玉佩於房中告去。則雞鳴以告，當待太師告之。然此夫人自聽雞鳴者，彼言告御之正法，有司當以時告君。此說夫人相警戒，不必待告方起，故自聽之也。上句雞鳴、朝盈并言之，此經不重述朝盈者，欲見夫人之敬，此須述謬聽雞鳴耳，不須重述朝盈也。何則？夫人以雞鳴而知朝盈，朝盈非謬聽，不假言之。

東方明矣，朝旣昌矣。東方明則夫人纚笄而朝，朝已昌盛則君聽朝。箋云：東方明、朝旣昌，亦夫人也，君也，可以朝之常禮，君日出而視朝。○纚，色蟹反，何霜綺反。

匪東方則明，月出之光。見月出之光以爲東方明。箋云：夫人以月光爲東方至之光○正義曰上言夫人早起明則朝亦敬也【疏】此又言其早朝夫人言東方既已明矣朝上既已盛矣言東方已明道已可朝之節言朝既昌矣道君可朝之節已以東方明而朝欲令君以朝昌盛而朝也作者又言夫人言東方明矣之時非是東方則實已明乃是月出之光耳夫人以月出之光爲東方明見其明而卽朝是早於常禮恭敬過度今哀公怠慢晚朝而夫人不戒故刺之○傳東方至聽朝○正義曰此經二句亦陳夫人之辭東方明故夫人朝君朝既昌君可聽朝上章夫人因己以雞鳴而起卽言朝盈以戒君此夫人因起以東方明時朝君卽言朝既昌以戒君故亦并言此二句也士昏禮注纚縚髮纚廣充幅長六尺笄今時簪傳言夫人纚笄而朝首服纚笄以朝君案禮特牲饋食及士昏禮皆云纚笄綃衣注云綃綺屬此衣染之以黑其繒本名曰綃則首服纚笄必以綃衣配之此以纚笄朝君則當身服綃衣也天官內司服鄭注差次服之所用鞠衣黃桑之所服展衣以禮見王及賓客之服褖衣御於王之服又追師掌王后之首服爲副編次注云副所以覆首服之以從王祭祀編編列髮爲之服之以告桑次次第髮長短爲之服之以見王王后之燕居亦纚笄總而已凡諸侯夫人於其國衣服與王后同如鄭此言則夫人以禮見君當服展

衣御於君當復。褖衣皆首服次燕居乃服纚笄耳此傳言纚
笄而朝者展衣以見君褖衣以御君鄭以周禮六服差次所
用爲此說耳非有經典明文列女傳魯師氏之母齊姜戒其
女云平旦纚笄而朝則有君臣之嚴莊二十四年公羊傳何
休注其言與列女傳亦同然則古之書傳有言夫人纚笄而
朝君者毛當有所依據而言未必與鄭同也或以爲夫人纚
笄而朝謂聽治內政案列女傳稱纚笄而朝則有君臣之嚴
謂朝於夫非自聽朝也此傳亦云纚笄而朝文與彼同安得
聽內政乎言內之政蓋應寡耳君於外政尚日出而朝夫人
何當先君之朝而聽內政且東方始明君時初起衆妾皆當
朝君夫人有何可治而以東方旣明便卽聽之傳又言朝已
昌盛則君聽朝於君言聽朝夫人言而朝是知纚笄而朝君
矣上章言朝旣盈矣謂朝已有人君可以起此言朝旣昌矣
謂盛於盈時羣臣畢集故君可以聽朝朝昌謂日出時也故
箋云君日出而視朝玉藻文。**蟲飛薨薨甘與子同夢**古之夫人配其君子亦不
忘其敬箋云蟲飛薨薨東方且明之時我猶樂與子卧而同
夢言親愛之無已。薨呼弘反妃音配本亦作配樂音岳又
五教反。**會且歸矣無庶予子憎**會會於朝也卿大夫朝會於君朝聽政夕歸治

其家事無廢子子憎無見惡於夫人箋云庶衆也蟲飛薨薨所以當起者卿大夫朝者且罷歸故也無使衆臣以我故憎惡於子戒之也○且七也反沈子餘反朝會此一朝如字字音張遥反惡烏路反下同於夫音符或依字讀者非〔疏〕蟲飛至子憎○正義曰上言欲君早起此又述其欲早起之意夫人告君云東方欲明蟲飛薨薨之時我甘樂與君臥而同夢心非願欲早起也所以必欲令君早起朝者以卿大夫會聚我君之朝且欲得早罷歸矣無使衆臣以我之故於子之身加憎惡也子謂君也君若與我同臥不早聽朝則事不速訖能朝必晚衆臣憎君是由我故故欲令君早起無使見惡於夫人刺今不能然今定本作與子憎據鄭云我我是子之訓則作與者非也○傳古之至其敬○正義曰以恭敬之事施於疏遠其於至親可以無敬人人樂與同夢相親之甚猶尚早起早朝雖親不敢忘敬故云古之夫人配其君子情雖至親亦不忘敬刺今夫人得與君子相配則忘敬晚興也以親而猶敬故言亦亦疏遠也○箋蟲飛至無已○正義曰大戴禮羽蟲三百六十鳳凰爲之長則鳥亦稱蟲此蟲飛薨薨未必唯小蟲也以將曉而飛是東方且欲明之時即上雞鳴時也○傳會會至夫人○正義曰言會言歸則是會於朝歸於家故知謂卿大夫於朝旦之時會於君朝聽政於夕晚

之時歸治其家事成十二年左傳曰卅之治也百官承事朝而不夕是於夕而不治公事故歸治家事也云無見惡於夫人夫人謂卿大夫卿大夫欲早罷歸不得早罷則憎惡君是見惡於卿大夫也○箋云庶衆○正義曰釋詁文

雞鳴三章章四句

還刺荒也哀公好田獵從禽獸而無厭國人化之遂成風俗習於田獵謂之賢閑於馳逐謂之好焉荒謂政事廢亂○還音旋韓詩作嫙嫙好貌好呼報反厭於鹽反又於占反本或作饜音同止也好蒿編反○【疏】還三章章四句至好焉○正義曰作還詩者刺荒也所以刺之者以哀公好田獵從逐禽獸而無厭是在上既好下亦化之遂成其國之風俗其有慣習於田獵之事者則謂之爲賢閑於馳逐之事者則謂之爲好君上以善田獵爲賢好則下民皆慕之政事荒廢化之使然故作此詩以刺之經三章皆士大夫相荅之辭是遂成風俗謂之賢好之事○

子之還兮遭我乎峱之閒兮還便捷之貌峱山名箋云子也我也皆士大夫也俱

出田獵而相遭也○猫乃刀反說文云猫山在齊崔集注本作嶩便捷本亦作便旋

並驅從兩肩兮揖我謂我儇兮

從逐也獸三歲曰肩儇利也箋云並併也子也我也併驅而逐禽獸子則揖耦我謂我儇譽之也譽之者以報前言還也○驅本又作駈曲具反注下同肩如字說文云三歲豕肩相及者本亦作豣音同又音牽揖一入反儇許全反韓詩作婘音權好貌併步頂反下文同譽音餘下同

疏

子之至儇兮○正義曰國人以君好田獵相化成俗士大夫在田相逢歸說其事此陳其辭也我本在田語子曰子之便捷還然兮當爾之時遭値我於猫山之閒兮於是子即與我並行驅馬逐兩肩獸兮子又揖耦我謂我甚儇利兮聚說田事以為戲樂而荒廢政事故刺之○傳還便至山名○正義曰此還還與下茂好昌盛皆是相譽之辭以其善於田獵故知還是輕便捷速之貌也獵之所在非山則澤下言之陽此言之閒則是山之南山則故知猫山名○箋子也至相遭○正義曰以報荅相譽則尊卑平等非國君也然馳車逐獸又非庶人故知子也我也皆士大夫出田相遭也○傳從逐至儇利○正義曰大司馬云大獸公之小禽私之七月云言私其豵獻豣于公則肩是大獸故言三歲曰肩儇利言其便利馳逐○

子之

茂兮遭我乎猺之道兮茂美也。並驅從兩牡兮揖我謂我好兮箋云譽之言好者以報前言茂也。牡茂后反子之昌兮遭我乎猺之陽兮昌盛也箋云昌佼好貌。佼古卯反本又作姣並驅從兩狼兮揖我謂我臧兮狼獸名臧善也（疏）傳狼獸名臧善。正義曰釋獸云狼牡貛牝狼其子獥絕有力迅舍人曰狼牡名貛牝。狼其子名獥絕有力者名迅孫炎曰迅疾也陸機疏云其鳴能小能大善爲小兒啼聲以誘人去數十步其猛捷者雖善用兵者不能免也其膏可煎和其皮可爲裘故禮記狼臅膏又曰君之右虎裘厥左狼裘是也臧善釋詁文

還三章章四句

著刺時也時不親迎也時不親迎故陳親迎之禮以刺之。著直居反又直據反又音於詩內協句宜音直據反迎魚敬反注同（疏）著三章章三句至親迎。正義曰作著詩者刺時也所以刺之

者以時不親迎故陳親迎之禮以刺之。也毛以爲首章言士親迎二章言卿大夫親迎卒章言人君親迎俱是受女於堂出而至庭至著各舉其一以相互見鄭以爲三章共述人臣親迎之禮雖所據有異俱是陳親迎之禮以刺今之不親迎也

俟我於著乎而充耳以素乎而

俟待也門屏之間曰著素象瑱箋云我嫁者自謂也待我於著謂從君子而出至於著君子揖之時也我視君子則以素爲充耳謂所以懸瑱者或名爲紞織之人君五色臣則三色而已此言素者目所先見而云。

尚之以瓊華乎而

瓊華美石士之服也箋云尚猶飾也飾之以瓊華者謂懸紞之末所謂瑱也人君以玉爲瓊華石色似瓊也。

【疏】俟我至乎而。毛以爲士親迎夫既受婦於堂導之而出妻見其夫衣冠之飾此陳其辭也妻言君子待我於門內之著乎而我見君子塞耳之瑱以素象爲之乎而又見其身之所佩飾之以瓊華之石乎而言士親迎妻見其服飾今不親迎故舉以刺之也。鄭以爲摠言人臣親迎其妻見其冠飾君子待我於著之時我見君子充耳以素絲爲之其末飾之以瓊華之石言用素絲爲紞以懸瓊華之石爲瑱也。傳俟待至象瑱。正義曰俟待釋詁文釋宮云門屏之間謂之宁李巡曰門屏之間

謂正門內兩塾閒名宁孫炎曰門內屏外人君視朝所宁立處也著與宁音義同楚語稱曰公子張驟諫靈王王病之曰子復語不穀雖不能用吾置之於耳對曰賴君之用也故言不然巴浦之犀犛兕象其可盡乎其又以繩爲瑱韋昭云瑱所以塞耳言四獸之牙角可以爲瑱是象可以爲瑱此言耳以素可以充耳而色素者唯象骨耳故知素是象瑱毛以充此章陳士蓋士以象爲瑱也。箋我嫁至而云。正義曰此說親迎之事而言待我則是夫之待妻故知我是嫁者自謂也士婚禮壻親迎至於女嫁主人揖入賓執鴈從至於廟門揖入三揖至於階三讓主人升西面賓升北面奠鴈再拜稽首降出婦從降自西階主人不降送是受女於堂導之以出故此婦從君子而出至著君子揖之下箋亦云揖我於庭不言揖我於堂者婚禮女立于房中南面壻於堂上待之拜受即降禮於堂上無揖故不言之婚禮止言以從不言在庭著揖之箋知揖之者言待我明其住待之也下婚禮婦至夫家主人揖婦以入及寢門揖入至夫家引入之時每門而揖明女家引出之時亦每而揖故知至著君子揖之之時也我視君子則以素爲充耳所謂懸瑱言懸瑱之繩用素非爲瑱耳桓二年左傳云衡紞紘綖是懸瑱之繩故云或名爲紞魯語敬姜云王后親織玄紞織線爲之即今之條繩必用雜綵線爲之故言織之人君五色臣則三色直言人君與臣不辨尊卑之異蓋天子諸侯皆五色卿大夫士皆三色其色無文正以人君位尊備物當具五色臣則下之宜降以兩且此詩刺不親迎宜陳人臣親迎之事經有素青黃三色故爲臣則三色又解三色而獨言素者以其素色分明目所先見故先言之婿受女於堂從堂而後至庭至著目所先見當在堂見素而以素配著爲章者取其韻故耳或庭先見青堂先見黃以爲章次王肅云王后織玄紞天子之玄紞一玄而已何云具五色乎王基理之云紞今之絛豈有一色之絛色不雜不成爲絛王后織玄紞者舉夫色尊者言之耳義或當然○傳瓊華至之服○正義曰瓊是玉之美名華謂色有光華此石似瓊玉之色故云美石士之服者蓋謂衣服之飾謂爲佩也玉藻云士佩瓀玟玉此云石者以石色似玉故禮通貴賤皆以玉言之毛以士賤直言美石故下章乃言似玉王肅云以美石飾象瑱案瑱之所用其物小耳不應以石飾象其爲一物王氏之說未必得傳旨也瓊華瓊瑩瓊英其文相類傳以此章爲士服二章爲卿大夫之服卒章爲人君之服者以序言時不親迎則於貴賤皆不親迎此宜歷陳尊卑不親迎之事故以每章爲一人耳非以瓊華瓊瑩瓊英之文而知其異人也但陳尊卑不親迎之事以大夫居位尊於士其石當美於

士服故言似玉耳其實三者皆美石也○箋尚猶至似瓊也○正義曰尚謂尊尚此物所爲飾也上言充耳以素謂紞用素也此言飾之瓊華是就紞而加飾故言謂懸紞之末所謂瑱也君子偕老說夫人之服而云玉之瑱兮故知人君以玉爲瑱君乃用玉臣則不可而瓊是玉名嫌臣亦用玉故辨之云瓊華美石色似瓊者也非用瓊爲瑱也箋既言人君以玉卽云瓊華美石二章箋云石色似瓊似瑩皆以爲似則鄭意三章同說人臣親迎非人君也上箋唯言臣則三色不辨臣之尊卑蓋三章揔言卿大夫士也以其言於著於庭於堂正是待有先後不宜分爲異人故爲揔述人臣親迎之法孫毓云案禮之名充耳是塞耳卽所謂瑱懸當耳故謂之塞耳懸之者別謂之紞不得謂之充耳猶瑱不得名之爲紞也故曰玉之瑱兮大設纓以爲冠不得謂冠是纓之係結組以懸佩不可謂佩所以飾組令獨以瑱爲紞之飾謬於名而失於實非作者之意以毛士爲長斯不然矣言充耳者固當謂瑱爲充耳非謂紞也但經言充耳以素素係懸之非卽以素爲充耳也既言充耳以素末言充耳之體又言飾之以瓊華正謂以瓊華作充耳人臣服之以爲飾非言以瓊華飾紞何當引冠纓組佩以爲難乎經言飾之必有所飾若云不得以瓊華飾紞則瓊華又何所飾哉卽如王肅之言以美石飾象瑱象

骨賤於美石謂之飾象何也下傳以青爲青玉黃爲黃玉又當以石飾玉乎以經之文勢旣言充耳以素卽云飾之以瓊華明以瓊華爲充耳懸之以素絲故易傳以素絲爲紞瓊華爲瑱也

俟我於庭乎而充耳以青乎而青青玉箋云待我於庭謂揖我於庭時青紞之青。

尚之以瓊瑩乎而瓊瑩石似玉卿大夫之服也箋云石色似瓊似瑩也【疏】傳青青玉。正義曰傳意充耳以青謂以青玉爲瑱故云青謂青玉此章說卿大夫之事下章說人君之事考工記玉人云天子用金則公侯以下皆玉石雜言青玉黃玉亦謂玉石雜也。

俟我於堂乎而充耳以黃乎而黃黃玉箋云黃紞之黃。

尚之以瓊英乎而瓊英美石似玉者人君之服也箋云瓊英猶瓊華也【疏】箋瓊英猶瓊華。正義曰釋草云木謂之華草謂之榮榮而不實者謂之英然則英是華之別名故言瓊英猶瓊華二章瓊瑩俱玉石名也故云似瓊似瑩英華是玉光色故不言似英似華耳今定本云瓊英猶瓊華瓊瑩兼言瓊瑩者蓋衍字也。

著三章章三句

東方之日刺衰也君臣失道男女淫奔不能以禮化也○刺衰色追反本或作刺襄公非也南山已下始是襄公之詩疏東方之日二章章五句至禮化○正義曰作東方之日詩者刺衰也哀公君臣失道至使男女淫奔謂男女不待以禮配合君臣皆失其道不能以禮化之是其時政之衰故刺之也毛以爲陳君臣盛明化民以禮之事以刺當時之衰鄭則指陳當時君臣不能化民以禮雖屬意異皆以章首一句東方之日爲君失道東方之月爲臣失道下四句爲男女淫奔不能以禮化之之事○

東方之日兮彼姝者子在我室兮興也日出東方人君明盛無不照察也姝者初昏之貌箋云言東方之日者愬之乎耳有姝姝美好之子來在我室欲與我爲室家我無如之何也日在東方其明未融興者喻君不明○姝赤朱反○

在我室兮履我卽兮履禮也箋云卽就也在我室者以禮來我則就之與之去也言今者之子不以禮來也○疏東方至卽兮○毛以爲東方之日兮猶言明盛之君兮日出東方無不鑒照喻君德明盛無不察理此明德之君能以禮化民民皆依禮嫁娶故其時之女言彼姝然美好之

子來在我之室兮此子在我室兮由其以禮而來故我往就之兮言古人君之明盛刺今之昏闇言婚姻之正禮以刺今之淫奔也○鄭以爲當時男女淫奔假爲女拒男之辭以刺時之衰亂有女以男逼已乃訴之言東方之日兮以喻告不明之君兮由君不明致此强暴今有彼姝然美好之子來在我之室兮欲與我爲室家我無奈之何又言已不從之意此子在我室兮若以禮而來我則欲就之兮今不以禮來故不得從之不能以禮化民至使男淫女訴故刺之○傳日出至之貌○正義曰日出東方漸以明盛照臨下土故以喻人君明盛無不照察謂明照下民察理其事使之不敢淫奔彼姝者女言其就女親迎之事故以姝爲初婚之貌與箋云美好亦同王肅云言人君之明盛刺今之昏闇○箋東方至不明○正義曰箋以序言君臣失道不言陳善刺惡則是當時實事也不宜爲明盛之君故易傳以東方之日者比君於日以情訴之也日之明盛在於正南又解不以南方之日爲興者以日在東方其明未融故舉東方之日以喻君之不明也昭五年左傳云日上其中明而未融其當旦乎服虔云融高也案既醉昭明有融傳云融長也謂日高其光照長遠日之旦明未高故以喻君不明也若然男女淫奔男倡女和何以得有拒男之女而訴於君者詩人假言女之拒男以見男之强

暴明其無所告訴終亦共爲非禮以此見國人之淫奔耳未必有女終能守禮訴男者也○傳履禮○正義曰釋言文上喻人君明盛此必不與鄭同王肅云言古婚姻之正禮刺今之淫奔

東方之月兮彼姝者子在我闥兮 月盛於東方君明於上若日也臣察於下若月也闥門內也箋云月以興臣月在東方亦言不明○闥他達反韓詩云門屏之間曰闥○【疏】傳月盛至門○正義曰以序言君臣失道則君臣並責故知以月盛東方喻臣明察也云闥門內者以上章在我室兮謂來入其家又闥字從門故知門內也

在我闥兮履我發兮 發行也箋云以禮來則我行而與之去○【疏】傳發行○正義曰以行必發足而去故以發爲行也

東方之日二章章五句

東方未明刺無節也朝廷興居無節號令不時挈壺氏不能掌其職焉 號令猶召呼也挈壺氏掌漏刻者○朝直遙反注皆同挈苦結反又

音結壺音胡挈壺氏掌漏刻之官○〔疏〕東方未明三章章四句至職焉○正義曰作東方未明詩者刺無節也所以刺之者哀公之時朝廷起居或早或晚而無常節度號令召呼不以其時人君置挈壺氏之官使主掌漏刻以昏明告君令朝廷無節由挈壺氏不能掌其職事焉故刺君之無節且言置挈壺氏之官不得其人也朝廷是君臣之揔辭此則非斥言其君也興起也居安坐也言君之坐起無時節也由起居無節故號令不時即經上二章是也挈壺氏不能掌其職卒章是也○箋號令至刻者○正義曰以經言自公召之故云號令猶召呼也挈壺氏於天子爲司馬之屬其官士也故夏官序云挈壺氏下士六人注云挈讀如挈髮之挈壺盛水器也世主挈壺水以爲漏然則挈壺者懸繫之名刻謂置箭壺內刻以爲節而浮之水上令水漏而刻下以記晝夜昏明之度數也以序言不能掌其職焉故舉其所掌之事也○

東方未明顛倒衣裳上曰衣下曰裳箋云挈壺氏失漏刻之節東方未明而以爲明故羣臣促遽顛倒衣裳羣臣之朝別色始入○倒都老反遽其慮反別彼列反**顛之倒之自公召之**箋云自從也羣臣顛倒衣裳而朝人又從君所來而召之漏刻失節君又早興〔疏〕東方至召之○

正義曰：言朝廷起居無節度，於東方未明之時，羣臣皆顛倒衣裳而著之，方始倒之顛之，著衣未往，已有使者從君而來召之。起之早晚，禮有常法，而今漏刻失節，促遽若此，故刺之。○傳「上曰衣，下曰裳」。○正義曰：此其相對定稱，散則通名曰衣。曲禮曰「兩手摳衣去齊尺」，注云「齊謂裳下緝也」，是裳亦稱衣也。傳言此，解其顛倒之意，以裳爲衣，今上者在下，是爲顛倒也。○箋「挈壺」至「始入」。○正義曰：解時實未明而顛倒衣裳之意。以挈壺氏失漏刻之節，每於東方未明而爲已明，告君使之早起，羣臣當以失晚，復恐後期，故於東方未明之時，急促惶遽，不暇整理衣服，故顛倒著衣裳而朝君。此則失於侵早，故言朝之正法，羣臣別色始入。東方未明，當起也。「別色始入」，玉藻文。○箋「羣臣」至「早興」。○正義曰：羣臣顛倒衣裳，方欲朝君，人已從君所來召之，是君已先起矣。故言君又早興。臣起已太早，君興又早於臣也。

東方未晞，顛倒裳衣。晞，明之始升。○

【疏】傳「晞，明之始升」。○正義曰：晞是日之光氣。湛露云「匪陽不晞」，謂見日之光而物乾，故以晞爲乾。蒹葭云「白露未晞」，言露在朝旦未見日氣，故亦爲乾義。此言東方未明，無取於乾，故言明之始升，謂將旦之時，日之光氣始升，與上未明爲一事也。

倒之顛之，自公令之。令，告也。○**折**

柳樊圃狂夫瞿瞿柳桑脆之木樊藩也圃菜園也折柳以爲藩園無益於禁矣瞿瞿無守之貌古者有挈壺氏以水火分日夜以告時於朝箋云柳木之不可以爲藩猶是狂夫不任挈壺氏之事○折之舌反圃音布又音補樹菜蔬曰圃瞿俱具反俱七歲反藩方元反○**不能辰夜不夙則莫**辰時夙早莫晚也箋云此言不任其事者恒失節數也○莫音暮○

〔疏〕折柳至則莫○正義曰此言折柳木以爲藩菜果之圃則柳木桑脆無益於圃之禁以喻用狂夫以爲挈壺之官則狂夫瞿瞿然不任於官之職由不任其事恒失節度不能時節此夜之漏刻不太早則太晚常失其宜故令起居無節以若任非其人故刺之○傳柳桑至於朝○正義曰言柳桑脆之木者欲取無益於禁故以桑脆解之樊藩也釋言文孫炎曰樊圃之藩也郭璞曰謂藩籬也種菜之地謂之圃其外藩籬謂之園故云圃菜園也太宰九職二曰園圃毓草木注云樹果蓏曰圃園其藩也是圃內可以種菜又可以樹果蓏其外列藩籬以爲樊柳是桑脆之物以手折而爲藩無益於禁以喻狂夫不任挈壺之職也蟋蟀云良士瞿瞿瞿爲良士貌故傳云瞿瞿然顧禮義此言狂夫瞿瞿謂狂愚之夫故言瞿瞿無守之貌爲精神不立志無所守故不任居官也序云

挈壺氏不能掌其職則狂夫爲挈壺氏矣故又解其瞿瞿之意古者有挈壺氏以水火分日夜謂以水爲漏夜則以火照之冬則冰凍不下又當置火於傍故用水用火準晝夜共爲百刻分其數以爲日夜以告時節於朝職掌如此而今此狂夫瞿瞿然志無所守分日夜則參差不齊告時節則早晚失度故責之也挈壺氏職曰凡喪縣壺以代哭皆以水火守之分以日夜及冬則以火爨鼎水而沸之而沃之注云代更也禮未大斂代哭以水守壺者爲沃漏也以火守壺者夜則視刻數也分以日夜者異晝夜漏也漏刻之箭晝夜共百刻冬夏之間則有長短焉太史立成法有四十八箭是其分日夜之事言冬夏之閒有長短者案乾象歷及諸歷法與今大史所候皆云冬至則晝四十五夜五十五夏至則晝六十五夜三十五春秋分則晝五十五半夜四十四半從春分至於夏至晝漸長增九刻半從夏至至於秋分所減亦如之從秋分至於冬至晝漸短減十刻半從冬至至於春分所加亦如之又於每氣之間加減刻數有多有少其事在於歷術以其筭數有多有少不可通而爲率故太史之官立爲法定作四十八箭以一年有二十四氣每一氣之間又分爲二通率七日強半而易一箭故周年而用箭四十八也歷言晝夜者以昏明爲限馬融王肅注尚書以爲日永則晝漏六十刻夜漏四

十刻日短則晝漏四十刻夜漏六十刻日中宵中則晝夜各五十刻者以尚書有日出日入之語遂以日見爲限尚書緯謂刻爲商鄭作士昏禮目錄云日入三商爲昏舉全數以言耳其實日見之前日入之後距昏明各有二刻半減晝五刻以裨夜故於歷法皆多校五刻也鄭於堯典注云日中宵中者日見之漏與不見者齊也日永者日見之漏五十五刻日不見之漏四十五刻又與馬王不同者鄭言日中宵中者其漏齊則可矣其言日永日短之數則與歷甚錯馬融言晝漏六十夜漏四十減晝以裨夜矣鄭意謂其未減又減晝五刻以增之是鄭之妄說耳漏刻之數見在史官古今歷者莫不符合鄭君獨有此異不可強爲之辭案挈壺之職唯言分以日夜不言告時於朝春官雞人云凡國事爲期則告之時注云象雞知時然則告時於朝乃是雞人此言挈壺告時者以序云興居無節挈壺氏不能掌其職明是挈壺告之失時故令朝廷無節也蓋天子備官挈壺掌漏雞人告時諸侯兼官不立雞人故挈壺告也庭燎箋云王有雞人之官是鄭意以爲唯王者有雞人諸侯則無也○傳辰時夙早○早莫晚○正義曰釋訓云不辰不時也是辰爲時也夙早釋注文暮與早對故爲晚○

東方未明三章章四句

卷終

毛詩注疏挍勘記（五之一）

阮元撰盧宣旬摘録

齊譜

季蒯因之閩本明監本毛本同案山井鼎云蒯當作蒯物觀云宋板下季蒯作季萴是也

其先祖世爲四岳閩本明監本毛本同案浦鏜云嵒誤世是也崧高正義引作嵒是其證

師尚父堪君多難閩本毛本同明監本堪作甚案皆誤也考文王正義引作謀討居多此當與彼同

止自胡公之所殺閩本明監本毛本同案盧文弨云止自當作上距是也

故云數土閩本明監本毛本同案土當作定此説譜數定九畿

甸服此周爲王畿閩本明監本毛本同案此當作比形近之譌

成王周公封東至海閩本明監本毛本同案浦鏜云至非奄君名也疑在下成王節疏內

錯誤在此是也當以此成王起接管仲之言也下凡移百九十三字

在禹貢青州閩本明監本毛本同案山井鼎云在禹上當有圖是也

與呂伋王孫牟閩本明監本毛本伋作汲案此誤改也十行本此字作伋以下引顧命齊世家則作汲各順其文耳

不言孝王者有大罪去國閩本明監本毛本同案此當作不言孝王身有大罪于國皆形近之譌譜序正義無身字于國作惡彼文多不與此同也

詩人作到閩本明監本毛本同案山井鼎云到當作刺是也

昭暫若此閩本明監本毛本同案山井鼎云暫恐晳誤

○雞鳴

故夫人與戒君子閩本明監本毛本同案故當作無

故陳人君早朝　閩本明監本毛本同案人君當作夫人見第二章正義

皆陳與夫相警相成之事也　閩本明監本毛本同案陳當作是以上正義各本譌舛不可讀今訂正

當復襐衣　補毛本復作服

○還

並驅而逐禽獸　閩本明監本毛本同小字本相臺本禽作二案二字是也禽字誤

則是山之南山則　補毛本下則字作側

牡名驪牝狼也　閩本明監本毛本牝下有名字案所補是

○著

謂所以懸瑱者　閩本明監本毛本同小字本相臺本懸作縣案縣字是也釋文云以縣音元下文正

義未當亦是懸字其自爲文乃用懸字縣懸古今易字而說之也不知者乃以正義所易改箋

人君以玉爲 閩本明監本毛本同小字本相臺本爲下有之字考文古本同案有者是也

楚語稱曰公子張 閩本明監本毛本同案曰當作白形近之譌

其又以繩爲瑱 閩本明監本毛本同案此不誤浦鏜云規誤繩非也繩當訓爲戒今韋昭注作規不與正義所引本同也

士婚禮壻親迎 閩本明監本毛本婚作昏案所改是也餘同此

至於女嫁 補 毛本嫁作家

而云玉之瑱兮 閩本明監本毛本同案此不誤下孫毓引同浦鏜云也誤兮非也說文瑱下引玉之瑱兮可證案段玉裁云古尚書周易無也字毛詩周官始見各書所用也字本兮字之假借是也

天子用金 閩本明監本毛本同案浦鏜云全誤金是也

○東方之日

有姝姝美好之子　小字本同相臺本亦同考文古本亦同閩本明監本毛本姝姝作姝然案此當是有姝姝然美好之子靜女正義所引可證也今此正義兩言姝然其毛以爲下一姝然不誤以傳本不重此字也其鄭以爲下本是與箋文同作姝姝然因上有姝然遂誤脫之也閩本以下用以改箋非也各本亦脫去然字

傳月盛至門　閩本明監本毛本同案門下當有內字

○東方未明

東方未明三章　閩本明監本毛本脫未明二字

挈讀如挈髮之挈　閩本明監本毛本同案下二挈字浦鏜云絜誤挈考周禮注是也

東方未明當起也　閩本明監本毛本同案當上脫去一未字

不能辰夜　各本皆同案考文古本辰作晨誤也考此可見古本之多誤

瞿爲良士貌　闽本明監本毛本同案瞿當作䀠

夙早釋注文　闽本明監本毛本同案山井鼎云注當作詁是也

附釋音毛詩注疏卷第五　五之二　十七

毛詩國風　鄭氏箋　孔穎達疏

南山刺襄公也鳥獸之行淫乎其妹大夫遇是惡作詩而去之襄公之妹魯桓公夫人文姜也襄公素與淫通及嫁公謫之公與夫人如齊夫人愬之襄公襄公使公子彭生乘公而搚殺之夫人久留於齊莊公即位後乃來猶復會齊侯于禚于祝丘又如齊師齊大夫見襄公行惡如是作詩以刺之又非魯桓公不能禁制夫人而去之○之行下孟反謫直革反責也又張革反乘繩證反下同禚音灼地名行惡下孟反下之行皆同○一本作彭生乘公乘則依字讀搚於革反說文云搚也公羊傳云拉公幹而殺之沈又烏詣反拉音郎荅反復扶又反下

【疏】南山四章章六句至去之○正義曰作南山詩者刺襄公也以襄公爲鳥獸之行淫不避親襄公行如之乃淫於已之親妹人行之惡莫甚於此齊國大夫逢遇君有如是之惡故作詩以刺君其人恥事無道之主既作此詩遂弃而去之此妹既嫁於魯襄公猶尚淫之亦猶魯桓不禁使之至齊故作

者既刺襄公又非魯桓經上二章刺襄公淫乎其妹下章責魯桓縱恣文姜序以主刺襄公故不言魯桓大夫過是惡作詩而去之言作詩之意以見君惡之甚於經無所當也○箋襄公至去之○正義曰以敝笱猗嗟之序知襄公所淫之妹文姜是也桓十八年左傳云公與夫人姜氏如齊齊侯通焉公謫之以告夏四月丙子享公使公子彭生乘公公薨於車莊元年公羊傳云夫人譖公於齊侯公曰同非吾子齊侯之子也齊侯怒與之飲酒於其出焉使公子彭生送之於其乘焉拉幹而殺之是公謫文姜彭生搚殺公之事也春秋經桓三年秋公子翬如齊逆女九月夫人姜氏至自齊是文姜以桓三年歸魯也左傳於桓十八年如齊之下始云齊侯通焉箋知素與淫通者以姦淫之事生於聚居不宜既嫁始然故知未嫁之前素與淫通也且桓六年九月經書丁卯子同生即莊公也猗嗟序稱人以莊公爲齊侯之子公羊傳稱桓公云同非吾子明非如齊之後始與齊侯通也但左傳爲公謫張本故於如齊之下始言齊侯通耳公羊拉幹而殺之史記稱使公子彭生抱魯桓公上車摺其脅公死於車摺與拉音義同彼皆言拉殺此言搚殺者說文云搚捉也何休云幹脅拉折聲正謂手捉其脅而折拉然爲聲此指言殺狀故言搚也夫人以桓十八年與公如齊經書公之喪至自齊傳不言

文姜來歸莊元年傳云不書即位文姜出故也莊公即位之時猶在齊未來故言夫人久留於齊莊公即位後乃來也其來年月三傳無文莊元年經書三月夫人遜于齊公羊傳云夫人固在齊矣其言遜何念母也正月以存君念母以首事何休及賈逵服虔皆以爲桓公之薨至是年三月朞而小祥公憂思少殺念及於母以其罪重不可以反之故書遜于齊耳其實先在於齊本未歸也至二年夫人會齊侯於禚是從魯往之則於會之前已反魯矣服虔云蓋魯桓公之喪從齊來以文姜爲二年始來杜預以莊元年歲首即位之時文姜來公以母出之故不忍即位文姜於時感公意而來既至爲魯人所尤故三月又遜於齊謂文姜來而復去非先在齊二者說雖不同皆是莊公即位之後乃來也杜預創爲其說前儒盡不然也鄭於喪服小記之注引公羊正月存親之事則亦同於賈服至二年乃歸也春秋經莊二年夫人姜氏會齊侯於禚四年夫人姜氏享齊侯於祝丘五年夫人姜氏如齊師是夫人復會齊侯如齊師也以言齊侯淫於其妹終說其淫之事若然按經莊七年春夫人姜氏會齊侯於防冬夫人姜氏會齊侯於穀亦是淫事此不言者略舉其先三會以包其後二會也以左傳於會禚之下書姦也於會防之正言齊志也杜預以爲意出於夫人則云書姦意出於齊侯則云齊

志傳舉二端其餘皆從之則視上與如齊師姧由從夫人防穀姧發於齊侯鄭意或亦當然今此箋又以經有非魯桓之事而序不言之據夫人發文故申其意言大夫見襄公行惡如是作詩以刺之又非魯桓公不能禁制文姜言詩經有此二意也而云去之者疊序去之文謂弃齊而去

南山崔崔雄狐綏綏興也南山齊南山也崔崔高大也國君尊嚴如南山崔崔然雄狐相隨綏綏然無別失陰陽之匹箋云雄狐行求匹耦於南山之上形貌綏綏然興者喻襄公居人君之尊而爲淫泆之行其威儀可恥惡如狐○崔子雖反又音隹別彼列反泆音逸下同惡烏路反又如字○

魯道有蕩齊子由歸蕩平易也齊子文姜也箋云婦人謂嫁曰歸言文姜既以禮從此道嫁于魯侯也○蕩徒黨反徐敕黨反易夷豉反

既曰歸止曷又懷止懷思也箋云懷來也言文姜既曰嫁于魯侯矣何復來爲乎非其來也○

疏南山至懷止○毛以爲南山雄狐各自爲喻言南山高大崔崔然以喻國君之位尊高如山也雄狐相隨綏綏然雄當配雌理亦當然也今二雄無別失陰陽之匹以喻夫當配妻今襄公兄與妹淫亦失陰陽之匹以襄公居尊位而失匹配故舉淫事以責之言魯之道路有蕩然平易

齊侯之子女文姜用此道而歸嫁於魯既曰歸於魯止自有夫矣襄公何爲復思之止而與之會爲此淫乎○鄭以爲狐在山上爲喻言南山高大崔崔然有雄狐在此山上以求匹耦形貌綏綏然其狀可恥惡也喻説在箋既言公淫可惡又責文姜會公言魯之道路有蕩然而平易齊子文姜從此道而歸於魯既曰歸於魯止當專意事夫何爲又復來止責文姜之來會襄公也○傳南山至之匹○正義曰詩人自歌土風山川不出其境故云南山齊南山舉南山形貌高大崔崔然故知喻國君之位尊嚴言其高大如南山也綏綏是匹行之貌今言雄狐相隨綏綏然明是二雄狐相匹故云雄狐綏綏然是二狐俱雄無有別異失陰陽之匹以喻兄與妹淫亦失陰陽之匹也今定本云失陰陽之正義亦通也檢此傳文無狐在山上之意則各自爲喻異於鄭也對文則飛曰雌雄走曰牝牡散則可以相通牧誓曰牝雞之晨飛得稱牝明走得稱雄僖十五年左傳稱秦伯伐晉筮之遇蠱其繇曰獲其雄狐亦謂牡爲雄與此同也○箋雄狐至如狐○正義曰箋以南山雄狐文勢相連則是狐在山上不宜別以爲喻又狐必雄雌相從無二雄相隨之理故以爲狐求匹耦於南山之上喻襄公淫泆於人君之位其可恥惡如狐貌以狐比之有狐之傳以綏綏匹行之貌則此言綏綏亦匹行之貌言求匹

耦者正謂無雌相隨是求匹耦也在高顯之處使人見之是謂可惡也○傳蕩平至文姜○正義曰以其說道路之貌故以蕩爲平易言地平而易無險難也文姜齊女故謂之齊子傳於詩由多訓爲用此當言用此道以歸魯也○傳懷思○正義曰釋詁文王肅云文姜既嫁於魯適人矣何爲復思與之會而淫乎○箋懷來至其來○正義曰懷來釋言文以歸止謂文姜歸則懷止亦謂文姜懷不宜謂襄公思故易傳以爲非責文姜之來也

葛屨五兩冠緌雙止 葛屨服之賤者冠緌服之尊者箋云葛屨五兩喻文姜與姪娣及傅姆同處冠緌喻襄公也五人爲奇而襄公往從而雙之冠屨不宜同處猶襄公文姜不宜爲夫婦之道○屨九具反兩王肅如字沈音亮緌如誰反傅姆上音付下音茂處昌慮反下同奇居宜反

魯道有蕩齊子庸止 庸用也

既曰庸止曷又從止 箋云此言文姜既用此道嫁於魯侯襄公何復送而從之爲淫泆之行○

【疏】葛屨至從止○正義曰屨以兩隻爲具五爲數之奇言則非其宜以喻文姜是襄公之妹雖與姪娣傅姆有五人矣其數雖奇以襄公往配而雙之亦非其宜襄公兄也文姜妹

也兄妹相配是非其宜既云不宜相配又責非理爲淫魯之道路有蕩然平易齊子文姜用此道以歸魯止既曰用此道以歸魯止彼自有夫襄公何爲復從雙止責其復從文姜爲淫泆之行。傳葛屨至尊者。正義曰賤宜對貴尊當對卑在身之服上尊下卑葛屨服之於足葛又物之賤者故以賤言之冠緌服之於首是服之最尊所用之物貴故以尊言之亦令其貴賤尊卑互相見也。箋葛屨至之道。正義曰屨必兩隻相配故以一兩爲一物緌必屬之於冠故冠緌共爲一同葛屨言五五冠緌言雙由是五爲奇故欲雙之使耦也奇天數矣獨舉五而言明五必有象故以喻文姜與姪娣傅姆五人俱是婦人不宜以襄公往雙之云其數奇以經有五兩故以五人五人解之莊十九年公羊傳曰諸侯一娶九女二國往媵之皆有姪娣從姪者何兄之子娣者何女弟也是諸侯夫人有姪有娣也襄三十年公羊傳曰宋災伯姬存焉有司請出伯姬曰吾聞之婦人夜出不見傅姆不下堂傅至姆未至逮火而死是諸侯夫人有傅姆也士昏禮云姆在其右注云姆婦人年五十無子出而不復嫁能以婦道教人者若今時乳母矣士妻之姆如此則諸侯夫人其姆亦當然也內則云女子十年不出傅姆教之執麻枲治絲繭則傅是姆類亦當以婦人老者爲之矣何休云選老大夫爲傅大夫妻爲姆以男子爲傳書傳未有云焉且大夫之妻當自處家無由從女而嫁使夫人動輙待之何休之言非禮意也冠屨貴賤不宜同處由襄公與文姜兄之與妹不宜爲夫婦之道又襄公止復。文姜耳傳不言淫其姪娣又傳姆老人非襄公儔類而云襄公雙之者正以姪娣傳姆與文姜同是婦人聚居一處襄公乃以男子厠入其中不宜與妹相耦作者指言其不宜雙文姜耳非謂襄公於五人皆淫之。箋此言至之行。正義曰上言曷又懷止箋謂責文姜之來此言曷又從止以爲責襄公從之者以懷止與歸止文連歸是文姜歸魯故知懷是文姜來齊此與庸止文連庸是用道而往則從是逐後從之故知責襄公從之言以意從送與之爲淫耳非謂從之至魯也

蓺麻如之何衡從其畝蓺樹也衡獵之從獵之種之然後得麻箋云樹麻者必先耕治其田然後樹之以言人君取妻必先議於父母。蓺魚世反本或作藝技藝字耳衡音橫注同亦作橫字又一音如字衡即訓爲橫韓詩云東西耕曰橫從足容反注同韓詩作由云南北耕曰由

取妻如之何必告父母必告父母廟箋云取妻之禮議於生者卜於死者此之謂告。取七喻反注下皆同

既曰告止曷又鞠止鞠窮也箋云鞠盈也魯侯

女既告父母而取何復盈從令至于齊乎
又非魯桓○鞠居六反令力呈反下同

【疏】蓺麻至鞠止○毛以爲種麻之法如之何乎必横縱獵其田畝種之然後得麻以與娶妻之法如之何乎必告廟啓其父母娶之然後得妻魯桓既曰告廟而娶得之止宜以婦道禁之何爲又使窮極邪意而至齊乎止責魯桓不禁制文姜鄭唯以鞠爲盈爲異餘同○傳蓺樹至得麻○正義曰此云蓺麻后稷生民云蓺之荏菽大司徒云教稼穡樹蓺則樹蓺皆種之別名故云蓺猶樹也在田逐禽謂之獵則獵是行步踐履之名衡古横字也衡獵之縱獵之謂既耕而東西踐躡槩摩之也古者推耒耜而耕不宜縱横耕田且書傳未有謂耕爲獵者故知是摩獵之也今定本云重之然後得麻義雖得通不如爲種字也○箋取妻至謂告○正義曰傳以經云必告父母嫌其唯告生者故云必告父母之廟箋又嫌其唯告於廟故云議於生者卜於死者以足之婚有納吉之禮卜而得吉使告女家是娶妻必卜之士冠禮云筮於廟門明卜亦在廟也曲禮云男女非有行媒不相知名故齊戒以告鬼神昭元年左傳說楚公子圍將娶妻於鄭其辭云圍布几筵告於莊恭之廟而來是娶妻自有告廟之法而箋必以爲卜者以納吉爲六禮之一故舉卜吉之案婚禮受納采之禮云主人筵於戸西注云主人女

父也筵爲神布席也將以先祖之遺體許人故受其禮於廟也其後諸禮皆轉以相似則禮法皆告廟矣女家尙每事告廟則夫家將行六禮皆告於廟非徒一卜而已明以卜爲大事故特言之○傳鞠窮○正義曰釋言文傳意當謂魯桓縱恣文姜使窮極邪意也○箋鞠盈至魯桓○正義曰釋詁文箋以此責魯桓之辭不宜唯言文姜之窮極邪意故易傳以爲盈責魯桓之盈縱文姜不禁制之

析薪如之何匪斧不克克能也箋云此言析薪必待斧乃能也○析星歷反**取妻如之何匪媒不得**箋云此言取妻必待媒乃得也**既曰得止曷又極止**極至也箋云女既以媒得之矣何不禁制而恣極其邪意令至齊乎又非魯桓

疏析薪至極止○正義曰言析薪之法如之何乎非用斧不能斫之以與娶妻之法如之何乎非使媒不能得之魯桓既曰使媒得之止宜以婦道禁之何爲窮極邪意而至齊止又責魯桓不禁制文姜也○傳極至○正義曰釋詁文箋言恣極邪意令至齊者申說極爲至之義恣解義之言非經中極也

南山四章章六句

甫田，大夫刺襄公也。無禮義而求大功，不脩德而求諸侯，志大心勞，所以求者非其道也。【疏】甫田三章章四句至其道○正義曰：甫田詩者，齊之大夫所作，以刺襄公也。所以刺之者，以襄公身無禮義而求己有大功，不能自脩其德而求諸侯從己。有義而從功立，惟德可以來人，今襄公無禮義無德，諸侯必不從之，其志望大，徒使心勞，而公之所求者非其道也。大夫以公求非其道，故作詩以刺之。求大功與求諸侯一也，若諸侯從之，則大功克立，所從言之異耳。求大功者，欲求爲霸主也。天子衰，諸侯興，故曰霸。中候霸免注云：霸猶把也，把天子之事。於時王室微弱，諸侯無主，齊是大國，故欲求之。鄭以國語云：齊莊僖於是乎小伯。韋昭曰：小伯主諸侯盟會。襄即莊孫僖子，以父祖已作盟會之長，可以爲霸業之基，又自以國大民衆，負恃強力，故欲求爲霸也。至其弟桓公即求而得之，是齊國可以爲霸，但襄公無德而不可求耳。上二章刺其求大功，卒章刺其不能脩德，皆言其所求非道之事。勞心忉忉，是志大心勞。

無田甫田，維莠驕驕。興也。甫，大也。大田過度而無人功，終不能獲。箋云：興者，喻人君欲立功致治必勤身脩德積小以成高大○莠羊九反無田音佃下同治直吏反**無思遠人勞心忉忉**忉忉憂勞也○言無德而求諸侯徒勞其心忉忉耳○忉音刀

【疏】無田至忉忉○正義曰上田謂墾耕下田謂上地以襄公所求非道故設辭以戒之言人治田無得田此大田若大田過度力不充給田必蕪穢維有莠草驕驕然以喻公無霸德思念遠人若思彼遠人德不致物人必不至維勞其心忉忉然言人之欲種田求穀必準功治田穀乃可獲喻人君欲立功致治必勤身脩德功乃可立無德而求諸侯徒勞其心也責襄公之妄求諸侯也○傳甫田至能獲○正義曰甫大釋詁文言無田甫田猶多方云宅爾宅田爾田今人謂佃食古之遺語也禁人言無田甫田猶下句云無思遠人無田與無思相對爲喻周禮授民田上地家百畝中地家二百畝下地家三百畝謂其人力堪治故禮以此爲度過度謂過此數而廣治田也○傳忉忉憂勞○正義曰釋訓云忉忉憂也以言勞心故云憂勞也

無田甫田維莠桀桀桀桀猶驕驕也○桀居竭反徐又居謁反**無思遠人勞心怛怛**怛怛猶忉忉也○怛旦末反

婉兮孌兮總角丱兮未幾見

兮突而弁兮婉孌少好貌總角聚兩髦也丱幼穉也弁冠也箋云人君內善其身外修其德居無幾何可以立功猶是婉孌之童子少自脩飾丱然而稚見之無幾何突耳加冠爲成人也○婉於阮反孌力轉反總本又作揔子孔反丱古患反幾居豈反注同見兮一本作見之突吐活反注同方言云凡卒相見謂之突吐訥反弁皮眷反髦音毛少詩照反

〔疏〕「婉兮至弁兮」○正義曰：言有童子婉然而少，孌然而好兮，總聚其髮以爲兩角，丱然兮幼稚，如此與別未經幾時而更見之，突然已加冠弁爲成人兮。言童子少自脩飾，未幾時而卽得成人，以喻人君能善身修德，未幾時而可以立功。今君不修其德，欲求有功，故刺之。○傳「婉孌至弁冠」○正義曰：候人傳曰：「婉，少貌。孌，好貌。」此并訓之，故言少好貌。內則云：「男女未冠笄者，總角衿纓。」冠所以覆髮，未冠則總角，故知總角聚兩髦，言總聚其髦以爲兩角也。丱兮與總角共文，故爲幼稚。周禮掌冠冕者，其職謂之弁師，則弁者冠之大號，故爲弁冠也。士冠禮及冠義記士之冠云：始加緇布冠，次加皮弁，次加爵弁，三加而後字之，成人之道也。然則士有三加，加冠此言突若弁兮，指言童子成人加冠而已，不主斥其一冠也。若，猶耳也，故箋言「突耳加冠爲成人」。猶嗟頎若言若者，皆然耳之義，古人語之異耳。定本云「突而弁兮」，不

作若字

甫田三章章四句

盧令刺荒也襄公好田獵畢弋而不脩民事百姓苦之故陳古以風焉畢噣也弋繳射也○令音零下同好呼報反風福鳳反噣直角反本亦作濁畢星名何音犢繳音灼

疏盧令三章章二句至風焉○正義曰作盧令詩者刺荒也所以刺之者以襄公性好田獵用畢以掩兎用弋以射鴈好此遊田逐禽而不脩治民之事國內百姓皆患苦之故作是詩陳古者田獵之事以風刺襄公焉經三章皆言有德之君順時田獵與百姓共樂之事○箋畢噣弋繳射○正義曰釋天云噣謂之畢李巡曰噣陰氣獨起陽氣必止故曰畢畢止也孫炎曰掩兎之畢或謂之噣因名星云郭璞曰掩兎之畢或呼爲噣因星形以名之月令注云網小而柄長謂之畢然則此器形似畢星孫謂以網名畢郭謂以畢名網郭說是也出繩繫矢而射鳥謂之繳射也

盧令令其人美且仁盧田犬令令纓環聲言人君能有美德盡

其仁愛百姓欣而奉之愛而樂之順時遊田與百姓共其樂同其獲故百姓聞而說之其聲令令然○纓於盈反又於政反樂音洛下同說音悅【疏】盧令至且仁○正義曰言古者有德之君順時田獵與百姓共樂同獲百姓聞而悅之言吾君之盧犬其環鈴鈴然爲聲又美其君言吾君其爲人也美好且有仁恩言古者賢君田獵百姓愛之刺今君田獵則百姓苦之○傳盧田至令令然○正義曰犬有田犬守犬戰國策云韓國盧天下之駿犬也東郭逡海內之狡兔韓盧逐東郭逡山三越岡五兔極於前犬疲於後俱爲田父之所獲是盧爲田犬也此言鈴鈴下言環鋂鈴鈴即是環鋂聲之狀環在犬之頷下如人之冠纓然故云纓環聲也言人君有美德以下言百姓所以悅君之意孟子謂梁惠王曰今王田獵於此百姓聞王車馬之音見羽旄之美舉疾首蹙頞而相告曰吾王好田獵夫何使我至於此極也父子不相見兄弟妻子離散此無他不與民同樂也今王田獵於此百姓聞王車馬之音見羽旄之美舉欣欣然有喜色而相告曰吾王庶幾無疾病與何能田獵也此無他與民同樂也則百姓悅之也今定本云喻人君能有美德喻字誤也

盧重環 重環子母環也○重直龍反下同 其人美且鬈 鬈好貌○箋云鬈讀當爲權權勇壯也○

鬈音權說文云髮好貌〔疏〕箋鬈讀至勇壯。正義曰箋以諸言且者皆辭兼二事若鬈是好貌則與美是一也且仁且偲既美而復有仁才則且鬈不得爲好貌故易之巧言云無拳無勇其文相連是鬈爲勇壯也以君能盡其仁愛與百姓同樂故美其且仁以君身有勇壯能捕取猛獸故美其且鬈以君善於射御多有才能故美其且偲皆是獵時之事故歷言之大叔于田敘云叔多才而好勇亦謂獵時有才勇也

盧重鋂鋂一環貫二也。鋂音梅

其人美且偲偲才也箋云才多才也。偲七才反說文云強也〔疏〕傳鋂一環貫二。正義曰上言重環謂環相重故知謂子母環謂大環貫一小環也重鋂與重環別則與子母之環文當異故知一環貫二謂一大環貫二小環也說文亦云鋂環也一環貫二

盧令三章章二句

敝笱刺文姜也齊人惡魯桓公微弱不能防閑文姜使至淫亂爲二國患焉。敝笱婢世反徐符滅反本又作弊敗也笱音

古口反取魚器也惡烏路反【疏】敝笱三章章四句至患焉○正義曰作敝笱詩者刺文姜也所以刺之者文姜是魯桓夫人齊人惡魯桓公爲夫微弱不能防閑文姜使至於齊與兄淫亂爲二國之患焉故刺之也文姜淫亂由魯桓微弱使然經三章皆是惡魯桓以刺文姜之辭夏官虎賁氏云舍則守王閑注云舍王出所止宿處也閑梐枑也天官掌舍掌王之會同之舍設梐枑再重杜子春云梐枑謂行馬玄謂行馬再重者以周衞有外內列周衞防守之物名之曰閑則閑亦防禁之名故此及猗嗟之序皆防閑並言之也齊則襄公通妹魯則夫人外淫桓公見殺於齊襄公惡名不滅是爲二國患也文姜既嫁於魯齊人不當刺之由其兄與妹淫齊人惡君而復惡文姜亦所以刺君故編之爲襄公詩也

敝笱在梁其魚魴鱞興也鱞大魚箋云鱞魚子也魴也鱞也魚之易制者然而敝敗之笱不能制興者喻魯桓微弱不能防閑文姜終其初時之婉順○魴音房鱞毛古頑反鄭古魂反易夷豉反齊子歸止其從如雲如雲言盛也箋云其從姪娣之屬言文姜初嫁于魯桓之時其從者之心意如雲然雲之行順風耳後知魯桓微弱文姜遂淫恣從者亦隨之爲惡○從才用反注下皆同【疏】敝笱至如

云○毛以爲笱者捕魚之器弊敗之笱在於魚梁其魚乃是魴鰥之大魚非弊敗之笱所能制以喻微弱之君爲其夫婿其妻乃是强盛之齊女非微弱之夫所能制刺魯桓之微弱不能制文姜也又言文姜難制之意齊子文姜初歸於魯國止其從者庶姜庶士其數衆多如雲然以此强盛故魯桓不能禁也○鄭以爲弊敗之笱在於魚梁其魚乃是魴鰥之小魚魴鰥自是魚之易制者但笱以弊敗不能制以喻文姜是婦人之易制者但由魯桓以微弱不能制由其不制文姜故令從者亦惡齊子文姜初歸於魯國止其從者之心如雲然雲行順風東西從者隨嫡善惡由文姜淫泆故從者亦淫○傳鰥大魚○正義曰孔叢子云衛人釣於河得鰥魚焉其大盈車子思問曰如何得之對曰吾下釣垂一魴之餌鰥過而不視又以豚之半鰥則吞矣子思歎曰魚貪餌以死士貪祿以亡是鰥爲大魚也傳以鰥爲大魚則以大爲喻王肅言魯桓之不能制文姜若弊笱之不能制大魚也○箋鰥魚至婉順○正義曰鰥魚子釋魚文李巡曰凡魚之子揔名鯤也鯤鰥字異蓋古字通用或鄭本作鯤也魯語云宣公夏濫於泗淵里革斷其罟而弃之曰魚禁鯤鮞鳥翼鷇卵蕃庶物也是亦以鯤爲魚子也毛以鯤爲大魚鄭以鯤爲魚子而與魴相配則魴之爲魚中魚也故可以爲大亦可以爲小陸機疏云

魴。今伊洛濟潁魴魚也，廣而薄肥，恬而少力，細鱗，魚之美者。遼東梁水魴特肥而厚，尤美於中國魴，故其鄉語曰：居就粮，梁水魴。是也。箋以一鰥若大魚，則強笱亦不能制，不當以弊敗爲喻，且魴鰥非極大之魚，與鰥不類，故易傳以爲小魚易制，喻文姜易制，但魯桓微弱，不能防閑文姜，使終其初時之婉順。文姜素與兄淫，而云初時婉順者，在齊雖則先淫，至魯必將改矣，但如桓公微弱，後復更爲淫耳。○傳如雲言盛。○正義曰：傳以如雲言盛，謂其從者多強盛而難制。孫毓云：齊爲大國，初嫁寵妹，庶姜庶士，盛如雲雨，故妹來自由，桓公不能禁制。言從者之盛，傳意當然。文姜歸魯之日，襄公未爲君，言寵妹則非也。○箋其從至爲惡。○正義曰：姪娣之外，更當有侍御賤妾，故云其從姪娣之屬。箋以作詩者主刺文姜之惡，而言其從如雲，明以文姜惡甚，疾其敗損族類，故易傳以爲從者亦隨文姜爲惡。

敝笱在梁，其魚魴鱮。○魴鱮，大魚。箋云：鱮似魴而弱鱗。鱮，象呂反。廣雅云：鰱也。音連。

【疏】箋鱮似魴而弱鱗。○正義曰：陸機疏云：鱮似魴，厚而頭大，魚之不美者，故里語曰：網魚得鱮，不如啗茹。其頭尤大而肥者，徐州人謂之鰱，或謂之鱅，幽州人謂之鴞鴞，或謂之胡鱅。

齊子歸止，其從如雨。如雨，言多也。箋云：如雨，言無常，天下

之則下天不下則止以言姪娣之善惡亦文姜所使止〔疏〕箋如雨至使止○正義曰姪娣之善惡亦文姜所使今定本云所使出於義是也

敝笱在梁其魚唯唯唯唯出入不制箋云唯唯行相隨順之貌〔疏〕傳唯唯出入不制○正義曰上二章言魚名此章言魚貌令其上下相充也唯唯正是魚行相隨之貌耳傳以弊笱不能制大魚故云出入不制箋以爲小魚故行相隨順之貌各從其義故爲辭異耳其於唯唯義亦同也○唯唯維癸反沈養水反韓詩作遺遺。言不能制也

齊子歸止其從如水水喻衆也箋云水之性可停可行亦言姪娣之善惡在文姜也

敝笱三章章四句

載驅齊人刺襄公也無禮義故盛其車服疾驅於通道大都與文姜淫播其惡於萬民焉故猶端也○驅欺具反又如字下皆同本亦作駈播波佐反〔疏〕載驅四章章四句至民焉○正義曰載驅詩者齊人所作

以刺襄公也刺之者襄公身無禮義之故乃盛飾其所乘之車與所衣之服疾行驅馳於通達之道廣大之都與其妹文姜淫通播揚其惡於萬民焉使萬民盡知情無慙恥故刺之也國人刺君乃是常事諸序未有舉國之名言其民刺君此獨云齊人刺襄公者以文姜魯之夫人襄公往入魯境以其齊魯交錯須言齊以辨嫌無禮義盛其車服者首章次句與次章上二句是也疾驅首章上句是也於通道大都下二章上二句是也經因駈車而言車飾故先言載驅序以美其車服然後驅之且欲見其驅車所往之處故令疾驅與通道大都爲句而後言之經有車馬之飾而已無盛服之事既美其車明亦美其服故協句言之四章下二句皆言文姜來會齊侯是與文姜淫之事大都通道人皆見之是播其惡於萬民也○箋故猶端○正義曰諸言故者多是因上文以生下事此故乃與上爲句非生下之辭是以箋特釋之無禮義故猶言無禮義端端謂頭緒也論語叩其兩端謂動發本末兩頭也摽有梅箋云女年二十而無嫁端爲無嫁之頭緒此亦謂無禮義之頭緒也故盛服而與妹淫通也

載驅薄薄簟茀朱鞹薄薄疾驅聲也簟方文茀也車之蔽曰茀諸侯之路車有朱革之質而羽飾箋云此車襄公乃乘焉而來與文姜會○薄普各反徐扶各反茀

音弗鞹苦郭反革也

魯道有蕩，齊子發夕。

發夕自夕發至旦。箋云：襄公既無禮義，乃疾驅其乘車以入魯竟，魯之道路平易，文姜發夕由之往會焉，曾無慙恥之色。○發，韓詩云：發，旦也。其乘，繩證反，或音繩。竟音境，本亦作境。易，夷豉反，下樂易同。

【疏】載驅至發夕○正義曰：言襄公將與妹淫，則驅馳其馬，使之疾行，其車之聲薄薄然。用方文竹簟以爲車蔽，又有朱色之革爲車之飾。公乘此車馬往就文姜。魯之道路有蕩然平易，齊子文姜乃由此道發夕至旦，來與公會。公與妹淫，會無愧色，故刺之。○傳薄薄至羽飾○正義曰：薄薄，車聲狀。序言疾驅，故云疾驅。駈與驅音義同，皆謂駈馬疾行也。斯干說鋪席燕樂之事云"下莞上簟"，簟字從竹，用竹爲席，其文必方，故云方文席也。車之蔽曰茀，謂車之後戶也。說文云：鞹，革也。獸皮治去毛曰革。鞹是革之別名。此說齊君之車，而云朱鞹，故云諸侯之路車有朱革之質而羽飾，謂以皮革爲本質，其上又以翟羽爲之飾也。釋器云："輿革前謂之鞎，後謂之茀。"李巡曰："輿革前謂輿前以革爲車飾曰鞎。茀，車後戶名也。"郭璞曰："鞎以韋靶車軾也。茀以韋靶後戶也。"又云："竹前謂之禦，後謂之蔽。"李巡曰："竹前謂編竹當車前，以擁蔽名之曰禦。禦，止也。"孫炎曰："禦以簟爲車飾也。"郭璞曰："蔽以簟衣後戶也。"如爾雅之文，車前後之飾皆有革有簟故此說車飾云簟茀朱鞹也彼文革飾後戶謂之蔽。則茀蔽異矣此言車之蔽曰茀茀蔽爲一者彼因革與竹別而異其文耳其實革竹同飾後戶俱爲車之蔽塞故此傳茀蔽通言之春官巾車掌王后之車輅有重翟厭翟碩人說衛侯夫人云翟茀以朝是婦人之車有翟羽飾矣經傳不言諸侯路車有翟飾者今傳言羽飾必當有所案據不知出何書也。傳發夕至至旦。正義曰此言發夕謂夕時發行故爲發夕至旦小宛云明發不寐謂此至明之開發未嘗寢寐故爲發夕至明所以立文不同皆爲夕發至旦。箋襄公至之色。正義曰知入魯境者以下言汶水湯湯則會在汶側齊在魯北水北曰陽僖元年左傳稱公賜季友汶陽之田當齊襄公之時汶水之北尚是魯地故知襄公乘車入魯境也於魯道之下卽言發夕是則夜行在道言其疾趨齊侯之意故言文姜發夕而往會焉兄則盛飾而往妹則疾行會之是其無慙恥之色

四驪濟濟垂轡濔濔四驪言物色盛也濟濟美貌垂轡轡之垂者濔濔衆也箋云此又刺襄公乘是四驪而來徒爲淫亂之行。驪力馳反濟子禮反注同爾爾本亦作濔同乃禮反徒一本作從兩通行下孟反

魯道有蕩齊子豈弟言文姜於是樂易然箋云此豈弟猶

言發夕也豈讀當爲闓弟古文尚書以弟爲圛圛明也○豈開改反樂也弟如字或音待易反樂音洛闓音開圛音亦

【疏】四驪至豈弟○毛以爲襄公將與妹淫乘其一駟之馬皆是鐵驪之色其馬濟濟然而美又四馬垂其六轡瀰瀰然而衆爲此盛飾往就文美魯之道路有蕩然平易齊子文姜於是樂易然來與兄會會無慙色故刺之○鄭唯愷悌爲異言文姜開明而往會之餘同○傳四驪言物色盛也○正義曰夏官校人云凡軍事物馬而頒之注云物馬齊其力言四言驪道其物色俱盛也○箋此豈至明也○正義曰箋以爲齊子愷悌文在魯道之下則愷悌爲在道之事若是其心樂易非獨在道爲然且上云發夕此當爲發夕之類故云此愷悌猶發夕言與其餘愷悌不同也愷悌之義與發夕不類故讀愷爲闓易稱闓物成務說文云闓開也古文尚書卽今鄭注尚書是也無以悌爲圛之字唯洪範稽疑論卜兆有五曰圛注云圛者色澤光明蓋古文作悌今文作圛賈逵以今文校之定以爲圛故鄭依賈氏所奏從定爲圛於古文則爲悌故云古文尚書以悌爲圛圛明也上言發夕謂初夜卽行此言闓明謂侵明而行與上古文相通也釋言云愷悌發也舍人李巡孫炎郭璞皆云闓明發行郭璞又引此詩云齊子愷悌是闓亦爲行之義也今定本云此愷悌發也猶言發

夕又云悌古文尚書以爲圛更無悌字義並得通汶水湯湯行人彭彭湯湯大貌彭彭多貌箋云汶水之上蓋有都焉襄公與文姜時所會○汶音問水名湯失章反彭必旁反【疏】箋汶水至所會○正義曰序言疾驅於通道大都行人彭彭是爲通道汶水湯湯傍有大都可知若其不然不應輒言汶水故云汶水之上蓋有都焉襄公與文姜時所會處也此襄公入於魯境往會文姜若是魯桓尚存不應公然如此此篇所陳蓋是莊公時事亦不知大都爲何邑故箋不言之魯道有蕩齊子翺翔翺翔猶彷徉也○彷音旁徉音羊汶水滔滔行人儦儦滔滔流貌儦儦衆貌○滔吐刀反儦表驕反說文云行貌

魯道有蕩齊子遊敖

載驅四章章四句

猗嗟刺魯莊公也齊人傷魯莊公有威儀技藝然而不能以禮防閑其母失子之道人以爲齊

侯之子焉○猗，於宜反，字或作欹。技，其綺反。【疏】猗嗟三章章六句至子焉○正義曰：見其母與齊淫，謂爲齊侯種屑，是其可恥之甚，故齊人作此詩以刺之也。禮，婦人夫死從子，子當防母姦淫，莊公不能防禁，是失爲人子之道。經言猗嗟是歎傷之言也，言其形貌之長，面目之美，善於趨步，是有威儀也，言其善舞善射，是有技藝也，言展我甥兮，拒時人以爲齊侯之子也，以其齊人所作，故繫之於齊，襄公淫之，故爲襄公之詩也。

猗嗟昌兮，頎而長兮，猗嗟，歎辭。昌，盛也。頎，長貌。箋云：昌，佼好貌。○頎音祈。佼，古卯反，本又作姣。抑若揚兮，抑，美色。揚，廣揚。○抑，於力反。美目揚兮，好目揚眉。巧趨蹌兮，射則臧兮。蹌，巧趨貌。箋云：臧，善也。○趨，本又作趍，七須反，又七遇反。蹌，七羊反。【疏】猗嗟至臧兮○正義曰：齊人傷魯莊公，猗嗟，此此莊公之貌甚昌盛兮，其形狀頎然而長好兮，然而美者，其額上揚廣兮，又有美目揚眉兮，巧爲趨步，其舉動蹌然兮，射則大善兮，威儀技藝其美如此，而不能防閑其母，使之淫亂，是其可嗟傷也。○傳猗嗟至長貌○正義曰：猗是心內不平，嗟是口之喑咀，皆傷歎之聲，故爲歎辭。若猗然也。此言頎若長兮。史記孔子世家稱孔子説文王之狀云黰然而黑䪾然而長是之爲長貌也今定本云䪾而長兮而與若義並通也○箋昌佼好貌○正義曰傳昌爲盛不言爲其貌故申足之云佼好貌○傳抑美色揚廣揚○正義曰揚是額之别名抑爲揚之貌故知抑爲美色額貴闊故言揚廣揚○傳好目揚眉○正義曰美目揚兮目揚俱美傳欲辨揚是眉故省其文言好目揚眉既言目揚皆好又傳解揚爲眉蓋以眉毛揚起故名眉爲揚○傳蹌巧趨貌○正義曰曲禮云士蹌蹌今與趍速文故知蹌巧趨貌曲礼注又云行而張足曰趨趨今之走步則趨疾行也禮有徐趨疾趨爲之有巧有拙故美其巧趨蹌兮

猗嗟名兮美目清兮目上爲名目下爲清儀既成兮終日射侯不出正兮展我甥兮二尺曰正外孫曰甥箋云成猶備也正所以射於侯中者天子五正諸侯三正大夫二正士一正外皆居其侯中參分之一焉展誠也姊妹之子曰甥容貌技藝如此誠我齊之甥言誠者拒時人言齊侯之子○射食亦反注所射每射同正音征注同畫五采曰正參七南反又音三

【疏】猗嗟至甥兮○正義曰齊人傷魯莊公猗嗟此莊公目上之名甚平博兮又有美目及目下之清亦美兮威儀容貌既備足兮又善於爲射終日射侯其

矣不出正之內兮此又誠是我齊之外甥兮威儀技藝如此又實是齊之外甥不能使母不淫令人以爲齊侯之子是其可嗟傷也○傳目上至爲清○正義曰釋訓云猗嗟名兮目上爲名孫炎云目上平博郭璞曰眉眼之間爾雅既釋如此清又與目共文名既目上則清爲目下○傳二尺至曰甥○正義曰正者侯中所射之處經典雖多言正鵠其正之廣狹則無文鄭於周禮考之以爲大射則張皮侯而設鵠賓射則張布侯而畫正正大如鵠三分侯廣而正居一焉侯身長一丈八尺者正方六尺侯身一丈四尺者正方四尺六寸大半寸侯身一丈者正方三尺三寸少半寸正以采畫爲之其外之廣雖則不同其內皆方二尺尾於正鵠之事唯此言二尺曰正耳既無明説可以同之鄭焉鄭言正之內方二尺者亦更無明文蓋應顧此傳耳姊妹之子名之曰甥傳言外孫曰甥者王肅云據外祖以言也謂不指襄公之身揔據齊國爲信外孫得稱甥者案左傳云以肥之得備彌甥孫毓云姊妹之子曰甥謂吾舅者吾謂之甥此爾雅之明義未學者之所及豈毛公之博物王氏之通識而當亂於此哉抑者以襄公雖舅而鳥獸其行犯親亂類使時人皆以爲齊侯之子故絕其相名之倫更本於外祖以言也凡異族之親皆稱甥然此是毛傳之言不應代詩人爲絕其相名之倫孫毓之言非也

○箋正所至之子○正義曰：夏官射人以射法治射儀，王以六耦射三侯，樂以騶虞九節五正；諸侯以四耦射二侯，樂以貍首七節三正；孤卿大夫以三耦射一侯，樂以采蘋五節二正；士以三耦射豻侯，樂以采蘩五節二正。是天子以下所射之正數也。彼文大夫士同射二正，今定本云大夫二正，士一正，誤耳。外皆居其侯中三分之一者，其外畔準侯廣狹，各居其侯三分之一，其內皆方二尺。故彼注云：九節七節五節者，奏樂以爲射節之差。三侯者，五正三正二正之侯也。二侯者，三正二正之侯也。一侯者，二正而已。畫五正之侯者，中朱，次白，次蒼，次黄，玄居外。三正者損玄黄，二正者去白蒼而畫以朱緑。其外之廣，皆居侯中三分之一。鄭言中二尺，是中央之采方二尺，以外準其采之多少，正之廣狹均布之，以至於外畔也。言居侯三分之一，侯之廣狹則有三等不同，五正之侯則方一丈八尺，三正之侯方一丈四尺，二正之侯則方一丈。知者，以大射之鵠，賓射之正，雖其侯正鵠不同，侯道遠近一也。儀禮大射禮者，諸侯射禮，經曰：司馬命量人量侯道，以貍步，大侯九十，糝七十，豻五十。鄉射記記射之侯云：侯道五十弓。則大射所云九十、七十、五十，皆謂弓也。諸侯大射三侯之道既有九十、七十、五十，則王射亦張三侯，其道之數亦當然。故射人注云：量侯道者以弓爲度，九節者九十弓，七節者七十弓五節者五十弓弓之下制長六尺是侯道遠近有三等不同也鄉射記又云弓二寸以爲侯中侯中謂侯身也鄉射之侯既弓取二寸則餘侯亦當然天官司裘注說大射之侯引鄉射記曰弓二寸以爲侯中則九十弓者侯中廣一丈八尺七十弓者侯中廣丈四尺五十弓者侯中廣一丈大射既然則賓射亦爾考工記云梓人爲侯廣與崇方三分其廣而鵠居一焉司衣掌大射之禮云設其鵠射人治賓射之儀則云五正三正二正有正者無鵠有鵠者无正則正與鵠大小同矣故射人注云鵠乃用皮其大如正鵠居侯中三分之一則知正亦在侯三分之一各準其侯之廣狹而畫之耳謂之正者射人注云正之言正也射者內志正則能中大射注云正者正也亦鳥名齊魯之閒名題肩爲正正鳥之捷黠者射之難中以中爲俊故射取名焉大射射鵠賓射射正此言不出正兮據賓射爲文也展誠釋詁文姊妹之子爲甥釋親文上說容貌技藝下言展我甥兮縱令无技藝亦是其甥但作者既美其身業技藝又言實是其甥傷不防閑其母而令人以爲齊侯之子故言誠我齊之外甥爲齊之甥信不虛矣而云誠實是者拒時人言是齊侯之子耳

猗嗟孌兮孌壯好貌清揚婉兮婉好眉目也舞則選兮射則貫兮選齊貫中也箋

云選者謂於倫等最上貫習也○選雪戀反貫毛古亂反鄭古患反中張仲反**四矢反兮以禦亂兮**四矢乘矢箋云反復也禮射三而止每射四矢皆得其故處此之謂復射必四矢者象其能禦四方之亂也○反如字韓詩作變變易禦魚呂反乘繩證反處昌慮反〔疏〕猗嗟至亂兮○毛以為齊人傷魯莊公猗嗟此莊公容貌變然而好兮其清揚眉目之間婉然而美兮其舞則齊於樂節兮其射則中於正鵠兮非徒能中而已每番重射四矢皆反復其故處兮善射如此足以捍禦四方之亂兮威儀技藝如此而不能防閑其母故刺之○鄭唯舞則選兮餘二句為異言舞則倫等之中上選兮其射即貫習為之兮餘同○傳選齊貫中○正義曰傳選之為齊其訓未聞當謂其善舞齊於樂節也貫謂穿侯故為中也○箋選者至貫習○正義曰箋以美其善舞當謂舞能勝人故易傳以為倫等之中上選也貫習釋詁文○傳四矢乘矢○正義曰乘車必駕四馬因即謂四馬為乘大射鄉射皆以四矢為乘矢故傳依用之○箋禮射至之亂○正義曰大射皆三番射訖止而不復射是禮射三而止也必三而止者案儀禮大射初使三耦射之而未釋獲射訖取矢以復君與卿大夫等射釋獲飲不中者訖君與卿大夫等又射取中於樂節注云君子之於事

也始取苟能中課有功終用成法教化之漸也然則初射惟三耦其後兩番君始與卿大夫等射此言禮射三而止通三耦等爲言射法三而止而云終日射侯者美其久射而常中非禮射終一日也每射四矢皆復故處言常中正鵠也又解射禮必用四矢者象其能禦四方之亂故詩人以莊公四矢皆中卽云以禦亂兮美莊公善射言其堪禦亂也內則云男子生以桑弧蓬矢六射天地四方注云天地四方男子所有事彼於初生之時以上下四方男子皆當有事故用六矢以示意射禮則象能禦亂上下無亂不復須象之故也

猗嗟三章章六句

齊國十一篇二十四章百四十三句

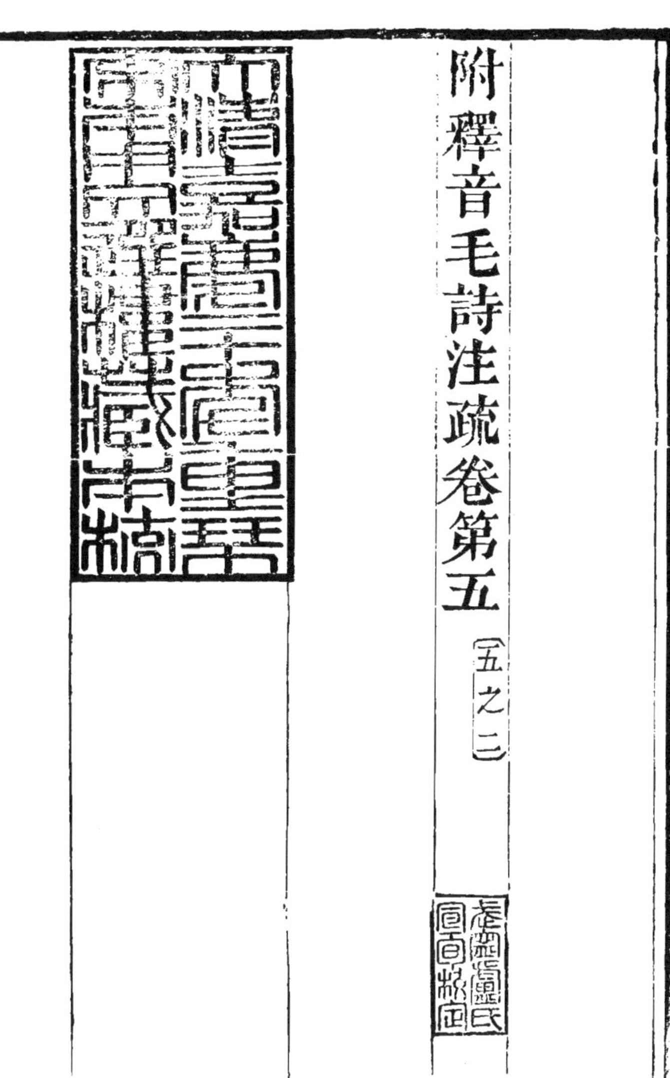

附釋音毛詩注疏卷第五（五之二）

黃中模栞

毛詩注疏挍勘記（五之二）

阮元撰盧宣旬摘錄

○南山

公謫之　閩本明監本毛本同小字本謫作適相臺本作適案適字是也釋文云適直革反是箋字作適也左傳作謫正義引同順彼文耳十行本因改餘字皆作謫誤也相臺本作適更誤適是古假借字非箋所用五經文字云謫經典或從適又借適字爲之乃包舉左傳詩北門禮記昏義等而言之者也○按漢人不必不用假借字讀兩漢書及漢人所著可證舊按非也

襄公使公子彭生乘公　小字本相臺本同案釋文云彭生乘繩證反一本作彭生乘公乘則依字讀正義本今無可考段玉裁云左傳古本當是使公子彭生乘爲句公薨於車爲句俗本增一公字耳乘謂同車也

下章責魯桓　明監本毛本章上有二字閩本剜入案所補是也

以姧淫之事　閩本明監本毛本姧作姦下同案五經文字云姦俗作姧訛正義多有之當是傳寫作俗體耳

於會昉之正也　閩本明監本毛本同案浦鏜云下誤正是

五人爲奇　小字本相臺本同案釋文云人奇居宜反是其本無爲字也正義本今無可考但無者是也正義本當亦無其各本是淺人誤添耳

奇天數矣獨舉五而言　閩本明監本毛本同案天當作大形近之譌也奇大數矣者謂奇之數不止於五也

不宜以襄公往雙之云其數奇　閩本明監本毛本同案云當作六形近之譌也六其數奇者謂從五人而六之則五人失其數奇也此正義各本譌舛不可讀今訂正○按此必有脫誤或作耦其奇數

又襄公比復文姜耳　閩本明監本毛本同案浦鏜云從誤復是也

又非魯桓　小字本相臺本同閩本明監本毛本同案此又字衍也下章箋始云又非魯桓又者又此箋也正義於此章云責魯桓於下章云又責魯桓一無一有極爲明晰

○甫田

言無德而求諸侯　閩本明監本毛本同小字本相臺本言上有箋云考文古本有亦同案有者是也

總角丱兮　小字本相臺本同閩本明監本毛本同唐石經丱作廾案各本皆誤唐石經是也見五經文字廾部

未幾見兮　唐石經小字本相臺本同案釋文云見兮一本作見之考釋文一本是誤本也詩之大體韻在辭上者其韻下助句之字必同此章四句句末悉是兮字不得此句獨爲之字也所以致誤之由當以箋云見之無幾何故耳其實此箋之字不出於經也正義云未經幾時而更見之未亦當有兮字見之字取於箋兮字順經文正義每如此今脫

去耳未可即謂正義本作之字也韻下助字之同由漢廣思字推之則作正義者必知之矣不容誤也此正義引作兮考文古本作之采釋文

突而弁兮　唐石經小字本相臺本同案正義云此言突若弁兮又云若猶耳也故箋言突耳加冠爲成人猗嗟頎若言若者皆然耳之義古人語之異耳定本云突而弁兮不作若字考釋文以突而作音與定本同猗嗟正義云義並通故此正義引作而依定本也○按箋作突爾猶突然也俗本作耳乃大誤凡云爾者猶言如此也

○盧令

孟子謂梁惠王曰　閩本明監本毛本同案謂字當衍

恔恔然有喜色　閩本明監本毛本恔恔作欣欣案所改非也當是本作恔恔不與今孟子同故誤如此

鬈讀當爲權權勇壯也　小字本相臺本同案詩經小學云五經文字權字注云從手作摧古

拳握字可知鄭箋從手不從木與說文引國語捲勇小雅拳勇字同今字書佚此字僅存於張參之書吳都賦覽將帥之權勇善曰毛詩無拳無勇拳與權同俗刻文選譌誤不可讀

○倣笱

弊敗之笱閩本明監本毛本同案經注作倣正義作弊敝弊古今字易而說之也則見前考此如緇衣正義敝字亦皆本是弊字今但存緇衣若弊一弊字餘字作倣後人依經注改之而未盡也

鱺魚子釋魚文閩本明監本毛本同案鱺當作鯤下引李巡注可證又下云鯤鱺字異亦可證

或鄭本作鯤也閩本明監本毛本同案鯤當作鱺謂或鄭之爾雅作鱺字也此與上鯤魚子鯤鱺互易而誤如此

魚禁鯤鱬閩本明監本毛本同案鱬當作鮞卽鮞之別體字今國語作鮞此從重而者亦如陑作隭輀作轜也

亦文姜所使止　小字本相臺本同案正義云亦文姜所使今定本云所使出於義是也標起止云至使止此箋當是定本有止字正義本無耳出是止字之譌標起止當是後改也

今其上下相充也　閩本明監本毛本同案浦鏜云今當令字誤是也

義亦同也　閩本明監本毛本此下尚有十九字同案山井鼎云釋文混在疏中當改正也是也

○載驅

疾驅於通道大都　唐石經小字本相臺本同案下正義云序言疾駈故云疾驅駈與驅音義同考釋文云載驅本亦作駈薄薄下云疾駈聲也又鄘載馳釋文云駈字亦作驅如字協韻亦音丘是唐時凡經序驅字皆有作駈之本而正義本此一字作駈故特說之也五經文字云驅作駈訛依字書言之正義自爲文亦用驅十行本閒或作駈乃寫書人以爲別體取其省非正義所用

簟茀朱鞹　唐石經小字本相臺本同案五經文字云鞹此說文字論語及釋文並作鞟今此釋文正作鞟正義

引說文或其本作鞹而唐石經以下所從出也韓奕釋文亦作鞹

簟方文蓆也　閩本明監本毛本同小字本相臺本蓆作席案席字是也蓆大也在緇衣非此之用但俗體有加草者耳

輿革前謂之艱　閩本明監本毛本同案浦鏜云鞎誤艱下同是也

彼文革飾後戸謂之蔽　閩本明監本毛本同案盧文弨云當云革飾後戸謂之茀竹飾後戸謂之蔽脫七字是也上文可證複出而誤耳

與上古文相通也　閩本明監本毛本同案古當作句形近之譌

○猗嗟

頎而長兮　唐石經小字本相臺本同案正義云若猗然也此言頎若長兮又定本云頎而長兮而與若義並通也釋文以頎而作音與定本同

然而美者其額上揚廣兮　閩本明監本毛本同案然上浦鏜云脫抑字是也

嗟是口之喑咀　閩本明監本毛本同案咀當作啞形近之譌喑啞見史記淮陰侯列傳索隱亦作噁見集解

趨今之吏步　閩本明監本毛本吏作捷是也

尾於正鵠之事　(補)毛本尾作毛

未學者之所及　閩本明監本毛本同案浦鏜云未當末字誤也

以射法治射義　閩本明監本毛本同案浦鏜云儀誤義是也

司衣掌大射之禮云　閩本明監本毛本同案浦鏜云裘誤衣是也

有正者無鵠者無正　閩本明監本毛本同案浦鏜云無鵠下當脫有鵠二字是也

附釋音毛詩注疏卷第五 五之三

魏葛屨詁訓傳第九

陸曰案魏世家及左氏傳云姬姓國也詩譜云周以封同姓其地虞舜夏禹所都之域地在古冀州雷首之北析城之西南枕河曲北涉汾水

毛詩國風　鄭氏箋　孔穎達疏

魏譜

魏者虞舜夏禹所都之地。正義曰地理志云河東郡有河北縣詩魏國也晉獻公滅之封大夫畢萬皇甫謐云舜所營都或云蒲坂即河東縣是也禹受禪都平陽或安邑皆屬河東五子之歌怨太康失邦其歌云惟彼陶唐有此冀方今失厥道乃厎滅亡左傳引其文服虔云堯居冀州虞夏因之不遷居不易民其陶唐虞夏之都大率相近不出河東之界故書責太康亡失然則魏都河北蒲坂故安邑皆偪近之故云魏者舜禹所都之地謂境內有其都耳魏不居其墟也。在禹貢冀州雷首之北析城之西。正義曰禹貢云壺口雷首至于太岳厎柱析城至于王屋地理志云雷首在蒲坂南析城在濩澤西南皆在河東界內是其屬冀州也。周以封同姓焉。正義曰襄二十九年左傳曰虞虢焦滑霍楊韓魏皆姬姓是與周同姓也魏世家絕不知所封爲誰故言周以封同姓予。其封域南枕河曲北涉汾水。正義曰地理志云魏國姬姓也在晉之南河曲故其詩曰彼汾一曲寘諸河之干兮是南枕河曲也汾沮洳曰彼汾沮洳言采其莫刺君采其菜於汾明其境踰汾矣故知北涉汾水。昔舜耕於歷山陶於河濱。正義曰尙書傳文也彼注云歷山在河東是舜耕之處在魏境也言陶於河濱則在河北之濱蓋以歷山相近同爲魏地故連言之皇甫謐云言陶於河濱即禹貢所謂陶丘今濟陰定陶之西南陶丘亭是也言河濱明近河不宜在濟陰謐之言謬耳。禹菲飲食而致孝乎鬼神惡衣服而致美乎黻冕卑宮室而盡力乎溝洫此一帝一王儉約之化於時猶存及今魏君嗇且褊急不務廣脩德於民教以義方。正義曰教以義方隱三年左傳石碏辭也感舜禹之化則應皆儉約而碩鼠伐檀又以刺君貪鄙者雖遺風尙在人性不同不能使貪者皆儉因葛屨等刺儉者多又其詩在先故言儉約之化耳晉有唐之遺風詩稱唐國此有舜禹舊化其詩不稱虞夏者晉初唐叔封爲唐侯又能憂深思遠有堯之遺風故謂之唐魏初無虞夏之名虞夏又非諸侯之國徒感儉約之化嗇且褊急故譜本於舜禹耳無義言虞夏也堯舜道同而感有深淺者時君政異故也。其與秦晉鄰國日見侵削國人憂之。正義曰魏國西接於秦北鄰於晉桓四年左傳曰秦師圍魏是秦數伐之終爲晉所滅明晉亦侵之。當周平桓之世魏之變風始作。正義曰周自幽王以上諸侯未敢專征平桓之後以强凌弱今云日見侵削明是諸侯專恣故以爲平桓之時變風始作。至春秋魯閔公元年晉獻公竟滅之以其地賜大夫畢萬自爾而後晉有魏氏。正義曰鄭言此者見閔公已前魏國尚存故平桓之世得作詩也魏無世家而鄭於左方中云葛屨至十畝之閒爲一君伐檀碩鼠爲一君知者以上五篇刺儉下二篇刺貪其事相反故分爲異君或父祖或子孫不可知凡案襄二十九年左傳魯爲季札歌魏曰美哉大而婉儉而易行以德輔此則爲明主止。此詩並刺君而季札美之者美其有儉約之餘風而無德以將之失於太儉故詩人刺之

葛屨刺褊也魏地陿隘其民機巧趨利其君儉嗇褊急而無德以將之儉嗇而無德是其所以見侵削。屨俱具反褊必淺反陿音洽本或作狹依字應作陜陿隘於懈反巧如字徐苦孝反趨七須反徐七喻反嗇音色。【疏】葛屨二章上章六句

下章五句至將之。正義曰作葛屨詩者刺褊也所以刺之者魏之土地既以陿隘故其民機心巧偽以趨於利其君又儉嗇且褊急而無德教以將撫之令魏俗彌趨於利故刺之也言魏地陿隘者若地廣民稀則情不趨利地陿民稠耕稼無所衣食不給機巧易生人君不知其非反覆。儉嗇褊急德教不加於民所以日見侵削故舉其民俗君情以刺之機巧趨利者。章上四句是也儉嗇言愛物褊急言性躁二者大同故直云刺褊卒章下二句是也上章下二句下章上三句皆申說未三月之婦不可縫裳亦是趨利之士。也。箋儉嗇至日以侵削。正義曰以下園有桃及陟岵序皆云國小而迫日以侵削故箋探。下章而言其刺之意。

糾糾葛屨可以履霜糾糾猶繚繚也夏葛屨冬皮屨葛屨非所以履霜箋云葛屨賤皮屨貴魏俗至冬猶謂葛屨可以履霜利其賤也。糾吉黝反沈居酉反繚音了沈音遼

摻摻女手可以縫裳摻摻猶纖纖也婦人三月廟見然後執婦功箋云言女手者未三月未成爲婦裳男子之下服賤又未可使縫魏俗使未三月婦縫裳者利其事也。摻所銜反又所感反徐又息廉反說文作攕山廉反云好手貌纖息廉反見賢遍反。

要之襋之好人服之要䙅。也襋。領也

好人好女手之人箋云服整也褸也領也在上好人尚可使整治之謂屬著之○要於遥反襋紀力反屬音燭著直畧反

【疏】糾糾至服之○正義曰魏俗趨利言糾糾然夏日所服之葛屨魏俗利其賤至冬日猶謂之可以履寒霜摻摻然未成婦之女手魏俗利其士新來嫁猶謂之可以縫衣裳又深譏魏俗言褸之也領之也在上之衣尊好人可使整治之裳乃服之褻者亦使女手縫之是其趨利之甚○傳糾糾至履霜○正義曰糾糾爲葛屨之狀當爲稀疏之貌故云猶繚繚也士冠禮云屨夏用葛冬皮屨可也士喪禮云夏葛屨冬白屨註云冬皮屨變言白者明夏時用葛亦白也是衣服之宜當夏葛屨冬皮屨也月令季秋霜始降則屨袷自秋始言冬者以履霜爲寒而言冬爲寒甚故傳據儀禮而舉冬以言之也凡屨冬皮夏葛則無用絲之時而少儀云國家靡敝君子不履絲屨者謂皮屨以絲爲飾也天官屨人說屨舃之飾有絇繶純是屨用絲爲飾夏日之有葛屨猶絺綌所以當暑特爲便於時耳非行禮之服若行禮之服雖夏猶當用皮鄭於周禮注及志言朝祭屨舃各從其裳之色明其不用葛也○傳摻摻至婦功○正義曰摻摻爲女手之狀則爲纖細之貌故云猶纖纖說文云纖好手古詩云纖纖出素手是也下云宛然左辟是已入夫家既入夫家仍云女手明是未成

婦也曾子問云三月而廟見稱來婦又云女未廟見而死歸葬於女氏之黨示未成婦也則知既廟見者爲成婦矣既成爲婦則當家士盡爲此議使之縫裳明是未可縫裳故云三月廟見然後執婦功三月廟見謂無舅姑者婦入三月乃見於舅姑之廟若有舅姑則士婚禮所云質明賛見婦於舅姑不待三月也雖於昏之明旦卽見舅姑也亦三月乃助祭行故易歸妹注及鄭箴膏肓皆引士昏禮云婦入三月而後祭行然則雖見舅姑猶未祭行亦未成婦也成婦雖待三月其婿則當夕成矣士昏禮云其夕衽席於奧良席在東皆有枕北趾主人入親脫婦纓燭出注云婿禮畢將卧息又駁異義云昏禮之暮枕席相連是其當夕成昏也○箋言女至其事○正義曰以婦人之服不殊裳故知所言裳者指男子之下服也曲禮曰諸母不漱裳唯舉裳不漱則衣可漱明裳爲賤○傳要襋至之人○正義曰士喪禮云褖者左執領右執要又曰褖者以褶必有裳執衣如初注云帛爲褶無絮雖復與禪同有裳乃成稱然則褖服有衣有裳而左右執之則左執衣領右執裳要此要謂裳要字宜從衣故云要襋也要是裳襋則襋爲衣領說文亦云襋衣領也二者於衣於裳各在其上且又功少故好人可使整治屬著之上云女手此云好人故云好人女手之人今定本云好人好女手之人者義亦通

好人提提，宛然左辟，佩其象揥。提提，安諦也。宛，辟貌。婦至門，夫揖而入，不敢當尊，宛然而左辟。象揥所以爲飾。箋云：婦新至，愼於威儀，如是使之非禮。○提，徒兮反。宛，於阮反。辟音避，注同，一音婢亦反。揥，勑帝反。諦音帝。

維是褊心，是以爲刺。箋云：魏俗所以然者，是君心褊急，無德教使之耳。我是以刺之。

疏「好人」至「爲刺」。○正義曰：言好人初至，容貌安詳審諦，提提然。至門之時，其夫揖之，不敢當夫之揖，宛然而左辟之，又佩其象骨之揥以爲飾，敬愼威儀如是，何故使之縫裳？魏俗所以然者，維是魏君褊心，無德教使然，我是以爲此刺也。○傳「提提」至「爲飾」。○正義曰：《釋訓》云：「提提，安也。」孫炎曰：「提提，行步之安也。」言安諦，謂行步安舒而審諦也。《士昏禮》云：「婦至，主人揖婦以入，及寢門，揖入。」是婦至門，夫揖而入也。此好人不敢當夫之尊，故宛然而左還辟之，不敢當主，故就客位。○箋「魏俗」至「刺之」。○正義曰：如此箋，則魏俗之趨利由君也。序云「魏地陿隘，其民機巧趨利」，則似魏俗先然，與此反者，魏俗趨利，實由地陿使然，人君當知其不可，而以政反之。今君乃儉嗇且褊急，而無德教，至使民俗益復趨利，故刺之。

葛屨二章一章六句一章五句

汾沮洳刺儉也其君儉以能勤刺不得禮也○汾沮洳汾音扶云反沮音子預反洳音如預反其君子一本無子字○【疏】汾沮洳三章章六句至得禮○正義曰作汾沮洳詩者刺儉也其君好儉而能勤躬自采菜刺其不得禮也○

彼汾沮洳言采其莫汾水也沮洳其漸洳者莫菜也箋云言我也於彼汾水漸洳之中我采其莫以爲菜是儉以能勤○莫音暮漸如字又接廉反彼其之子美無度箋云之子是子也是子之德美無有度言不可尺寸美無度殊異乎公路路車也箋云是子之德美信無度矣雖然其采莫之士則非公路之禮也公路主君之軞車庶子爲之晉趙盾爲軞車之族是也○軞本作旄音毛盾徒本反【疏】彼汾至公路○正義曰由魏君儉以能勤於彼汾水漸洳之中我魏君親往采其莫以爲菜是儉而能勤也彼其采莫之子能勤儉如是其美信無限度矣非尺寸可量也美雖無度其采莫之士殊異於公路賤官尚不爲之君何故親采莫乎刺其不得禮也

○傳汾水至莫菜○正義曰汾是水名沮洳潤澤之處故爲漸洳莫菜者陸機疏云莫莖大如箸赤節節一葉似柳葉厚而長有毛刺今人繅以取繭緒其味酢而滑始生可以爲羹又可生食五方通謂之酸迷冀州人謂之乾絳河汾之間謂之莫案王肅孫毓皆以爲大夫采菜其集注序云君子儉以能勤案今定本及諸本序直云其君義亦得通○箋之子至尺寸○正義曰之子是子釋訓文宛丘云游蕩無度賓之初筵云飲酒無度皆謂無節度也此不得爲美無節度故爲無復度限言不可以尺寸量也○箋是子至是也○正義曰公路與公行一也以其主君路車謂之公路主兵車之行列者則謂之公行正是一官也宣二年左傳云晉成公立乃宦卿之適以爲公族又宦其餘子亦爲餘子其庶子爲公行趙盾請以括爲公族公許之冬趙盾爲旄車之族是其事也趙盾自以爲庶子讓公族而爲公行言爲旄車之族明公行掌旄車服虔云旄車戎車之倅杜預云公行之官是也其公族則適子爲之掌君宗族成十八年左傳曰晉荀會欒黶韓無忌爲公族大夫使訓卿之子弟恭儉孝悌是公族主君之同姓故下箋云公族主君同姓昭穆是也傳有公族餘子公行此有公路公行公族知公路非餘子者餘子自掌餘子之政不掌公車不得謂之公路明公路即公行變文以韻句耳此公

族公行諸侯之官故魏晉有之天子則巾車掌王之五路車僕掌戎車之倅周禮六官皆無公族公行之官是天子諸侯異禮也○彼汾一方言采其桑箋云采桑親蠶事也彼其之子美如英萬人為英美如英殊異乎公行公行從公之行也箋云從公之行者主君兵車之行列○行戶郎反注同【疏】傳萬人為英○正義曰禮運注云英俊選之尤者則英是賢才絕異之稱此傳及尹文子皆萬人為英大戴禮辨名記云千人為英英異人之說殊也彼汾一曲言采其藚藚水舄也○藚音續一名牛脣說文音其或反舄音昔○【疏】傳藚水舄○正義曰釋草云藚牛脣李巡曰別二名郭璞引毛詩傳曰水蕮也如續斷寸寸有節拔之可復陸機疏云今澤蕮也其葉如車前草大其味亦相似徐州廣陵人食之彼其之子美如玉美如玉殊異乎公族公族公屬箋云公族主君同姓昭穆也○昭紹遙反說文作佋

汾沮洳三章章六句

園有桃刺時也大夫憂其君國小而迫而儉以嗇不能用其民而無德教日以侵削故作是詩也〔疏〕園有桃二章章十二句至是詩○正義曰儉嗇不用其民章首二句是也大夫憂之下十句是也由無德教數被攻伐故迫言國小而迫日以侵削於經無所當也園有桃其實之殽興也園有桃其實之殽○國有民得其力○箋云魏君薄公稅省國用不取於民食園桃而已不施德教民無以戰其侵削之由由是也○殽本又作肴音交省色領反○心之憂矣我歌且謡曲合樂曰歌徒歌曰謡○箋云我心憂君之行如此故歌謡以寫我憂矣○謡音遥行下孟反下文行國同○不我知者謂我士也驕箋云士事也不知我所為歌謡之意者反謂我於君事驕逸故○所為于偽反下所為皆同○彼人是哉子曰何其夫人謂我欲何為乎○箋云彼人謂君也曰於也不知我所為憂者既非責我又曰君儉而嗇所行是其道哉子於此憂之何乎○何其音基下章同夫人音符何為如字○心之憂

矣其誰知之箋云知。是則衆臣無知我憂所爲也其誰知之蓋亦勿思箋云無知我憂所爲者則宜無復思念之以自止也衆不信我或時謂我謗君使我得罪也。〔疏〕園有至勿思○毛以爲園有桃得其實爲之殽以興國有民得其力爲君用今魏君不用民力又不施德教使國日以侵削故大夫憂之言己心之憂矣我遂歌而且謡以寫中心之憂不知我者見我無故歌謡謂我於君事也驕逸然故彼人又言云君之行是哉子之歌謡欲何其爲乎彼人既不知我而責我矣而我心之憂矣其誰能知之既無知我者或謗我使我得罪其有誰能知之我蓋欲亦自止勿復思念之彼人正謂不知我者因其亟爲辭○鄭以爲園有桃魏君取其實爲之殽不與爲異又以彼人爲君曰爲於言不知我者謂我於君事驕逸又言從君之行儉而嗇是其道哉子於此憂之何餘問○箋魏君至由是○正義曰魏君薄於公稅乃是人君美事而刺之者公家稅民有常不得過度故孟子曰欲輕之於堯舜大貉小貉欲重之於堯舜大桀小桀十一而稅下富上尊是稅三。不得薄也鄭志答張逸亦云稅法有常不得薄今魏君不取於民唯食園桃而已非徒薄於十。故刺之中庸云時使薄斂左傳稱晉悼公薄賦斂所以復霸皆薄爲美以當時莫不厚稅故美其薄賦斂耳魯哀公曰二吾猶不足是當時皆重斂也易傳者以云其實之殽明食桃爲殽即是儉嗇之事。傳曲合至曰謡。正義曰釋樂云徒歌謂之謡孫炎曰聲消摇也此文歌謡相對謡既徒歌則歌不徒矣故云曲合樂曰歌樂即琴瑟行葦傳曰歌者合於琴瑟也歌謡對文如此散則歌爲揔名論語云子與人歌檀弓稱孔子歌曰泰山其頽乎之類未必合樂也。傳夫人謂我欲何爲乎。正義曰夫人即經之彼人也今定本云彼人不云夫人義亦通也何爲即經之何其也彼人謂我何爲者言彼不知我者之人謂我歌謡無所爲也箋以上已云不知我者此無爲更斥彼人故以爲彼人斥君也曰於釋詁文

園有棘其實之食棘棗也。棘紀力反從兩朿俗作棘同。心之憂矣聊以行國箋云聊且畧之辭也聊出行於國中觀民事以寫憂不我知者謂我士也罔極極中也箋云見我聊出行於國中謂我於君事无中正。彼人是哉子曰何其心之憂矣其誰知之其誰知之蓋亦勿思

園有桃二章章十二句

陟岵，孝子行役，思念父母也。國迫而數侵削，役乎大國，父母兄弟離散，而作是詩也。役乎大國者，爲大國所徵發。○岵音戶，此傳及解屺共爾雅不同，王肅依爾雅。數音朔。侵削，本或作國小而迫數見侵削者，誤。

【疏】陟岵三章章六句至是詩。○正義曰：首章望父，二章望母，卒章望兄，敘言其思念之由，經陳思念之事。經无弟而序言之者，經以父母與兄己所尊敬，故思其戒，其實弟亦離散，故序言之以協句。今定本云「國迫而數侵削」，義亦通也。○箋云役乎至徵發。○正義曰：箋以文承數見侵削，嫌爲從役以拒大國，故辨之云「爲大國所徵發也」。知者，以言役乎大國，則爲大國所役，猶司寇亡役諸司空，則爲司空所役，明是大國徵發之。

陟彼岵兮，瞻望父兮。山无草木曰岵。箋云：孝子行役，思其父之戒，乃登彼岵山，以遥瞻望其父所在之處。○處，昌慮反。父曰：嗟！予子行役，夙夜無已。箋云：予，我。夙，早。夜，莫也。无已，無解倦。○莫音暮，解音介。上愼旃

哉猶來無止 旃之猶可也父尚義箋云止者謂在軍事作部列時○旃之然反○【疏】陟彼至无止○正義曰孝子在役之時以親戚離散而思念之言已登彼岵山之上兮瞻望我父所在之處兮我本欲行之時而父教戒我曰嗟汝我子也汝從軍行役在道之時當早起夜寐无得已止又言若至軍中在部列之上當慎之哉可來乃來無止軍事而來若止軍事當有刑誅故深戒之○傳山无草木曰岵○正義曰釋山云多草木岵無草木屺傳言无草木曰岵下云有草木曰屺與爾雅正反當是轉寫誤也定本亦然○傳旃之至尚義○正義曰此旃與采苓舍旃旃皆爲足句故訓爲之猶可釋言文父尚義者解孝子所以稱父戒己之意由父之於子尚義故戒之二章傳曰母尚恩卒章傳曰兄尚親皆於章末言之俱明見戒之意以其恩義親故也文十八年左傳曰舜舉八元使布五教於四方父義母慈兄友弟恭子孝恩即慈也親則友也○箋上者至列時○正義曰上言行役是在道之辭也此變言上又云可來乃來明在軍上爲部分行列時也曲禮曰左右有局各司其局注云局部分也謂軍中各有所部爲行列之分與此一也○

陟彼屺兮瞻望母兮 山有草木曰屺箋云此又思母之戒而登屺山而望之也○屺音起

母

曰嗟予季行役夙夜無寐季少子也無寐无耆寐也○少詩照反耆常志反○上愼旃哉猶來無棄母尚恩也陟彼岡兮瞻望兄兮兄曰嗟予弟行役夙夜必偕偕俱也○上愼旃哉猶來無死兄尚親也

陟岵三章章六句

十畝之閒刺時也言其國削小民無所居焉○畝莫后反古作晦俗作畝皆同○【疏】十畝之閒二章章三句至居焉○正義曰經二章皆言十畝一夫之分不能百畝是爲削小無所居謂土田陿隘不足耕墾以居生非謂無居宅也十畝之閒兮桑者閑閑兮閑閑然男女無別往來之貌箋云古者一夫百畝今十畝之閒往來者閑閑然削小之甚○閒閒音閑本亦作閑別彼列反○行與子還兮或行來者或來還者○還本亦作旋【疏】十畝至還兮○正義

曰魏地陿隘一夫不能百畝今纔在十畝之間采桑者閑閑然或男或女共在其間往來無別也又敘其往者之辭乃相謂曰行與子俱廻還兮雖則異家得往來俱行是其削小之甚也○傳閑閑至之貌○正義曰此言之間則一家之人共采桑於其間地陿隘無所相避故言男女無別閑閑然爲往來之貌此章既言之間故下章言之外地傍徑路行非一家故言泄泄爲多人之貌○箋古者至之甚○正義曰王制云制農田百畝地官遂人云夫一廛田百畝司馬法曰畝百爲夫是一夫百畝也此言其正法耳周禮上地家百畝中地家二百畝下地家三百畝又云遂上地有萊五十畝其廢易相通皆二百畝也孟子曰五畝之宅樹之以桑則野田不樹桑漢書食貨志云田中不得有樹用妨五穀此十畝之中言有桑者孟子及漢志言其大法耳民之所便雖田亦樹桑故上云彼汾一方言采其桑古者侵其地而虜其民此得地陿民稠者以民有畏寇而內入故地陿也一夫百畝今此十畝相率十倍魏雖削小未必卽然舉十畝以喻其陿隘耳○傳或行來者或來還者○正義曰云還兮相呼而共歸下云逝兮相呼而共往傳探下章之意故云或行來者或來還者見往來相須故摠解之○

十畝之外兮桑者泄泄兮泄泄多人之皃○泄以世反○

行與子逝兮箋云逝逮也。逮徒賚反又徒帝反

十畝之間二章章三句

伐檀刺貪也在位貪鄙無功而受祿君子不得進仕爾。檀徒丹反木名。疏伐檀三章章九句至仕爾。正義曰在位貪鄙者經三章皆次四句是也君子不得進仕者首章三句是也經序倒者序見由在位貪鄙令君子不得仕如其次以述之經先言君子不仕乃責在位之貪鄙故章卒二句皆言君子不素飧以責小人之貪是終始相結也此言在位則刺臣明是君貪而臣効之鄙責臣亦所以刺君也

坎坎伐檀兮寘之河之干兮河水清且漣猗坎坎伐檀聲寘置也干厓也風行水成文曰漣伐檀以俟世用若俟河水清且漣箋云是謂君子之人不得進仕也。坎苦感反寘之豉反漣力纏反猗於宜反本亦作漪同不稼不穡胡取禾三百廛兮不狩不獵胡瞻爾庭有縣貆兮種之曰稼斂之

曰穡一夫之居曰廛貆獸名箋云是謂在位貪鄙無功而受祿也冬獵曰狩宵田曰獵胡何也貉子曰貆○廛本亦作㕓又作厘直連反古者一夫田百畝別受都邑五畝之地居之故孟子云五畝之宅是也縣音玄下皆同貆本亦作狟音桓徐郭音暄貉子也宵音消夜也貉户各反依字作貈

彼君子兮不素餐兮素空也箋云彼君子者斥伐檀之人仕有功乃肯受祿○餐七丹反說文作餐云或從水字林云呑食也飧音孫○〔疏〕坎坎至餐兮○正義曰言君子之人不得進仕坎坎然身自斬伐檀木置之於河之厓欲以爲輪輻之用此伐檀之人旣不見用必待明君乃仕若待河水澄淸且有波漣猶然也君子不進由在位貪鄙故責在位之人云汝不親稼種不親歛穡何爲取禾三百夫之田穀兮不自冬狩不自夜獵何爲視汝之庭則有所懸者是貆獸兮汝何爲無功而妄受此也彼伐檀之君子終不肯而空餐兮汝何爲無功而受祿使賢者不進也○傳坎坎至且漣○正義曰以下云漘側則是厓畔之處故云干厓也易漸卦鴻漸於干注云干謂大水之傍故停水處與此同也風行吹水而成文章者曰漣此云漣猗下云直猗淪猗漣直淪論水波之異猗皆辭也釋水云河水淸且瀾猗大波爲瀾小波爲淪直波爲徑李巡云分別水大小曲直

之名郭璞曰瀾言渙瀾也淪言蘊淪也徑言徑涏○也漣瀾雖異而義同此詩漣淪舉波名直波不言徑而言直者取韻故也下二章言伐輻伐輪則此伐檀爲車之輪輻非待河水之清方始用之而經於河干之下即言河水清故解其意此人不得進仕伐檀隱居以待可仕之世若待河水清且漣猗然也河水性濁清則難待猶似闇主常多明君稀出既云置檀河厓因即以河爲喻襄八年左傳云俟河之清人壽幾何易緯云王者太平嘉瑞之將出則河水先清是河水稀清故以喻明君稀出也○傳種之至獸名○正義曰以稼穡相對皆先稼後穡故知種之曰稼斂之曰穡若散則相通大田云曾孫之稼非唯種之也湯誓曰舍我穡事非唯斂之也一夫之居曰廛謂一夫之田百畝也地官遂人云夫一廛田百畝司農云廛居也揚子云有田一廛謂百畝之居與此傳同也地官載師云市廛之征鄭司農云廛市中空地未有肆城中空地未有宅者也玄謂廛者若今云邑居里矣廛民居之區域也里居也以廛里任國中而遂人授民田夫一廛田百畝是廛不謂民之邑居在都城者與則鄭謂廛爲民之邑居不爲一夫之田者以廛者民居之名夫田與居宅同名爲廛但周礼言夫一廛復言田百畝百畝既是夫田故以廛爲居宅即孟子云五畝之宅是也以載師連市言之故準遂人以廛爲

邑居此言胡取禾三百廛取禾宜於田中故從傳一夫之居不易之釋獸云貈子貆郭璞曰其雌者名㺀㺀乃刀反今江東通呼貉為貆貆。○箋是謂至曰貆○正義曰釋天云冬獵為狩。宵田為獠李巡曰冬圍守而取禽故郭璞曰獠猶燎也今之夜獵載鑪照者也江東亦呼獵為獠管子曰獠獵畢弋是獠為獵之別名經云不狩不獵則狩與獵別故以獵為宵田此對文耳散即獵通於晝夜狩兼於四時若周禮云大田獵王制云佐車止則百姓田獵不必皆宵田也中候云秦伯出狩駟驖云從公于狩未必皆冬獵也釋天又云火田為狩孫炎曰放火燒草守其下風是狩非獨冬獵之名也○

坎坎伐輻兮寘之河之側兮河水清且直猗輻檀輻也側猶厓也直直波也○輻音福不稼不穡胡取禾三百億兮不狩不獵胡瞻爾庭有縣特兮萬萬曰億獸三歲曰特箋云十萬曰億三百億禾秉之數彼君子兮不素食兮

【疏】傳萬萬至曰特○正義曰萬萬曰億今數然也傳以時事言之故今九章筭術皆以萬萬為億獸三歲曰特毛氏當有所據不知出何書○箋十萬至之數○正義曰箋以詩

書古人之言故今古數言之知古億十萬者以田方百里於今數爲九百萬畝而王制云方百里爲田九十億畝是億爲十萬也故彼注云億今十萬是以今曉古也楚語云百姓千品萬官億醜皆以數相十是億十萬也詩內諸言億者毛鄭各從其家故楚茨箋傳與此同三百億與三百廛三百囷相類若爲釜斛之數則大多不類故爲禾秉之數秉把也謂刈禾之把數聘禮注云秉謂刈禾盈把是也

坎坎伐輪兮寘之河之漘兮河水清且淪猗檀可以爲輪漘厓也小風水成文轉如輪也○輪音淪漘順倫反本亦作脣淪音倫韓詩云順流而風曰淪淪文貌不稼不穡胡取禾三百囷兮不狩不獵胡瞻爾庭有縣鶉兮圓者爲囷鶉鳥也○囷丘倫反圓倉鶉音純

疏傳圓者爲囷鶉鳥○正義曰月令修囷倉方者爲倉故圓者爲囷考工記匠人注云囷圓倉是也釋鳥云鶉鶉其雄鶛牝庳李巡曰別雄雌異方之言鶉一名鶉郭璞曰鶉鵪之屬也○

彼君子兮不素飧兮熟食曰飧箋云飧讀如魚飧之飧○飧素門反字林云水澆飯也○

疏傳熟食曰飧○正義曰傳意以飧爲飧饔

之飧客始至之大禮其食熟致之故云熟食曰飧秋官掌客云公飧五牢侯伯飧四牢子男飧三牢卿飧二牢大夫飧一牢士飧少牢注云公侯伯子男飧皆飪一牢則卿大夫亦有飪故曰爲熟食也○箋飧讀如魚飧之飧○正義曰宣六年公羊傳曰晉靈公使勇士將殺趙盾入其門則無人焉上其堂則無人焉俯而窺之方食魚飧是其事也鄭以爲魚食飧則非傳所云熟食也說文云飧水澆飯也從夕食言人旦則食飯飯不可停故夕則食飧是飧爲飯之別名易傳者鄭志荅張逸云礼飧饔大多非可素不得與不素飧相配故易之也

伐檀三章章九句

碩鼠刺重斂也國人刺其君重斂蠶食於民不脩其政貪而畏人若大鼠也○碩音石斂呂驗反下同疏碩鼠三章章八句至大鼠○正義曰蠶食者蠶之食桑漸漸以食使桑盡也猶君重斂漸漸以税使民困也言貪而畏人若大鼠然解本以碩鼠爲喻之意取其貪且畏人故序因倒述其事經三章皆上二句言重斂次二句言不脩其政由君重斂不脩

其政故下四句言將棄君而去也○碩鼠碩鼠無食我黍三歲貫女莫我肯顧貫事也箋云碩大也大鼠大鼠者斥其君也女無復食我黍疾其稅斂之多也我事女三歲矣曾無教令恩德來顧眷我又疾其不修政也古者三年大比民或於是徙○貫古亂反徐音官復扶又反稅始銳反比毗志反逝將去女適彼樂土箋云逝往也往矣將去女與之訣別之辭樂土有德之國○樂音洛注下同土如字他古反沈徒古反訣古穴反○樂土樂土爰得我所箋云爰曰也○

疏碩鼠至得我所○正義曰國人疾其君重斂畏人比之碩鼠言碩鼠碩鼠無食我黍猶言國君國君無重斂我財君非直重斂於我又不脩其政我三歲以來事汝矣曾無於我之處肯以教令恩德眷顧我也君既如是與之訣別言往矣將去汝之彼樂土有德之國我所以之彼樂土者以此樂土若往則曰得我所宜故也言往將去汝者謂我往之他國將去汝國也○傳貫事○正義曰釋詁文○箋碩大至是徙○正義曰碩大釋詁文釋獸於鼠屬有鼫鼠孫炎曰五技鼠郭璞曰大鼠頭似兔尾有毛青黃色好在田中食粟豆關西呼鼩音瞿鼠舍人樊光同引此詩以碩鼠爲彼五技之鼠也許愼云碩

鼠五技能飛不能上屋能游不能渡谷能緣不能窮木能走不能先人能穴不能覆身此之謂五技陸機疏云今河東有大鼠能人立交前兩脚於頸上跳舞善鳴食人禾苗人逐則走入樹空中亦有五技或謂之雀鼠其形大故序云大鼠也魏國今河北縣是也言其方物宜謂此鼠非鼫鼠也按此經作碩鼠訓之爲大不作鼫鼠之字其義或如陸言也序云貪而畏人若大鼠然故知大鼠爲斥君亦是興喻之義也箋又以此民居魏蓋應久矣正言三歲貫汝者以古者三歲大比民或於是遷徙故以三歲言之地官小司徒及鄉大夫職皆云三年則大比言比者謂大校比其民之數而定其版籍明於此時民或得徙地官比長職曰徙於國中及郊則從而授之注云徙謂不便其居也或國中之民出徙郊或郊民入徙國中皆從而付所處之吏是大比之際民得徙矣。

碩鼠碩鼠無食我麥三歲貫女莫我肯德箋云不肯施德於我**逝將去女適彼樂國樂國樂國爰得我直**直得其直道箋云直猶正也。**碩鼠碩鼠無食我苗**苗嘉穀也〔疏〕傳苗嘉穀。正義曰黍麥指穀實言之是鼠之所食苗之莖葉以非鼠能食之

故云嘉穀謂穀實也穀生於苗故言苗以韻句

三歲貫女莫我肯勞箋云不肯勞來我○勞如字又力報反注同徠本亦作來同力代反

逝將去女適彼樂郊箋云郭外曰郊

樂郊樂郊誰之永號號呼也箋云之往也永歌也樂郊之地誰獨當往而歌號者言皆喜說無憂苦○咏本亦作永同音詠號戶毛反注同呼火故反說音悅

〔疏〕誰之永號○正義曰言彼有德之樂郊誰往而獨長歌號呼言往釋皆歌號喜樂得所故我欲往也箋之往永歌○正義曰之往釋詁文永是長之訓也以永號共文傳云號呼是歌之呼樂記及關雎矣皆云永歌之舜典云聲依永故以永爲歌歌必長言之故也

碩鼠三章章八句

附釋音毛詩注疏卷第五（五之三）

嘉慶二十年重刊宋本毛詩注疏附校

刑部員外南昌黃中栻栞

毛詩注疏挍勘記(五之三)

阮元撰盧宣旬摘錄

魏譜

故言周以封同姓子　閩本明監本毛本同案子當作云形近之譌

其封域(補)案其上當○

實諸河之干兮　閩本明監本毛本同案此不與今地理志同

昔舜陶於河濱(補)案昔上當○

不可知凡　閩本明監本毛本同案浦鏜云凡當作也字誤是也

比此詩並刺君　閩本明監本毛本比作也案皆誤也比當作但字之壞耳

○葛屨

而無德以將之　小字本相臺本同唐石經初刻之下有也字後磨去

反覆儉嗇褊急閩本明監本毛本同案浦鏜云覆當復字誤是也

機巧趨利者章上四句是也閩本明監本毛本同案者當作首形近之譌

亦是趨利之士也閩本明監本毛本士作事案所改是也篇內同

故箋採下章閩本明監本毛本同案浦鏜云採當探字誤是也

要褸也段玉裁云古本當作要要也謂此要字即衣之要也衣之要見於喪服士喪禮玉藻深衣諸篇字無作褸者以本字爲訓此易傳蒙者蒙也比者比也剝者剝也說文巳巳也北風傳虛虛也之例淺人不能通故北風與此二傳皆妄改

襋領也小字本相臺本同案領上當有衣字釋文襋下云襋衣領也正義云要是裳褸則襋爲衣領說文亦云襋衣領也考此可見釋文正義二本此傳皆有衣字正義亦者即亦傳也說文襋下引詩此句是正用傳文傳上云要褸也以上經巳見裳字故不復言裳褸也此傳云襋衣領也以經更無衣字故須言衣以顯之也各本脫衣字失

傳旨矣當正之○案褸領皆統於衣不得分褸屬裳領屬衣正義云褸爲裳褸此語陋甚是未考儀禮禮記衣服之制

國家靡幣　閩本明監本毛本同案幣當作弊形近之譌

雖復與襌同　閩本明監本毛本同案浦鏜云復誤復考儀禮釋文浦挍是也

則襯爲衣領　閩本明監本毛本同案襯當作襋

○汾沮洳

雖然其采莫之士　小字本相臺本士作事閩本明監本毛本同案事字是也士乃誤字其誤與葛屨正義內同當時寫書人往往以士代事此絕不可通閩本以下關仍之亦誤

○園有桃

興也園有桃其實之殽　閩本明監本毛本同小字本相臺本殽作食案食字是也此傳以食

解殽非復舉經文正義說箋云明食桃爲殽正用傳

不我知者唐石經小字本同相臺本作不知我者閩本明監本毛本同案相臺本非也箋倒經作不知我者正義依之耳不可據以改經下章同

箋云知是閩本明監本毛本同小字本相臺本知作如考文古本同案如字是也

以自止也小字本相臺本同考文古本同閩本明監本毛本止誤正十行本初刻止後剜改作正案止字是也正義云蓋欲亦自止勿復思念之可證

又言從君之行儉而嗇閩本明監本毛本同案浦鏜云從當彼字誤是也

是稅三不得薄也閩本明監本毛本同案三當作一

非徒薄於十閩本明監本毛本同案十當作一

○**陟岵**

國迫而數侵削　唐石經小字本相臺本同案此定本也正義云今定本云國迫而數侵削義亦通也下云箋以文承數見侵削是正義本數下有見字考釋文云國迫而數侵削本或作國小而迫數見侵削者誤正義本當卽或作本也葛屨序正義云以下園有桃及陟岵序皆云國小而迫日以侵削乃引此就園有桃序耳考文古本作國小迫而數見侵削采釋文但誤倒而迫二字

猶司寇亡役諸司空　閩本明監本毛本同案亡當作云形近之譌

比者謂在軍事作部列時　小字本相臺本同閩本同明監本毛本比作上案上字是也正義云若至軍中在部列之上又說箋云此變言上又云明在軍上爲部分行列時也標起止云箋上者皆可證山井鼎云按疏作上爲是

○十畝之間

桑者閑閑兮　唐石經小字本相臺本同案釋文云閒閒音閑本亦作閑正義標起止云傳閑閑正義本與釋

文亦作本同

又云遂上地有萊五十畝閩本明監本毛本同案浦鏜云萊譌菜是也

○伐檀

徑言徑涎也閩本明監本毛本同案涎當作侹形近之譌爾雅釋文可證

揚子云有田一廛閩本明監本毛本同案浦鏜云雲誤云非也此語出揚子自序

其雌者名獶獶乃刀反毛本獶誤獿閩本明監本不誤案爾雅釋文云獶字又作獿同是作獶者誤

今江東通呼貉爲𧳜𧳜閩本明監本毛本同案浦鏜云𧳜貏誤𧳜𧳜引證爾雅釋文𧳜烏郎反貏山吏反是也

獸三歲曰特小字本相臺本同案正義云獸三歲曰特毛氏當有所據不知出何書盧文弨云齊傳曰

三歲曰肩麁傳曰三歲曰豜矣則此傳三當作四廣雅之所本也段玉裁云鄭司農注周禮云三歲爲特四歲爲肩與毛互異肩豜同字耳今考騶虞正義引此傳亦作三歲云蓋異獸別名故三歲者有二名也

故今古數言之　閩本明監本毛本同案今當作合形近之譌

入其門則無人焉　閩本明監本毛本同案此公羊本作則無人焉門者何休注可證正義所引亦然不知者誤去下門者二字耳今公羊焉字誤在門字下更非

鄭以爲魚食飧　閩本明監本毛本同案食當作飧之二字

不得與不素飧相配　閩本明監本毛本同案浦鏜云飧當餐字誤是也

○碩鼠

曾無教令恩德來顧眷我　小字本相臺本同案依正義當作眷顧各本皆誤倒也

關西呼鼩音瞿鼠　閩本明監本毛本同案呼至瞿十行本剜添者一字必音瞿二字初刻旁

行細書而兩字相並後改入正文故如此耳山井鼎云鼠字當在鼩下非也爾雅釋文作鼩將略反引沈旋作鼩音求于反此同沈也○拔音瞿二字郭語也非疏家語

及卿大夫職也 閩本明監本毛本同案浦鏜云鄉誤卿是也

誰之永號 唐石經小字本相臺本同案釋文云咏本亦作永同音詠歌也正義本是永字此箋云永歌也乃讀永爲咏不改其字者以爲假借也正義本爲長釋文本作咏當是因箋并改經字考文古本作詠采釋文耳

言往釋皆歌號 閩本明監本毛本同十行本釋字剜案此誤也釋當作矣首章正義云言往矣將去汝往矣二字本箋此亦同物觀考文補遺所載作者就彼所見本而言也

樂記及關雎矣 閩本明監本毛本同十行本矣字剜案此誤也矣當作序十行本欲剜上文往矣之矣誤入於此山井鼎云宋板磨滅就彼所見本而言也

魏國七篇十八章百二十八句 十行本脫此一行各本皆有此

附釋音毛詩注疏卷第六　六之一　十九

唐蟋蟀詁訓傳第十

陸曰唐者周成王之母弟叔虞所封也其地帝堯夏禹所都之墟漢曰太原郡在古冀州太行恒山之西太原太岳之野其南有晉水叔虞之子燮父因改爲晉侯至六世孫僖侯名司徒習堯儉約遺化而不能以禮節之今詩本其風俗故云唐也

毛詩國風　鄭氏箋　孔穎達疏

唐譜

唐者帝堯舊都之地今日太原晉陽是堯始居此後乃遷河東平陽。正義曰以序云有堯之遺風則堯都之也漢書地理志云太原晉陽縣故詩唐國晉水所出東入汾是漢時爲太原晉陽也史記晉世家云唐在河汾之東方百里言百里則堯爲諸侯所居故云堯始居此地理志河東郡平陽縣應劭云堯都也則是堯爲天子乃都平陽故云後遷河東平陽也皇甫謐云堯爲天子都平陽禹受舜禪都平陽或於安邑或於晉陽則夏都亦在晉境故定四年左傳云命以唐誥而封於夏墟是也此不言有夏都者因序云有堯之遺風故指述堯事而已論語注云未知六百里者晉與衛與則晉初六百里矣而世家云百里者言古唐國之大耳非謂晉初唯方百里也○成王封母弟叔虞於堯之故墟曰唐侯南有晉水至子燮改爲晉侯○正義曰昭十五年左傳稱周景王謂晉籍談曰叔父唐叔成王之母弟也晉世家云成王與叔虞戲削桐葉爲珪以與叔虞曰以此封若史佚因言請擇日立叔虞成王曰吾與之戲耳史佚曰天子無戲言言則史書之於是封叔虞於唐是成王封母弟於堯之故墟也地名晉陽是也○南有晉水地理志云唐有晉水叔虞子燮爲晉侯是燮以晉水改爲晉侯蓋時王命使改之也皇甫謐云堯始封於唐今中山唐縣是也後徙晉陽及爲天子都平陽於詩爲唐國則唐國爲平陽也漢書音義臣瓚案唐今河東永安是也去晉四百里又云堯居唐東於彘十里應劭曰順帝改彘曰永安則瓚以唐國爲永安此二說詩之唐國不在晉陽燮何須改爲晉侯明唐正晉陽是也○其封域在禹貢冀州太行恒山之西太原太岳之野○正義曰地理志云太行在河内山陽縣西北恒山在故縣上曲陽西北以太行恒山皆在河北故屬冀州晉之東境迫此二山故云之西禹貢云既修太原至于岳陽鄭注云岳陽縣太岳之南於地理志太原今以爲郡名太岳在河東故縣彘東名霍太山河東太原皆晉境所及故云太原太岳之野○至曾孫成侯南徙

居曲沃近平陽焉○正義曰案晉世家云唐叔生晉侯燮燮生武侯寧族族生成侯服人地理志云河東郡聞喜縣故曲沃也晉成侯自晉陽徙此是鄭所據之文也○昔堯之末洪水九年下民其咨萬國不粒於時殺禮以救艱厄其流乃被於今○正義曰堯典云帝曰咨四岳湯湯洪水方害下民其咨又稱使鯀治水九載績用弗成皋陶謨云禹曰洪水滔天予乘四載隨山刊木既稷播奏庶艱食鮮食烝民乃粒以禹既治水萬國乃粒是未治水之時萬國不粒也禮稱凶荒殺禮明堯於九年之內殺禮以救艱厄故儉嗇其流乃被於今謂作詩時也○當周公召公共和之時成侯曾孫僖侯甚嗇愛物儉不中禮國人閔之唐之變風始作○正義曰案晉世家云成侯生厲侯福福生靖侯宜臼臼生僖侯司徒是僖侯乃成侯曾孫也世家又云靖侯十七年厲王出奔于彘大臣行政故云共和十八年靖侯卒則僖侯元年當共和二年也故知當共和之時○其孫穆侯又徙於絳云○正義曰案晉世家云僖侯生獻侯籍籍生穆侯費王是也知徙於絳者以成侯徙居曲沃則曲沃爲晉都矣至昭公之時分曲沃以封桓叔則正都不在曲沃明昭公已前已徙絳矣知穆侯徙者蓋相傳爲然地理志云河東絳縣晉武公自曲沃徙此者以桓叔別封曲沃武公既并晉國徙就晉都故云自曲沃徙此

耳非謂武公始都絳也然則穆侯以後晉桓都絳而隱五年左傳云曲沃莊伯伐翼翼侯奔隨又謂之爲翼者杜預云翼晉舊都在平陽絳邑縣東穆侯徙絳昭侯以下又徙於翼及武公并晉又都絳也莊二十六年左傳稱晉獻公命士蔿城絳以深其宮明是武公徙絳也晉世家云獻公使士蔿盡殺諸公子而城聚都之命曰絳案左傳云晉士蔿使羣公子盡殺游氏之族乃城聚而處之冬晉侯圍聚盡殺羣公子則城聚以處羣公子非晉都也世家言命聚曰絳非也世家又云穆侯卒弟殤叔立四年爲穆侯太子仇所殺仇立是爲文侯三十五年卒昭侯立元年封其叔父成師于曲沃七年爲大臣潘父所殺子孝侯立十五年爲曲沃莊伯所殺子鄂侯郤立六年當魯隱五年卒子哀侯光立九年爲曲沃武公所虜子小子侯立四年爲曲沃武公誘而殺之哀侯弟緡立爲晉侯二十八年曲沃武公伐晉侯緡滅之周僖王命曲沃武公爲晉君武公已即位三十七年矣又二年卒子獻公詭諸立二十六年卒此其君次也案隱五年左傳曲沃莊伯伐翼翼侯奔隨秋王命虢公○伐曲沃而立哀侯于翼六年傳曰翼九宗五正頃父之子嘉父逆晉侯于隨納諸鄂晉人謂之鄂侯則哀侯之立鄂侯未卒世家言卒非也其詩則蟋蟀刺僖公爲僖公詩也山有樞揚之水椒聊鴇羽序言昭公則昭公詩

也綢繆杕杜羔裘在其間從可知也無衣有杕之杜則皆刺武公則武公詩也葛生采苓刺獻公則獻公詩也鄭於左方中皆以此而知案鄭詩出其東門序云公子五爭五公子爭突最處後知出其東門爲厲公之詩鴇羽序云昭公之後大亂五世小子侯處五世之末鴇羽不爲小子侯詩者以昭公肇爲亂階五世不息君子從役昭公所爲雖復後世始作而主刺昭公故序云昭公之後明其刺昭公也出其東門由兵革不息而男女相棄民人思保其室家乃是當時之事故爲厲公之詩但序本爲亂之由故言公子五爭耳此實晉也而題之曰唐故序每篇言晉鴇羽杕杜既言刺時於文不可言晉從上明之可知也

蟋蟀刺晉僖公也儉不中禮故作是詩以閔之欲其及時以禮自虞樂也此晉也而謂之唐本其風俗憂深思遠儉而用禮乃有堯之遺風焉

憂深思遠謂宛其死矣百歲之後之類也○蟋蟀上音悉下所律反說文蟀作𧌐僖公許其反史記作釐侯中丁仲反樂

音洛下皆同思息嗣反注同○【疏】蟋蟀三章章八句至風焉○正義曰作蟋蟀詩者刺晉僖公也由僖公太儉偪下不中禮度故作是蟋蟀之詩以閔傷之欲其及歲暮閑暇之時以禮自娛樂也以其太儉故欲其自樂樂失於盈又恐過禮欲令節之以禮故云以禮自娛樂也欲其及時者三章上四句是也以禮自娛樂者下四句是也既序一篇之義又序名晉爲唐之意此實晉也而謂之唐者太師察其詩之音旨本其國之風俗見其所憂之事深所思之事遠儉約而能用禮有唐堯之遺風故名之曰唐也故季札見歌唐曰思深哉其有陶唐氏之遺風乎不然何其憂之遠也是憂思深遠之事情見於詩詩爲樂章樂音之中有堯之風俗也○箋憂深至之類○正義曰此二文討及死後之事是其憂念深思慮遠也言之類者憂深思遠之事非獨在此二文以其二事顯見故引當之耳其實諸篇皆有深遠之志羔裘箋云民之厚如此亦唐之遺風亦以其事顯見故言之耳

蟋蟀在堂歲聿其莫今我不樂日月其除蟋蟀蛬也九月在堂聿遂除去也箋云我我僖公也蛬在堂歲時之候是時農功畢君可以自樂矣今不自樂日月且過去不復暇爲之謂十二月當復命農計耦耕事○聿允橘反莫音暮除直慮反注同蛬俱

勇反沈又九共反趨織也一名蜻蛚復扶又反**無已大康職思其居**已甚康樂職主也箋云君雖當自樂亦無甚大樂欲其用禮爲節也又當主思於所居之事謂國中政令○大音泰徐勑佐反下同居義如字協韻音據**好樂無荒良士瞿瞿**荒大也瞿瞿然顧禮義也箋云荒廢亂也良善也君之好義。不當至於廢亂政事當如善士瞿瞿然顧禮義也○好呼報反下同瞿俱具反

【疏】蟋蟀至瞿瞿○毛以爲僖公儉不中禮詩人戒之欲令及時自樂言九月之時蟋蟀之蟲在於室堂之上矣是歲晚之候歲遂其將欲晚矣此時農功已畢人君可以自樂今我君僖公不於此時自樂日月其將過去農事又起不得閑暇而爲之君何不及時自樂乎既勸君自樂又恐其過禮君今雖當自樂又須用禮爲節君若自樂無甚太樂當主思其所居之事當以禮樂自居無得忽忘之也又戒僖公君若好樂無得太好之當如善士瞿瞿然顧於禮義勿使踰越於禮也○鄭唯其居謂國中政令荒謂廢亂政事爲異餘同○傳蟋蟀至除去○正義曰蟋蟀蛬釋蟲文李巡曰蛬一名蟋蟀蟋蟀蜻蛚也郭璞曰今趨織也陸機疏云蟋蟀似蝗而小正黑有光澤如漆有角翅一名蛬一名蜻蛚楚人謂之王孫幽州人謂之趨織。黑語曰趨織

鳴嬾婦驚是也七月之篇說蟋蟀之事云九月在戶傳云九月在堂堂者室之基也戶內戶外揔名爲堂禮運曰醴醆在戶粢醍在堂對文言之則堂與戶別散則近戶之地亦名堂也故禮言升堂者皆謂從階至戶也此言在堂謂在室戶之外與戶相近是九月可知時當九月則歲未爲暮而言歲聿其暮者言其過此月後則歲遂將暮耳謂十月以後爲歲暮也此月未爲暮也采薇云曰歸曰歸歲亦暮止其下章云曰歸曰歸歲亦陽止十月爲陽明暮止亦十月也小明云歲聿云暮采蕭穫菽采穫是九月之事也云歲聿云暮其意與此同也歲實未暮而云聿暮故知聿爲遂遂者從始鄉末之言也除者棄去之名故爲去也○箋我我至耕事○正義曰勸君使之自樂故知我我僖公也七月箋云言此者著將寒有漸蟋蟀記將寒之候此言歲時之候者七月下文論備寒之事故爲寒來之候此云歲聿其暮故云歲時之候月令季冬云告民出五穀命農計耦耕脩耒耜具田器注云大寒氣過農事將起是十二月以後不暇復爲樂也禮國君無故不徹縣必須農功之隙乃作樂者場功未畢勸課農桑雖不徹鍾鼓有時擊奏未得大設燕飲適意娛樂也七月云九月肅霜十月滌場朋酒斯饗言豳君閑於政事乃饗羣臣是十月爲自樂之時也○傳已甚康樂職主○正義曰已訓止也物甚

則此故已爲甚也。康、樂、職、主，皆釋詁文。傳不解其居之義。二章其外，傳以外爲禮樂之外，則其居謂以禮樂自居。則職思其外，謂常思禮樂，無使越於禮樂之外也。職思其憂，傳曰憂可憂，謂踰越禮樂至於荒淫則可憂也。故王肅云其居主思以禮樂自居也，其外言思無越於禮樂也，其憂言荒則憂也。○箋君雖至政令○正義曰：以序言欲其以禮自娛樂，故知欲其用禮爲節也。樂記曰禮主其減，樂主其盈，禮減而進，以進爲文，樂盈而反，以反爲文。注云禮主其減，人所倦；樂主其盈，人所歡。進謂自勉强，反謂自抑止。是禮須勤力行之，惟恐倦怠；樂者令人歡樂，惟恐奢放。詩人既勸自樂，又恐過度，故戒之使用禮也。箋以上句言無已大康，已是禮樂自居，復云職思其居，不宜更處禮樂，居謂居處也。二章言外謂居處之外，則思其居謂所居之處，故易傳以爲主思所居之事，謂國中政令也。其居既是國中，則知其外謂國外至四境也。四境之外則有鄰國，故其憂爲鄰國侵伐之憂。詩人戒君所思，思其自近及遠，故從内而外也。○傳荒大至禮義○正義曰：荒爲廣遠之言，故爲大也。釋訓云：瞿瞿、休休，儉也。李巡曰：皆良士顧禮節之儉也。此傳云顧禮義，下傳云休休樂道之心，皆謂治身儉約，故能樂道顧禮也。○箋荒廢至禮義○正義曰：宛丘序云淫荒昏亂，還及盧令序云刺荒也，荒者皆謂廢亂政事故易傳以荒爲廢亂也良善釋詁文○蟋蟀在堂歲聿其逝今我不樂日月其邁邁行也○無已大康職思其外外禮樂之外箋云外謂國外至四境○禮樂此一樂字音岳好樂無荒良士蹶蹶蹶蹶動而敏於事○蹶俱衛反疏傳蹶蹶至於事○正義曰釋詁云蹶蹶動也釋訓云蹶蹶敏也○蟋蟀在堂役車其休箋云庶人乘役車役車休農功畢無事也疏箋庶人至無事○正義曰庶人乘役車春官巾車文也彼注云役車方箱可載任器以供役然則收納禾稼亦用此車故役車休息是農功畢無事也酒誥云肇牽車牛遠服賈用孝養厥父母則庶人之車冬月亦行而云休者據其農功既終載運事畢故言休耳不言冬月不行也○今我不樂日月其慆慆過也○慆吐刀反無已大康職思其憂憂可憂也箋云憂者謂鄰國侵伐之憂○好樂無荒良士休休休休樂道之心

蟋蟀三章章八句

山有樞刺晉昭公也不能脩道以正其國有財不能用有鍾鼓不能以自樂有朝廷不能洒埽政荒民散將以危亡四鄰謀取其國家而不知國人作詩以刺之也。樞本或作蓲烏侯反昭公左傳及史記作昭侯樂音洛下及注同朝直遥反廷徒佞反洒所懈反沈所寄反下同埽蘇報反本又作埽下同

疏 山有樞三章章八句至刺之。正義曰有財不能用者三章章首二句是也此二句揔言昭公不能用財耳其經之所陳言昭公有衣裳車馬鍾鼓酒食不用之是分別說其不能用財之事也有鍾鼓不能以自樂者二章云子有鍾鼓弗擊弗考是也有朝廷不能洒埽者二章云子有廷內弗洒弗埽是也經先言廷內序先言鍾鼓者廷內人君治政之處其事大鍾鼓者娛樂已身其事小經責昭公先重後輕故先言廷內序既言有財不能用鍾鼓亦貨財之事故因卽先言之衣裳車馬亦是有財序獨言鍾鼓者據娛樂之大者言之也經先言衣裳後車馬者衣裳附於身車馬則差遠故先言衣裳也四鄰謀取其國家者三章下二句是

也四鄰即桓叔謀伐晉是也故下篇刺昭公皆言沃所并沃雖一國即四鄰之一故以四鄰言之○**山有樞隰有榆**興也樞荎也國君有財貨而不能用如山隰不能自用其財○樞以朱反荎田節反沈又直黎反○**子有衣裳弗曳弗婁子有車馬弗馳弗驅**婁亦曳也○曳以世反婁力俱反馬云牽也○**宛其死矣他人是愉**宛死貌愉樂也箋云愉讀曰偷偷取也○宛於阮反本亦作苑愉毛以朱反鄭作偷他侯反○

疏山有至是愉○毛以愉為樂○鄭以愉為取言他人將取之餘同○傳樞荎○正義曰釋木文郭璞曰今之刺榆也○傳婁亦曳○正義曰曳者衣裳在身行必曳之婁與曳連則同為一事走馬謂之馳策馬謂之驅驅馳俱是乘車之事則曳婁俱是著衣之事故云婁亦曳也○傳愉樂○正義曰釋詁文○箋愉讀至偷取○正義曰以下云是保謂得而居之入室謂居而有之故易傳以愉為偷言偷盜取之

山有栲隰有杻栲山樗杻檍也○栲音考杻女九反樗勑書反又他胡反檍於力反

疏傳栲山樗杻檍○正義曰皆釋木文舍人曰栲名山樗杻名檍郭璞曰栲似樗色小而白生山中因名云亦類漆樹俗語

曰櫙梬栲漆相似如一陸機疏云山梬與下田梬畧無異葉似羞狹耳吳人以其葉爲茗方俗無名此爲栲者似誤也今所云爲栲者葉如櫟木皮厚數寸可爲車輻或謂之栲櫟許愼正以栲讀爲糗今人言栲失其聲耳杻檍也葉似杏而尖白色皮正赤爲木多曲少直枝葉茂好二月中葉疏華如練而細蘂正白蓋樹今官園種之正名曰萬歲既取名於億万其葉又好故種之共汲山下人或謂之牛筋或謂之檍材可爲弓弩幹也

子有廷內弗洒弗埽子有鍾鼓弗鼓弗考 洒灑也考擊也○廷音庭又徒佞反鼓如字本或作擊非灑色蟹反又所綺反

宛其死矣他人是保 保安也箋云保居也

〔疏〕傳洒灑考。擊。○正義曰洒謂以水濕地而埽之故轉爲灑灑是散水之名也今定本云弗鼓弗考注云考擊也無亦字義並通也○傳保安箋保居○正義曰二者皆爾雅無文傳箋各以義言之上云他人是愉謂得已樂以爲樂此云他人是保謂得己之安以爲安故傳訓保爲安也箋以下云他人入室則是居而有之故易傳以保爲居

山有漆隰有栗子有酒食何不日鼓瑟 君子無故琴瑟不離於側○漆音七木名離力智反

且以喜樂，且以永日。永，引也。宛其死矣，他人入室。

疏「子有」至「永日」。○正義曰：責昭公言：子既有酒食矣，何不日日鼓瑟，有飲食之，且得以喜樂己身，且可以永長此日，何故弗爲乎？言永日者，人而無事則長日難度，若飲食作樂則忘憂愁，可以永長此日。白駒云「以永今朝」，意亦與此同也。○傳「君子」至「於側」。○正義曰：曲禮下云「君無故玉不去身，大夫無故不徹懸，士無故不徹琴瑟」，注云「憂樂不相干也。故謂災患喪病」。彼量其所有，節級立文。此言君子，摠謂大夫士以上也。以經云日鼓瑟，則是日日用之，故言不離於其側。定本云「君子琴瑟不離於側」，少「無故」二字，恐非也。

山有樞三章，章八句。

揚之水，刺晉昭公也。昭公分國以封沃，沃盛强。昭公微弱，國人將叛而歸沃焉。封沃者，封叔父桓叔于沃也。沃，曲沃，晉之邑也。○沃，烏毒反。

疏「揚之水」三章，二章章六句，一章四句。至「沃焉」。○正義曰：作揚之水詩者，刺晉昭公也。

昭公分其國地以封沃國謂封叔父桓叔於曲沃之邑也桓叔有德沃是大都沃國日以盛强。昭公國既削小身又無德其國日以微弱故晉國之人皆將叛而歸於沃國焉昭公分國封沃已爲不可國人將叛又不能撫之也故刺之此刺昭公經皆陳桓叔之德者由昭公無德而微弱桓叔有德而盛强。國人叛從桓叔昭公之國危矣而昭公不知故陳桓叔有德民樂從之所以刺昭公也。箋封沃至之邑。正義曰封沃者使專有之别爲沃國不復屬晉故云以封沃也桓二年左傳云初晉穆侯之夫人姜氏以條之役生太子命之曰仇其弟以千畝之戰生命曰成師師服曰異哉君之名子也嘉耦曰妃怨耦曰仇古之命也今君命太子曰仇弟曰成師始兆亂矣兄其替乎惠之二十四年晉始亂故封桓叔於曲沃師服曰吾聞國家之立也本大而末小是以能固故天子建國諸侯立家今晉甸侯也而建國本既弱矣其能久乎惠之三十年晉潘父弑昭侯而納桓叔不克是封桓叔於沃之事也此邑本名曲沃序單言沃則既封之後謂之沃國故云沃曲沃也地理志云河東聞喜縣故曲沃也武帝元鼎六年行過更名應劭曰武帝於此聞南越破故曰聞喜

揚之水白石鑿鑿興也鑿鑿然鮮明貌。箋云激揚之水激流湍疾洗去垢濁使白石鑿鑿然興者

喻桓叔盛彊除民所惡民得以有禮義也○鑿子洛反激經歷反湍吐端反洗蘇禮反又蘇典反去羌呂反垢古口反惡烏路反又如字

素衣朱襮從子于沃

襮領也諸侯繡黼丹朱中衣沃曲沃也箋云繡當爲綃綃黼丹朱中衣中衣以綃黼爲領丹朱爲純也國人欲進此服去從桓叔○襮音博字林方沃反繡音秀衆家中衣並依字下文同鄭改爲宵黼音甫宵音消本作綃純眞允反又眞順反

旣見君子云何不樂

箋云君子謂桓叔○樂音洛

【疏】揚之水至不樂○正義曰言激揚之水波流湍疾行於石上洗去石之垢穢使白石鑿鑿然而鮮明以興桓叔之德政教寬明行於民上除去民之疾惡使沃國之民皆得有禮義也桓叔旣有善政其國日以盛彊晉國之民皆欲叛而從之以素爲衣丹朱爲緣綃黼爲領此諸侯之中衣也國人欲得造制此素衣朱襮之服進之以從子桓叔于沃國也國人惟欲歸于沃惟恐不見桓叔皆云我旣得見此君子桓叔則云何乎而得不樂言其實樂也桓叔之得民心如是民將叛而從之而昭公不知故刺之○傳襮領至曲沃○正義曰釋器云黼領謂之襮孫炎曰繡刺黼文以褗領是襮爲領也郊特牲云繡黼丹朱中衣大夫之僭禮也大夫服之則爲僭知諸侯當服之也中衣者

朝服祭服之裏衣也其制如深衣故禮記深衣目錄云深衣連衣裳而純之以綵者有表則謂之中衣大夫以上祭服中衣用素詩云素衣朱襮玉藻云以帛裏布非禮也士祭以朝服中衣以布明矣是言中衣之制與深衣同也其異者中衣之袖小長耳玉藻云中衣繼揜尺注云中衣繼袂揜一尺深衣緣而已是中衣之袖長也言大夫祭服中衣用素者謂自祭耳其助祭則士服爵弁之服以絲爲衣則士以上助祭之服中衣皆用素也少牢饋食之禮是大夫自祭家廟其服用朝服朝服以布爲之則中衣亦用布矣而深衣目錄云大夫祭服中衣用素者謂大國之孤也雜記云大夫冕而祭于公弁而祭于己注云弁而祭於己唯孤耳弁謂爵弁爵弁是絲衣明中衣亦用素用素則同不必以繡黼爲領繡黼唯諸侯乃得服之耳晉封桓叔於沃别爲諸侯之國故晉人欲以諸侯之服往從之桓叔雖受封於晉正是晉自封之非天子之命天子不賜以爵晉是諸侯不得以爵賜諸侯桓叔莊伯皆以字配謚蓋雖君其國未有爵命左傳每云曲沃伯或可自稱伯也傳不注序故於此解沃爲曲沃也○箋繡當至桓叔○正義曰傳之所言郊特牲文彼注云繡黼丹朱以爲中衣領緣也繡讀爲綃綃繒名引詩云素衣朱綃彼注此箋皆破繡爲綃者以其黼之與繡共作中衣之領案考工記云白與

黑謂之黼五色備謂之繡若五色聚居則白黑共爲繡文不得別爲黼稱繡黼不得同處明知非繡字也故破繡爲綃綃是繒名士昏禮注引詩云素衣朱綃魯詩以綃爲綺屬然則綃是繒綺別名於此綃上刺爲繡。文故謂之綃黼也綃上刺黼以爲衣領然後名之爲襮故爾雅黼領謂之襮襮爲領之別名也案此下章作素衣朱繡而郊特牲及士昏禮二注引詩皆作素衣朱綃者箋破此傳繡當爲綃下章繡字亦破爲綃箋不言者從此而略之耳此已破爲綃禮記注從破引之猶月令云鮮羔開冰注云鮮當爲獻七月引之徑作獻羔開冰與此同也此則鄭之說耳案下章傳曰繡黼也則是以繡爲義未必如鄭爲綃也如傳意繡得爲黼者繢是畫繡是刺之雖五色備具乃成爲繡初刺一色卽是作繡之法故繡爲刺名傳言繡黼者謂於繒之上繡刺以爲黼非訓繡爲黼也孫炎注爾雅云繡刺黼文以褗領是取毛繡黼爲義其意不與箋同不破繡字義亦通也箋以素衣朱襮之下卽云從子于沃故言晉國之人欲進此服去從桓叔言民愛之欲以衣往耳國君之衣非民爲之也

揚之水白石皓皓。皓皓潔白也。皓胡老反**素衣朱繡從子于鵠**繡黼也鵠曲沃邑也。鵠戶毒反

（疏）傳鵠曲沃邑。正義曰晉封桓

叔於曲沃非獨一邑而已其都在曲沃其傍更有邑故云鵠曲沃邑也既見君子云何其憂言無憂也揚之水白石粼粼粼粼清澈也。粼利新反本又作磷同澈直列反或作徹誤我聞有命不敢以告人聞曲沃有善政命不敢以告人箋云不敢以告人而去者畏昭公謂已動民心

揚之水三章二章章六句一章四句

椒聊刺晉昭公也君子見沃之盛彊能脩其政知其蕃衍盛大子孫將有晉國焉。椒聊椒木名聊辭也蕃音煩衍延善反〔疏〕椒聊二章章六句至國焉。正義曰作椒聊詩者刺晉昭公也君子之人見沃國之盛彊桓叔能脩其政教知其後世稍復蕃衍盛大子孫將并有晉國焉昭公不知故刺之此序序其見刺之由經二章皆陳桓叔有美德子孫蕃衍之事椒聊之實蕃衍盈升興也椒聊椒也箋云椒之性芬香而少實今一捄之

實蕃衍滿升非其常也興者喻桓叔晉君之支別耳今其子孫衆多將日以盛也。捄音求又其菊反何音掬沈居局反

彼其之子碩大無朋朋比也箋云之子是子也謂桓叔也碩謂壯。貌佼好也大謂德美廣博也無朋平均不朋黨。比王肅孫毓申毛必履反謂無比例也一音必二反申毛作毗至反佼古卯反

椒聊且遠條且條長也箋云椒之氣日益遠長似桓叔之德彌廣博。且子餘反下同。

【疏】椒聊至條且。正義曰椒之性芬香而少實今椒聊一捄之實乃蕃衍滿於一升甚多非其常以興桓叔晉君之支別今子孫衆多亦非其常也。桓叔子孫既多又有美德彼已是子謂桓叔其人形貌盛壯得美廣大無朋黨同比之惡行也椒之香氣日益長遠以興桓叔之德彌益廣博桓叔子孫既多德益廣博必將并有晉國而昭公不知故刺之聊且皆助語也。傳椒聊椒。正義曰釋木云檓大椒郭璞曰今椒樹叢生實大者名爲檓陸機疏曰椒聊聊語助也椒樹似茱萸有針刺葉堅而滑澤蜀人作茶吳人作茗皆合煮其葉以爲香今成皐諸山間有椒謂之竹葉椒其樹亦如蜀椒少毒熱不中合藥也可著飲食中又用烝雞豚最佳香東海諸島亦有椒樹枝葉皆相似子長而不圓甚香其味似橘皮島上獐鹿食此椒葉

其肉自然作椒橘香。○箋椒之性至以盛。○正義曰言性芬香喻美德故下句椒之氣日益長遠喻桓叔德彌廣博是取香氣爲喻也言一捄之實者捄謂椒之房裹實者也釋木云椒椴醜菉○李巡曰椴椒菉萸也椒菉萸皆有房故曰捄捄實也郭璞曰菉萸子聚生成房是椒之房裏名爲捄也知蕃衍滿升謂一捄之實者若論一樹則不啻一升纔據一實又不足滿升且詩取蕃多爲喻不言一實之大故知謂一捄之實也驗今椒實一裹之内唯有一實時有二實者少耳今言一捄滿升假多爲喻非實事也王肅云種一實蕃衍滿一升若種一實則成一樹非徒一升而已不得以種一實爲喻也○傳朋比○正義曰朋黨也比謂阿比朋亦比之義故以朋爲比也○箋之子至朋黨○正義曰以碩下有大不宜復訓爲大故以碩爲壯佼貌大謂大德無朋者無朋比之行故知謂平均無其朋黨也孫毓云桓叔阻邑不臣以孼傾宗與潘父比至殺昭公而求入焉能均平而不朋黨乎斯不然矣此言桓叔能修國政撫民平均望桓叔之美刺昭公之惡耳不得以傾宗阻邑爲桓叔罪也卽如毓言桓叔罪多矣詩人何得稱其碩大且篤能修其政乎自桓叔别封於沃自是鄰國相陵安得責其不臣○傳條長○正義曰尚書稱厥木惟條謂木枝長故以條爲長也

椒聊之實蕃

衍盈匊 兩手曰匊。○匊本又作掬，九六反 彼其之子，碩大且篤 篤，厚也

【疏】傳"篤，厚"。○正義曰：《釋詁》文。 椒聊且，遠條且 言聲之遠聞也

椒聊二章，章六句

附釋音毛詩注疏卷第六 六之一

黄中模栞

毛詩注疏挍勘記六之二　阮元撰盧宣旬摘錄

唐譜

以此封君閩本明監本毛本同案浦鏜云若誤君是也

是也南有晉水閩本明監本毛本同案也當作地壞去土傍耳

恆山在故縣上曲陽西北閩本明監本毛本同案縣當作郡

湯湯洪水方害閩本明監本毛本同案此不誤浦鏜云割誤害非也此不與今尚書同耳古害割同字思文正義引作割或後人改之○按此以詁訓字代其本字非所見尚書有異本也

既稷播奏庶艱食鮮食閩本明監本毛本同案浦鏜云暨誤既是也

王命虢父伐曲沃閩本明監本毛本同案盧文弨云左氏父作公是也鴟羽正義引正作公此誤

頊父之子嘉父 閩本明監本毛本頊誤須

○蟋蟀

以禮自娛樂也 閩本明監本毛本同案序作虞正義作娛虞娛古今字易而說之也例見前考文古本於出其東門經改娛爲虞采此

君之好義 閩本明監本毛本同小字本相臺本義作樂考文古本同案樂字是也

黑語曰 補 毛本黑作里案里字是也

○山有樞

山有樞 唐石經小字本相臺本同案釋文云樞本或作蓲烏侯反莖也爾雅釋木藲莖釋文藲烏侯反詩云山有樞是也本或作蓲同考漢石經魯詩殘碑作蓲說文艸部蓲下云草也不以爲藲莖字是毛氏詩作樞也爾雅加艸於首所以別戶樞字耳漢書地理志山樞亦然其貫毛詩不作蓲釋文或作本非也亦不作藲故說文艸部木部皆無藲字也

華如練而細　閩本明監本毛本同案此不誤浦鏜云楝誤練非也練卽楝字耳○按疏家不用假借字作楝是

藥正白蓋樹　閩本明監本毛本同案此不誤浦鏜云蓋下脫此字非也蓋樹二字爲一句言華之盛多揜蓋其樹也

弗洒弗埽　唐石經小字本相臺本同閩本同明監本毛本埽作掃案埽字是也

弗鼓弗考　唐石經小字本相臺本同案正義云今定本云弗鼓弗考注云考擊也無亦字義並通也釋文云弗鼓如字本或作擊非正義本與或作本同

考擊也　小字本相臺本同案此定本也正義本考下有亦字亦者亦經弗擊也見上標起止云傳洒灑考擊當脫亦字或後人誤去之也

何不日日鼓瑟有飲食之　閩本明監本毛本有作而案所改非也有當作自形近之

譌

○揚之水

沃盛強閩本明監本毛本同唐石經小字本相臺本強作彊案彊字是也彊雖可通用強而正義本用彊字今正義中間有強字者寫書人省而亂之耳餘同此

激流湍疾小字本同閩本明監本毛本同相臺本激作波考文古本同案波字是也正義云激揚之水波流湍疾是其證

於此綃上刺爲繡文閩本明監本毛本同案繡當作黼

白石皓皓小字本相臺本同唐石經初刻同後磨改作晧案晧字是也說文白部無皓字是晧字本從日也廣韻三十二晧亦無皓字釋文當本作晧今誤見後考證

白石粼粼唐石經小字本相臺本同閩本明監本毛本粼誤粼案今釋文亦有誤者詳後考證

○椒聊

碩謂壯貌佼好也 小字本相臺本同閩本明監本毛本同案段玉裁云正義云故以碩爲壯佼貌是正義本作壯佼貌壯佼二字疑鄭本用月令文而後人亂之壯佼又見萇楚箋

條長也 小字本相臺本同案正義云尚書稱厥木惟條謂木枝長故以條爲長也其說非也此傳以長訓條乃謂條爲脩之假借古字條脩相通如漢書脩侯之比考箋云椒之氣日益遠長是此經遠條二字皆以氣言之不以枝言之也下章同考文古本改經二條字皆作脩乃依長也之訓而爲之耳非有所本此經自正義及唐石經以下各本皆作條也

彼已是子謂桓叔 閩本明監本毛本已誤其案此正義以已說其耳故與經字不同考文古本經其作已采此而誤又謂衍字也彼已是子桓叔六字爲一句正義文例如此猶日月正義云今乃如是人莊公之類

得美廣大 閩本同明監本毛本得作德案所改是也

郭璞曰菉蓐子 閩本明監本毛本菉誤菉案浦鏜云蓐誤蓐從爾雅音義按蓐所留反是也

碩大且篤 唐石經小字本相臺本同閩本明監本毛本碩誤實

言聲之遠聞也 小字本相臺本同案段玉裁云聲當作馨此欲以馨訓條也今考此章條與上章同皆訓長爲脩字之假借非有異也不宜更爲之訓此傳言聲之遠聞也乃篇末揔發一篇之傳謂此椒聊詩乃言相叔聲之遠聞也篇末揔發傳毛氏每有此例如采蘋木瓜之屬是矣此傳毛當有所案據自作正義時已無文以言之後遂專繫諸第二章遠條且一句而疑其有所不可通也○按說文云馨香之遠聞也正與此合蓋上章作脩此章作條後人亂之耳條取芬芳條暢之義

附釋音毛詩注疏卷第六（六之二）

（王）

（秦藩[illegible]氏同官校正）

毛詩國風　　鄭氏箋　　孔穎達疏

綢繆，刺晉亂也。國亂則昏姻不得其時焉。不得其時，謂不及仲春之月。○綢繆，直留反，下亡侯反。

【疏】「綢繆」三章，章六句，至「時焉」。○正義曰：毛以爲不得初冬、冬末、開春之時，故陳婚姻之正時以刺之。鄭以爲不得仲春之正時，四月、五月乃成婚，故直舉失時之事以刺之。毛以爲婚之月，自季秋盡於孟春，皆可以成婚，三十之男、二十之女乃得以仲春行嫁，自是以外，餘月皆不得爲婚也。今此晉國之亂，婚姻失於正時，三章皆舉婚姻正時以刺之。三星者，參也。首章言在天，謂始見東方，十月之時，故王肅述毛云：「三星在天，謂十月也。在天既據十月，二章在隅，謂在東南隅，又在十月之後也，謂十一月、十二月也。卒章在戶，言參星正中直戶，謂正月中也。」此三章者，皆婚姻之正時。晉國婚姻失此三者之時，故三章各舉一時以刺之。毛以季秋之月亦是爲婚之時，今此篇不陳季秋之月者，以不得其時，謂失於過晚，作者據其失晚，追陳正時故近舉十月已來不復遠言季秋也鄭以爲婚姻之禮必在仲春過涉後月則爲不可今晉國之亂婚姻皆後於仲春之月賢者見其失時指天候以責娶者三星者心也一名火星凡嫁娶者以二月之昏火星未見之時爲之首章言在天謂昏而火星始見東方三月之末四月之中也二章言在隅又晚於在天謂四月之末五月之中也卒章言在戶又晚於在隅謂五月之末六月之中故月令季夏之月昏火中是六月之中心星直戶也此三者皆晚矣失仲春之月三章歷言其失以刺之。

綢繆束薪，三星在天。興也。綢繆猶纏綿也。三星，參也。在天，謂始見東方也。男女待禮而成，若薪芻待人事而後束也。三星在天，可以嫁娶矣。箋云：三星，謂心星也。心有尊卑，夫婦父子之象，又爲二月之合宿，故嫁娶者以爲候焉。昏而火星不見，嫁娶之時也。今我束薪於野，乃見其在天，則三月之末，四月之中，見於東方矣，故云不得其時。○參，所金反。見，賢遍反，下「不見」、「見於東」同。芻，楚俱反，説文云：芻，刈草也，象包束草之形。宿音秀。

今夕何夕，見此良人。良人，美室也。箋云：今夕何夕者，言此夕何月之夕乎？而女以見良人，言非其時。

【疏】綢繆至良人。○毛以爲綢繆猶纏綿束薪之貌，言薪在田野之中，必纏綿束之，乃得成爲家用，以興女在父母之家必以禮娶之乃得成爲室家薪芻待人事而束猶室家待禮而成也室家既須以禮當及善時爲婚三星在天始見東方於禮可以婚矣以時晉國大亂婚姻失時故無妻之男思詠嫁娶之夕而欲見此美室言今此三星在天之夕是何月之夕而得見此良人美其時之善思得其時也思而不得乃自咨嗟言子兮子兮當如此良人何如何猶奈何言三星在天之月不得見此良人當奈之何乎言不可奈何矣○鄭以爲嫁娶者當用仲春之月心星未見之時今晉國大亂婚姻皆不得其月賢者見而責之賢者言已纏綿束薪於野及夜而歸見三星見於東方已在天矣至家而見初爲婚者因責之云今夕是何月之夕而汝見此良人言晚矣失其時不可以爲婚也子兮子兮汝當如此良人何言娶者後陰陽交會之月失婚姻爲禮之時是損良人之善當如之何乎言其損良人不可奈何也由晉國之亂令失正時故舉其事而刺之○傳綢繆至嫁娶矣○正義曰以綢繆自束薪之狀故云猶纏緜也參有三星故言三星參也漢書天文志云參白虎宿三星是也二章在隅卒章在戸是從始見爲說逆而推之故知在天謂始見東方也詩言婚姻之事先舉束薪之狀故知以人事喻待禮也毛以秋冬爲婚時故云三星在天可以嫁娶王肅云謂十月也○箋三星至其時○正義曰孝

經援神契云心三星中獨明是心亦三星也天文志云心爲明堂也大星天王前後星子屬然則心之三星星有大小大者爲天王小者爲子屬則大者尊小者卑大者象夫父小者象子婦故云心有尊卑夫婦父子之象也二月日體在戌而斗柄建卯初昏之時心星在於卯上二月之昏合於本位故稱合宿心星又是二月之合宿故嫁娶者以爲候焉謂候其將出之時行此嫁娶之禮也昏而火星不見嫁娶之時謂仲春之月嫁娶之正時也箋以下經四句是賢者責人之辭故知綢繆束薪爲賢者自束其薪不爲興也今我束薪於野乃見其在天謂負薪至家之時見在天未必束薪之時已在天也因以束薪而歸故言之也昭十七年左傳曰火出於夏爲三月於商爲四月於周爲五月小星箋云心在東方三月時則心星始見在三月矣此箋云三月之末四月之中者正以三月至於六月則有四月此詩唯有三章而卒章言在戶謂正中直戶必是六月昏也逆而差之則二章當五月首章當四月四月火見已久不得謂之始見以詩人始作總舉天象不必章舉一月鄭差次之使四月共當三章故每章之箋皆舉兩月也成婚之時當以火星未見今已見在天是不得其時也凡取星辰爲候多取昏旦中爲義此獨取心星未出爲候者以火者天之大辰星有夫婦之象此星若見則爲失時

故取將見爲候夏官司爟云季春出火民咸從之季秋納火民亦如之鄭司農云三月昏時心星見於辰上使民出火九月黃昏心星伏於戌上使民納火又哀十二年左傳云火伏而後蟄者畢此取將見爲候彼取已伏爲候其意同也此篇三章與摽有梅三章箋據時節其理大同彼文王之化有故不以仲春者至夏尚使行嫁所以蕃育人民故歌而美之此則晉國之亂不能及時至使晚於常月故陳而刺之本意不同美刺有異也○傳良人美室○正義曰小戎云厭厭良人妻謂夫爲良人知此美室者以下云見此粲者粲是三女故知良人爲美室良訓爲善故稱美也傳以三星在天爲昏之正時則此二句是國人不得及時思詠善時得見良人之辭也王肅云婚姻不得其時故思詠嫁娶之夕而欲見此美室也○箋今夕至其時○正義曰箋以仲春爲婚月三星在天後於仲春故以此二句爲責娶者之辭也說苑稱鄂君與越人同舟越人擁楫而歌曰今夕何夕兮得與搴舟水流今日何日兮得與王子同舟如彼歌意則嘉美此夕與箋意異者彼意或出於此但引詩斷章不必如本也

子兮子兮如此良人何子兮者嗟茲也箋云子兮子兮者斥嫁取者子取後陰陽交會之月當如此良人何○後戸豆反○〔疏〕傳子兮者嗟茲也○正義曰傳

意以上句爲思詠嫁娶之夕欲得見良人則此句嗟歎已身不得見良人也子兮子兮自嗟歎也茲此也嗟嘆此身不得見良人言已無奈此良人何○箋子兮至人何○正義曰箋以此句亦是責娶者之辭故云子兮子兮爲斥娶者以其良人爲妻當以良時迎之今子之娶後於陰陽交會之月則損良人之善故云當如此良人何責其損良人也

綢繆束芻三星在隅 隅東南隅也箋云心星在隅謂四月之末五月之中 **今夕何夕見此邂逅** 邂逅解說之貌○邂本亦作解戶懈反一音戶佳反覯本又作逅同胡豆反一音戶冓反邂覯解說也韓詩云邂覯不固之貌解音蟹說音悅 **子兮子兮如此邂逅何**

綢繆束楚三星在戶 參星正月中直戶也箋云心星在戶謂之○五月之末六月之中○直音值又如字○ **今夕何夕見此粲者** 三女爲粲大夫一妻二妾○粲采旦反字林作妴○

【疏】傳三女至二妾○正義曰周語云密康公遊於涇有三女奔之其母曰必致之王女三爲粲粲美物也汝則小醜何以堪之然粲者衆女之美稱也曲禮下云大夫不名姪娣大夫有妻有妾有一妻二妾也此刺婚姻失時當是民之

婚姻而以大夫之法爲辭者此時貴者亦婚姻失時故王肅云言在位者亦不能及禮也子兮子兮如此粲者何

綢繆三章章六句

杕杜刺時也君不能親其宗族骨肉離散獨居而無兄弟將爲沃所并爾○杕杜徒細反本或作夷狄字非也下篇同并必政反

【疏】杕杜二章章九句至并爾○正義曰不親宗族者章首二句是也獨居而無兄弟者次三句是也下四句戒異姓之人令輔君爲治亦是不親宗族之言故序略之

有杕之杜其葉湑湑興也杕特皃杜赤棠也湑湑枝葉不相比也○湑私敘反比毗志反下文及注同○獨行踽踽豈無他人不如我同父踽踽無所親也箋云他人謂異姓也言昭公遠其宗族獨行於國中踽踽然此豈無異姓之臣乎顧恩不如同姓親親也○踽俱甫反遠于萬反○嗟行之人胡不比

焉箋云君所與行之人謂異姓卿大夫也比輔也此人女何不輔君爲政令人無兄弟胡不佽焉佽助也箋云異姓卿大夫女見君無兄弟之親親者何不相推佽而助之。佽七利反。【疏】有杕至佽焉。正義曰言有杕然特生之杜其葉湑湑然而盛但柯條稀疏不相比次以興晉君疏其宗族不與相親猶似杜之枝葉不相比次然也君既不與兄弟相親至使骨肉離散君乃獨行於國內踽踽然無所親暱者也豈無他人異姓之臣乎顧其恩親不如我同父之人耳君既不親同姓之人與之爲治則異姓之臣又不肯盡忠輔君將爲沃國所并故又戒之云嗟乎汝君所與共行之人謂異姓卿大夫之等汝何不輔君爲政令焉又謂異姓之臣汝既見人無兄弟之親何不推佽而助之爲同姓之臣既已見疏不得輔君猶冀他人輔之得使不滅故戒異姓之人使助君也。傳杕特至相比。正義曰釋木云杜赤棠白者棠樊光云赤者爲杜白者爲棠陸機疏云赤棠與白棠同耳但子有赤白美惡子白色爲白棠甘棠也少酢滑美赤棠子澀而酢無味俗語云澀如杜是也赤棠木理韌亦可以作弓幹是也裳裳者華亦云其葉湑兮則湑湑與菁菁皆茂盛之貌傳於此云湑湑枝葉不相比下章言菁菁葉盛互相明耳言葉雖茂盛而枝條稀疏以喻宗族離絕不相親暱也箋以此刺不親宗族不宜以盛爲喻故下章易傳以菁菁爲稀少之貌此章直取不相比次爲喻不取葉盛爲喻菁菁實是茂盛而得爲稀少貌者以葉密則同爲一色由稀少故見其枝以菁菁者莪菁菁爲莪之茂貌則知鄭意亦以菁菁湑湑爲茂貌但不取葉爲興耳○箋君所至政令○正義曰言嗟行之人是嗟歎此所行之人也君既疏其宗族宗族不與君行故知君所與行之人謂異姓卿大夫也比輔釋詁文彼輔作俌亦是輔之義也○傳佽助○正義曰佽古次字欲使相推以次第助之耳非訓佽爲助也

有杕之杜其葉菁菁菁菁葉盛也箋云菁菁希少之貌○菁本又作青同子零反○**獨行睘睘豈無他人不如我同姓**睘睘無所依也同姓同祖也○睘本亦作煢又作焭求營反○【疏】傳睘睘至同祖○正義曰睘睘踽踽皆與獨行共文故知是無所依無所親暱之貌上言親此言依義亦同變其文耳以上云同父故知同姓爲同祖也

嗟行之人胡不比焉人無兄弟胡不佽焉

杕杜二章章九句

羔裘刺時也晉人刺其在位不恤其民也恤憂也○鄭本亦作恤荀律反疏羔裘二章章四句至其民○正義曰刺其在位不恤其民者謂刺朝廷卿大夫也以在位之臣輔君爲政當助君憂民而懷惡於民不憂其民不與相親比故刺之經二章皆刺在位懷惡不恤下民之辭俗本或其下有君衍字定本無君字是也○

羔裘豹袪自我人居居袪袂也本末不同在位與民異心自用也居居懷惡不相親比之貌箋云羔裘豹袪在位卿大夫之服也其役使我之民人其意居居然有悖惡之心不恤我之困苦○袪起居反又丘據反袂末也居如字又音據比毗志反悖補對反○豈無他人維子之故箋云此民卿大夫采邑之民也故云豈無他人可歸往者乎我不去者乃念子故舊之人疏羔裘至之故○正義曰在位之臣服羔裘豹袪晉人因其服舉以爲喻言以羔皮爲裘豹皮爲袪裘袪異皮本末不同以與民欲在上憂己在上疾惡其民是上下之意亦不同也在位之心既與民異其用使我之衆人居居然有悖惡之色不與我民相親不憂我之困苦也卿大夫於民如此民見君子無憂民今欲去之言我豈無他人賢者可歸往之乎維子之

故舊恩好不忍去耳作者是卿大夫采邑之民故言己與在位故故舊恩好○傳袪袂至之貌○正義曰玉藻說深衣之制云袂可以回肘注云二尺二寸之節又曰袂尺二寸注云袂口也然則袂與袪別此以袪袂爲一者袂是袖之大名袪是袖頭之小稱其通皆爲袂以深衣云袂之長短反屈之及肘是通袪皆爲袂故以爲袪袂也以裘身爲本裘袂爲末其皮既異是本末不同喻在位與民異心也直以裘之本末喻在位與民耳不以在位與民爲本末也此解直云袪袂定本云袪袂末與禮合釋詁云由用也自由也展轉相訓是自爲用也釋訓云居居究究惡也李巡曰居居不狎習之惡孫炎曰究究窮極人之惡此言懷惡而不與民相親是不狎習也用民力而不憂其困是窮極人也○箋羔裘至困苦○正義曰鄭風羔裘言古之君子以風其朝焉經稱羔裘豹飾孔武有力是知在位之臣服此豹袖之羔裘也傳亦解與喻之義箋又解所以用裘與意以在位身服此裘故取其裘爲興召南羔裘亦以大夫身服此羔裘即言其人有羔羊之德與此同也有悖惡之色不恤我之困苦申明傳懷惡不比之意○箋此民至之人○正義曰箋以民與大夫尊卑縣隔不應得有故亂舊恩好而此云維子之好故解之是此卿大夫采邑之民以卿大夫世食采邑在位者幼少未仕之時與此民相親

相愛故稱好也作詩者雖是采邑之民所恨乃是一國之事何則采邑之民與故舊尚不存恤其餘非其故舊不恤明矣序云在位不恤其民謂在位之臣莫不盡然非獨食采邑之主偏苦其邑豈無他人可歸往者指謂他國可往非欲去此采邑適彼采邑也故王肅云我豈無他國可歸乎維念子與我有故舊也與鄭同○

羔裘豹褎自我人究究褎猶袪也究究猶居居也○褎徐究反本又作褏同究九又反爾雅云居居究究惡也

豈無他人維子之好箋云我不去而歸往他人者乃念子而愛好之也民之厚如此亦唐之遺風○好呼報反注同

【疏】箋我不至遺風○正義曰北風刺虐則云攜手同行碩鼠刺貪則云適彼樂國皆欲奮飛而去無顧戀之心此則念其恩好不忍歸他人之國其情篤厚如此亦是唐之遺風言猶有帝堯遺化故風俗淳也

羔裘二章章四句

鴇羽刺時也昭公之後大亂五世君子下從征役不得養其父母而作是詩也大亂五世者昭公孝侯鄂侯哀侯小

子侯○鴇音保似鴈而大無後指政役音征篇內注同養羊亮反鄂五各反○【疏】鴇羽二章章七句至是詩○正義曰言下從征役者君子之人當居平安之處不有征役之勞今乃退與無知之人共從征役故言下也定本作下從征役經三章皆上二句言君子從征役之苦下五句恨不得供養父母之辭○箋大亂至子侯○正義曰案左傳桓二年稱魯惠公三十年晉潘父弒昭侯而納桓叔不克晉人立孝侯惠之四十五年曲沃莊伯伐翼弒孝侯翼人立其弟鄂侯隱五年傳稱曲沃莊伯伐翼翼侯奔隨秋王命虢公伐曲沃而立哀侯于翼隱六年傳稱翼人逆晉侯于隨納諸鄂晉人謂之鄂侯桓二年傳鄂侯生哀侯哀侯侵陘庭之田陘庭南鄙啓曲沃伐翼桓三年曲沃武公伐翼逐翼侯于汾隰夜獲之桓七年傳冬曲沃伯誘晉小子侯殺之八年春滅翼是大亂五世之事案桓八年傳云冬王命虢仲立晉哀侯之弟緡于晉則小子侯之後復有緡爲晉君此大亂五世不數緡者以此言昭公之後則是昭公之詩自昭公數之至小子而滿五故數不及緡也此言大亂五世則亂後始作但亂從昭起追刺昭公故爲昭公詩也

肅肅鴇羽集于苞栩

興也肅肅鴇羽聲也集止苞稹栩杼也鴇之性不樹止箋云興者喻君子當居安平之處今下從征

役其爲危苦如鴇之樹止然槇者根相迫迮梱致也○苞補
交反栩況羽反槇本又作縝之忍反何之人反沈音田又音
振廣雅云概也杼食汝反徐治與反處昌
慮反迮側百反梱口本反致直置反下同王事靡盬不
能蓺稷黍父母何怙盬不攻緻也怙恃也箋云蓺樹也我迫王事無不攻致故盡力爲既
則罷倦不能播種五穀今我父母將何怙乎○盬音古蓺魚世反怙音戶罷音皮悠悠蒼天曷
其有所箋云曷何也何時我得其所哉疏肅肅至有所○正義曰言肅肅之爲聲者是鴇鳥之羽飛
而集于苞栩之上以興君子之人乃下從於征役之事然鴇
之性不樹止今乃集于苞栩之上極爲危苦喻君子之人當
居平安之處今乃下從征役亦甚爲危苦君子之人既從王
事此王家之事無不攻緻故盡力爲之既則罷倦雖得還家
不復能種蓺黍稷既無黍稷我之父母當爲何所依怙乎乃
告於天云悠悠乎遠者蒼蒼之上天何時乎使我得其所免
此征役復平常人乎人窮則反本困則告天此時征役未止
故訴天告怨也○傳肅肅至樹止○正義曰苞稹釋言文孫
炎曰物叢生曰苞齊人名曰稹郭璞曰今人呼物叢緻者爲
稹箋云稹者根相迫迮梱緻貌亦謂叢生也栩杼釋木文郭

璞曰柞樹也陸機疏云今柞櫟也徐州人謂櫟爲杼或謂之爲栩其子爲皁或言皁斗其殼爲汁可以染皁今京洛及河內多言杼汁謂櫟爲杼五方通語也鴇鳥連蹄性不樹止樹止則爲苦故以喻君子從征役爲危苦也○傳盬不至怙恃○正義曰盬與蠱字異義同昭元年左傳云於文皿蟲爲蠱穀之飛亦爲蠱杜預云皿器受蟲害者爲蠱穀久積則變爲飛蟲名曰蠱然則蟲害器敗穀者皆謂之蠱是盬爲不攻牢不堅緻之意也此云盬不攻緻四牡傳云盬不堅固其義同也定本緻皆作致蓼莪云無父何怙無母何恃怙恃義同言父母當何恃食故下言何食何嘗與此相接成也○箋蓺樹至怙乎○正義曰何知不爲身在役所不得營農而云王事盡力雖歸既則罷倦不能播種者以經不云不得而云不能明是筋力疲極雖歸而不能也

肅肅鴇翼集于苞棘王事靡盬不能蓺黍稷父母何食悠悠蒼天曷其有極箋云極已也○

肅肅鴇行集于苞桑行翮也○行戶郎反注同翮戶革反爾雅云羽本謂之翮

疏傳行翮也○正義曰以上言羽翼明行亦羽翼以鳥翮之毛有行列故稱行也

王事靡盬不能蓺

稻粱父母何嘗悠悠蒼天曷其有常

鴇羽三章章七句

無衣刺晉武公也武公始并晉國其大夫為之請命乎天子之使而作是詩也天子之使是時使來者○并卑政反下注同為于僞反使所吏反注同○

疏無衣二章章三句至是詩○正義曰作無衣詩者美晉武公也所以美之者晉昭公封叔父成師於曲沃號為桓叔桓叔生莊伯莊伯生武公繼世為曲沃之君常與晉之正適戰爭不息及今武公始滅晉而有之其大夫為之請王賜命於天子之使而作是無衣之詩以美之其大夫者武公之下大夫也曲沃之大夫美其能并晉國故為之請命此序其請命之事經二章皆請命之辭○箋天子至來者○正義曰不言請命於天子而云請命於天子之使故云是時使來使以他事適晉大夫就使求之欲得此使告王令王賜以命服也案左傳桓八年王使立緡於晉至莊十六年乃云王使虢公命曲沃伯為晉侯不言滅晉之事晉世家云哀侯二年曲沃莊伯卒晉侯緡立二十

八年曲沃武公伐晉侯緡滅之盡以其寶器賂周僖王僖王命曲沃武公爲晉君列爲諸侯於是盡并晉地而有之曲沃武公已卽位三十七年矣計緡以桓八年立至莊十六年乃得二十八年然則虢公命晉侯之年始并晉也虢公未命晉之前有使適晉晉大夫就之請命其使名號書傳無文也或以爲使卽虢公當來賜命之時大夫就之請命斯不然矣傳稱王使虢公命曲沃伯爲晉侯則虢公適晉之時齎命服來賜大夫不假請之豈虢。奉使適晉藏其命服待請而與之哉若虢公於賜命之前別來適晉則非所知耳若當時以命賜之卽命晉之時不須請也故箋直言使來不知何使

豈曰無衣七兮侯伯之禮七命冕服七章箋云我豈無是七章之衣乎晉舊有之非新命之服**不如子之衣安且吉兮**諸侯不命於天子則不成爲君箋云武公初并晉國心未自安故以得命服爲安。

【疏】豈曰至吉兮。正義曰此皆請命之辭晉大夫美武公能并晉國而未得命服故爲之請於天子之使曰我晉國之中豈曰無此衣之七章兮晉舊有之矣但不如天子之衣我若得之則心安而且又吉兮天子命諸侯必賜之以服故請其衣就天子之使請天子之衣故云子之衣也諸侯不命於天子則不成爲國君武公并晉心不自

安故得王命服則安且吉兮○傳侯伯至七章○正義曰此解指言七兮之意晉唐叔之封爵稱侯侯伯之禮冕服七章故請七章之衣春官典命云侯伯七命其國家宮室車旗衣服禮儀皆以七爲節秋官大行人云諸侯之禮執信圭七寸冕服七章是七命七章之衣案春官巾車云金路鉤樊纓九就建大旂以賓同姓以封注云同姓以封謂王子母弟率以功德出封雖爲侯伯其衣服猶如上公若魯衛之屬然則唐叔是王之母弟車服猶如上公上公之服九章此大夫不請九章之服而請七章者王子母弟車服得如上公無正文正以周之建國唯二王之後稱公其餘雖大皆侯伯也彼云同姓以封必是封爲侯伯侯伯以七爲節而金路樊纓九就則知王子母弟初出封者車服猶如上公故得以九爲節如上公者唯王子母弟一身若唐叔耳其後世子孫自依爵命之數故請七章之衣也○傳諸侯至爲君○正義曰此解得衣乃安之意諸侯者天子之所建不受命於天子則不成爲君故不得衣則不安也必請衣者文元年天王使毛伯來錫公命公羊傳曰錫者何賜也命者何加我服也是王命諸侯必皆以衣賜之故請衣也案大宗伯云王命諸侯則儐莊元年穀梁傳云禮有受命無來錫命錫命非正也然則諸侯當往就天子受命此在國請之者天子賜諸侯之命其禮亡案春

秋之世魯文公成公晉惠公齊靈公皆是天子遣使賜命左傳不譏之則王賜諸侯之命有召而賜之者有遣使賜之者穀梁之言非禮意也此武公以孽奪宗故心不自安得命乃安也及世家稱武公厚賂周僖王僖王乃賜之命是於法武公不當賜之美之者其臣之意美之耳○**豈曰無衣六兮**天子之卿六命車旗衣服以六爲節箋云變七言六者謙也不敢必當侯伯得受六命之服列於天子之卿猶愈乎不○**疏**傳天至爲節○正義曰典命云王之三公八命其卿六命其國家宮室車旗衣服禮儀亦如之是毛所據之文也云車旗者蓋謂卿從車六乘旌旗六旒衣服者指謂冠弁也飾則六玉冠則六辟積夏官射人云三公執璧與子男同也則其服亦毳冕矣三公既毳冕則孤卿服絺冕大夫服玄冕則司服注云絺冕衣一章裳二章玄冕衣無文裳刺黻而已然則絺冕之服止有三章而此云六爲節不得爲卿六章之衣故毛鄭並不云章或者司服之注自說天子之服隆殺之差其臣自當依命數也○箋變七至愈乎不○正義曰傳正解六兮爲天子之卿服不解晉人請六章之服意故箋申之今晉實侯爵之國非天子之卿所以請六章衣者謙不敢必當侯伯之禮故求得受六命之服次列於天子之卿猶愈乎不愈猶勝也言已若得六章之衣猶勝

不也上箋解七章之衣言晉舊有之此不言晉舊有之者晉國舊無此衣不得言舊有也檢晉之先君見經傳者變父事康王文侯輔平王有爲天子卿者但侯伯入爲卿士依其本國之命不服六章之衣故鄭荅趙商云諸侯入爲卿大夫與在朝仕者異各依本國如其命數是其不降本國不服六章也鄭知然者以大車陳古之天子大夫行決男女之訟經云毳衣如菼則是子男入爲大夫得服毳冕故知入仕王朝者各依本國之命晉之先世不得有六章之衣實無六章之衣而云豈曰無衣六者從上章之文飾辭以請命耳非實有也○**不如子之衣安且燠兮**燠煖也○奧本又作燠於六反煖奴緩反【疏】傳燠煖也○正義曰釋言文

無衣二章章三句

有杕之杜刺晉武也武公寡特兼其宗族而不求賢以自輔焉○宗族本亦作宗矣【疏】有杕之杜二章章六句至輔焉○正義曰言寡特者言武公專任已身不與賢人圖事孤寡特立也兼其宗族者昭侯以下爲君於晉國者是武公之宗族武公兼有之

也武公初兼宗國宜須求賢而不求賢者故刺之經二章皆責君不求賢人之事也

有杕之杜生于道左興也道左之陽人所宜休息也箋云道左道東也日之熱恒在日中之後道東之杜人所宜休息也今人不休息者以其特生陰寡也興者喻武公初兼其宗族不求賢者與之在位君子不歸似乎特生之杜然○陰於鳩反又如字本亦作蔭同○**彼君子兮噬肯適我**噬逮也箋云肯可適之也彼君子之人至於此國皆可求之我君所君子之人義之與比其不來者君不求之○噬市世反韓詩作逝逝及也比毗志反**中心好之曷飲食之**箋云曷何也言中心誠好之何但飲食之當盡禮極歡以待之○好呼報反下同飲於鴆反下支同食音嗣下同○

【疏】有杕至食之○正義曰言有杕然特生之杜生於道路之左人所宜休息今日所以人不休息者由其孤特獨生陰涼寡薄故也以與武公一國之君人所宜往仕今日所以人不往仕者由其孤特爲君不求賢者故也因教武公求賢之法彼君子之人今但能來遠於我國者皆可使之適我君之所何則君子之人義之與比故求則得之今不求者由君之不求之耳君欲求之當如之何君當忠心誠實好之何但飲食而已當盡

禮極歡以待之則賢者自至矣。箋道左至杜然。正義曰王制云道路男子由右婦人由左言左右據南鄉西鄉爲正在陰爲右在陽爲左故傳言道左之陽箋以爲道東也物積而後始極旣極而後方衰從且積煖故日中之後乃極熱從昏積涼故半夜之後始極寒計一歲之日分乃爲陰陽當以仲冬極寒仲夏極暑而六月始大暑季冬乃大寒亦此意。傳噬逮。正義曰釋言文逮又別訓爲至故箋云君子之人至於此國訓此逮爲至也。箋肯可適之。正義曰肯可釋言文釋詁云之適往也故適得爲之

有杕之杜生于道周周曲也。周韓詩作右 疏傳周曲。正義曰言道周遶之故爲曲也**彼君子兮噬肯來遊**遊觀也。觀古亂反 **中心好之曷飲食之**

有杕之杜二章章六句

葛生刺晉獻公也好攻戰則國人多喪矣喪棄亡也夫從征役棄亡不反則其妻居家而怨思。好呼報反攻音貢又如字喪息浪反注同又如字思息嗣反或如字。疏

葛生五章章四句至喪矣○正義曰數攻他國數與敵戰其
國人或死行陳或見囚虜是以國人多喪其妻獨處於室故
陳妻怨之辭以刺君也經五章皆妻怨之辭獻公以莊十八
年立僖九年卒案左傳莊二十八年傳稱晉伐驪戎驪戎男
女以驪姬閔元年傳曰晉侯作二軍以滅耿滅霍滅魏二年
傳云晉侯使太子申生伐東山皐落氏僖二年晉師滅下陽
五年傳曰八月晉侯圍上陽冬滅虢又執虞公八年傳稱
晉里克敗狄于采桑見於傳者已如此是其好攻戰也○葛
生蒙楚蘞蔓于野興也葛生延而蒙楚蘞生蔓於野
喻婦人外成於他家○蘞音廉又
力恬反又力儉反徐又力劔反草木疏云予美亡此誰
似栝樓葉盛而細子正黑如燕薁不可食箋云予我亡無也言我所美之人無於此謂其君
與獨處子也吾誰與居乎獨處家耳從軍未還未知死生
其今無於此○疏葛生至獨處○正義曰此二句互文而同與葛
言生則蘞亦生蘞言蔓則葛亦蔓葛言蒙則蘞
亦蒙蘞言于野則葛亦當言于野言葛生於此延蔓而蒙於
楚木蘞亦生於此延蔓而蒙於野中以興婦人生於父母當
外成於夫家既外成于夫家則當與夫偕老今我所美之人
身無於此我誰與居乎獨處家耳由獻公好戰令其夫亡故

婦人怨之也。傳「葛生至他家」。○正義曰：此二者皆是蔓草，發此蒙彼，故以喻婦人外成他家也。陸機疏云：蘞似栝樓，葉盛而細，其子正黑，如燕薁，不可食也。幽州人謂之烏服，其莖葉煮以哺牛除熱。

葛生蒙棘，蘞蔓于域。域，營域也。**予美亡此，誰與獨息。**息，止也。

角枕粲兮，錦衾爛兮。齊則角枕錦衾。禮：夫不在，斂枕篋衾席，韣而藏之。箋云：夫雖不在，不失其祭也。攝主，主婦猶自齊而行事。○齊，側皆反，本亦作齋，下同。篋，口牒反。韣，本亦作獨，又作犢，徒木反。**予美亡此，誰與獨旦。**箋云：旦，明也。我君子無於此，吾誰與齊乎？獨自潔明。

疏「角枕至獨旦」。○正義曰：婦人夫既不在，獨齊而行祭，當齊之時，出夫之衾枕，覩物思夫，言此角枕粲然而鮮明兮，錦衾爛然而色美兮，雖有枕衾，無人服用，故怨言我所美之人，身無於此，當與誰齊乎？獨自取潔明耳。○傳「齊則至藏之」。○正義曰：傳以婦人怨夫不在，而言角枕錦衾，則是夫之衾枕也。夫之衾枕，非妻得服用，且若得服用，則終常見之，又不得見其衾枕，始恨獨旦。知此衾枕是有故乃設，非常服也。家人之大事，不過祭祀，故知枕衾齊乃用之，故云齊則角枕錦衾。夫在之時，用此以齊，今夫既不在，妻將攝祭，其身既齊因出夫之齊服故覩之而思夫也傳又自明己意以祀夫不在斂枕篋衾席韣而藏之此無故不出夫衾枕明是齊時所用是以齊則出角枕錦衾也內則云夫不在斂枕篋簟席韣而藏之此傳引彼變簟爲衾順經衾文○箋夫雖至行事○正義曰祭統云夫祭也者必夫婦親之是祭祀之禮必夫妻共奉其事箋嫌夫不在則妻不祭故辨之云夫雖不在其祭也使人攝代爲主雖他人代夫爲主主婦猶自齊而行事是故因己之齊出夫之衾枕非用夫衾枕以自齊也故王肅云見夫齊物感以增思是也○**夏之日冬之夜**言長也箋云思者於晝夜之長時尤甚故極之以盡情○**百歲之後歸于其居**箋云居墳墓也言此者婦人專一義之至情之盡○墳扶云反**冬之夜夏之日百歲之後歸于其室**室猶居也箋云室猶冢壙○壙音曠

葛生五章章四句

采苓刺晉獻公也獻公好聽讒焉○苓力丁反郘甘草葉似地黃

好呼報反〔疏〕采苓三章章八句至讒焉。正義曰以獻公好聽用讒之言或見貶退賢者或進用惡人故刺之經三章皆上二句刺君用讒下六句教君止讒皆是好聽讒之事

采苓采苓首陽之巔

興也苓大苦也首陽山名也采苓細事也首陽幽辟也細事喻小行也幽辟喻無徵也箋云采苓采苓者言采苓之人衆多非一也皆云采此苓於首陽山之上首陽山之上信有苓矣然而今之采者未必於此山然而人必信之興者喻事有似而非。○辟匹亦反下同行下孟反

人之爲言苟亦無信舍旃舍旃

苟亦無然

苟誠也箋云苟且也爲言謂爲人爲善言以稱薦之欲使見進用也旃之言焉也舍之焉舍之焉謂誇訕人欲使見貶退也此二者且無信受之且無荅然。○僞言于僞反或如字下文皆同本或作僞字非舍音捨下同旃之然反爲言謂爲人並于僞反若經文依字讀則此上爲字亦依字訕所諫反

人之爲言胡得焉

箋云人以此言來不信受之不荅然之從後察之或時見罪何所得〔疏〕采苓至得焉。○毛以爲言人采苓采苓於何處采之於首陽之巔采之以興獻公問細小之行於何處求之於小人之身求之采苓者細小之事以

喻君求細小之行也首陽者幽辟之山喻小人是無徵驗之人也言獻公多問小行於小人言語無徵之人故所以讒言興也因教君止讒之法人之詐僞之言有妄相稱薦欲令君進用之者君誠亦勿得信之若有言人罪過令君舍之舍之者誠亦無得苓然君但能如此不受僞言則人之僞言者復何所得焉既無所得自然讒止也人之僞言與舍旃舍旃文互相見上云人之僞言則舍旃舍旃者亦是人之僞言也舍旃者謂謗訕人欲使見貶退則人之僞言謂稱薦人欲使見進用是互相明王肅諸本皆作爲言定本作僞言○鄭以采苓采苓者皆言我采此苓於首陽之巔然首陽之巔信有苓矣然而今人采之者未必於首陽而人必信之以其事有似也事雖似而實非以興天下之事亦有似之而實非者君何得聞人之讒而輒信之乎下六句唯以苟爲且餘同○傳苓大苦至無徵○正義曰苓大苦釋草文首陽之山在河東蒲坂縣南采苓者取草而已故爲細事首陽在河曲之内故爲幽辟細事喻小行謂小小之事幽辟喻無徵謂言無徵驗幽隱辟側非顯見之處故以喻小人言無徵驗也讒言之起由君暱近小人故責君數問小事於小人所以致讒言也箋易之者鄭荅張逸云篇義云好聽讒當似是而非者故易之○采苦采苦首陽之下苦苦

荼也〔疏〕傳苦苦菜○正義曰此荼也陸機云苦菜生山田及澤中得霜恬脆而美所謂菫荼如飴內則云濡豚包苦用苦荼是也人之爲言苟亦無與舍旃舍旃苟亦無然無與勿用也人之爲言胡得焉采葑采葑首陽之東葑菜名也○葑孚容反人之爲言苟亦無從舍旃舍旃苟亦無然人之爲言胡得焉

采苓三章章八句

唐國十二篇三十三章二百三句

附釋音毛詩注疏卷第六（六之二）

翰林院編脩南昌黃中模栞

毛詩注疏挍勘記（六之二）　阮元撰盧宣旬摘錄

○綢繆

季夏之日（補）日當作月

若薪蒭待人事 小字本相臺本蒭作芻閩本明監本毛本亦同案芻字是也釋文正義皆可證唯十行本作蒭乃沿經注本俗體字耳

斥嫁取者 小字本相臺本同案嫁衍字也此但刺取者不刺嫁者故下文云子取後陰陽交會之月也正義亦可證

謂之五月之末 閩本明監本毛本同小字本相臺本謂下無之字考文古本同案無者是也

○杕杜

有杕之杜 唐石經小字本相臺本同案釋文云杕本或作夷狄字非也考此六朝時河北本也其江南本木傍

施大不誤見顏氏家訓

杕特貌閩本明監本毛本同小字本相臺本特下有生字案此十行本無者是也釋文杕杜注云特貌顏氏家訓引江南本傳亦無生字正義云言有杕然特生之杜者是自爲文取下有杕之杜篇箋文爲說耳非此傳有生字也考彼箋乃本彼經生于道左而言之則此傳不應有明矣考文古本有采正義○按說文杕木特貌正本毛傳

湑湑枝葉不相比也小字本相臺本同閩本明監本毛本亦同案此下當有次字此傳比次即取經胡不比焉胡不佽焉之文也釋文湑湑下云不相比次也是其本有次字正義云傳於此云湑湑枝葉不相比標起止云至相比或因經注本無次字而誤去之耳其餘仍多言比次也考文古本次字采釋文

以菁菁爲稀少之貌閩本明監本毛本同案下箋作希此正義作稀希稀古今字易而說之也例見前

○羔裘

袪袂也 小字本相臺本同案釋文袪下云袂末也正義云此解直云袪袂定本云袪袂末與禮合釋文本與定本同下傳云本末不同正義云以褎身爲本褎袂爲末是也無取於袂爲本袪爲袂末當以正義本爲長見段玉裁毛詩詁訓傳注

又曰袂尺二寸 閩本明監本毛本同案浦鏜云袪誤袂是也又下袂口也不誤浦并改之則非

傳亦解興喻之義 補案亦當作已

不應得有故亂舊恩好 閩本明監本毛本同案浦鏜云亂疑衍字是也上文兩言故舊恩好可證

○鴇羽

君子下從征役 唐石經小字本相臺本同案正義云言下從征役者又云定本作下從征役如其所言不爲有異當有異也釋文云政役音征篇內注同或定本作政字也考周禮小宰聽政役以比居注云政謂賦也凡其字或

作正或作征以多言宜從征如孟子交征利云此序字與彼同考文古本作政采釋文

稹者根相迫迮梱致也　小字本同閩本明監本毛本同相臺本梱作捆案捆字非也梱者稛字之借又釋文云致直置反下同正義云定本緻皆作致是正義本此箋及下傳箋攷致皆作緻也考說文糸部本無緻字徐氏新附字有之鄭考工記注云稹致也亦不從糸當以釋文定本爲長下傳攷致閩本以下作緻依正義改耳以後致字同此

其殼爲汁　閩本明監本毛本同案浦鏜云斗誤汁是也下多言杅汁誤同

曷其有常　唐石經以下各本同唯相臺原刻各有其誤

○無衣

刺晉武公也　閩本明監本毛本同唐石經小字本相臺本刺作美考文古本同案正義云美晉武公也所以美之者又云而作是無衣之詩以美之又云美其能并晉國作美者是也上文譜正義云無衣有杕之杜則皆刺武公者

誤

豈號奉使適晉閩本明監本毛本號下有公字案所補是也

心未自安小字本相臺本同閩本明監本同考文古本同衣字誤毛本未作不案心未自安者承上箋謂七章之意有之矣但未自安耳正義云心不自安乃自為之不當依以改箋

安且燠兮唐石經小字本相臺本同案釋文云奧本又作燠正義標起止云傳燠煖也是正義本作燠小明經作奧經中用字不畫一之例考文古本作奧采釋文

○有杕之杜

皆可求之我君所閩本明監本毛本同小字本相臺本求作來案來字是也正義云皆可使之適我君之所此來之之義也

君當忠心誠實好之閩本明監本毛本忠作中案所改是也

○葛生

域營域也　閩本明監本毛本同小字本相臺本營作塋案此十行本營字是也營卽塋之借字耳

故極之以盡情　毛本同考文古本無極字案此十行本明監本無言字者是也小大雅譜云要於極賢聖之情是其證

○采苓

人之爲言　唐石經小字本相臺本同案此釋文本也正義云人之詐譌之言又下文盡作僞言是其證又云王肅諸本作爲言定本作僞言此引定本以證其同也釋文云爲言于僞反或如字下文皆同本或作僞字非考沔水民之訛言箋云訛僞也言時不令小人好詐僞爲交易之言正月人之訛言箋云訛僞也人以僞言相陷入其訛言卽此經之爲言也古爲僞訛三字皆聲類所近用作假借用作詁訓其理一也作爲則當讀作僞耳箋不云讀作者其於假借例有如此者也正義本定本乃依正字釋文讀于僞反及如字又云本或作僞字非其說皆未諦考文古本作僞下文注同皆

采正義○按鄭箋云謂爲人爲善言上爲字去聲下爲字平聲讀之然則經文爲字不當作僞爲者作也造也王風傳云造爲也

爲言謂爲人爲善言小字本相臺本同案釋文云爲言謂爲人並于僞反若經文依字讀則此上爲字亦依字正義本經作僞言此箋當亦作僞言下二爲字雖無明文但以經推之當是作爲人僞善言其爲人讀于僞反僞善言卽複舉經字也

附釋音毛詩注疏卷第六 六之三 廿一 江西盧氏宣旬校栞

秦車鄰詁訓傳第十一 陸曰秦者隴西谷名也在雍州鳥鼠山之東北昔皐陶之子伯翳佐禹治水有功舜命作虞賜姓曰嬴其末孫非子爲周孝王養馬於汧渭之間封爲附庸邑于秦谷及非子之曾孫秦仲周宣王又命爲大夫仲之孫襄公討西戎救周周室東遷以岐豐之地賜之始列爲諸侯春秋時稱秦伯崔云秦在虞夏商爲諸侯至周爲附庸

毛詩國風 鄭氏箋 孔穎達疏

秦譜 秦者隴西谷名於禹貢近雍州鳥鼠之山○正義曰漢書地理志云秦今隴西秦亭秦谷是也於禹貢鳥鼠之山在雍州也鳥鼠與秦今俱在隴西故云近鳥鼠之山也爾雅云鳥鼠同穴其鳥爲鵌其鼠爲鼵是鳥鼠共處一山以爲名旣有鳥鼠之山又別有同穴之山禹貢王肅注云鳥鼠同穴皆山名是也○堯時有伯翳者實皐陶之子佐禹治水水土旣平舜命作虞官掌上下草木鳥獸賜姓曰嬴○正義曰鄭語云嬴伯翳之後地理志云嬴伯益之後則伯翳伯

益聲轉字異猶一人也地理志又云秦之先曰伯益助禹治水爲舜虞官養草木鳥獸賜姓嬴氏秦本紀云秦之先帝顓頊之苗裔孫曰女脩女脩織玄鳥隕卵女脩吞之生子大業大業娶少典之子曰女華女華生太費太費與禹平水土又佐舜調馴鳥獸鳥獸多馴服是爲伯翳舜賜姓嬴氏是治水賜姓之事也如本紀之言則益又名大費太費之父名大業列女傳曰皋子生五歲而佐禹曹大家注云皋子皋陶之子伯益也然則皋陶大業一人也且秦是伯益之後而中候苗興云皋陶之苗爲秦秦出伯益明是皋陶之子也先言伯翳然後上本皋陶者以舜賜伯翳爲嬴姓不賜皋陶秦爲嬴姓始自伯翳故以伯翳爲首也虞書稱舜曰疇若予上下草木鳥獸僉曰益哉帝曰俞益汝作朕虞是舜命作虞官也歷夏商興衰亦世有人焉○正義曰本紀又云太費生子二人一曰太廉實鳥谷氏二曰若木實費氏其玄孫曰費昌子孫或在中國或在夷狄費昌當夏桀之時去夏歸商爲湯御以敗桀太廉玄孫曰孟戲中衍帝大戊使爲御而妻之自大戊以下中衍之後遂世有功以佐殷國故嬴姓多顯遂爲諸侯其玄孫曰中潏在西戎保西垂生蜚廉蜚廉生惡來惡來有力蜚廉善走父子俱以材力事紂是世有人焉○周孝王使其末孫非子養馬於汧渭之間孝王爲伯翳能知禽獸之言子

孫不絕故封非子爲附庸邑之於秦谷。正義曰本紀又云惡來有子曰女妨女妨生旁皐旁皐生大几大几生大雒大雒生非子非子居犬丘好馬及畜善養息之犬丘人言之周孝王孝王召使主馬于汧渭之閒馬大蕃息孝王欲以爲大雒適嗣申侯之女爲大雒之妻生子成爲適於是孝王曰昔伯翳爲舜主畜畜多息故有土今其後世亦爲朕息馬朕其分土爲附庸邑之秦使復續嬴氏祀號曰秦嬴亦不廢申侯之女子爲大雒適者是孝王使養馬封之事也言將以非子爲大雒之嗣則從中潏以來世保西垂常有國土非子分其國地別爲附庸也本紀直云伯翳爲舜主畜不云能知禽獸之言地理志稱孝王云昔伯益知禽獸是知其言語也僖二十九年左傳說介葛盧聞牛鳴而知其音賈逵云伯益曉是術蔡雍云伯翳綜聲於語鳥葛盧辯音於鳴牛是伯翳知禽獸之言也。至曾孫秦仲宣王又命作大夫始有車馬禮樂侍御之好國人美之翳之變風始作。正義曰本紀又云秦嬴生秦侯立十年卒生公伯立三年卒生秦仲是仲爲非子曾孫也又云秦仲立三年周厲王無道西戎滅犬丘大雒之族周宣王即位乃以秦仲爲大夫誅西戎是宣王又命作大夫也王制云子男五十里不能五十里者附於諸侯曰附庸周禮男國百里則附庸又無百里矣邾滕紀莒之等以其國小蔑而不録其詩而録秦仲附庸之風者鄭語云桓公問於史伯曰姜嬴其孰興對曰國大而有德者近與秦仲齊侯姜嬴之儁也且大其將興乎言秦仲國大將興是其土地廣寛雖未得爵命而大於邾莒詩者緣政而作故附庸而得有詩也且秦於襄公之後國大而録其詩因秦仲先已有詩故幷録之耳秦年表秦仲以宣王六年卒計桓公問史伯之時乃在幽王九年所以仍言秦仲者秦仲之後遂爲大國以秦仲有德故繫而言之秦仲以字配國者附庸未得爵命無謚可稱春秋附庸君例稱名褒之則書字秦仲又作宣王大夫史策之文正當書字故稱字體國以美之也○秦仲之孫襄公平王之初興兵討西戎以救周平王東遷王城乃以岐豐之地賜之始列爲諸侯○正義曰本紀稱秦仲生莊公莊公生襄公又云犬戎殺幽王襄公將兵救周戰甚有功周避戎難東徙洛邑襄公以兵送周平王平王封襄公爲諸侯賜之岐山以西之地封爵之襄公於是始國與諸侯通使聘享之禮是平王之初救周賜地之事也襄公始爲諸侯莊公已稱公者蓋追謚之也○遂横有周西都宗周畿内八百里之地○正義曰地理志初洛邑與宗周通封畿東西長而南北短短長相覆爲千里則周之二都相接爲畿其地東西横長西都方八百里也本紀云賜襄公岐以西之地襄公生文公於是

文公遂收周餘民有之地至岐岐以東獻之周如本紀之言則襄公所得自岐以西如以鄭言横有西都八百里之地則是全得西畿言與本紀異者案終南之山在岐之東南大夫之戒襄公已引終南爲喻則襄公亦得岐東非唯自岐以西也鄭如本紀之言文公收周餘民又獻岐東於周則秦之東境終不過岐而春秋之時秦境東至於河襄公已後更無功德之君復何由得之也明襄公救周郎得之矣本紀之言不可信也。是其封域東至迆山在荆岐終南惇物之野。正義曰迆謂靡迆境界廣被之意於禹貢無迆山鄭據時山之名案秦境所及而言之禹貢雍州云荆岐既旅終南惇物則此山皆屬雍州秦居其傍故云之野也不言西至獨言東至者以秦居隴西東拓土境上已云近鳥鼠之山不須便言其西故直言東至而已鄭既云變風作而又言此者以襄公之時又能取周地與秦仲時異故復説其得地之由境界所在。至玄孫德公又徙於雍云。正義曰案本紀襄公生文公文公生靖公靖公生寧公寧公生武公武公卒立其弟德公是德公爲襄公玄孫也本紀又言秦仲自中潏已後世保西垂至大雒生非子非子別居於犬丘厲王時西戎滅大雒之族秦仲之子莊公伐西戎破之并得大雒之地爲西垂大夫文公元年居西垂宮三年冬獵至汧渭之會曰昔周邑我先秦嬴於此後卒爲諸侯乃卜居之占曰吉即營邑之寧公二年徙居平陽德公元年初居雍城徐廣云大上今槐里縣也平陽今郿縣平陽亭是也雍今扶風雍縣也如本紀之言則大雒之族世居西垂非子封爲附庸別居槐里及莊公伐戎并得大雒之地即就大雒舊居西垂也至文公還居非子舊墟在汧渭之間即槐里是也寧公徙平陽至德公乃徙雍鄭獨言德公徙雍者以德公之後常居雍故特言之僖十三年左傳云秦輸粟于晉自雍及絳昭元年左傳云秦后子享晉侯自雍及絳是秦自德公已後常雍也本或作穆公徙雍者誤耳何則穆公者德公之子於襄公爲玄孫之子非玄孫也又中侯覬期注秦本在隴西襄公玄孫德公始徙雍是鄭依本紀以爲德公徙雍非穆公也本紀又云德公立二年卒子宣公立十二年卒弟成公立四年卒弟穆公任好立三十九年卒子罃代立是爲康公此其君次也其詩則車鄰美秦仲爲秦仲詩也駟鐵小戎蒹葭終南序皆云襄公是襄公詩也黄鳥刺繆公是繆公詩也晨風渭陽權輿序皆云康公是康公詩也無衣在其中明亦康公詩矣故鄭於左方中皆以此而知也襄二十九年左傳季札見歌秦曰美哉此之謂夏聲服虔云秦仲始有車馬禮樂之好侍御之臣戎車四牡田狩之事其孫襄公列爲秦伯故蒹葭蒼蒼之歌終南之詩追録

先人車鄰駟驖。小戎之歌與諸夏同風故曰夏聲如服之意以駟驖小戎爲秦仲之詩與序正違其言非也言夏聲者杜預云秦本在西戎汧隴之西秦仲始有車馬禮樂去戎狄之音而有諸夏之聲故謂之夏聲耳不由在諸夏追録故稱夏也

車鄰美秦仲也秦仲始大有車馬禮樂侍御之好焉。鄰本亦作隣又作轔栗人反始大絶句或連下句非。【疏】車鄰三章一章四句二章章六句至好焉。正義曰作車鄰詩者美秦仲也秦仲之國始大又有車馬禮樂侍御之好焉故美之也言秦仲始大者秦自非子以來世爲附庸其國仍小至今秦仲而國土大矣由國始大而得有此車馬禮樂故言始大以冠之有車馬者首章上二句是也侍御者下二句是也二章卒章言鼓瑟鼓簧並論樂事用樂必有禮是禮樂也經先寺人後鼓瑟序先禮樂後侍御者經以車馬行於道路國人最先見之故先言車馬欲見秦仲先令寺人故次言寺人既見秦仲始見其禮樂故後言鼓瑟二章傳曰又見其禮樂是從外而入以次見之序以車馬附於身經又在先故先陳之禮樂又重於侍御故先禮樂而後侍御此三者皆是君之容好故云之好焉必知斷始大爲句者以駟驖序云始命謂始命爲諸侯也卽知此始大謂

國土始大也若連下爲文卽車馬禮樂多少有度不得言大有也王肅云秦爲附庸世處西戎秦仲脩德爲宣王大夫遂誅西戎是以始大鄭語云秦仲齊侯姜嬴之儁且大其將興乎韋昭注引詩序曰秦仲始大是先儒斷始大爲句

車鄰鄰有馬白顛鄰鄰衆車聲也白顛的顙也○顛都田反的丁歷反顙桑黨反有未見君子寺人之令寺人內小臣也箋云欲見國君者必先令寺人使傳告之時秦仲又始有此臣○寺如字又音侍本亦作侍守寺人奄人令力呈反注同又力政反沈力丁反韓詩作伶云使伶傳甫專反

疏有車至之令○正義曰此美秦仲初有車馬侍御之好言秦仲有車衆多其聲鄰鄰然有馬衆多其中有白顛之馬車馬既多又有侍御之臣未見君子秦仲之時若欲見之必先有寺人之官令請之使寺人傳告秦仲然後人得見之○傳鄰鄰至的顙○正義曰車有副貳明非一車故以鄰鄰爲衆車之聲車既衆多則馬亦多矣故於馬見其毛色而已不復言衆多也釋畜云馬的顙白顛舍人曰的白也顙額也額有白毛今之戴星馬也○傳寺人內小臣○正義曰天官序官云內小臣奄上士四人寺人王之正內五人則天子之官內小臣與寺人別官也燕禮諸侯之禮也經云獻左右正與內小臣

是諸侯之官有內小臣也左傳齊有寺人貂晉有寺人披是諸侯之官有寺人也然則寺人與內小臣別官矣此云寺人內小臣者解寺人官之尊卑及所掌之意言寺人是在內細小之臣非謂寺人卽是內小臣之官也內小臣之官與寺人之官猶自別矣若然巷伯箋云巷伯內小臣奄官上士四人與寺人之官相近彼言巷伯內小臣巷伯卽是內小臣之官此傳言寺人內小臣而知寺人非內小臣之官者毛鄭異人言非一概正以天子諸侯之官內小臣與寺人皆別明傳意不以寺人爲內小臣之官也巷伯所以知卽是內小臣者以寺人作詩而篇名巷伯明巷伯非寺人序言巷伯奄官則巷伯與寺人之官同掌內事相近明矣巷者宫中道名也伯者長也主宫巷之官最長者唯有內小臣耳故知巷伯卽是內小臣之官也○箋欲見至此臣○正義曰附庸雖未爵命自君其國猶若諸侯故言欲見國君使寺人傳告之舉寺人以美秦仲者明仲又始有此臣也案夏官小臣掌王之命天官寺人掌王之內人及女宫之戒令然則天子之官自有小臣主王命寺人主內令不主王命矣燕禮云小臣戒與者則諸侯之官有小臣亦應小臣傳君命此說國君之禮使寺人傳命者天子備官故外內異職諸侯兼官外內共掌之也僖五年左傳說晉獻公使寺人披伐公子重耳於蒲昭十年傳說

宋平公之喪使寺人柳熾炭于位則諸侯寺人傳達君命是禮之常也○**阪有漆隰有栗**興也陂者曰阪下濕曰隰箋云興者喻秦仲之君臣所有各得其宜○阪音反又扶板反陂彼寄反又普羅反又彼皮反**既見君子並坐鼓瑟**又見其禮樂焉箋云既見既見秦仲也並坐鼓瑟君臣以閒暇燕飲相安樂也○閒音閑樂音洛下文並同○**今者不樂逝者其耋**耋老也八十曰耋箋云今者不於此君之朝自樂謂仕焉而去仕他國其徒自使老言將後寵祿也○耋田結反一音天節反朝直遙反後胡豆反又如字○

[疏]阪有至其耋○正義曰言阪上有漆木隰中有栗木各得其宜以興秦仲之朝上有賢君下有賢臣上下各得其宜既見此君子秦仲其君臣閒暇無爲燕飲相樂並坐而鼓瑟也既見其善政則願仕焉我今者不於此君之朝仕而自樂若更之他國者其徒自使老言將後於寵祿無有得樂之時美秦仲之賢故人皆欲願仕也○傳陂者至曰隰○正義曰釋地云下濕曰隰李巡曰下濕謂土地窊下常沮洳名爲隰也又云陂者曰阪下者曰隰李巡曰陂者謂高峯山陂下者謂下濕之地隰濕也○箋既見至安樂○正義曰由其君明臣賢政清事簡故皆並坐而觀鼓瑟作樂必

飲酒故云燕飲相安樂檀弓稱工尹商陽止其御曰朝不坐燕不與注云朝燕於寢大夫坐於上士立於下彼言正法耳秦仲君臣安樂或士亦與焉故作者羨之而願仕也○傳耋老也八十曰耋○正義曰耋老釋言文孫炎曰耋者色如生鐵易離卦云大耋之嗟注云年踰七十僖九年左傳曰伯舅耋老服虔云七十曰耋此言八十曰耋者耋有七十八十無正文也以仕者七十致事仕者慮已之耋欲得早致事故以爲八十也○箋今者至寵祿○正義曰作者羨其閒暇欲得自樂故知樂者謂仕爲逝訓爲往故知逝者謂去仕他國今得明君之朝不仕而去是其徒自使老言將後寵祿謂年歲晚莫不堪仕進在寵祿之後也

阪有桑隰有楊既見君子並坐鼓簧簧笙也○簧音黃今者不樂逝者其亡亡喪棄也

車鄰三章一章四句二章章六句

駟四驖○美襄公也始命有田狩之事園囿之樂焉始命命爲諸侯也秦始附庸也○驖田結反又吐結反驖驪馬也始命絕句囿音又沈又尤菊反樂音洛

疏駟驖

三章章四句至樂焉○正義曰作駟驖詩者美襄公也秦自非子以來世爲附庸未得王命今襄公始受王命爲諸侯有遊田狩獵之事園囿之樂焉故美之也諸侯之君乃得順時遊田治兵習武取禽祭廟附庸未成諸侯其禮則闕故今襄公始命爲諸侯乃得有此田狩之事故云始命也田狩之事三章皆是也言園囿之樂者還是田狩之事於園囿皆有此樂故云園囿之樂焉獵則就於囿中上二章囿中事也調習則在園中下章園中事也有蕃曰園有牆曰囿園囿大同蕃牆異耳囿者域養禽獸之處其制諸侯四十里處在於郊靈臺云王在靈囿鄭駮異義引之云三靈辟雍在郊明矣孟子對齊宣王云臣聞郊關之內有囿焉方四十里是在郊也園者種菜殖果之處因在其內調習車馬言遊於北園蓋近在國北地官載師云以場圃任園地明其去國近也○箋始命至附庸○正義曰本紀云平王封襄公爲諸侯賜之岐西之地然則始命之爲諸侯謂平王之世又解言始命之意秦始爲附庸謂非子至於襄公莊公常爲附庸今始得命故言始也本或秦下有仲衍字定本直云秦始附庸也○

駟驖孔阜六轡在手驖驪阜大也箋云四馬六轡六轡在手言馬之良也○阜符有反驪力知反○

公之媚子從公于狩

能以道媚於上下者冬獵曰狩箋云媚於上下謂使君臣和合也此人從公往狩言襄公親賢也○媚眉冀反

【疏】駟驖至于狩○正義曰言襄公乘一乘駟驖色之馬甚肥大也馬既肥大而又良善御人執其六轡在手而已不須控制之也公乘此良馬與賢人共獵公之臣有能媚於上下之子從公而往田狩公又能親賢如是故國人美之○傳驖驪阜大○正義曰檀弓云夏后氏尚黑戎事乘驪則驪黑色驖者言其色黑如驖故爲驪也說馬之壯大而云孔阜故知阜爲大也○箋四馬至之良○正義曰每馬有二轡四馬當八轡矣諸文皆言六轡者以驂馬內轡納之於觖故在手者唯六轡耳聘禮云賓覿總乘馬注云總八轡牽之贊者謂步牽馬故八轡皆在手也大叔于田言六轡如手謂馬之進退如御者之手故爲御之良此言六轡在手謂在手而已不假控制故爲馬之良也○傳能以至曰狩○正義曰媚訓愛也能使君愛臣令上媚下又使臣愛君令下媚上能以己道愛於上下故箋申之云謂使君臣上下和合言此一人之身能使他人上下和合也卷阿云媚于天子媚于庶人謂吉士之身媚上媚下知此亦不是己身能上媚下媚者以其特言公之媚子從公于狩明是大賢之人能和合他人使之相愛非徒己身能愛人而已文王四友予曰有疏附能使疏者親附是其

和合他人則其爲賢也謂之媚子者王肅云卿大夫稱子冬獵曰狩釋言文

奉時辰牡辰牡孔碩時是辰時也冬獻狼夏獻麋春秋獻鹿豕羣獸箋云奉是時牡者謂虞人也時牡甚肥大言禽獸得其所○麋亡悲反○**公曰左之舍拔則獲**拔矢末也箋云左之者從禽之左射之也拔括也舍拔則獲言公善射○舍音捨拔蒲末反射食亦反括苦活反善射音社

[疏]奉時至則獲○正義曰言襄公田獵之時虞人奉是時節之牡獸謂驅以待公射之此時節之牡獸甚肥大矣公戒御者曰從左而逐之公乃親自射之舍放矢括則獲得其獸言公之善射○傳時是至羣獸○正義曰時是釋詁文釋訓云不辰不時也是辰爲時也冬獻狼以下皆天官獸人文所異者彼言獸物此言羣獸耳彼注云狼膏聚麋膏散聚則溫散則涼以救時之苦也獸物凡獸皆可獻及狐貍也然則獸之供食各有時節故謂之時牡○箋奉是至其所○正義曰地官山虞云若大田獵則萊山田之野及弊田植虞旗于中以致禽然則田獵是虞人所掌必是虞人驅禽故知奉是時牡謂虞人也案獸人所獻之獸以供膳傳引獸人所獻以證虞人奉之者以下句言舍拔則獲此是獵時之事故知是虞人奉之也獸人獻時節之獸以供膳故虞

人亦驅時節之獸以待射虞人無奉獸之文故引獸人之文以解時牡耳○傳拔矢末○正義曰言舍拔則獲是拔矢得獸故以拔爲矢末以鏃爲首故拔爲末○箋左之至善射○正義曰王制云佐車止則百姓田獵注云佐車驅逆之車得不以從左驅禽謂之佐車者彼驅逆之車依周禮田僕所設非君所乘此公曰左之是公命御者從禽之左逐之欲從禽之左而射之也此是君所乘田車非彼驅逆之車也逐禽由左禮之常法必言公曰左之者公見獸乃命逐之故言公曰傳以拔爲矢末不辯爲拔之處故申之云拔括也家語孔子與子路論矢之事云括而羽之鏃而礪之其入之不益深乎是謂矢末爲括也既言公曰則是公自舍之故云公善射也

遊于北園四馬既閑閑習也箋云公所以田則克獲者乃遊于北園之時時則已習其四種之馬○種章勇反

輶車鸞鑣載獫歇驕輶輕也獫歇驕田犬也長喙曰獫短喙曰歇驕箋云輕車驅逆之車也置鸞於鑣異於乘車也載始也始田犬者謂達其搏噬始成之也此皆遊於北園時所爲也○輶由九反又音由鸞盧端反鑣彼驕反獫力驗反說文音力劒反歇本又作猲許謁反說文音火遏反驕本又作獢同許喬反輕遣政反又如字下同喙況廢反驅丘遇反或丘

于反乘繩證反〔疏〕遊于至歇驕。正義曰此則倒本未獵搏音博舊音付之前調習車馬之事言公遊于北園之時四種之馬既已閑習之矣於是之時調試輕車置鸞於鑣以試之既調和矣又始試習獫與歇驕之犬皆曉達搏噬之事遊于北園已試調習故今狩於囿中多所獲得也。傳閑習。正義曰釋詁文。箋公所至之馬。正義曰夏官校人辨六馬之屬種馬戎馬齊馬道馬田馬駑馬天子馬六種諸侯四種鄭以降殺差之諸侯之馬無種戎也此說獵事止應調習田馬而已而云四種之馬皆調之者以其田獵所以教戰諸馬皆須調習故作者因田馬調和廣言四種皆習也。傳輶輕至歇驕。正義曰輶輕釋言文此說獵事故知獫與歇驕皆田犬非守犬也故辨之長喙獫短喙歇驕釋畜文李巡曰分別犬喙長短之名。箋輕車至所爲。正義曰夏官田僕掌設驅逆之車注云驅驅禽使前趨獲逆御還之使不出圍然則田僕掌田而設驅逆之車故知輕車即驅逆之車也若君所乘者則謂之田車不宜以輶輕爲名且下句說犬明是車驅之而犬獲之故知是驅逆之車非君車也冬官考工記云乘車之輪崇六尺有六寸注云乘車玉路金路象路也言置鸞於鑣異於乘車謂異於彼玉金象也夏官大馭及玉藻經解之注皆云鸞在衡和在軾謂乘車之鸞也此云鸞鑣則鸞在於鑣故異於乘車也鸞和所在經無正文經解注引韓詩内傳曰鸞在衡和在軾又大戴礼保傅篇文與韓詩說同故鄭依用之蓼蕭傳曰在軾曰和在鑣曰鸞箋不易之異義戴禮戴毛氏二說謹案云經無明文且殷周或異故鄭亦不駁商頌烈祖箋云鸞在鑣以無明文且殷周或異故鄭爲兩解釋詁云哉始也哉載義同故亦爲始釋訓云暴虎徒搏也則搏者殺獸之名哀十二年左傳曰國狗之瘈無不噬也則噬謂齧也此小犬初成始解搏噬故云始成之也章首云遊于北園知此遊北園時習也

駟驖三章章四句

小戎美襄公也備其兵甲以討西戎西戎方彊而征伐不休國人則矜其車甲婦人能閔其君子焉矜夸大也國人夸大其車甲之盛有樂之意也婦人閔其君子恩義之至也作者敘外内之志所以美君政教之功。小戎王云駕兩馬者矜居澄反夸苦花反樂音洛又音岳。〔疏〕至君子。○正義曰小戎三章章十句作小戎詩者美襄公也襄公能備具其兵甲以征討西方之戎於是之時西戎方漸強盛而襄公征伐不休國人應苦其勞婦人應多怨曠襄公能說以使之國人忘其軍旅之苦則矜夸其車甲之盛婦人無怨曠之志則能閔念其君子皆襄公使之得所故序外內之情以美之三章皆上六句是矜其車甲下四句是閔其君子。箋矜夸大。正義曰傳九年公羊傳曰葵丘之會桓公震而矜之叛者九國矜者何猶曰莫若我也班固云矜夸宮室是矜爲夸大之義也。

小戎俴收五楘梁輈小戎兵車也俴淺收軫也五五束也楘歷錄也梁輈輈上句衡也一輈五束束有歷錄箋云此羣臣之兵車故曰小戎。俴錢淺反收如字楘音木本又作務。革歷錄也曲轅上束也輈陟留反軨之忍反歷錄一本作歷祿何古侯反

游環脅驅陰靷鋈續游環靷環也游在背上所以禦出也脅驅慎駕具所以止入也陰揜軌也靷所以引也鋈白金也續續靷也箋云游環在背上無常處貫驂之外轡以禁其出脅驅者著服馬之外脅以止驂之入揜軌在軾前垂輈上鋈續白金飾續靷之環。驅本亦作駈起俱反靷音胤鋈音沃舊音惡續義如字徐辭屢反靳環居覲反本又作靷沈云舊本皆作靳靳者言無常處游在驂馬背上以驂馬

外轡貫之以止驂之出左傳云如驂之有靳居釁反無取於靷也禦魚呂反愼或作順義亦兩通揜於檢反處昌慮反著直略反又丁略反軾音式本亦作式

文茵暢轂駕我騏馵

文茵虎皮也暢轂長轂也騏騏文也左足白曰馵箋云此上六句者國人所矜○茵音因文茵以虎皮爲茵茵車席也暢敕亮反轂音谷騏音其馵之樹反○

言念君子溫其如玉

箋云言我也念君子之性溫然如玉玉有五德

在其板屋亂我心曲

西戎板屋箋云心曲心之委曲也憂則心亂也此上四句者婦人所用閔其君子○

【疏】小戎至心曲○正義曰國人夸兵車之善云我襄公羣臣卑小之戎車既淺短其軫矣又孑備束縛歷錄此梁輈使有文章矣貫驂馬之外轡則有游環以止驂馬之外出自衡至軫當服馬之外脅則有脅驅以止驂馬之內入陰板之前又有皮靷以白金飾其相續之處車上又有虎皮文章之茵暢其車又是長轂之戎車又駕我之騏馬與馵馬車馬備具如是以此伐戎向有不克者乎又言婦人閔其君子云我念君子之德行其心性溫然其如玉無有瑕惡之處也今乃遠在其西戎板屋之中終我思而不得見之亂我心中委曲之事也○傳小戎至歷錄○正義曰兵車兵戎

之車小大應同而謂之小戎者六月云元戎十乘以先啟行元大也先啟行之車謂之大戎從後行者謂之小戎故箋申之云此羣臣之兵車故曰小戎言羣臣在元戎之後故也俴淺稃言文收軫者相傳爲然無正訓也軫者上之前後兩端之横木也蓋以爲此軫者所以收斂所載故名收焉輈者轅也言五楘梁輈五楘是轅上之。飾故以五爲五束言以皮革五處束之楘歷録者謂所束之處因以爲文章歷録然歷録蓋文章之貌也梁輈輈上曲句衡衡者轅也轅從軫以前稍曲而上至衡則居衡之上而嚮下句之衡則横居輈下如屋之梁然故謂之梁輈也考工記云國馬之輈深四尺有七寸注云馬高八尺兵車乘車軹崇三尺有三寸加軫與轐七寸又并此輈深衡高八尺七寸也除馬之高則餘七寸爲衡頸之間也是輈在衡上故頸間七寸也又解五是五道束之楘則歷録之稱而謂之五楘者以一輈之上有五束每束皆有文章歷録故謂之五楘也此言俴收下言暢轂皆謂兵車也兵車言淺軫長轂者對大車平地載任之車爲淺爲長也考工記云兵車之輪崇六尺有六寸椁其漆内而中詘之以爲之轂長注云六尺六寸之輪漆内六尺四寸是爲轂長三尺二寸鄭司農云椁者度兩漆之内相距之尺寸是兵車之轂長三尺三寸也考工記又說車人爲車柯長三尺轂長半柯是大車之轂長尺半也兵車之轂比之爲長故謂之長轂考工記又云輿人爲車輪崇車廣衡長參如一參分車廣去一以爲隧注云兵車之隧四尺四寸鄭司農云隧謂車輿深也則兵車當輿之內從前軫至後軫唯深四尺四寸也車人云大車牝服二柯有參分柯之二注云大車平地載任之車牝服長八尺謂較也則大車之用內前軫至後軫其深八尺兵車之軫比之爲淺故謂之淺軫也人之升車也自後登之入於車內故以深淺言之名之曰隧隧者深也鄭司農云隧謂車輿深玄謂讀如邃宇之邃是軫有深淺之義故此言淺軫也○傳游環至續靷○正義曰游環者以環貫靷游在背上故謂之靷環也貫兩驂馬之外轡引轡爲環所束驂馬欲出此環牽之故所以禦出也定本作靷環脅驅者以一條皮上繫於衡後繫於軫當服馬之脅愛慎乘駕之具也驂馬欲入則此皮約之所以止入也陰揜軌者謂輿下三面材以板木橫側車前所以陰映此軌故云揜軌也靷者以皮爲之繫於陰板之上令。驂馬之。引。何則此車衡之長唯六尺六寸止容二服而已驂馬頸不當衡別爲二靷以引車故云所以引也大叔于田云兩服齊首兩驂鴈行明驂馬之首不與服馬齊也襄十四年左傳稱庾公差追衛獻公射兩軥而還服虔云軥車軛也兩軛。叉。馬頸者是一衡之下唯有服馬二頸也哀二年左傳稱鄭無恤說已之御云兩靷將絕吾能止之駕而乘材兩靷皆絕是橫靷之前別有驂馬二靷也釋器云白金謂之銀其美者謂之鐐然則白金不名鋈言鋈白金者鋈非白金之名謂銷此白金以沃灌靷環非訓鋈爲白金也金銀銅鐵揔名爲金此說兵車之飾或是白銅白鐵未必皆白銀也劉熙釋名云游環在服馬背上驂馬之外轡貫之游移前卻無定處也脅驅當服馬脅也陰蔭也橫側車前所以蔭苓也靷所以引車也鋈沃也治白金以沃灌靷環也續續靷端也○箋游環至之環○正義曰此經所陳皆爲驂馬設之故箋申明毛禦出止入之意言所以禁止驂馬也輈在軓前橫木映軓故知垂輈上謂陰板垂輈上也靷言鋈續則是作環相接故云白金飾續靷之環○傳文茵至曰馵○正義曰茵者車上之褥用皮爲之言文茵則皮有文采故知虎皮也劉熙釋名云文茵車中所坐也用虎皮有文采是也暢訓爲長故爲長轂言長於大車之轂也色之青黑者名爲綦馬名爲騏知其色作綦文釋畜云馬後右足白驤左白馵樊光云後右足白曰驤左足白曰馵然則左足白者謂後左足也釋畜又云膝上皆白惟馵郭璞曰馬膝上皆白爲惟馵後左脚白者直名馵意亦同也○箋言我至五德○正義曰言我釋詁文聘義云君子比德於玉焉溫潤而澤仁也縝密以栗知也廉而

不劌義也垂之如墜禮也孚尹旁達信也鄭引詩云言念君子溫其如玉有五德也沈文又云叩之其聲淸越以長其終詘然樂也瑕不揜瑜瑜不揜瑕忠也氣如白虹天也精神見于山川地也圭璋特達德也凡十德唯言五德者以仁義禮智信五者人之常故舉五常之德言之耳○傳西戎板屋○正義曰地理志云天水隴西山多林木民以板爲屋故秦詩云在其板屋然則秦之西垂民亦板屋言西戎板屋者此言亂我心曲則是君子伐戎其妻在家思之故知板屋謂西戎板屋念想君子伐得而居之也

四牡孔阜六轡在手騏騮是中騧驪是驂黃馬黑喙曰騧箋云赤身黑鬣曰騮中中服也驂兩騑也○騮音畱騧古花反鬣本又作鬛力輒反騑芳非反

龍盾之合鋈以觼軜龍盾畫龍其盾也合合而載之軜驂內轡也箋云鋈以觼軜軜之觼以白金爲飾也軜繫於軾前○盾順允反徐又音允觼古穴反軜音納內也

言念君子溫其在邑在敵邑也

方何爲期胡然我念之箋云方今以何時爲還期乎何以然了不來言望之也○

疏四牡至念之○正義曰此國人今馬之善云我君之兵車所駕四牡之馬

甚肥大也馬既肥大而又良善御人執其六轡在手而已不假控制之也此四牡之馬何等毛色騏馬駵馬是其中謂爲中服也騧馬驪馬是其驂謂爲外驂也其車上所載攻戰之具則有龍盾之合畫龍於盾合而載之以蔽車也其驂馬內轡之末鋈金以爲觼軜之於軾前車馬備具如是以此伐戎豈有不克者乎又云婦人閔其君子云我念君子其體性溫然其在敵人之邑方欲以何時爲還期乎何爲了然不來而使我念之也○傳黃馬黑喙曰騧○正義曰釋畜云馬黑喙騧不言身黃傳以爲黃馬者蓋相傳爲然故郭璞云今之淺黃色者爲騧馬○箋赤身至兩騑○正義曰爾雅有駵白駁騂馬白腹騵則騂是色名說者皆以騂爲赤色若身鬣俱赤則爲騂馬故爲赤身黑鬣今人猶謂此爲騂馬也車駕四馬在內兩馬謂之服在外兩馬謂之騑故云中中服驂兩騑也春秋時鄭有公子騑字子駟是有騑乃成駟也○傳龍盾至內轡○正義曰盾以木爲之而謂之龍盾明是畫龍於盾也此說車馬之事盾則載於車上故云合而載之王肅云合而載之以爲車蔽也言鋈以觼軜謂白金飾皮爲觼以納物也四馬八轡而經傳皆言六轡明有二轡當繫之馬之有轡者所以制馬之左右令之隨逐人意驂馬欲入則偪於脅驅內轡不須牽挽故知納者納驂內轡繫於軾前其繫之處以白

金爲餕也**俴駟孔羣厹矛鋈錞蒙伐有苑**俴駟四介馬也孔甚也厹三隅矛也錞鐏也蒙討羽也伐中干也苑文貌箋云俴淺也謂以薄金爲介之札介甲也甚羣者言和調也蒙厖也討雜也畫雜羽之文於伐故曰厖伐○俴駟韓詩云駟馬不著甲曰俴駟厹音求錞徒對反舊徒猥反一音敦說文云矛戟下銅鐏伐如字本或作瞂音同中干也介音界甲也鐏徂寸反又子遜反札側八反厖莫江反**虎韔鏤膺交韔二弓竹閉緄縢**虎虎皮也韔弓室也膺馬帶也交韔交二弓於韔中也閉紲緄繩縢約也箋云鏤膺有刻金飾也○韔勑亮反下同本亦作暢鏤魯豆反膺於澄反閉悲位反鄭注周禮云弓檠曰柲弛則縛於弓裏備損傷也以竹爲之柲音悲位反徐邊一惠反一音必結反緄古本反縢直登反紲息列反○**言念君子載寢載興厭厭良人秩秩德音**厭厭安靜也秩秩有知也箋云此旣閔其君子寢起之勞又思其性與德○厭於鹽反秩陳乙反知音智本亦作智【疏】俴駟至德音○正義曰此國人夸其甲之善言我有淺薄金甲以被四馬甚調和矣三隅之厹矛以白金爲其錞矣繪畫雜羽所飾之盾其文

章有苑然而美矣其弓則有虎皮之韔其馬則有金鏤之膺其未用之時備其折壞交韔二弓於韔之中以竹爲閉置於弓隈然後以繩約之然則兵甲矛盾備具如是以此伐戎豈有不克者乎又言婦人閔其君子云我念我之君子則有寢則有興之勞我此君子體性厭厭然安靜之善人秩秩然有哲知其德音遠聞如此善人今乃以供軍役故閔念之○傳俴駟至文貌○正義曰俴訓爲淺駟是四馬是用淺薄之金以爲駟馬之甲故知淺駟四介馬也成二年左傳說齊侯與晉戰云不介馬而馳之是戰馬皆披甲也孔甚釋言文厹矛三隅矛刃有三角蓋相傳爲然也曲禮曰進戈者前其鐏後其刃進矛戟者前其鐓是矛之下端當有鐓也彼注云銳底曰鐏取其鐏地平底曰鐓取其鐓地則鐓鐏異物言鐓鐏者取類相明非訓爲鐏也上言龍盾是畫龍於盾則知蒙伐是畫物於伐故以蒙爲討羽謂畫雜鳥之羽以爲盾飾也夏官司兵掌五盾各辨其等以待軍事注云五盾干櫓之屬其名未盡聞也言辨其等則盾有大小襄十年左傳說狄虒彌建大車之輪而蒙之以甲以爲櫓櫓是大盾故以伐爲中干干伐皆盾之別名也蒙爲雜色知苑是文貌○箋俴淺至厖伐○正義曰箋申明俴駟爲四介馬之意以馬無深淺之量而謂之俴駟正謂以淺薄之金爲甲之札金厚則重知其薄也

金甲堅剛則苦其不和故美其能甚羣言和調也物不和則不得羣聚故以和爲羣也左傳及旄丘言狐裘蒙茸皆尨蒙同音周禮用牲用玉言尨者皆謂雜色故轉蒙爲尨明尨是雜羽畫雜羽之文於伐故曰尨伐傳以蒙爲討箋轉討爲尨皆以義言之無正訓也○傳虎虎至縢約○正義曰下句云交韔二弓則虎韔是盛弓之物故知虎是虎皮韔爲弓室也弟子職曰執箕膺揭。則膺是胷也鏤膺謂膺上有鏤明是以金飾帶故知膺是馬帶若今之婁胷也春官巾車說五路之飾皆有樊纓注云樊讀如盤。帶之鞶謂今馬大帶也彼謂在腹之帶與膺異也交二弓於韔中謂顛倒安置之既夕記說明器之弓云有柲注云柲弓檠也弛則縛之於弓裏備損傷也以竹爲之引詩云竹閉緄縢然則竹閉一名柲也言閉紲者說文云紲繫也謂置弓柲裏以繩紲之因名柲爲紲考工記弓人注云紲弓柲也角長則送矢不疾若見紲於柲矣是紲爲繫名也所紲之事則緄縢是也故云緄繩縢約謂以繩約弓然後内之韔中也○箋鏤膺有刻金飾○正義曰釋器說治器之名云金謂之鏤故知鏤膺有刻金之飾巾車云金路樊纓九就同姓以封則其車尊矣此謂兵車之飾得有金飾膺者周禮玉路金路者以金玉飾車故以金玉爲名不由膺以金玉飾也故彼注云玉路金路象路其樊及纓皆以五采罽飾之革路樊纓以條絲飾之不言馬帶用金玉象爲飾也此兵車馬帶用力九多故用金爲膺飾取其堅牢金者銅鐵皆是不必要黄金也月詩言金路皆云鉤膺不作鏤膺知此鏤膺非金路也○傳厭厭至有知○正義曰釋訓云厭厭安也秩秩知也

小戎三章章十句

附釋音毛詩注疏卷第六〔六之三〕

南昌盧氏宣旬校定

清嘉慶二十年重栞宋本十三經注疏

刑部員外南昌黄中栻栞

毛詩注疏挍勘記六之三

阮元撰盧宣旬摘錄

秦譜

僉曰益哉　毛本僉誤禽閩本明監本不誤段玉裁云禽乃禹之誤古文尚書作禹詳見尚書撰異

實鳥谷氏　閩本明監本毛本同案此不誤浦鏜云俗誤谷非也當是正義所見秦本紀如此

有子曰女妨　閩本明監本毛本同案此不誤浦鏜云防誤妨非也漢書人表作女妨當是正義所見秦本紀亦如此

大几生大雒　閩本明監本毛本同案此不誤浦鏜云駱誤雒非也人表作大雒當是正義所見秦本紀亦如此

騶之變風始作　閩本明監本毛本同案此不誤浦鏜云秦誤騶非也案譜於其餘每稱國於此易秦言騶者以其言秦則嫌似秦之政衰而變風始作也衛譜云衛國政衰變風始作餘國從上而同可知也

唯鄭首緇衣亦不易其文者對上檜而言又作故耳

平王討襄公爲諸侯 補毛本討作封案封字是也

不須便言其西 閩本明監本毛本便作復案皆非也此更字之誤

車鄰駟驖小戎之歌 閩本明監本毛本驖作鐵案鐵字是也餘同此詳本篇山井鼎云上文駟鐵同今本非也者誤

○車鄰

此美秦初有車馬侍御之好 閩本明監本毛本秦下有仲字案所補是也

○駟驖

駟驖美襄公也 小字本相臺本同唐石經初刻鐵後改驖經駟驖孔阜同案釋文云駟驖田結反又吐結反驖驪馬也考說文驖馬赤黑色从馬戴聲詩曰四驖孔阜是毛氏詩作驖釋文本與許合也正義本當是鐵字鐵爲驖

之借如鴇爲傌之借而石經初刻依之上譌正義及騶虞車攻吉日等正義多引作鐵是其證此篇經注正義十行本盡作驖必合併時人以經注改正義字故卽正義所云鐵者言其色黑如鐵者亦盡改爲驖而不可通矣閩本明監本與十行本同毛本依譌正義改爲鐵

秦始附庸也 小字本相臺本同案正義云本或秦下有仲衍字定本直云秦始附庸也考文一本作秦仲始爲附庸也采正義而又有誤

於圓於囿皆有此樂 毛本二於字誤于閩本明監本不誤案凡正義所有于字或順經順注及引他書而順彼文也其自爲文則例用於字互相錯亂者皆非餘同此

冬獵曰狩釋言文 閩本明監本毛本同案浦鏜云天誤言是也

異義戴禮戴毛氏二說 閩本明監本毛本同案浦鏜云上戴字當載字之誤是也

國狗之瘈 閩本明監本毛本同案浦鏜云瘈誤瘛是也

〇小戎

本又作鞶革 補 釋文挍勘通志堂本盧本鞶作鞶小字本所附同是鞶當作鞶鞶革二字又鞶字之譌

游環靷環也 小字本相臺本同案此正義本也正義云游環者以環貫靷游在背上故謂之靷環也釋文云靳環居覲反本又作靷沈云舊本皆作靳靳者言無常處游在驂馬背上以驂馬外轡貫之以止驂之出左傳云如驂之有靳居覲反無取於靷也戴震段玉裁皆以釋文本爲長正義本誤與下箋靷之環字相亂非也又云定本作靷環如其所言不爲有異當是定本作靳環

陰揜軌也 小字本同相臺本軌作軓閩本明監本毛本作軓案軓字是也

騏騏文也 小字本相臺本同案當作騏綦文也正義云色之青黑者名爲綦馬名爲騏知其色作綦文考此則正義本作騏綦文也以綦解騏詁訓之法也釋文云騏馬綦文也以曹鳴鳩釋文訂之當亦綦之誤〇段玉裁云騏騏文也尸鳩傳同駒傳亦曰蒼騏曰騏此皆以騏釋騏下騏卽綦字綦者蒼艾色見出其東門傳矣說文所本

也而此等字皆不作綦者毛時習用騏字謂蒼艾色爲綦色故尚書騏弁曹風其弁伊騏皆謂蒼艾色也此等傳以騏釋騏正如北風傳以虛釋虛葛屨傳以要釋要正是一例謂此馬名騏者以其騏文也詁訓之學必於古今字求之縞衣綦巾周人古字騏文騏弁漢人今字鄭風作綦曹風作騏字不必畫一也

五楘是輈上之飾　閩本明監本毛本同案十行本上之飾剜添者一字是誤衍之字也

今驂馬之引　閩本明監本毛本同案當作令驂馬引之此正義以引說靷也

兩靷又馬頸者　閩本明監本毛本同案浦鏜云邊又誤靷又以左傳釋文正義所引考之浦挍是也

所以蔭荃也　閩本明監本毛本同案浦鏜云笭誤荃以釋名考之浦挍是也

鋈沃也治白金也　閩本明監本同毛本治作治案所改是

左足白曰騜　閩本明監本毛本左誤右案十行本足白曰剜添者一字是誤衍足字也

沈文又云　閩本明監本毛本同案沈當作彼形近之譌

何以然了不來　小字本相臺本同考文古本同閩本明監本同毛本然了二字倒案倒者非也讀當於何以然斷句正義云何爲了然不來乃誤耳明監本毛本又依之改也段玉裁云明馬應龍刊經注本亦作然了

驔馬白腹驔　閩本明監本毛本驔上衍曰字案此無曰字亦與爾雅合也而山井鼎未載

蒙厖也　小字本同閩本明監本毛本同相臺本厖作尨案尨字誤改也正義標起止云至厖伐釋文厖伐莫江反○按依說文則尨者正字厖者假借字相臺本不誤

取其鐏地　閩本明監本毛本同案此不誤下取其鐓地同浦鏜云也字衍誤地非也正義所引曲禮注自如此今本作也誤耳山井鼎禮記考文可證

弟子職曰執箕膺揭　明監本毛本箕誤其閩本不誤案山井鼎云揭恐擖誤當與曲禮疏倂考是也今考管子作擖鄭注曲禮引此文正義本作擖釋文本作葉又少儀云執箕膺擖士冠禮面葉注古

文葉爲揭士昏禮同是楪葉擖三字古通用也揭字誤儀禮注亦有誤作揭者○按段玉裁云揭乃擖之誤擖乃擸之誤擸乃㰋之誤凡箕之底柶之盛物者皆曰葉或作楪譌作揲葉亦謂之㰋古字巤聲與葛聲相互亦鬣或作鬛臘或作臈之類也

讀如盤帶之鞶（補）案盤當作鞶

毛詩國風　鄭氏箋　孔穎達疏

蒹葭刺襄公也未能用周禮將無以固其國焉　秦處周之舊土其人被周之德教日久矣今襄公新爲諸侯未習周之禮法故國人未服焉○蒹葭上古恬反下音加被皮寄反　[疏]蒹葭三章章八句至國焉○正義曰作蒹葭詩者刺襄公也襄公新得周地其民被周之德教日久今襄公未能用周禮以教之禮者爲國之本未能用周禮將無以固其國焉故刺之也經三章皆言治國須禮之事

蒹葭蒼蒼白露爲霜　興也蒹薕葭蘆也蒼蒼盛也白露凝戾爲霜然後歲事成國家待禮然後興箋云蒹葭在衆草之中蒼蒼然彊盛至白露凝戾爲霜則成而黃興者喻衆民之不從襄公政令者得周禮以教之則服○薕音廉　所謂伊人在水一方　伊維也一方難至矣箋云伊當作繄繄猶是也所謂是知周禮之賢人乃在大水之一邊假喻以言遠○繄於奚反　遡洄從之道阻且長

逆流而上曰遡洄逆禮則莫能以至也箋云此言不以敬順往求之則不能得見○遡蘇路反洄音回上時掌反

遡游從之宛在水中央順流而涉曰遡游順禮求濟道來迎之箋云宛坐見貌以敬順求之則近耳易得見也○宛紆阮反本亦作苑易以豉反

【疏】蒹葭至中央○毛以爲蒹葭之草蒼蒼然雖盛未堪家用必待白露凝戾爲霜然後堅實中用歲事得成以興秦國之民雖衆而未順德教必待周禮以教之然後服從上命國乃得興今襄公未能用周禮其國未得興也由未能用周禮故未得人服也所謂維是得人之道乃遠在大水一邊大水喻禮樂言得人之道乃在禮樂之一邊既以水喻禮樂禮樂之傍有得人之道因從水內求之若逆流遡洄而往從之則道險阻且長遠不可得至言逆禮以治國則無得人道終不可至若順流遡游而往從之則宛然在於水之中央言順禮治國則得人之道自來迎已正近在禮樂之內然則非禮必不得人得人必能固國君何以不求用周禮乎○鄭以爲蒹葭在衆草之中蒼蒼然彊盛雖似不可雕傷至白露凝戾爲霜則成而爲黃矣以興衆民之彊者不從襄公教令雖似不可屈服若得周禮以教則衆民自然服矣欲求周禮當得知周禮之人所謂是知周禮之人在於何處在大水之一邊假喻

以言遠既言此人在水一邊因以水行爲喻若逆洄逆流而從之則道阻且長終不可見言不以敬順往求之則此人不可得之若逆游順流而從之則此人宛然在水中央易得見言以敬順求之則此人易得何則賢者難進而易退故不以敬順求之則不可得欲令襄公敬順求知禮之賢人以教其國也○傳蒹葭至後興○正義曰蒹薕葭蘆釋草文郭璞曰蒹似萑而細高數尺蘆葦也陸機疏云蒹水草也堅實牛食之令牛肥彊青徐州人謂之蒹兗州遼東通語也祭義說養蠶之法云風戾以食之注云使露氣燥乃食蠶然則戾爲燥之義下章未晞謂露未乾爲霜然則露凝爲霜亦如乾燥然故云凝戾爲霜探下章之意以爲說也八月白露節秋分八月中九月寒露節霜降九月中白霜凝戾爲霜然後歲事成謂八月九月葭成葦可以爲曲簿充歲事也七月云八月萑葦則八月葦已成此云白露爲霜然後歲事成者以其霜降草乃成舉霜爲言耳其實白露初降已任用矣此以霜降物成喻得禮則國興下章未晞未已言其未爲霜則物不成喻未得禮則國不興此詩主刺未能用周禮故先言得禮則興後言無禮不興所以倒也○箋蒹葭至則服○正義曰箋以序云未能用周禮將無以固其國當謂民未服從國未能固故易傳用周禮教民則服○傳伊維至難至○正義曰伊維

釋詁文傳以詩刺未能用周禮則未得人心則所謂維是得人之道也下傳以遡洄喻逆禮遡游喻順禮言水內有得人之道在大水一方喻其遠而難至言得人之道在禮樂之傍須用禮樂以求之故下句言從水內以求所求之物喻用禮以求得人之道故王肅云維得人之道乃在水之一方一方難至矣水以喻禮樂能用禮則至於道也○箋伊當至言遠求○正義曰箋以上句言用周禮教民則民服此經當是勸君求賢人使之周禮故易傳以所謂伊人所謂是知周禮之賢人在大水一邊假喻以言遠故下句逆流順流喻敬順皆述求賢之事一邊水傍下云在湄在涘是其居水傍也○傳逆流至以至○正義曰釋水云逆流而上曰遡洄順流而下曰遡游孫炎曰逆渡者逆流也順渡者順流也然則逆順流皆謂渡水有逆順故下傳曰順流而涉見其是人渡水也此謂得人之道在於水邊逆流則道阻且長言其不可得至故喻逆禮則莫能以至言不得人之道不可至上言得人之道在水一方下句言水中央則是行未渡水禮自來水內故言順禮未濟道來迎之未濟謂未渡水也以其用水爲喻故以未濟言之箋以伊人爲知禮之人故易傳以爲求賢之事○傳順禮未濟道來迎之○正義曰定本未濟作求濟義亦通也

蒹葭萋萋白露未晞

萋萋猶蒼蒼也晞乾也箋云未晞未爲霜○淒本亦作萋七奚反晞音希〔疏〕傳晞乾○正義曰湛露云匪陽不晞言見日則乾故知晞爲乾也彼言露晞謂露盡乾此篇上章言白露爲霜則此言未晞謂未乾爲霜與彼異故箋云未晞未爲霜也**所謂伊人在水之湄**湄水隒也○湄音眉隒魚檢反又音檢〔疏〕傳湄水隒○正義曰釋水云水草交爲湄謂水草交際之處水之岸也釋山云重甗隒隒是山岸湄是水岸故云水隒**遡洄從之道阻且躋**躋升也箋云升者言其難至如升阪○躋本又作隮子西反**遡游從之宛在水中坻**坻小渚也○坻直尸反〔疏〕傳坻小渚○正義曰釋水云小洲曰渚小渚曰沚小沚曰坻然則坻是小沚言小渚者渚沚皆水中之地小大異也以渚易知故繫渚言之**蒹葭采采白露未已**采采猶萋萋也未已猶未止也**所謂伊人在水之涘**涘厓也○涘音俟**遡洄從之道阻且右**右出其右也箋云右者言其迂迴也○迂音于〔疏〕傳右出其右○正義曰此說道路艱難而云且右故知右謂出其右也若正與相當行則易到

今乃出其右廂是難至也箋云右言其迂迴出其左亦迂迴言右取其與涘沚爲韻遡游從之宛在水中沚○小渚曰沚○沚音止

蒹葭三章章八句

終南戒襄公也能取周地始爲諸侯受顯服大夫美之故作是詩以戒勸之〔疏〕終南二章章六句至勸之○正義曰美之者美以功德受顯服戒勸之者戒令脩德無倦勸其務立功業也既見受得顯服恐其惰於爲政故戒之而美之戒勸之者章首二句是也美之者下四句是也常武美宣王有常德因以爲戒彼先美後戒此先戒後美者常武美宣王因以爲戒此主戒襄公因戒言其美主意不同故序異也

終南何有有條有梅興也終南周之名山中南也條槄梅柟也宜以戒不宜也箋云問何有者意以爲名山高大宜有茂木也興者喻人君有盛德乃宜有顯服猶山之木有大小也此之謂戒勸○條本又作樤音同槄吐刀反山楸也柟如鹽反沈云孫炎稱荆州曰柟○

揚州曰楠。重實揚州人不聞名柟

君子至止，錦衣狐裘。錦衣采色也。狐裘朝廷之服。箋云：至止者，受命服於天子而來也。諸侯狐裘，錦衣以裼之。○朝，直遙反。裼，星歷反。

顏如渥丹，其君也哉！箋云：渥，厚漬也。顏色如厚漬之丹，言赤而澤也。其君也哉，儀貌尊嚴也。○渥，於角反。渟漬丹，如字。韓詩作沰，音撻各反，沰，赭也。渟，之純反，又如字，本亦作厚字。漬，辭賜反。

〔疏〕終南至也哉○正義曰：彼終南大山之上何所有乎？乃有條有梅之木。以興彼盛德人君之身何所有乎？乃宜有榮顯之服。然山以高大之故，宜有茂木；人君以盛德之故，有顯服。若無盛德，則不宜矣。君當務崇明德，無使不宜。言其宜，以戒其不宜也。既戒令脩德，又陳其美之，勸誘之。君子襄公自王朝至止之時，何所得乎？受得錦衣狐裘而來。既受得顯服，德亦稱之，其顏色容貌赫然如厚漬之丹，其儀貌尊嚴如是，其得人君之度也哉。○傳終南至不宜也○正義曰：地理志稱扶風武功縣東有大山，古文以爲終南。其山高大，是爲周地之名山也。昭四年左傳曰「荆山、中南，九州之險」，是此一名中南也。釋木云：「稻，山榎。」李巡曰：「山榎一名稻也。」孫炎曰：「詩云『有條有梅』，條，稻也。」郭璞曰：「今之山楸也。」梅，柟，釋木云。孫炎曰：「荆州曰梅，揚州曰柟。」郭璞曰：「似杏，實酢。」陸機疏云椅今山楸也亦如下田楸耳皮葉白色亦白材理好宜爲車板能濕又可爲椅木宜陽共北山多有之梅樹皮葉似豫樟豫樟葉大如牛耳一頭尖赤心華赤黃子青不可食柟葉大可三四葉一叢木理細緻於豫樟子赤者材堅子白者材脆江南及新城上庸蜀皆多樟柟終南山與上庸新城通故亦有柟也○傳錦衣至之服○正義曰錦者雜采爲文故云采衣也狐裘朝廷之服謂狐白裘也白狐皮爲裘其上加錦衣以爲裼其上又加皮弁服也玉藻云君衣狐白裘錦衣以裼之注云君衣狐白毛之裘則以素錦爲衣覆之使可裼也袒而有衣曰裼必覆之者裘褻也詩云衣錦褧衣裳錦褧裳然則錦衣復有上衣明矣天子狐白之上衣皮弁服與凡裼衣象裘色也是鄭以錦衣之上有皮弁服也正以錦文大著上有衣衣象裘裘是狐白則上服亦白皮弁服以白布爲之衣衣之白者唯皮弁服耳故言天子狐白之上衣皮弁服與明諸侯狐白亦皮弁服以無正文故言與爲疑之辭也玉藻又云錦衣狐裘諸侯之服也此箋云諸侯狐裘錦衣以裼之引玉藻爲說以明爲裘之裼衣非裼上之正服也若然鄭於方記注云在朝君臣同服士冠禮注云諸侯與其臣皮弁以視朔朝服以日視朝論語云素衣麑裘云素衣諸侯視朔之服聘禮云公側授宰玉裼降立注引論語曰素衣麑裘

皮弁時或素衣其裘同可知也然則諸侯在國視朔及受鄰國之聘其皮弁服皆服麑裘不服狐白此言狐裘爲朝廷之服者謂諸侯在天子之朝廷服此服耳其歸在國則不服之曾子問云孔子曰天子賜諸侯冕弁服於太廟歸設奠服賜服然則諸侯受天子之賜歸則服之以告廟而已於後不復服之如視朔受聘服麑裘此美其受賜而歸故言錦衣狐裘耳

終南何有有紀有堂 紀基也堂畢道平。如堂也箋云畢也堂也亦高大之山所宜有也畢終南山之道名邊如堂之牆然。紀如字本亦作屺沈音起

疏 傳紀基至如堂。正義曰案集注本作屺定本作紀以下文有堂故以爲基謂山基也釋丘云畢堂牆李巡曰堂牆名崖似堂牆曰畢郭璞曰今終南山道名畢其邊若堂之牆以終南之山見有此堂知是畢道之側其崖如堂也定本又云畢道平如堂據經文有基有堂便是二物今箋唯云畢也堂也止釋經之有堂一事者以基亦是堂因解傳畢道如堂遂不復云基

君子至止黻衣繡裳 黑與青謂之黻五色備謂之繡。黻音弗

疏 傳黑與至之繡。正義曰考工記繢人文也鄭於周禮之注差次章色黻皆在裳言黻衣者衣大名與繡裳異其文耳

佩玉將將壽

考不亡。將七羊反

終南二章章六句

黃鳥哀三良也國人刺穆公以人從死而作是詩也三良三善臣也謂奄息仲行鍼虎也從死自殺以從死。行戶郎反下皆同鍼其廉反徐又音針從死上才容反。【疏】黃鳥三章章十二句。箋三良至從死。正義曰文六年左傳云秦伯任好卒以子車氏之三子奄息仲行鍼虎爲殉皆秦之良也國人哀之爲之賦黃鳥服虔云子車秦大夫氏也殺人以葬璇環其左右曰殉又秦本紀云穆公卒葬於雍從死者百七十人然則死者多矣主傷善人故言哀三良也殺人以殉葬當是後有爲之此不刺康公而刺穆公者是穆公命從已死此臣自殺從之非後主之過故箋辯之云從死自殺以從死

交交黃鳥止于棘興也交交小貌黃鳥以時往來得其所人以壽命終亦得其所箋云黃鳥止于棘以求安已也此棘若不安則移興者喻臣之事君亦然今穆公使臣從死刺其不得黃鳥止于棘之本意誰從穆公

子車奄息子車氏奄息名箋云言誰從穆公者傷之維此奄息百夫之特乃特百夫之德箋云百夫之中最雄俊也臨其穴惴惴其慄慄慄懼也箋云穴謂塚壙中也秦人哀傷此奄息之死臨視其壙皆爲之悼慄○惴之瑞反慄音栗壙苦晃反彼蒼者天殲我良人○殲盡良善也箋云言彼蒼者天愬之○殲子廉反徐又息廉反愬蘇路反如可贖兮人百其身箋云如此奄息之死可以他人贖之者人皆百其身謂一身百死猶爲之惜善人之甚○贖食燭反又音樹

【疏】交交至其身○毛以爲交交然而小者是黃鳥也黃鳥飛而往來止於棘木之上得其所以興人以壽命終亦得其所今穆公使良臣從死是不得其所也有誰從穆公死乎有子車氏名奄息者從穆公死也此奄息何等人哉乃是百夫之中特立雄俊者也今從穆公而死秦人悉哀傷之臨其壙穴之上皆惴惴然恐懼而其心悼慄乃愬之於天彼蒼蒼者是在上之天今穆公盡殺我善人也如使此人可以他人贖代之兮我國人皆百死其身以贖之愛惜良臣寧一人百死代之○鄭以爲交交然之黃鳥止於棘木以求安棘若不安則移去以興臣仕於君以求行道若不行則

移去言臣有去留之道不得生死從君今穆公以臣從死失仕於君之本意餘同○傳交交至其所○正義曰黄鳥小鳥也故以交交爲小貌桑扈箋云交交猶佼佼飛而往來貌則此亦當然故云往來得其所是交交爲往來狀也以此哀三良不得其所故以鳥止得所喻人命終得所○箋黄鳥至本意○正義曰箋以鳥之集木似臣之仕君故易傳也以鳥止木喻臣仕君故言不得黄鳥止於棘之本意正謂不得臣仕於君之本意也言其若得鳥止之意知有去留之道則不當使之從死○傳子車氏奄息名○正義曰左傳作子輿輿車字異義同傳以奄息爲名仲行亦爲名箋以仲行爲字者以伯仲叔季爲字之常故知仲行是字也然則鍼虎亦名矣或名或字取其韻耳○傳乃特百夫之德○正義曰言百夫之德莫及此人此人在百夫之中乃孤特秀立故箋申之云百夫之中最雄俊也○傳惴惴懼○正義曰釋訓文

交交黄鳥止于桑誰從穆公子車仲行箋云仲行字也維此仲行百夫之防防比也箋云防猶當也言此一人當百夫○防徐云毛音方鄭音房臨其穴惴惴其慄彼蒼者天殲我良人如可贖兮

人百其身交交黃鳥止于楚誰從穆公子車鍼虎維此鍼虎百夫之禦（禦當也○禦魚呂反注同）臨其穴惴惴其慄彼蒼者天殲我良人如可贖兮人百其身

黃鳥三章章十二句

晨風刺康公也忘穆公之業始棄其賢臣焉○

鴥彼晨風鬱彼北林（興也鴥疾飛貌晨風鸇也鬱積也北林林名也先君招賢人賢人往之駛疾如晨風之飛入北林箋云先君謂穆公○鴥說又作鴪尹橘反疾飛貌字林于叔反鸇字又作鸇之然反草木疏云似鷂青色○說文止仙反字林尸先反駛所吏反）未見君子憂心欽欽（思望之心中欽欽然箋云言穆公始未見賢者之時思望而憂之）如何如何忘我實多（今則忘之矣箋云此以穆公之意責康公如何如何乎女忘我之事實多）〔疏〕鴥疾至實多○正義曰鴥然而疾飛

者彼晨風之鳥也鬱積而茂盛者彼北林之木也北林由鬱茂之故故晨風飛疾而入之以興疾歸於秦朝者是彼賢人能招者是彼穆公穆公由能招賢之故故賢者疾往而歸之本穆公招賢人之時如何乎穆公未見君子之時思望之其憂在心欽欽然唯恐不見故賢者樂往今康公乃棄其賢臣故以穆公之意責之云汝康公如何乎忘我之功業實大多也○傳鴥疾至北林○正義曰鴥者鳥飛之狀故爲疾貌晨風鸇釋鳥文舍人曰晨風一名鸇鸇摯鳥也郭璞曰鷂屬陸機疏云鸇似鷂青黃色燕頷勾喙嚮風搖翅乃因風飛急疾擊鳩鴿燕雀食之鬱者林木積聚之貌故云鬱積也北林者據作者所見有此林也以下何說思賢之狀故此喻賢人從穆公也

山有苞櫟隰有六駮

櫟木也駮如馬倨牙食虎豹箋云山之櫟隰之駮皆其所宜有也以言賢者亦國家所宜有之○櫟盧狄反駮邦角反獸名草木疏云駮馬木名梓榆也倨音據

疏 櫟其實梂孫炎曰櫟實橡也有梂彙自裹也陸機疏云秦人謂柞櫟爲櫟河內人謂木蓼爲櫟椒樧之屬也其子房生爲梂木蓼子亦房生故說者或曰柞櫟或曰木蓼機以爲此秦詩也宜從其方土之言柞櫟是也釋畜云駮如馬倨牙食虎豹郭璞引山海經云有獸名駮如

白馬黑尾倨牙音如鼓食虎豹然則此獸名駮而已言六駮者王肅云言六據所見而言也倨牙者葢謂其牙倨曲也言山有木隰有獸喻國君宜有賢也陸機疏云駮馬梓榆也其樹皮青白駮犖遥視似駮馬故謂之駮馬下章云山有苞棣隰有樹檖皆山隰之木相配不宜云獸此言非無理也但箋傳不然

未見君子憂心靡樂如何如何忘我實多○樂音洛

山有苞棣隰有樹檖棣唐棣也檖赤羅也○棣音悌檖音遂或作遂

〔疏〕傳棣唐至赤羅○正義曰釋木有唐棣常棣傳必以爲唐棣未詳聞也釋木云檖赤羅郭璞云今楊檖也實似梨而小酢可食陸機疏云檖一名赤羅一名山梨今人謂之楊檖實如梨但小耳一名鹿梨一名鼠梨今人亦種之極有脆美者亦如梨之美者

未見君子憂心如醉如何如何忘我實多

晨風三章章六句

無衣刺用兵也秦人刺其君好攻戰亟用兵而

不與民同欲焉。○好呼報反下注同攻古弄反又如字下注同亟欺冀反疏無衣三章章五句至欲焉○正義曰康公以文七年立十八年卒案春秋文七年晉人秦人戰于令狐十年秦伐晉十二年晉人秦人戰于河曲十六年楚人秦人滅庸見於經傳者已如是是其好攻戰也葛生刺好攻戰序云刺獻公此亦刺好攻戰不云刺康公而云刺用兵者葛生以君好戰故國人多喪指刺獻公然後追本其事此指刺用兵序順經意故云刺用兵也不與民同欲章首二句是也好攻戰者下三句是也經序倒者經刺君不與民同欲與民同怨故先言不同欲而後言好攻戰序本其怨之所由由好攻戰而不與民同欲故民怨各自為次所以倒也

豈曰無衣與子同袍興也袍襺也上與百姓同欲則百姓樂致其死箋云此責康公之言也君豈嘗曰女無衣我與女共袍乎言不與民同欲○袍抱毛反襺古顯反本亦作繭

王于興師脩我戈矛與子同仇戈長六尺六寸矛長二丈天下有道則禮樂征伐自天子出仇匹也箋云于於也怨耦曰仇君不與我同欲而於王興師則云脩我戈矛與子同仇往伐之刺其好攻戰○仇音求長直亮反又如字下同疏豈曰

至同仇。毛以爲古之朋友相謂云我豈曰子無衣乎我冀欲與子同袍朋友同欲如是故朋友成其恩好以興明君能與百姓樂致其死至於王家於是興師之時百姓皆自相謂修我戈矛與子同爲仇匹而往征之由上與百姓同欲故與百姓樂從征伐今康公不與百姓同欲非王興師而自好攻戰故百姓怨也。鄭以爲康公平常之時豈肯言曰汝百姓無衣乎吾與子同袍終不肯言此也及於王法於是興師之時則曰修治我之戈矛與子百姓同往伐此怨耦之仇敵不與百姓同欲而唯同怨故刺之。傳袍襺至其死。正義曰袍襺釋言文玉藻云纊爲襺緼爲袍注云衣有著之異名也緼謂今纊及舊絮也然則純著新緜名爲襺雜用舊絮名爲袍雖著有異名其制度是一故云袍襺也傳既以此爲興又言上與百姓同欲則百姓樂致其死則此經所言朋友相與同袍以興上與百姓同欲故王肅云豈謂子無衣乎樂有是袍與子爲朋友同共弊之以興上與百姓同欲則百姓樂致其死如朋友樂同衣袍也。箋此責至同欲。正義曰易傳者以此刺康公不與民同欲而經言子我是述康公之意謂民自稱爲我然則士卒衆矣人君不可皆與同衣而責君不與已共袍者以仁者在上恤民飢寒知其有無救其困乏故假同袍以爲辭耳非百姓皆欲望君與之共袍也。傳戈長至仇匹○正義曰戈長六尺六寸考工記盧人文也記又云酋矛常有四尺注云八尺曰尋倍尋曰常常有四尺是矛長二丈也矛長二丈謂酋矛也夷矛則三尋長二丈四尺矣記又云攻國之兵用短守國之兵用長此言與師以伐人國知用二丈之矛非夷矛也又解稱王于興師之意天下有道禮樂征伐自天子出諸侯不得專輒用兵疾君不由王命自好攻戰故言王也王肅云疾其好攻戰不由王命故思王興師是也仇匹釋詁文○箋于至攻戰○正義曰于於釋詁文怨耦曰仇桓二年左傳文易傳者以上二句假爲康公之言則此亦康公之言陳其號令之辭刺其好攻戰也案此時當周頃王匡王天子之命不行於諸侯檢左傳於時天子未嘗出師又不見康公從王征伐且從王出征乃是爲臣之義而刺其好攻戰者箋言王於興師謂於王法興師今是康公自興之王不與師也以出師征伐是王者之法故以王爲言耳猶北門言王事敦我鴇羽云王事靡盬皆非天子之事亦稱王事

豈曰無衣與子同澤澤潤澤也箋云釋褻衣近污垢○澤如字說文作襗云袴也褻仙列反近附近之近污汙音烏又汙穢之汙垢古口反【疏】傳澤潤澤○正義曰衣服之暖於身猶甘雨之潤於物故言與子同澤正謂同袍裳是共潤澤也箋以上袍下裳則此亦

衣名故易傳爲襗說文云襗袴也是其褻衣近汙垢也襗是袍類故論語注云褻衣袍襗也

王于興師脩我矛戟與子偕作作起也箋云戟車戟常也【疏】箋戟車戟常○正義曰車戟常考工記廬人文常長丈六

豈曰無衣與子同裳王于興師脩我甲兵與子偕行行往也

無衣三章章五句

渭陽康公念母也康公之母晉獻公之女文公遭麗姬之難未反而秦姬卒穆公納文公康公時爲大子贈送文公于渭之陽念母之不見也我見舅氏如母存焉及其卽位思而作是詩也○渭陽音謂水名水北曰陽麗本又作驪同力馳反難乃旦反大音泰【疏】渭陽二章章四句至見詩○正義曰

作渭陽詩者言康公念母也康公思其母自作此詩秦康公之母是晉獻公之女文公者獻公之子康公之舅獻公娶驪姬譖文公獻公欲殺之文公遭此驪姬之難奔狄未得反國而康公母秦姬已卒及穆公納文公爲晉君於是康公爲太子贈送文公至于渭水之陽思念母之不見舅歸也康公見其舅氏如似母之存焉於是之時思慕深極及其卽位爲君思本送舅時事而作是渭陽之詩述已送舅念母之事也案左傳莊二十八年傳晉獻公烝於齊姜生秦穆夫人及太子申生又娶二女於戎大戎狐姬生重耳小戎子生夷吾是康公之母爲文公異母姊也僖四年傳稱驪姬譖申生申生自殺又譖二公子曰皆知之重耳奔蒲夷吾奔屈僖五年傳稱晉侯使寺人披伐蒲重耳奔翟是文公遭驪姬之難也僖十五年秦穆公獲晉侯以歸尚有夫人爲之請至二十四年穆公納文公然則秦姬之卒在僖十五年之後二十四年以前未知何年卒也以秦國夫人而其姓爲姬故謂之秦姬案齊姜驪姬皆以姓繫所生之國此秦姬以姓繫於所嫁之國者外國者婦人不以名行以姓爲字故或繫於父或繫於夫事得兩施也秦姬生存之時欲使文公反國康公見舅得反憶母宿心故念母之不見見舅如母存也謂舅爲氏者以舅之與甥氏姓必異故書傳通謂爲舅氏秦康公以文七年卽位文

公時亦卒矣追念送時之事作此詩耳經二章皆陳贈送舅氏之事悠悠我思念母也因送舅氏而念母爲念母而作詩故序主言念母也

我送舅氏曰至渭陽　母之昆弟曰舅箋云渭水名也秦是時都雝至渭陽者蓋東行送舅氏於咸陽之地○雝於用反縣名今屬扶風

何以贈之路車乘黄　贈送也乘黄四馬也○乘繩證反注同

【疏】傳母之昆弟曰舅○正義曰釋親文孫炎曰舅之言舊尊長之稱○箋渭水至之地○正義曰雝在渭南水北曰陽晉在秦東行必渡渭今言至於渭陽故云蓋東行送舅氏於咸陽之地地理志云右扶風渭城縣故咸陽也其地在渭水之北

我送舅氏悠悠我思何以贈之瓊瑰玉佩　瓊瑰石而次玉○思息嗣反瑰古回反

【疏】傳瓊瑰至次玉○正義曰瓊者玉之美名非玉名也瑰是美石之名也以佩玉之制唯天子用純諸侯以下則玉石雜用此贈晉侯故知瓊瑰是美石次玉成十七年左傳稱聲伯夢涉洹或與己瓊瑰食之泣而爲瓊瑰盈其懷懼不敢占後三年而言言之至莫而卒服虔云聲伯惡瓊瑰贈死之物故畏而不言然則瓊瑰是贈死之玉康公以贈舅者玉之所用無生死之異喪禮飯含用玉

聲伯惡見食之故惡之耳

渭陽二章章四句

權輿刺康公也忘先君之舊臣與賢者有始而無終也。○權輿音餘權輿始也【疏】權輿二章章五句至無終。○正義曰作權輿詩者刺康公也康公遺忘其先君穆公之舊臣不加禮餼與賢者交接有始而無終初時殷勤後則疏薄故刺之經二章皆言禮待賢者有始無終之事

於我乎夏屋渠渠夏大也箋云屋具也渠渠猶勤勤也言君始於我厚設禮食大具以食我其意勤勤然○夏胡雅反屋如字具也食我音嗣注篇內同今也每食無餘箋云此言君今遇我薄其食我纔足耳于嗟乎不承權輿承繼也權輿始也【疏】於我至權輿○正義曰此述賢人之意責康公之辭言康公始者於我賢人乎重設饌食禮物大具其意勤勤然於我甚厚也至於今日也禮意疏薄設饌校少使我每食纔足無復盈餘也于嗟乎此君之行不能承繼其始以其行無終始故

于嗟歎之。○傳夏大。○正義曰：釋詁文。○箋屋具至勤勤然。○正義曰：屋具，釋言文。渠渠猶勤勤，言設食既具，意又勤勤也。案崔駰七依説宮室之美，云夏屋渠渠。王肅云：屋則立之於先君，食則受之於今君，故居大屋而食無餘。義似可通。鄭不然者，詩刺有始無終，上言於我乎謂始時也，下言今也謂其終時也。始則大具，今終則無餘，猶下章始則四簋，今則不飽，皆説飲食之事，不得言屋宅也。若先君爲立大屋，今君每食無餘，則康公本自無始，何責其無終也？且爾雅屋具正訓，以此故知謂禮物大具。○傳承繼也權輿始。○正義曰：承其後是繼嗣，故以承爲繼。權輿始，釋詁文。

於我乎

每食四簋　四簋，黍稷稻粱。○簋音軌。内方外圓曰簋，以盛黍稷；外方内圓曰簠，用貯稻粱，皆容一斗二升。

【疏】傳四簋至稻粱。○正義曰：考工記云：旊人爲簋，其實一觳。豆實三而成觳。昭三年左傳云：四升爲豆。然則簋是瓦器，容斗二升也。易損卦二簋可用享，注云：離爲日，日體圓，巽爲木，木器圓，簋象。則簋亦以木爲之也。地官舍人注云：方曰簠，圓曰簋。則簠簋之制，其形異也。案公食大夫禮云：宰夫設黍稷六簋。又云：宰夫授公粱，公設之；宰夫膳稻于粱西。注云：膳猶進也，進稻粱者以簠。秋官掌客注云：簠，稻粱器也；簋，黍稷器也。然則稻粱當在簠，而云四簋黍稷稻粱者，以詩言每食四簋稱君禮物大具則宜每器一物不應以黍稷二物分爲四簋以公食大夫禮有稻有粱知此四簋之内兼有稻粱公食大夫之禮是主國之君與聘客禮食備設器物故稻粱在簠此言每食則是平常燕食器物不具故稻粱在簋公食大夫黍稷六簋猶有稻粱此唯四簋者亦燕食差於禮食也**今也每食不飽于嗟乎不承權輿**

權輿二章章五句

秦國十篇二十七章百八十一句

附釋音毛詩注疏卷第六（六之四）

刑部員外南昌黃中栻栞

毛詩注疏校勘記六之四　阮元撰盧宣旬摘錄

○蒹葭

順禮求濟小字本相臺本同案此定本也正義云定本未濟作求濟義亦通也標起止云傳順禮未濟又上文皆可證

可以爲曲簿毛本同閩本明監本簿作薄案薄字是也簿見廣韻宋時或用此字其說文方言廣雅等皆用薄字今廣雅亦誤簿此當與同

使之周禮明監本毛本之誤知閩本不誤案周當作用形近之譌

故下句逆流順流喻敬順明監本毛本順下更有不敬順三字閩本剜入案所補非也此隱括箋意故略去不敬順耳不必加三字以分配逆流也

蒹葭萋萋閩本明監本毛本同唐石經小字本相臺本萋萋作淒淒案釋文云萋萋本亦作淒正義本今無可

考

未已猶未止也　小字本相臺本同案段玉裁云此猶字衍

○終南

以戒勸之　小字本相臺本同唐石經初刻之下有也字後磨去閩本明監本毛本亦無

錦衣采色也　小字本相臺本同案正義云錦者雜采爲文故云采衣也是正義本色當作衣考文古本作衣乃采正義耳

渥厚漬也　小字本相臺本同案此正義本也正義云赫然如厚漬之丹釋文渥丹下云淳漬也又云淳之純反又如字本或作厚是正義本與或作同考文古本作淳采釋文

孫炎稱荆州曰柟揚州曰梅　〔補〕釋文挍勘云影宋本缺通志堂本盧本如此案段玉裁云疏引孫炎曰荆州曰梅揚州曰柟當依之乙是也爾雅疏亦可證

人君以盛德之故有顯服　閩本明監本毛本故下有宜字案所補是也

又陳其美之　（補）毛本之作以案所改是也

有大山古文以爲終南　閩本明監本毛本同案大下浦鏜云脫壹字是也

梅枏釋木云　閩本明監本毛本同案浦鏜云文誤云是也

梅樹皮葉似豫樟豫樟葉大如牛耳　閩本明監本毛本同案盧文弨云豫樟不應複爾雅疏無其說誤也陸疏自此下皆說豫樟因毛詩更無豫樟故就梅下說之至枏葉大可三四葉一藂以下乃更說梅也爾雅疏誤

鄭於方記注云　閩本明監本毛本同案浦鏜云坊誤方是也

有紀有堂　唐石經缺小字本相臺本同案釋文紀字云本亦作屺正義云集注本作屺定本作紀標起止云傳紀基是正義本與定本同屺是山有草木字集注當誤

堂畢道平如堂也 小字本相臺本同案此定本也正義云定本又云畢道平如堂下文云因解傳畢道如堂是正義本此傳當無平字段玉裁云定本非也此自兩崖言之故爾雅云畢堂牆若平如堂則自道言之矣

箋云畢也堂也 小字本相臺本同案段玉裁云畢也當作基也考正義云今箋唯云畢也堂也止釋經之有堂一事者云云是正義本已誤遂為之遷就其說也

○黃鳥

當是後有為之 閩本同明監本毛本有作主案所改非也有當作若形近之譌

慄慄懼也 閩本明監本毛本同小字本相臺本慄慄作惴惴考文古本同案惴惴是也

以求行道若不行也 閩本明監本毛本重道字案所補是

○晨風

鴥彼晨風　閩本明監本毛本同小字本相臺本鴥作鴪唐石經作鴥案鴥字是也釋文尹橘反采芑經同沔水經不誤

駃疾如晨風之飛入北林　閩本明監本毛本同相臺本駃作駛小字本作駃案駛字是也考此字說文在新附中而廣雅已有之皆作駛玉篇廣韻皆作駛釋文此及二子乘舟同乃失去一畫耳

○無衣

我與女共袍乎　閩本明監本毛本同小字本相臺本共作同考文古本同案同字是也

以興明君能與百姓樂致其死　閩本明監本毛本百姓下更有同欲故百姓五字案所補是也

襗褻衣近汙垢　相臺本同閩本明監本毛本同小字本襗作澤案澤字是也釋文云澤如字毛澤潤澤也鄭褻衣也說文作襗云袴也可作毛鄭義異而經字則同之證正義云故易傳爲襗乃依鄭義易字以曉人非

謂經傳字作澤箋字作襗也相臺本依之改箋者誤

○渭陽

外國者婦人不以名行閩本明監本毛本同案浦鏜云外國者三字疑衍是也

聲伯惡見食之補毛本惡作𢙣

附釋音毛詩注疏卷第七　七之一

陳宛丘詁訓傳第十二

陸曰陳者胡公嬀滿之所封也其先虞舜之胄有虞遏父者爲周陶正武王賴其器用與其神明之後故妻以元女其子滿乃封於陳以備三恪其地宓犧之墟在古豫州之界宛丘之側

毛詩國風　鄭氏箋　孔穎達疏

陳譜

陳者大皞虙戲氏之墟○正義曰昭十七年左傳梓慎曰陳者大皞之墟也漢書地理志云淮陽古陳國舜後胡公所封也大皞又號虙戲故連言之虙戲即伏犧字異音義同也○帝舜之胄有虞閼父者爲周武王陶正武王賴其利器用與其神明之後封其子嬀滿於陳都於宛丘之側是曰陳胡公以備三恪妻以元女太姬○正義曰襄二十五年左傳稱子產曰昔虞閼父爲周陶正以服事我先王我先王賴其利器用與其神明之後庸以元女大姬配胡公而封諸陳以備三恪是鄭所據之文也傳言爲周陶正知武王者樂記云武王克殷未及下車封帝舜之後於陳則胡公是

武王封之大姬又武王之女故知是武王也世家云陳胡公滿者虞舜之後也昔舜爲庶人居於嬀汭其後因姓嬀氏舜既傳禹天下舜子商均爲封國夏后氏之時或失或續至周武王克殷乃復求舜後得滿封之於陳以奉舜祀是爲胡公是胡公姓嬀名滿也昭八年左傳史趙云胡公不淫故周賜之姓使祀虞帝則胡公姓嬀武王所賜陳世家以爲胡公之前已姓嬀者非也哀元年左傳稱夏后氏少康逃奔有虞虞思於是妻之以二姚虞思在胡公之前仍爲姚姓明是胡公始姓嬀耳何知胡公非閼父之身而知是其子者以傳言虞閼父以虞爲號不爲陳也以元女大姬配胡公不言配閼父明胡公非閼父也故杜預亦云胡公閼父之子不封閼父而封其子者蓋當時閼父已喪故也恪者敬也王者敬先代封其後鄭駁異義云三恪尊於諸侯卑於二王之後則杞宋以外別有三恪謂黃帝堯舜之後也唯杜預云周封夏殷二王後又封舜後謂之恪并二王之後爲三國其禮轉降示敬而已故三恪以爲陳與杞宋共爲三案樂記云武王未及下車封黃帝之後於薊封帝堯之後於祝封帝舜之後於陳下車乃封夏后氏之後於杞投殷之後於宋明陳與薊祝共爲三恪杞宋別爲二王之後矣○其封域在禹貢豫州之東其地廣平無名山大澤西望外方東不及明音孟豬○正義曰禹

貢豫州云導菏澤被盟猪又曰熊耳外方至于陪尾注云屬豫州然則外方明猪皆豫州之地案地理志外方卽嵩高高山也明猪在梁國睢陽縣東北檢鄭居檜地在外方。屬鄭宋都睢陽在明猪西南明猪屬宋也故檜譜云在豫州外方之北商譜稱宋西及豫州明猪之野是陳境不及外方明猪故無名山大澤明猪猶屬豫州陳在明猪之西則是豫州境內明豬尚書作盟豬卽左傳稱孟諸之麋爾雅云宋有孟諸是也但聲訛字變耳。大姬無子好巫覡禱祈鬼神歌舞之樂民俗化而爲之。正義曰地理志云周武王封嬀滿于陳是爲胡公妻以元女大姬婦人尊貴好祭祀用巫故其俗好巫鬼者也詩稱擊鼓於宛丘之上婆娑於枌栩之下是有大姬歌舞之遺風也志又云婦人尊貴好祭祀不言無子鄭知無子者以其好巫好祭明爲無子禱求故言無子若大姬無子而左傳子產云我周之自出杜預曰陳周之出者蓋大姬於後生子以禱而得子故彌信巫覡也楚語云在女曰巫在男曰覡巫是揔名故漢書唯言好巫。五世至幽公當厲王時政衰大夫淫荒所爲無度國人傷而刺之陳之變風作矣。正義曰世家云胡公卒子申公犀侯立卒弟相公皐羊立卒中公子突立是爲孝公卒子慎公圉戎立卒子幽公寧立除相公一及餘父子相生爲五世也世家又云幽公十二年周厲王奔于彘是當周厲王時也宛丘刺幽公淫荒昏亂是政衰也東門之枌云子仲之子婆娑其下傳曰子仲陳大夫氏是大夫淫荒也此二篇皆刺幽公故云國人傷而刺之也世家又云幽公卒子僖公孝立卒子武公靈立卒子夷公說立卒弟平公燮立卒子文公圉立卒長子桓公鮑立三十八年卒弟佗其母蔡女故蔡人爲佗殺五父及桓公大子免而立佗是爲厲公厲公娶蔡女數如蔡淫七年大子免之三弟長者名躍中曰林少曰杵臼共令蔡人誘厲公以好女與蔡人共殺厲公而立躍是爲利公利公者桓公子也利公立五月卒立中弟林是爲莊公七年卒立少弟杵臼是爲宣公四十五年卒子款立是爲穆公十六年卒子共公朔立十八年卒子靈公平國立此世家所言君次也案春秋桓五年春正月甲戌己丑陳侯鮑卒左傳曰再赴也於是陳亂文公子佗殺大子免而代之則是佗自殺免非蔡人爲佗殺免也桓六年經云蔡人殺陳佗莊二十二年傳曰陳厲公蔡出也故蔡人殺五父而立之經云蔡人殺陳佗傳言蔡人殺五父則五父與佗一人不得云爲佗殺五父也六年殺佗十二年陳侯躍卒則厲公卽是躍躍既爲厲公則無復利公矣馬遷既誤以佗爲厲公又妄稱躍爲利公檢春秋世次不得有利公也遷蓋見公羊傳云陳佗淫於蔡人蔡人殺之因傳會爲說云誘以好女而

殺之案蔡人殺佗在桓六年世家言佗死而躍立五月而卒然則躍亦以桓六年卒矣而春秋之經躍卒在桓十二年距佗之死非徒五月皆史記之謬也其詩宛丘東門之枌序云幽公爲幽公詩矣衡門云誘僖公東門之池東門之楊從上明之亦僖公詩也墓門刺陳佗陳佗詩也防有鵲巢云宣公月出亦從上明之亦爲宣公詩也株林澤陂序云靈公爲靈公詩也鄭於左方中皆以此而知也

宛丘刺幽公也淫荒昏亂游蕩無度焉○宛丘怨阮反爾雅云宛中宛丘○郭云中央隆高○【疏】宛丘三章章四句至無度焉○正義曰淫荒謂耽於女色昏亂謂廢其政事游蕩無度謂出入不時聲樂不倦游戲放蕩無復節度也游蕩自是翱翔戲樂非獨淫於婦人但好聲好色俱是荒廢故以淫荒揔之毛以此序所言是幽公之惡經之所陳是大夫之事由君身爲此惡化之使然故舉大夫之惡以刺君鄭以經之所陳卽是幽公之惡經序相符也首章言其信有淫情威儀無法是淫荒也下二章言其擊鼓持羽冬夏不息是無度無度者謂無復時節度量賓之初筵序云飲酒無度與此同○子之湯兮宛丘之上

兮子大夫也湯蕩也四方高中央下曰宛丘箋云子者斥幽公也游蕩無所不爲○湯他郎反舊他浪反洵有情兮而無望兮洵信也箋云此君信有淫荒之情其威儀無可觀望而則傚○洵音荀傚戶教反

疏子之至望兮○毛以爲子大夫之游蕩兮在於彼宛丘之上兮此人信有淫荒之情兮其威儀無可觀望兮大夫當朝夕恪勤助君治國而游蕩高丘荒廢政事此由幽公化之使然故舉之以刺幽公也○鄭以爲子者斥幽公爲異其義則同○傳子大至宛丘○正義曰傳以下篇說大夫淫亂此與相類則亦是大夫但大夫稱子是其常稱故以子爲大夫序云游蕩經言湯兮故知湯爲蕩也釋丘云宛中宛丘言其中央宛宛然是爲四方高中央下也郭璞曰宛丘謂中央隆峻狀如一丘矣爲丘之宛中中央高峻與此傳正反案爾雅上文備說丘形有左高右高前高後高若此宛丘中央隆峻言中央高矣何以變言宛中明毛傳是也故李巡孫炎皆云中央下取此傳爲說○箋子者至不爲○正義曰箋以下篇刺大夫淫荒序云疾亂此序主刺幽公則經之所陳皆幽公之事不宜以爲大夫隱四年公羊傳公子翬謂隱公曰百姓安子諸侯說子則諸侯之臣亦呼君曰子山有樞云子有衣裳子有車馬子者斥昭公明此子止斥幽公

故易傳也云無所不爲言其戲樂之事幽公事事皆爲也○傳洵信○正義曰釋詁文

坎其擊鼓，宛丘之下。坎坎擊鼓聲○坎苦感反

無冬無夏，值其鷺羽。值持也鷺鳥之羽可以爲翳箋云翳舞者所持以指麾○

疏坎其至鷺羽○毛以爲坎坎然爲聲者其是大夫擊鼓之聲在於宛丘之下無問冬無問夏常持其鷺鳥羽翳身而舞也鼓舞戲樂當有時節今幽公化之大夫游蕩無復節度故擧以刺公也○鄭以刺幽公爲異其文義同○傳值持至爲翳○正義曰鷺羽執持之物故以値爲持鷺鳥之羽可以爲舞者之翳故持之也釋鳥云鷺舂鉏郭璞曰白鷺也頭翅背上皆有長翰毛今江東人取以爲睫攡名之曰白鷺縗陸機云鷺水鳥也好而潔白故謂之白鳥齊魯之間謂之舂鉏遼東樂浪吳楊人皆謂之白鷺青脚高尺七八寸尾如鷹尾喙長三寸頭上有毛十數枚長尺餘毿毿然與衆毛異好欲取魚時則弭之今吳人亦養焉楚威王時有朱鷺合沓飛翔而來舞則復有赤者舊鼓吹朱鷺曲是也然則鳥名白鷺赤者少耳此舞所持持其白羽也

坎其擊缶，宛丘之道。盎謂之缶○缶方有反盎本亦作瓫烏浪反

疏傳盎謂之缶○正義曰釋器文孫炎曰缶

瓦器郭璞曰盎盆也此云擊缶則缶是樂器易離卦九三不鼓缶而歌則大耋之嗟注云艮爻也位近丑丑上值弁星弁星似缶詩云坎其擊缶則樂器亦有缶又史記藺相如使秦王鼓缶是樂器爲缶也案坎卦六四樽酒簋貳用缶注云爻辰在丑丑上值斗可以斟之象斗上有建星建星之形似簋貳副也建星上有弁星弁星之形又如缶天子大臣以王命出會諸侯主國尊於簋副設玄酒以缶則缶又是酒器也比卦初六爻有孚盈缶注云爻辰在未上值東井井之水人所汲用缶缶汲器襄九年宋災左傳曰具綆缶備水器則缶是汲水之器然則缶是瓦器可以節樂若今擊甌又可以盛水盛酒即今之瓦盆也

無冬無夏値其鷺翿翿翳也○翿音導又音陶

疏傳翿翳○正義曰釋言文郭璞曰舞者所以自蔽翳彼翿作纛音義同

宛丘三章章四句

東門之枌疾亂也幽公淫荒風化之所行男女棄其舊業亟會於道路歌舞於市井爾○枌符云反亟

斯冀反○〔疏〕東門之枌三章章四句至井爾○正義曰男棄其業子仲之子是也女棄其業不績其麻是也會於道路者首章上二句是也歌舞於市井者婆娑是也經先言歌舞之處然後責其棄業序以棄業而後敖游故先言棄業所以經序倒也此實歌舞於市而謂之市井者白虎通云因井爲市故曰市井應劭通俗云市恃也養贍老少恃以不匱也俗說市井謂至市者當於井上洗濯其物香潔及自嚴飾乃到市也謹案古者二十畝爲一井因爲市交易故稱市井然則由本井田之中交易爲市故國都之市亦因名市井案禮制九夫爲井應劭二十畝爲井者劭依漢書食貨志一井八家家有私田百畝公田十畝餘二十畝以爲井竈廬舍據其交易之處在廬舍故言二十畝耳因井爲市或如劭言三章皆述淫亂之事首章獨言男婆娑於枌栩之下下二章上二句言女子候善明之日從男子於會處下一句陳男女相說之辭明歌舞之處皆男女相從故男女互見之○

東門之枌宛丘之栩

枌白榆也栩杼也國之交會男女之所聚○栩況浦反杼常與反說文丈與反〔疏〕傳枌白至所聚○正義曰釋木云榆白枌孫炎曰榆白者名枌郭璞曰枌榆先生葉卻著莢皮色白是枌爲白榆也栩杼釋木文序云亟會於道路知此二木是國

之道路交會男女所聚之處也**子仲之子婆娑其下**子仲陳大夫氏婆娑舞也箋云之子男子也○婆步波反說文作媻音同娑桑何反〔疏〕傳子仲至舞也○正義曰知子仲是陳大夫氏者以其風俗之敗自上行之今此所刺宜刺在位之人若是庶人不足顯其名氏此云子仲之子猶云彼留之子孥氏姓吉之明子仲是大夫之氏姓也祇孫以王父字爲氏此人上祖必有字子仲者故氏子仲也云婆娑舞也釋訓文李巡曰婆娑盤辟舞也孫炎曰舞者之容婆娑然○箋之子男子○正義曰序云男子。棄業則經之所陳有男有女下云績麻是女知此之子是男子也定本云之子是子也**穀旦于差南方之原**穀善也原大夫氏箋云旦明于曰差擇也朝日善明曰相擇矣以南方原氏之女可以爲上處○旦鄭音旦本亦作且王七也反苟且也徐子餘反差鄭初佳反王音嗟韓詩作嗟徐七何反沈云毛意不作嗟案毛無改字宜從鄭讀曰相音越下曰往往矣同**不績其麻市也婆娑**箋云績麻者婦人之事也疾其今不爲○〔疏〕穀旦至婆娑○正義曰言陳國男女棄其事業候良辰美景而歌舞淫泆見朝日善明無陰雲風雨則曰可以相擇而行樂矣彼南方之原氏有美女國中之最上處可以從之也男既如是彼原氏之女郎不復績麻於市也與男子聚會婆娑而舞是其可疾之甚○傳穀善也原大夫氏○正義曰穀善釋詁文也○春秋莊二十七年季友如陳葬原仲是陳有大夫姓原氏也○箋旦明至上處○正義曰旦謂早朝故爲明也釋詁云于曰於也故于得爲曰差擇釋詁文佚游戲樂不宜風昏故見朝日善明乃云相擇刺其以美景廢業故舉之也發意相擇則是男子擇女故知南方原氏之女可以爲上處上處者言是一國最上之處也

穀旦于逝越以鬷邁逝往鬷數邁行也箋云越於鬷揔也朝旦善明曰往矣謂之所會處也於是以揔行欲男女合行○鬷子公反處昌慮反**視爾如荍貽我握椒**荍芘芣也椒芬香也箋云男女交會而相說曰我視女之顔色美如芘芣之華然女乃遺我一握之椒交情好也此本淫亂之所由○荍祁饒反郭云荆葵也芘音毗又芳耳反芣音浮又芳九反說音悅遺唯季反好呼報反○

【疏】穀旦至握椒○毛以爲陳之女人見美景而說曰朝日善明曰可以往之所會之處矣女人卽棄其事業假有績者於是以麻緫而行至於會所所要見男子男子乃陳往日相好之事語女人云我往者語汝云我視汝顔色之美如荍之華然見我說

汝則遺我以一握之椒棄其事業作如此淫荒故疾之也○鄭唯以鬷爲摠言於是男女摠集合行爲此淫亂餘同○傳逝往至邁行○正義曰逝往釋詁文邁行釋言文鬷謂麻縷每數一升而用繩紀之故鬷爲數王肅云鬷數績麻之縷也○箋越於至合行○正義曰越於釋詁文商頌稱鬷假無言爲摠集之意則此亦當然故以鬷爲摠謂男女摠集而合行也上章于差謂男言擇女此言于逝謂女往從男故云曰往矣謂之所會之處謂女適與男期會之處也○傳荍芘芣椒芬香○正義曰荍芘芣釋草文舍人曰荍一名蚍衃郭璞曰今荆葵也似葵紫色謝氏云小草多華少葉葉又翹起陸機疏云芘芣一名荆葵似蕪菁華紫緑色可食微苦是也椒之實芬香故以相遺也定本云椒芳物○箋男女至所由○正義曰言相說者男說女而言其色美女說男而遺之以椒交相說愛故言相也知此二句皆是男辭者言我視爾顔色之美如芘芣之華若是女辭不得言男子色美如華也思其往日相愛今復會爲淫亂詩人言此者本其淫亂化之所由耳

東門之枌三章章四句

衡門誘僖公也愿而無立志故作是詩以誘掖

其君也 誘進也掖扶持也○衡門如字衡横也沈云此古文横字誘音酉愿音願謹也掖音亦〔疏〕衡門三章章四句至其君○正義曰作衡門詩者誘僖公也以僖公愨愿而無自立之志故國人作是衡門之詩以誘導扶持其君誘使自强行道令與國致理也經三章皆誘之辭○箋誘進也掖扶持○正義曰誘進釋詁文云掖臂也僖二十五年左傳云二礼從國子巡城掖以赴外殺之謂持其臂而投之城外也此言誘掖者誘謂在前導之掖謂在傍扶之故以掖爲扶持也定本作扶持

衡門之下可以棲遲 衡門横木爲門言淺陋也棲遲遊息也箋云賢者不以衡門之淺陋則不遊息於其下以喻人君不可以國小則不興治致政化

泌之洋洋 泌泉水也洋洋廣大也樂飢可以樂道忘飢箋云飢者不足於食也泌水之流洋洋然飢者見之可飲以𤻲飢以喻人君愨愿任用賢臣則政教成亦猶是也○泌悲位反洋音羊樂本又作𤻲毛音洛鄭力召反沈云舊皆作樂字晚詩本有作疒下樂以形聲言之殊非其義療字當從疒下作尞案說文云𤻲治也療或𤻲字也則毛止作樂鄭本作𤻲下注放此愨苦角反〔疏〕衡門至樂飢○毛以爲雖淺陋衡門之下猶可以棲遲游息以興雖地狹

可以樂飢

小國之中猶可以與治致政然賢者不以衡門之淺陋則不游息於其下以喻人君不可以國小則不與治致政君何以不與治致政乎觀泌水之流洋洋廣大君可以樂道忘飢何則泌者泉水涓流不已乃至廣大況人君寧不進德積小成大樂道忘飢乎此是誘掖之辭○鄭以下二句言泌水之流廣大洋洋然飢者可飲之以𤻲飢以興有大德賢者人君可任之以成德教誘君以任賢臣餘同○傳衡門至遊息○正義曰考工記玉人注云衡古文橫假借字也然則衡橫義同故知衡門橫木爲門門之深者有阿塾堂宇此唯橫木爲之言其淺也釋詁云棲遲息也舍人曰棲遲行步之息也○傳泌泉至忘飢○正義曰邶國有毖彼泉水知泌爲泉水王肅云泌洋洋泌水可以樂道忘飢巍巍南面可以樂治忘亂孫毓難肅云既巍巍矣又安得亂此言臨水歎逝可以樂道忘飢是感激立志慷慨之喻猶孔子曰發憤忘食不知老之將至云爾案此傳云泌者泉水又云洋洋廣大則不可以逝川喻年老故今爲別解案今定本作樂飢觀此傳亦作樂則毛讀與鄭異○箋飢者至猶是○正義曰箋以經言泌之洋洋可以𤻲飢則是以水治飢不宜視水爲義且下章勸君用賢故易傳以爲喻任用賢臣則政教成也飲水可以𤻲渴耳而云療飢者飢久則爲渴得水則亦小𤻲故言飢以爲韻○豈

其食魚必河之魴豈其取妻必齊之姜箋云此言何必河之魴然後可食取其口。美而已何必大國之女然後可妻亦取貞順而已以喻君任臣何必聖人亦取忠孝而已齊姜姓。魴音房取音娶下文同豈其食魚必河之鯉豈其取妻必宋之子箋云宋子姓。〖疏〗箋齊姜姓宋子姓。正義曰齊者伯夷之後伯夷主四岳之職周語作四岳賜姓曰姜宋者殷之苗裔契之後也殷本紀云舜封契於商賜姓曰子是齊姜姓宋子姓也

衡門三章章四句

東門之池刺時也疾其君之淫昏而思賢女以配君子也。孔安國云停水曰池。〖疏〗東門之池三章章四句至君子。正義曰此實刺君而云刺時者由君所化使時世皆淫故言刺時以廣之欲以配君而謂之君子者妻謂夫爲君子上下通稱據賢女爲文故稱以配君子經三章皆思得賢女之事疾其君之淫昏序其思賢女之意耳於經無所當也東門之池

可以漚麻興也池城池也漚柔也箋云於池中柔麻使可緝績作衣服興者喻賢女能柔順君子成其德教○漚烏豆反緝七立反西州人謂績爲緝○**彼美淑姬可與晤歌**晤遇也箋云晤猶對也言淑姬賢女君子宜與對歌相切化也○叔音淑本亦作淑善也晤五故反

【疏】東門至晤歌○正義曰東門之外有池水此水可以漚柔麻使可緝績以作衣服以與貞賢之善女此女可以柔順君子使可脩政以成德教旣已思得賢女又述彼之賢女言彼美善之賢姬實可與君對偶而歌也以君淫昏故思得賢女配之與之對偶而歌冀其切化使君爲善○傳池城池漚柔○正義曰以池繫門言之則此池近在門外諸詩言東門皆是城門故以池爲城池考工記㡛氏以涚水漚其絲注云漚漸也楚人曰漚齊人曰湪烏禾反然則漚是漸漬之名此云漚柔者謂漸漬使之柔韌也○傳晤遇○正義曰釋言云遇偶也然則傳以晤爲遇亦爲對偶之義故王肅云可以與相遇歌樂室家之事意亦與鄭同○箋晤猶至切化○正義曰所以欲使對歌者以歌詩陳善惡之事以感戒人君君子得此賢女宜與之對歌相感切相風化以爲善故思之美女而謂之姬者以黄帝姓姬炎帝姓姜二姓之後子孫昌盛其家之女美者尤多遂以姬姜

爲婦人之美稱成九年左傳引逸詩云雖有姬姜無棄憔悴是以姬姜爲婦人美稱也○東門之池可以漚紵彼美淑姬可與晤語○紵直呂反字又作苧○【疏】漚紵○正義曰陸機疏云紵亦麻也科生數十莖宿根在地中至春自生不歲種也荆楊之間一歲三收今官園種之歲再刈刈便生剝之以鐵若竹挾之表厚皮自脫但得其裏韌如筋者謂之㵱紵今南越紵布皆用此麻○東門之池可以漚菅彼美淑姬可與晤言言道也○菅古顔反茅已漚爲菅○【疏】漚菅○正義曰釋草云白華野菅郭璞曰茅屬白華箋云人刈白華於野已漚之名之爲菅然則菅者已漚之名未漚則但名爲茅也陸機疏云菅似茅而滑澤無毛根下五寸中有白粉者柔韌宜爲索漚乃尤善矣

東門之池三章章四句

東門之楊刺時也昏姻失時男女多違親迎女猶有不至者也○迎魚敬反下注同【疏】東門之楊二章章四句至至者○正義曰毛以

昏刻失時者失秋冬之時鄭以爲失仲春之時言親迎女猶不至明不親迎者相違衆矣故舉不至者以刺當時之淫亂也言相違者正謂女違男使昏姻之礼不成是男女之意相違耳非謂男亦違女也經二章皆上二句言昏姻失時下二句言親迎而女不至也○

東門之楊其葉牂牂

興也牂牂然盛貌言男女失時不逮秋冬箋云楊葉牂牂三月中也興者喻時晚也失仲春之月○牂子桑反

昏以爲期明星煌煌

期而不至也箋云親迎之礼以昏時女留他色不肯時行乃至大星煌煌然○煌音皇○

【疏】東門至煌煌○毛以爲作者以楊葉初生興昏之正時楊葉長大興晚於正時故言東門之楊其葉已牂牂然而大矣楊葉已大不復見其初生之時以興歲之時月已至於春夏交時節已晚不復及其秋冬之時又復淫風大行女留他色不從男子親迎者用昏時以爲期今女不肯時行至於明星煌煌然而夜已極深而竟不至礼當及時配合女當隨夫而行至使昏姻失時男女相違如是故舉以刺時也○鄭以失時謂在仲春之後爲異其義則同○傳牂牂至秋冬○正義曰此刺昏姻失時而舉楊葉爲喻則是以楊葉初生喻正時楊葉已盛喻過時毛以秋冬爲昏之正時故云男女失時不逮秋冬也秋

冬爲昏無正文也邶風云士如歸妻迨冰未泮知迎妻之禮當在冰泮之前荀卿書云霜降逆女冰泮殺止霜降九月也冰泮二月也然則荀卿之意自九月至於正月於禮皆可爲昏荀在焚書之前必當有所憑據毛公親事荀卿故亦以爲秋冬家語云羣生閉藏爲陰而爲化育之始故聖人以合男女窮天數也霜降而婦功成嫁娶者行焉冰泮而農業起昏禮殺於此又云冬合男女春頒爵位家語出自孔家毛氏或見其事故依用焉地官媒氏云仲春之月令會男女於是時也奔者不禁唯謂三十之男二十之女所以蕃育人民特令以仲春會耳其男未三十女未二十者皆用秋冬不得用仲春也○箋楊葉至之月○正義曰箋亦以楊葉之盛興晚失正時也鄭言楊葉牂牂三月中者自言葉盛之月不以楊葉爲記時也董仲舒曰聖人以男女陰陽其道同類歎天道嚮秋冬而陰氣來嚮春夏而陰氣去故古人霜降始逆女冰泮而殺止與陰俱近而陽遠也鄭以昏姻之月唯在仲春故以喻晚失仲春之月鄭不見家語不信荀卿以周禮指言仲春之月令會男女故以仲春爲昏月其邶風所云自謂及冰泮行請期禮耳非以冰之未泮已親迎也毛鄭別自憑據以爲定解詩內諸言昏月皆各從其家○傳期而而不至○正義曰序言親迎而女猶有不至者則是終竟不至非夜深乃至也

言明星煌煌者男子待女至此時不至然後始罷故作者舉其待女不得之時非謂此時至也傳嫌此時女至故辨之云期而不至言期以昏時至此時猶不至也○箋親迎至煌煌然○正義曰士昏禮執燭前馬是親迎之禮以昏也用昏者取陽往陰來之義女不從夫必爲異人之色故云女留他色不肯時行乃至大星煌煌然亦言至此時不至○**東門之楊其葉肺肺**肺肺猶牂牂也○肺普貝反又蒲貝反○**昏以爲期明星晢晢**晢晢猶煌煌也○晢之世反

東門之楊二章章四句

墓門刺陳佗也陳佗無良師傅以至於不義惡加於萬民焉不義者謂弒君而自立○它本亦作佗同徒多反五父也史記以爲厲公殺音試本又作弒同

【疏】墓門二章章六句至民焉○正義曰陳佗身行不義惡加萬民定本直云民無萬字由其師傅不良故至於此既立爲君此師傅猶在陳佗乃用其言必將至誅絶故作此詩以刺佗欲其去惡傳而就良師也經二章皆是

戒佗令去其惡師之辟。箋不義至自立。正義曰不義之大莫大弑君也春秋桓五年正月甲戌己丑陳侯鮑卒左傳云再赴也於是陳亂文公子佗殺大子免而代之公疾病而亂作國人分散故再赴是陳佗弑君自立之事也如傳文則陳佗所殺大子免而謂之弑君者以免爲大子其父卒免當代父爲君陳佗殺之而取國故以弑君言之序言無良師傅以至於不義則佗於弑君之前先有此惡師也經云夫也不良國人知之知而不已誰昔然矣欲令佗誅退惡師則弑君之後惡師仍在何則詩者民之歌詠必惡加於民民始怨刺陳佗未立爲君則身爲公子爵止大夫雖則惡師非民所恨今作詩刺之明是自立之後也戒之令去惡師明是惡師未去也。

墓門有棘斧以斯之

興也墓門墓道之門斯析也幽閒希行用生此棘薪維斧可以開析之箋云興者喻陳佗由不覩賢師良傅之訓道至陷於誅絶之罪。斯所宜反又如字又音梳鄭注尚書云斯析也爾雅云斯侈離也孫炎云斯析之離讀者如字析星歷反閒音閑睹都魯反又作覩

夫也不良國人知之

夫傅相也箋云良善也陳佗之師傅不善羣臣皆知之言其罪惡著也。相息亮反

知而不已誰昔然矣

昔久也箋云已

猶去也誰昔昔也國人皆知其有罪惡而不誅退終致禍難自古昔之時常然○去羌呂反難乃旦反○【疏】墓門至然矣○正義曰言墓道之門幽閒由希覩人行之跡故有此棘此棘既生必得斧乃可以開析而去之以興陳佗之身不明由希覩良師之教故有此惡此惡既成必得明師乃可以訓道而善之非得明師惡終不改必至誅絕故又戒之云汝之師傅不善國內之人皆知之矣何以不退去之乎欲其退惡傅就良師也○傳墓門至析之○正義曰春官墓大夫職注云墓冢塋之地孝子所思慕之處然則塋域謂之墓墓人有門故云墓門墓道之門釋言云斯離也孫炎曰斯析之離是斯爲析義也○箋興者至之罪○正義曰箋以傳釋經文不解興意故述興意以中傳也弒君之賊於法當誅其身絕其祀故云陷於誅絕之罪○傳夫傅相○正義曰序云無良師傅故知夫也不良正謂師傅不良也郊特牲云夫也者以知帥人者也注云夫之言丈夫也夫或爲傅言或爲傅者正謂此訓夫爲傅也師傅當以輔相人君故云傅相○傳昔久○正義曰傳稱古曰在昔昔昔是久遠之事故爲久也○箋已猶至常然○正義曰誰昔昔也釋訓文郭璞曰誰發語辭與傳昔久同也今定本爲誰昔昔也合爾雅俗爲誰疑辭也○

墓門有梅有鴞萃止

梅柟也鴞惡聲之鳥也萃集也箋云梅之樹善惡自有徒以鴞集其上而鳴人則惡之性因惡矣以喻陳佗之性本未必惡師傅惡而陳佗從之而惡○鴞戶驕反萃徂醉反柟冉鹽反則惡烏路反**夫也不良歌以**

訊之訊告也箋云歌謂作此詩也既作又使工歌之是謂之告○訊又作誶音信徐息悴反告也韓詩訊諫也

訊予不顧顛倒思予箋云予我也歌以告之汝不顧念我言至於破滅顛倒之急乃思我之言言其晚也

【疏】墓門至思予○正義曰言墓道之門有此梅樹此梅善惡自耳本未必惡徒有鴞鳥來集於其上而鳴此鴞聲惡梅亦從而惡矣以興陳佗之身有此體性此性善惡自然本未必惡正由有惡師來致之此師既惡陳佗亦從而惡也佗師既惡而不能退去故又戒之汝之師傅也不善故我歌是詩以告之我既告汝汝得我言而不顧念之至於顛倒之急然後則乃思我之言耳至急乃思則無及於事个何以不用我言乎○傳梅柟至萃集○正義曰梅柟釋木文鴞惡聲之鳥一名鵩與梟一名鴟瞻卬云爲梟爲鴟是也俗說以爲鴞即土梟非也陸機疏云鴞大如班鳩綠色惡聲之鳥也入人家凶賈誼所賦鵩鳥是也其肉甚美可爲羹臛又可爲炙漢供御物各隨其時唯鴞冬夏尚施之以其

美故也。傳訊告也。正義曰釋詁文箋以歌告之有曰告之嫌故辨之云歌謂作此詩使工歌之以告君是訊之告。

墓門二章章六句

防有鵲巢憂讒賊也宣公多信讒君子憂懼焉

疏 防有鵲巢二章章四句至懼焉。正義曰憂讒賊者謂作者憂讒人謂爲讒以賊害於人也經二章皆上二句言宣公致讒之由下二句言巳憂讒之事

防有鵲巢卭有旨苕興也防邑也卭丘也苕草也箋云防之有鵲巢卭之有美苕處勢自然興者喻宣公信多言之人故致此讒人。卭其恭反苕徒彫反。**誰侜予美心焉忉忉**侜張誑也箋云誰誰讒人也女衆讒人誰侜張誑欺我所美之人乎使我心忉忉然所美謂宣公也。侜陟留反說文云有廱蔽也予美韓詩作娓音尾娓美也忉都勞反憂也誑九況反

疏 防有至忉忉。正義曰言防邑之中有鵲鳥之巢卭丘之上有美苕之草處勢自然以興宣公之朝有讒言之人亦處勢自然何則防多樹木故鵲鳥往巢焉卭丘地美故旨苕生焉以言宣公信讒故讒人集焉公既信此讒言君子懼巳得罪

告語衆讒人輩汝等是誰誑欺我所美之人宣公乎而使我心忉忉然而憂之。傳防邑卭丘苕草。正義曰以鵲之爲鳥畏人而近人并邑有樹木則鵲不應巢焉故知防是邑也土之高處草生尤美故卭爲丘邶風稱旄丘有葛鄘風稱阿丘有蝱是美草多生於高丘也苕之華傳云苕陵苕此直云苕草彼陵苕之草好生下溼此則生於高丘與彼異也陸機疏云苕苕饒也幽州人謂之翹饒蔓生莖如勞豆而細葉似蒺藜而青其莖葉綠色可生食如小豆藿也。傳侜張誑。正義曰釋訓文郭璞曰幻惑欺誑人者。箋誰讒至宣公。正義曰言誰侜予美者是就衆讒人之内告問是誰爲之故云誰誰讒人也臣之事君欲君美好不欲使讒人誑之故謂君爲所美之人。

中唐有甓卭有旨鷊中中庭也唐堂塗也甓瓴甋也鷊綬草也。甓蒲歷反鷊五歷反令音零字書作瓴適都歷反字書作甋綬音受。【疏】傳中中至綬草。正義曰以唐是門内之路故知中是中庭釋宫云廟中路謂之唐堂塗謂之陳李巡曰唐廟中路名孫炎引詩云中唐有甓堂塗堂下至門之徑也然則唐之與陳廟庭之異名耳其實一也故云唐堂塗也釋宫又云瓴甋謂之甓李巡曰瓴甋一名甓郭璞曰甋甎也今江東呼爲瓴甓鷊綬釋草文郭璞曰小草有雜色似綬

也陸機疏云鷊五色作綬文故曰綬草○誰侜予美心焉惕惕惕惕猶忉忉也

防有鵲巢二章章四句

月出刺好色也在位不好德而說美色焉○好呼報反序同說音悅澤陂詩同〔疏〕月出三章章四句至色焉○正義曰人於德色不得並時好之心既好色則不復好德故經之所陳唯言好色而已序言不好德者以見作詩之意耳於經無所當也經三章皆言在位好色之事

月出皎兮興也皎月光也箋云興者喻婦人有美色之白皙○皦古了反本又作皎皙星歷反佼人僚兮舒窈糾兮僚好貌舒遲也窈糾舒之姿也○佼字又作姣古卯反方言云自關而東河濟之間凡好謂之姣僚本亦作嫽同音了窈烏了反又于表反糾其趙反又其小反一音其了反說文音已小反又居酉反勞心悄兮悄憂也箋云思而不見則憂○悄七小反〔疏〕月出至悄兮○正義曰言月之初出其光皎然而白兮以興婦人白皙其色亦皎然而白兮非徒面色白皙又是佼好之人其形貌僚然而好兮行止舒遲姿容又

窈糾然而美兮思之旣甚而不能見之勤勞我心悄然而憂悶兮在位如是故陳其事以刺之○傳皎月光○正義曰大車云有如皦日則皦亦日光言月光者皦是日光之名耳以其與月出共文故爲月光○傳僚好至之姿○正義曰皎兮喻面色皎然謂其形貌僚爲好貌謂其形貌好言色美身復美也舒者遲緩之言婦人行步貴在舒緩言舒時窈糾兮故知窈糾是舒遲之姿容○傳悄憂○正義曰釋訓云悄悄慍也故爲憂

月出皓兮佼人懰兮舒懮受兮勞心慅兮月出照兮佼人燎兮舒夭紹兮勞心慘兮○皓胡老反懰劉本又作懰力久反好貌埤蒼作嬼嬼妖也懮於久反舒貌慅七老反憂也燎力召反又力弔反夭於表反慘七感反憂也

月出三章章四句

株林刺靈公也淫乎夏姬驅馳而往朝夕不休息焉夏姬陳大夫妻夏徵舒之母鄭女也徵舒字子南夫字御叔○株林陟朱反株林夏氏邑也夏戶雅反注

下同御魚呂反又如字○疏株林二章章四句至息焉○正義曰作株林詩者刺靈公也以靈公淫於夏氏之母姬姓之女疾驅其車馬馳走而往或早朝而至或晝夕而至不見其休息之時故刺之也經二章皆言靈公往淫夏姬朝夕不息之事說于株野是夕至也朝食于株是朝至也○箋夏姬至御叔○正義曰宣九年左傳稱陳靈公與孔寧儀行父通於夏姬十年經云陳夏徵舒弑其君平國傳曰陳靈公與孔寧儀行父飲酒於夏氏公謂行父曰徵舒似汝對曰亦似君徵舒病之公出自其廄射而殺之昭二十八年左傳叔向之母論夏姬云是鄭穆公少妃姚子之子子貉之妹也子貉早死而天鍾美於是楚語云昔陳公子夏爲御叔娶於鄭穆公女生子南子南之母亂陳而亡之是言夏姬所出及夫子名字

胡爲乎株林從夏南株林夏氏邑也夏南夏徵舒也箋云陳人責靈公君何爲之株林從夏氏子南之母爲淫泆之行○泆音逸行下孟反○

匪適株林從夏南箋云匪非也言我非之株林從夏氏子南之母爲淫泆之行自之他耳觝拒之辭○觝都礼反疏胡爲至夏南○正義曰株林者夏氏之邑靈公數往彼邑淫於夏姬國人責之云君何爲於彼株林之邑從夏氏子南之母爲淫泆兮靈公爲

人所責觝拒之云我非是適彼株林之邑從夏氏子南之母兮我別自適之他處耳一國之君如此淫泆故刺之定本無兮字○傳株林至徵舒○正義曰靈公適彼株林從夏南故知株林是夏氏之邑邑在國外夏姬在邑故適邑而從夏姬也徵舒祖字子夏故爲夏氏徵舒字子南以氏配字謂之夏南楚殺徵舒左傳謂之戮夏南是知夏南卽徵舒也實從夏南之母言從夏南者婦人夫死從子夏南爲其家主故以夏南言之○箋匪非至之辭○正義曰以文辭反覆若似對荅前人故假爲觝拒之辭非是面爭王肅云言非欲適株林從夏南之母反覆言之疾之也孫毓以王爲長

駕我乘馬說于株野乘我乘駒朝食于株大夫乘駒箋云我國人我君也君親乘君乘馬乘君乘駒變易車乘以至株林或說舍焉或朝食焉又責之也馬六尺以下曰駒○【疏】駕我至于株○正義曰此又責君數往株邑言君何爲駕我君之一乘之馬嚮夕而說舍於株林之野何故得乘我君之一乘之駒早朝而食於株林之邑乎言公朝夕往來淫泆不息可惡之甚故刺之也○傳大夫乘駒○正義曰皇皇者華說大夫出使經云我馬維駒是大夫之制禮當乘駒也此傳質略王肅云陳大夫孔寧儀行父與君淫於夏氏然則王意

以爲乘我駒者謂孔儀從君適株故作者幷舉以惡君也傳意或當然○

株林二章章四句

澤陂刺時也言靈公君臣淫於其國男女相說憂思感傷焉君臣淫於國謂與孔寧儀行父也感傷謂涕泗滂沱○陂彼皮反思息嗣反父音甫涕他弟反自目曰涕泗音四自鼻曰泗滂普光反沱徒何反下文同

【疏】澤陂三章章六句至傷焉○正義曰作澤陂詩者刺時也由靈公與孔寧儀行父等君臣竝淫於其國之內共通夏姬國人效之男女遞相悅愛爲此淫泆毛以爲男女相悅爲此無禮故君子惡之憂思感傷焉憂思時世之淫亂感傷女人之無禮也男女相悅者章首上二句是也感傷者次二句是也憂思者下二句是也言靈公君臣淫於其國者本其男女相悅之由由化效君上故言之耳於經無所當也經先感傷序先憂思者經以章首二句既言男女之美好因傷女而爲惡行傷而不已故至於憂思事之次也序以感傷憂思爲事既同取其語便故先言憂思也鄭以爲由靈公君臣淫於其國故國人淫泆男女相悅聚會則共相悅愛

別離則憂思感傷言其相思之極也男女相悅者章首上二句是也憂思者次二句是也感傷者下二句是也毛於傷如之何下傳曰傷無禮則是君子傷此有美一人之無禮也傷如之何既傷有美一人之無禮窹寐無爲二句又在其下是爲憂思感傷時世之淫亂也此君子所傷傷此有美一人而有美一人又承蒲荷之下則蒲荷二物共喻一女上二句皆是男悅女之辭也經文止舉其男悅女明女亦悅男不然則不得共爲淫矣故序言男女相悅以明之三章大意皆同首章言荷指芙蕖之莖卒章言菡萏指芙蕖之華二者皆取華之美以喻女色但變文以取韻耳二章言蘭者蘭是芬香之草喻女有善聞此淫泆之女必無善聲聞但悅者之意言其善耳鄭以爲首章上二句同姓之中有男悅女女悅男是其男女相悅也次二句言離別之後不能相見念之而爲憂思也既憂不能相見故下二句感傷而淚下首章言荷喻女之容體二章言蓮喻女之言信卒章言菡萏以喻女之色美

彼澤之陂有蒲與荷與也

陂澤障也荷芙蕖也箋云蒲柔滑之物芙蕖之莖曰荷生而佼大興者蒲以喻所說男之性荷以喻所說女之容體也正以陂中二物興者喻淫風由同姓生○荷音何障章亮反大音符本亦作芙下同渠其居反本亦作蕖莖幸耕反佼古卯

反○有美一人傷如之何傷無禮也箋云傷思也我思此美人當如之何而得見之

寤寐無爲涕泗滂沱自目曰涕自鼻曰泗箋云寤覺也○覺音教○

疏彼澤至滂沱○毛以爲彼澤之陂障之中有蒲與荷之二草蒲之爲草甚柔弱荷之爲華極美好以興陳國之中有男悅女云汝體之柔弱如蒲然顏色之美如荷然男女淫泆相悅如此君子見其淫亂乃感傷之彼男所悅者有美好之一人美好如是不能自防以禮不以禮可傷乎如可如之何既不可奈何乃憂思時世之淫亂寤寐之中更無所爲念此風俗傷敗目涕鼻泗一時俱下滂沱然也鄭以爲彼澤之陂障之中有蒲與荷之二草以喻同姓之中有男與女之二人蒲之草甚柔滑荷之莖極佼好女悅男云汝之體性滑利如蒲然男悅女云汝之形容佼大如荷然聚會之時相悅如是及其分離則憂思相憶男憶女云有美好之一人我思之而不能見當如之何乎既不能見益復感傷覺寢之中更無所爲念此美女涕泗滂沱然淫風如此故舉以刺時也○傳陂澤障荷芙蕖○正義曰澤障謂澤畔障水之岸以陂內有此二物故舉陂畔言之二物非生於陂上也釋草云荷芙蕖其莖茄其葉蕸其本蔤其華菡萏其實蓮其根藕其中的的中薏李巡曰

皆分别蓮莖葉華實之名菡萏蓮華也的蓮實也薏中心也郭璞曰蔤莖下白蒻在泥中者今江東人呼荷華爲芙蓉北方人便以藕爲荷亦以蓮爲荷蜀人以藕爲茄或用其母爲華名或用根子爲母葉號此皆名相錯習俗傳誤失其正體者也陸機疏云蓮青皮裹白子爲的的中有青爲薏味甚苦故里語云苦如薏是也傳正解荷爲芙蕖不言興意以下傳云傷無禮者傷有美一人則此有蒲與荷共喻美人之貌蒲草柔滑荷有紅華喻必以象當以蒲喻女之容體以華喻女之顔色當如下章言菡萏而此云荷者以荷是此草大名故取荷爲韻○箋蒲柔至姓生○正義曰如爾雅則芙蕖之莖曰茄此言荷者意欲取莖爲喻亦以荷爲大名故言荷耳樊光注爾雅引詩有蒲與茄然則詩本有作茄字者也箋以序云男女相悦則經中當有相悦之言以蒲喻所悦男之性女悦男言男之心性和柔似蒲也荷以喻所悦女之容體男悦女之形體佼大如荷也正以陂中二物興者淫風由同姓生二物共在一陂猶男女同在一姓○箋傷思至見之○正義曰傷思釋言文以溱洧桑中亦刺淫泆舉其事而惡自見其文皆無哀傷之言此何獨傷其無禮至於涕泗滂沱輾轉伏枕也故易傳以爲思美人不得見之而憂傷也孫毓以箋義爲長○正義曰經傳言隕涕出涕皆謂淚出於目泗既非涕

亦涕之類明其泗出於鼻也○彼澤之陂有蒲與蕑蕑蘭也箋云蕑當作蓮蓮芙蕖實也蓮以喻女之言信○蕑毛古顏反鄭改作蓮練田反〔疏〕傳蕑蘭○正義曰以溱洧秉蕑爲執蘭則知此蕑亦爲蘭也蘭是芬香之草蓋喻女有聲聞○箋蕑當至言信○正義曰以上下皆言蒲荷則此章亦當爲荷不宜別據他草且蘭是陸草非澤中之物故知蘭當作蓮蓮是荷實故喻女言信實有美一人碩大且卷卷好貌○卷本又作睠同其負反○寤寐無爲中心悁悁悁悁猶悒悒也○悁烏玄反〔疏〕傳悁悁猶悒悒○正義曰俗本多無之○彼澤之陂有蒲菡萏菡萏荷華也箋云華以喻女之顏色○菡本又作莟又作欿戶感反萏本又作萏大感反有美一人碩大且儼儼矜莊貌寤寐無爲輾轉伏枕○輾張輦反本又作展

澤陂三章章六句

陳國十篇二十六章百二十四句

附釋音毛詩注疏卷第七（七之一）

清嘉慶二十年重刊

宋本用文選樓藏本校

黃中模栞

毛詩注疏挍勘記七之一

阮元撰盧宣旬摘錄

陳譜

東不及明音孟　豬閩本明監本毛本同案此正義自爲音旁行細書之未誤入正文者以此推之而例可知矣○按未可以一例百且在句中者容或有此例如此音孟及遵大路之山音反是也在句末者則文理可讀亦不盡同此例

在外方屬鄭閩本明監本毛本同案此當作在外方之北外方屬鄭因外方複出而脫去四字下引檜譜云在豫州外方之北其證也

卒子武公靈立卒子夷公說立閩本明監本毛本同案十行本上卒至下公剜添者二字

弟平公爕立閩本明監本毛本同案此不誤浦鏜云燮誤爕非也正義所引世家自如此

○宛丘

中英隆高補毛本英作央案央字是也

狀如一丘矣閩本明監本毛本同案依爾雅注一上當有負字

今江東人取以爲睫攡閩本明監本毛本同案此不誤浦鏜云攡誤攡非也爾雅注本作攡今釋文誤爲攡耳廣韻十一暮鷺字下引亦作睫攡可證又五支接羅白帽接羅即睫攡

注云艮爻也位近丑閩本明監本毛本同案此不誤浦鏜改位近丑作爻辰在丑非也王伯厚輯鄭易即采此正同

主國尊於簋閩本明監本毛本同案此不誤浦鏜云棜誤於從玉海校非也禮器正義引亦作於玉海作棜者當是誤涉禮器下文

○東門之枌

應劭通俗云　閩本明監本毛本同案通俗浦鏜云當作風俗通是也

序云男子棄業　閩本明監本毛本同案浦鏜云女誤子是也

下曰往往矣同　補案往字不當重

釋詁文也○春秋莊二十七年　補案○當衍

朝旦善明曰往矣　閩本明監本毛本同小字本相臺本旦作日考文一本同案日字是也上章箋及正義中皆可證

貽我握椒　明監本握誤楃各本皆不誤

交情好也　相臺本同閩本明監本毛本同小字本情作博案小字本誤也釋文以情好作音可證○按交博好猶云互相討好博字必古本之僅遺者舊挍非

○衡門

掖扶持也 小字本相臺本同案正義標起止云掖扶持下云故以夜爲扶持也定本作扶持如其所言不爲異本當有誤今無可考釋文掖下云扶持也與正義本同

云掖臂也 閩本明監本毛本同案云上浦鏜云脫說文又掖下浦鏜云脫持是也

持以赴外殺之 閩本明監本毛本同案浦鏜云掖誤持考左傳是也

可以樂飢 小字本相臺本同唐石經初刻同後加疒作𤻲案唐石經考異云用鄭義也考釋文云樂本又作𤻲毛音洛鄭力召反沈云舊皆作樂字晚詩本有作疒下樂以形聲言之殊非其義療字當從疒下尞案說文云𤻲治也療或𤻲字也則毛本止作樂鄭本作𤻲注放此正義云案今定本作樂飢觀此傳亦作樂則毛讀與鄭異是正義本即作𤻲也標起止云至樂飢或後改沈云舊皆作樂字是也陸意不從沈而不云檢舊本不如沈言則作樂審矣釋文又作本正義唐石經後刻作𤻲皆沈所謂晚本也沈但當如正義所云觀此傳亦作樂以證毛氏詩是樂字不當誤論形聲以致陸駮然陸云毛本作樂鄭本作𤻲斯不然矣鄭非於毛外別有本但可易傳義耳不容經字先巳異也鄭本亦必作樂陸欲

調停晚本失之考文古本作瘵釆正義釋文也釋文晚字或誤今正

可飲以瘵飢 閩本明監本毛本同小字本相臺本瘵作療考文古本同案正義本作瘵療瘵一字見上此箋不云樂讀爲瘵者以樂爲瘵之假借而於訓釋中改其字以顯之也晚本乃因此改經耳唯傳中樂道字不容改近盧文弨遂以樂飢可以樂道忘飢一句屬之王肅而譏刪之矣其誤實由於晚本惑之且不得鄭箋改字之例故也

取其口美而已 小字本同閩本明監本毛本同相臺本口美倒案美口是也

周語作四岳也 閩本明監本毛本同案浦鏜云祚誤作是

○**東門之池**

以配君子也 閩本明監本毛本下有注小字本相臺本無考文古本無案山井鼎云此亦釋文混入注也是也

彼美淑姬唐石經小字本相臺本同案釋文云叔姬音叔本亦作淑善也正義云言彼美善之賢姬是正義本作淑釋文音叔或誤今正

考工記慌氏閩本明監本毛本慌誤㡃案山井鼎云作㡃爲是是也凡巾傍之字寫者多以小旁亂之

齊人曰涹烏禾反閩本明監本毛本同案烏禾反三字當傍行細書正義於自爲音者例如此也○按不然

可以漚菅小字本相臺本同唐石經初刻與後改以案初刻誤也

○東門之楊

羣生閉藏爲陰閩本明監本毛本同案浦鏜云乎誤爲考家語浦校是也

歎天道嚮秋冬而陰氣來閩本明監本毛本同案歎當作觀形近之譌浦鏜云歎字

衍文見繁露循天之道篇非也爲校繁露者所去耳

與陰俱近而陽遠也 閩本明監本毛本同案此不誤浦鏜云原文作內與陰居近而陽遠也非也居即俱字誤上文云冰泮而殺止故傍記內字爲止字之異耳後遂誤入正文也當依此正之

○墓門

陳佗乃用其言 閩本明監本毛本乃作仍案所改是也

昔久也 小字本相臺本同案正義云昔是久遠之事故爲久也段玉裁云夕誤作久誰夕猶今人言不記是何日也記云疇昔之夜疇誰正同

誰昔昔也 小字本相臺本同案正義云釋訓文又云今定本爲誰昔昔也合爾雅俗爲誰疑辭也正義本宂本同是也俗誤

善惡自有 閩本明監本毛本同小字本相臺本有作耳案有字誤也正義云此梅善惡自耳可證但與下

此性善惡自然爲對文依義當作爾考文古本作爾一本作耳二字混也

性因惡矣 閩本明監本毛本同小字本相臺本性作樹考文古本同案樹字是也正義云梅亦從而惡矣可證

歌以訊之 唐石經小字本相臺本同案正義標起止云傳訊告也釋文云訊本又作誶音信徐息悴反告也詩經小學云誶訊義别誶多譌作訊如爾雅誶告也釋文云本作訊音信說文引國語誶申胥今國語作訊詩歌以誶止誶予不顧傳誶告也莫肯用誶箋誶告也正用釋詁文而釋文誤作訊以音信爲正王逸楚詞注引誶予不顧廣韻六至誶下引歌以誶止可正其誤毛鄭詩考正云止譌作之

訊誎也 〔補〕釋文挍勘記通志堂本盧本同案六經正誤云訊誎也作諫誤說文誎數諫也从言从朿七賜反誎促也从言从約束之束音速依此是宋監本釋文作訊誎也从言从朿中有一小畫即朿字唐人例如此毛居正以爲束字非是小字本所附作諫誤多一畫當由不識誎者誤改耳

與梟一名鴟　閩本明監本毛本同案此當作與梟異梟一名鴟因複出梟字而脫也爾雅梟鴟疏即取此誤改爲一名梟一名鴟當是所見本已脫而未察此正義之旨也

唯鴞冬夏尚施之　閩本明監本毛本同案浦鏜云常誤尚考爾雅疏是也

○防有鵲巢

箋誰讒至宜公　閩本明監本毛本同案讒當作誰

饋餴餾也　相臺本同閩本明監本毛本同小字本餴餾作書作餾又饋下云令適也爾雅釋文云令字書作餴適字令適案小字本是也釋文云令字書作餴適是其證也正義本當亦作令適引爾雅乃順彼文作餴餾耳相臺本及此依以改傳者誤

○月出

月出皓兮　小字本相臺本同唐石經皓作皓案皓字是也

勞心慘兮　唐石經小字本相臺本同案釋文慘七感反此無正義其本未有明文以白華箋之當亦作慘毛鄭詩考正云蕭懆字轉寫譌爲慘耳毛晃陳第顧炎武諸人論之詳矣

埤蒼作嬼嬼妖也　補釋文挍勘通志堂本盧本同小字本所附亦是嬼字考原本作媚媚妖二字連文相如賦所謂妖冶嫺都也

○株林

公謂行父曰　閩本明監本毛本同案十行本行父曰剜添者一字是本無曰字後依左傳加而衍也

從夏南　小字本相臺本同唐石經南下有旁添姬字下句同案惠棟云南與林協韻不容闌入姬字依疏當云從夏南兮今考正義云定本無兮字

乘我乘駒　唐石經小字本相臺本同案此正義本也正義云何故得乘我君之一乘之駒又標起止云傳大夫

乘駒釋文云乘驕音駒沈云或作駒字是後人改之皇皇者華篇內同考汝墳傳云五尺以上曰駒正義云五尺以上卽六尺以下故株林箋云六尺以下曰駒也毛於此及皇皇者華皆叓不爲驕字作傳當皆是駒字未必後人改之說文驕下引我馬爲驕凡說文所引不同多不可強合○按沈重說是也其詳見段玉裁說文解字注

○澤陂

男悅女之形體　閩本明監本毛本悅下有女言二字案所補是也

傷思釋言文也　閩本明監本毛本同案浦鏜云詁誤言是也

孫毓以箋義爲長○正義曰　閩本明監本毛本同案○下浦鏜云當脫傳自目至曰泗六字及○是也

卷本又作睠（補）釋文挍勘通志堂盧本睠作婘小字本所附亦是睠字考睠字非也博雅云婘好也本此詩

傳古樓景印